没理想論争とその影響

坂井　健　著

佛教大学研究叢書

思文閣出版

第三部　揺れていた「想」

第四部　没理想論争の影響

第五部　鷗外とハルトマン

没理想論争とその影響

序章

一

「明治前期の文学理念の展開」と題する修士論文を筆者が書いたのは、昭和六十三年のことだから、もう三十年近く前のことになる。といっても、これは筆者の独創ではない。明治文学に対するヘーゲル美学の影響は、狭い範囲にかぎってのことではあるが、今から八十年以上も前に、柳田泉氏が指摘していた。(1)氏の論は、要するに、「美とはイデーの感性的な現れである」という考え方が、明治初期の文学論の根底に横たわっていたというものである。筆者は、この碩学の指摘に導かれて、さらにその見方を明治三十年代までの文学史全般に応用できないかと考えたのだった。

イデーというのは、ドイツ語読みで、英語でいうと、アイデアになる。アイデアというと、何かの思いつきのような意味もあるが、ここでは、高校の倫理社会の時間で習ったイデアの意味だ。つまり、目に見える現実の世界を越えたところに存在する物事の本質のことである。今の訳語でいうと、「観念」とか「理念」ということになる。しかも、ヘーゲルのイデーであるから、哲学用語で客観的理念論とか客観的観念論とかいうものである。つまり、イデーは、私たちの心の中に存在する、心理的で主観的なものではなく、目には見えないのだけれども、外部の世界に、ゴロリと石があるのと同じように、たしかに存在する、という考え方である。

明治の文学者たちは、どうやってこのイデーを把握し、それを表現するのか、言い換えれば、どのようにイデーに向き合っていくのかという問題に心を砕き、イデーと現実との関係をどのように捉えるべきかという問題を追求し続けた。それが明治の文学史を貫く大きな流れなのだ。その流れをたどろうとした牛の歩みのような軌跡が、本書である。

二

坪内逍遥についていうなら、『小説神髄』(明治一八～一九年)執筆の時期では、観念論に対する漠然とした知識は持っていたけれども、ヘーゲル美学といった意識は希薄であった。それが、二葉亭四迷と親しく交わるころから、ヘーゲル的な考え方が現れてくる。

ここでいうヘーゲル的な考え方というのは、要するに、「一ハ智識を以て理解する学問上の穿鑿一ハ感情を以て感得する美術上の穿鑿是なり」(二葉亭四迷「小説総論」明治一九年)に端的に示される「イデーは、知識によって学問的に知ることもできるし、感性によって芸術からも知ることができる」という考え方である。

二葉亭がこのような考え方に達したのは、二葉亭本人が「小説総論」の中でいっているように、ロシアの批評家ベリンスキーによっている。ベリンスキーは、当時、ロシアにおけるヘーゲルの紹介者であった。二葉亭は、その著書『芸術のイデー』によってこうした考え方に接したのである。二葉亭の死後、二葉亭による『芸術のイデー』の部分訳である『美術の本義』(推定明治一九年以前)が発表されたが、この中の「美術は真理の直接の観察若しくは形象中の意匠なり」という考え方がもとになって、こうした考えに達したのだ。このことについては、エル・カルリーナ氏が、ずっと以前に、詳しく論じている。(2) つまり、二葉亭は、現実を越えた世界に、事物の本質であるイデーが存在するという考え方を受け入れ、さらにそれが学問によっても芸術によっても知ることができると考えたのである。

ちなみに、二葉亭は、イデーに対して「真理」という訳語を使っている。その理由については、本論の中で述べるとして、今は、明治十九年ごろの二葉亭が、ヘーゲル的（あるいは、ベリンスキー的）な考えを受け入れ、「真理」を熱心に探し求めていたことを確認しておきたい。後年の回想であるが、二葉亭の友人、嵯峨の屋おむろは、次のように述べている。(3)

其頃の彼は何処迄も露国の批評家ベリンスキーの文学論を基礎として居たので、美術は真理の直覚である、形象を藉りて観念を活現するもので有ると唱へて居た。而して真理は何者ぞ、人生は何者ぞ、と求めながら、彼は熱心に読書し、熱心に人間世界を観察していた。

さて、逍遥が、このような考え方を受け入れるようになったのは、二葉亭と出会ってからである。逍遥も、同じように「真理」という言葉を使っている。

逍遥が、二葉亭の影響を受けたことが、資料的に確認されるのは、石田忠彦氏の指摘するように、(4)『内地雑居未来之夢』（明治一九年）が最初である。この小説の中で、逍遥は、小説家菱野詞狂に次のように言わせている。

科学と美術とはその目的を一にす、共に真理を知る方法ではあるが、一は知識を以てし、一は感覚を以てす

同じように、「美とハ何ぞや」（一）（明治一九年九月）でも、次のように述べている。

人間の真理を求むるハ之を真理として求むるなり。語を換へて之を言はバ真理の真理たるを愛するに因るなり

このころの逍遥も、当時の二葉亭と同様の考え方を持っていたことがわかるだろう。

話は、二葉亭にもどる。明治十九年ころは、ヘーゲル的な考え方になっていた二葉亭であるが、明治二十二年ごろから、「真理」に対する考え方が微妙に変わってくる。そして、明治二十三年ごろには、学問的方法で「真

理」に達することができるという考え方に疑問を示すようになってくる。さらに、明治二十四年に入ると、仏教的な悟りに傾いていく。つまり、学問的方法ではなく悟りによって「真理」に達しようとしたのである。

以上の経緯についても、本論で詳述するので参照していただきたい。

話は、また、逍遥にもどる。石田忠彦氏が指摘するように、[5] 明治二十四年になると、逍遥にも同様の変化が起きてくる。石田氏の言葉を借りれば、「現象から帰納的に認識するのではなく、現象を超越的に支配するものを直観的に認識する」ことへ転じてきたのである。「現象から帰納的に認識する」を「学問的方法」に、「現象を超越的に支配するものを直観的に認識する」を「悟り」に読み替えるなら、両者の類似は明らかだろう。

話は、また、二葉亭にもどる。仏教的「悟り」に傾いていた二葉亭であるが、明治二十四年の末頃になると、形而上学を放棄して、「天然の理法」を虚心に研究しようとする、現実的・科学的方法をとるべきだと考えるようになる。これについても、本論で述べる。

さて、明治二十四年から始まる没理想論争における逍遥の主張は、「没理想とは即ち有大理想の謂ひにして、そが没理想を唱ふるは、その大理想を求めかねたる絶体絶命の方便なり。有無の境に迷ひて、有は即ち無、無は即ち有と観[6]ずるという、仏教的あるいは老荘的な思考法を内在させつつも、現実を客観的に記述する「記実」をとるべきだ、というものであった。

以上のように、ヘーゲル的「真理」重視→仏教的悟り（直観）重視→現実重視という変化は、時期的にも両者の間で符合しているのである。

三

以上のような一致は、二葉亭と逍遥との親密な関係を考えれば、不思議なことではない。お互いに影響しあっていたに違いないからである。しかし、たんに親密な間柄であったから、そうなった、というのではなく、そこに何か論理的必然があったのではないか。

鷗外も愛読したシュヴェーグラーの『西洋哲学史』は、ヘーゲル哲学について次のように述べる。(7)

ヘーゲルによれば理念以上のものはなく、理念以外には何物もない。すべて存在するもののうちには理念が実現されているからである。宇宙は実在的なものと観念的なものとの平衡ではなく、理念が非現実的な抽象体でなくなるために自己を展開して多様な諸形態となった実在である。（中略）ヘーゲルの哲学は、それに先行するシェリングの哲学の正反対をなしている。シェリングの哲学は次第により実在論的、スピノザ主義的、神秘的、二元論的となって行ったが、ヘーゲルの哲学はこれに反してふたたび観念論的、合理主義的であり、純粋な思考一元論、思考と現実との純粋な和解である。

ヘーゲルによれば、現実世界の中に理念が実現されているのだから、宇宙は、現実世界と理念とがそれぞれ別個に存在しているものではなく、理念が自己を展開してさまざまな形をとった現実世界なのだ。ヘーゲル哲学は、ヘーゲルに先行するシェリング哲学と正反対である。シェリング哲学では、絶対者は自然の奥底に静的に存在するだけのものであった。だから、現実世界は現実世界、理念の世界は理念の世界で別々に存在していたのである。そうすると、つまり、現実世界には、理念は現れていないわけだから、現実世界は、素朴実在論的になり、無神論的になり、認識論については神秘的となり、世界観については二元論的である。ところが、ヘーゲルになると、理念は、自己を展開して現実世界に現れているものであるから、現実には理念が存在するという考えとなり、理念を知るには、現実を認識し、合理的に考えるべきだという考え方になり、純粋な理念の一元論となり、理念と現実の対立は解決される（訳文中「思考」は、文脈上、精神あるいは理念と同義と解釈できる）。

端的にいうなら、シェリングは、世界観においては二元論をとり、認識論については、神秘主義をとったのにたいし、ヘーゲルは、世界観について一元論をとったために、認識論についても、現実認識を重視する合理主義的な考え方をとることができたのである。認識論において神秘主義をとる場合、理念の把握のためには、いきおい直観とか悟りといった説明不可能な方法をとるしかない。本書では、それぞれ、すなわち、二元論的直観論、一元論的認識論と呼ぶことにする。

先に述べた二葉亭と逍遥の変化は、シェリングからヘーゲルへの移行のちょうど逆の形をとった。すなわち、一元論的認識論から二元論的直観論へと変化し、ついには、形而上学を放棄したのである。

二葉亭が一元論的認識論を放棄したのは、彼のイデーについてのとらえ方が原因となっている。北岡誠司氏が指摘するように、(8) ベリンスキーのイデーが発展・展開するものであるのに対して、二葉亭のイデー（二葉亭は、「小説総論」の中では「意」と訳している）は現象の中に静的に存在するだけのものであった。イデーがどのように現象に現れてくるかのという問題に関する意識がなかったのである。現象にイデーが現れていないのであれば、直観するしかない。二葉亭が「悟り」重視に移って行ったのは、論理的に必然な成り行きだったのである。

四

イデーの問題を取り扱ったことで知られる没理想論争を考えるのに、以上のような観点から見たらどうなるだろうか。これが次に生まれた筆者の問題意識である。

没理想論争に関する当時の日本近代文学の研究者の一般的理解は、次のようなものであった。

この論争は、これまで渡りあうことの少なかった、写実派逍遥と観念美学派鷗外とが、ぶつかるべくしてぶつかった大論争であり、両者とも、それぞれの資質なりに全力投球していて、実質的実りは少なかったにせよ、さわやかな論争であった。注目する人も多かったようだが、アカデミックな性質の議論であるため、文

学思潮の上での直接的な影響はほとんど認められない。(9)

ここには二つのことが述べられている。一つは、両者の対立が写実派・観念美学派（論争当時の言葉でいうと「記実」（客観的に事実を述べること）・「談理」（理念の存在を前提に、基準によって作品の優劣を批評すること））の対立であることである。ことばを換えていうなら、イギリス経験論の立場に立ち帰納批評を主張した逍遥と、ドイツ観念論の立場に立ち演繹批評を主張した鷗外との対立ということになる。(10)もう一つ述べられているのは、この論争が文学史的な影響をあたえなかったことである。

一つめについては、筆者が研究の途についた当時、比較文学の研究者から、ようやく異なった意見が出され始めていた。佐渡谷重信氏は、「記実」「談理」の先後論争であることは認めながらも、「没理想」の解釈から、逍遥の「もののあはれ」につながる伝統的な美意識と鷗外の近代主義の論争である、と述べている。(11)

逍遥の文学観に伝統的な美意識があることは確かだろうが、鷗外がその点について批判していたのかどうか、疑問である。

大嶋仁氏は、昭和六十一年までの研究史をまとめたうえで、両者の対立を次のように捉える。(12)

この「没理想論争」は、決して「没理想」対「理想」の争いではなく、「没理想」という一種の神話に対する、鷗外という形而上学を持たぬ人間の神話破壊の試みである、という風に見えてくるであろう。

鷗外がハルトマン哲学を踏まえている以上、形而上哲学を持たない人間と断ずるのには無理があるが、「没理想」という捉えどころのない「神」のような存在に対して、批判したという点では、同意できるものがある。

さて、もう一つの点については、没理想論争の文学史的影響というテーマでは取り上げられなかったものの、吉田精一氏が大著『近代文芸評論史　明治篇』(13)で随所に触れている。どのように影響をあたえたのかについては、必ずしも明らかではないにしろ、さまざまな影響をあたえたにちがいないことは、氏の著書から明らかとなって

いた。(14)

以上のような研究状況の中で、先述した一元論的認識論と二元論的直観論という対立の図式を没理想論争の研究に導入したらどうなるか、これが次の問題意識だった。

ハルトマンは一元論の立場を取っている。したがって、現実認識を重視するのである。現実を認識することによって、イデーに達しようとするのだ。もちろん、イデーは存在するものであるし、知ることのできるものである。

ところが、逍遥のいう「没理想」は、存在するにはちがいがないのであるが、現実世界には求めることができないのであるから、不可知論である。いきおい、悟りのような一種の直観に頼らざるをえない。これは二元論的直観論である。

このように捉えたなら、両者の対立をより明確に説明することができるのではないか、と考えたのが研究の出発だった。

第一部では、「没理想論」が成立した時代背景について考察した。本来戯曲論であったはずの「没理想論」が仏教的な言葉で語られる哲学論めいた様相を示していったのは、当時の宗教界の混乱があったからであり、二葉亭がイデーに「真理」という訳語をあたえたのは、宗教的真理と科学的真理の一致を仮想した当時の時代状況の反映であったと論じた。

第二部では、先に述べた一元論的認識論と二元論的直観論という見方から、逍遥と鷗外との対立を説明しようとした。

第三部では、鷗外のいうイデーとはどのようなものであったのか、これまで自明のもののように論じられてきた鷗外のイデーは、はたして先行論の理解するようなものであったのか、という問題を検証した。その結果、鷗外のイデー理解も、案外、曖昧で揺れがあったことが分かった。とくに、論争の発端は、逍遥が「我にあらずして汝にあり」（『早稲田文学』三号、明治二四年一一月）で鷗外を批判したことに対する鷗外の反発である、との通説に修正を求め、逍遥は直接鷗外を批判していなかったにもかかわらず、逍遥の論に内在する論理に追い詰められて、論争に踏み切らざるをえなかった、との見方を示した。自信満々で声高に叫ばれるイデーの実在がなにか空々しく聞えるのは、鷗外のイデー理解に不十分さがあったからである。それゆえ、鷗外はひそかに反省し、方向転換を図ったのだ、との仮説を提示した。

第四部では、この論争がのちの文学史に与えた影響は少ないとの見方に対しても、具体例を挙げて反論し、様々な作家の文学思想・文学理論に影響を与えていることを実証し、本論争の持つ文学史的意義が大きいことを論じた。

第五部では、没理想論争における鷗外とE・V・ハルトマンとの関係を明らかにし、鷗外がハルトマンにひかれた理由を説いた。さらに、鷗外のハルトマン「審美論」講義筆録ノートから、鷗外のハルトマン受容に迫った。

（1）　柳田泉「明治初期の文学思想とヘーゲル美学」（『明治文学研究』明治文学談話会、昭和一二年一二月）。柳田氏は、西周訳『奚般氏心理学』（明治八年）、フェノロサ『美術真説』（明治一五年）、坪内逍遥『小説神髄』（明治一八～一九年）、二葉亭四迷「小説総論」（明治一九年）にヘーゲル美学の影響がある、と説いている。
（2）　エル・カルリーナ（古林尚訳）「二葉亭四迷論――ベリンスキーと日本文学――」（『文学』昭和二八年一〇月）
（3）　坪内逍遥・内田魯庵編『二葉亭四迷』（易風社、明治四二年）
（4）　石田忠彦『坪内逍遥研究』（九州大学出版会、昭和六三年）
（5）　同右
（6）　「烏有先生に謝す」（『早稲田文学』明治二五年一月）

（7）シュヴェーグラー『西洋哲学史』谷川徹三・松村一人訳（岩波書店、昭和一四年）。ただし、引用は、平成一九年の、七五刷による。

（8）北岡誠司「「小説総論」材源考――二葉亭とベリンスキー――」（『国語と国文学』昭和四〇年九月）。ただし、『日本文学研究資料叢書　坪内逍遥・二葉亭四迷』（有精堂出版、昭和五四年）によった。

（9）『日本近代文学大事典　第四巻　事項』（講談社、昭和五二年、項目担当者　磯貝英夫）。なお、磯貝氏は、磯貝英夫『森鷗外――明治二十年代を中心に――』（明治書院、昭和五四年）でも、次のように述べている。「記実・談理（帰納・演繹）の争いであるが（この問題は論争の最も重要な柱で、したがって、この論争は期日談理論争と名づけてもさしつかえない。）、逍遥がばくぜんと帰納批評を主張したのに対し、鷗外が、研究がおわって批評する際には標準がなければならないと説いたのは、正当な論駁であった」「没理想論争は、結局、論争としての実質的な実りを持たず、あわせて、その論議のアカデミックな性質のために、文学思潮の上に格別の影響をあたえるということもなくて終わったのである」（「鷗外の文学評論」）。この他にも、猪野謙二『明治文学史　上』（講談社、昭和六〇年）も同様の趣旨を述べ、山崎一穎『二生を行く人　森鷗外』（新典社、平成三年）でも「この論争において、逍遥の記実（事実を客観的に記すこと）主義、帰納法に対する鷗外の談理（理想）主義、演繹法という対立命題を始めとして、作品の価値、形態、批評の方法などの問題点が提出されている」と述べる。

（10）久保田芳太郎「没理想論争をめぐって――モールトンとハルトマン――」（『比較文学年誌』昭和四七年三月）は、逍遥は、モールトンによって帰納的批評を主張し、鷗外は、ハルトマンによって演繹的批評を主張したと指摘する。

（11）佐渡谷重信『坪内逍遥――伝統主義者の構図――』（明治書院、昭和五八年）

（12）大嶋仁「没理想論争の今日的意義」（『国際日本文学研究集会会議録』第一〇回、昭和六二年三月）

（13）吉田精一『近代文芸評論史　明治篇』（至文堂、昭和五六年）

（14）島村抱月に対する影響については、後に岩佐壮四郎氏の論が現れ、最近になって、岩佐壮四郎『島村抱月の文藝批評と美学理論』（早稲田大学出版部、平成二五年）の中でまとめられている。

※なお、注に取りあげた文献の書誌事項については、巻末の参考文献一覧を参照されたい。

第一部

没理想論とその時代

第一章　没理想論成立のころ——宗教の混乱とユニテリアン——

はじめに

逍遥の没理想論が彼のシェークスピア研究の過程で成立したものであることは、逍遥自身の言葉[1]を持ち出すまでもなく、広く知られている。[2] 逍遥における西洋のシェークスピア批評の受容についても、研究が進んでいて、はやくからモールトンやダウデンとの関わりについて論じられている。[3]

ところが、モールトンやダウデンといった、いわゆる帰納的批評であるはずの論が、逍遥の口を通して語られると、「没理想」といった術語を冠せられ、なぜか仏教的もしくは老荘的な衣装をまとってしまうのである。次などはその典型的な例だろう。

造化は（今人の智の及ぶ限にていへば）無辺また無底なり此無底無辺のものこれを名づけて何と呼ばん、大なる心と名づけんか神在すといふにひとしからん然れ共我れ頑愚未だ神在すと信ずることを得ずこれを名づけて大理想といはんか我れ不学未だ其大理想とは如何なるものなるかを証することを得ず此に於てか右に角あり左に角あり仮に名づけて没理想といふ且これを釈して曰はく古今の万理想皆是なり皆非なりと皆是なりとは皆此の無限無底的の中に没すればなり皆非なりとは皆此無限無底的を掩ひ尽くす能はざればなり如何にせば此無限無底の絶対に達すべきぞ曰はく我を去ツて我を立てん一理想を棄て没理想を理想とし一理想を固

執する欲有限の我を去て《ママ》無限の絶対に達せんとする欲無限の我を立てん其方便は如何答ふらく没理想と
（「没理想の語義を弁ず」『早稲田文学』八号、明治二五年一月）

詳しい説明は略すが、「古今の万理想皆是なり皆非なり」であるとか、「一理想を棄てゝ没理想を理想とし、一理想を固執する欲有限の我を去て、無限の絶対に達せんとする欲無限の我を立てん」などは、まるで禅問答か老荘の論でも聴いているかのようである。

これはいったいどうしたことだろうか。この事実そのものについての指摘はすでにある[4]ものの、その理由について言及した論は案外少ない。

筆者はかつて二葉亭の日記の検討を通して、二葉亭に仏教に傾倒した一時期があったことを論じ、二葉亭の論の揺れが逍遥の没理想論が形成される前後の論の揺れと対応していることを示した。[5]当時は、二葉亭と逍遥の相互の影響関係を想定することで、この奇妙な事実を説明しようとしたのである。

だが、いろいろと調べて行くうちに、ことはそう単純ではないように思われてきた。両者の論の間に何らかの関係があったという認識は今でも変わっていないが、両者の個人的な相互影響関係を想定するだけでは、説明不十分であることが分かってきたのだ。

一　没理想論とユニテリアン

「没理想」とは無理想なのではないかと難じた鷗外の「早稲田文学の没理想」（『しがらみ草紙』二七号、明治二四年一二月）に答えた「烏有先生に謝す」（『早稲田文学』七号、明治二五年一月）の中で、逍遥は、「没理想」は無理想ではないことを述べ、自分が「没理想」という表現をした理由について、次のように説明している。

そが没理想とは即ち有大理想の謂ひにしてそが没理想を唱ふるはその大理想を求めかねたる絶体絶命の方便

なり有無の境に迷ひて有は即ち無無は即ち有と観じつ、無神主義のユニテリヤンと化し去らんとせるなり

鷗外が「没理想」を無理想と誤解して批判したことに対して、「没理想」は「有大理想」の意味であると弁解している箇所であるが、ここで注目すべきは、「無神主義のユニテリヤン」という言い回しがなされている点である。

ユニテリアンは、キリスト教の一分派であるが、いわゆるオーソドックスなキリスト教とは一線を画し、宗教というよりは、一種の哲学に近いものである。たとえば、『ゆにてりあん』一号（明治二三年四月）の巻頭に掲げられた「ゆにてりあん教根本の主義」には次のようにある。

第一　基礎　此教の基礎とする所は口碑的の憑拠にあらずして道理的と理学的の真理にあり
第二　方法　此教の方法とする所は全く討究の自由なるにあり
第三　目的　此教の目的とする所は一個人及び社会の道徳を最も高尚なる域に発達せしむるにあり

第一は、聖書に記されている伝説であっても、これが合理的科学的でないものであるならば、必ずしもとらないことをいっており、第二は、信仰を教義的に教え込むのではなく、自由に討議してよいというのである。カトリックにせよプロテスタントにせよ、いずれも従来のキリスト教ではありえなかったことであろう。第三についても、宗教臭さはいっさい感じられず、ごく常識的な目的である。

もっとも宗教の一種である以上、神の存在は前提とされている。「ゆにてりあん教根本の主義」の直後の「ゆにてりあん教徒普通の説」の第三の条項には次のようにある。

第三　上帝は永遠無窮の力と智慧と慈悲とにして自然的発達の方法に依つて宇宙を導くものなり

ショーペンハウエルをはじめとする厭世哲学が流行していた当時からすると、楽天的すぎる嫌いがないでもないが、まずは妥当な認識である。それはともかくも、神の存在と、その神が慈悲の神であることを前提としてい

る訳だ。

だが、ユニテリアン教の最大の特色は、「唯一」に由来するその名が示す通りの次の条項であろう。

> 第七　世界の各宗教は皆交友にして各々長所ありと雖も尽く同一の本源と目的を有するものなり

すなわち、キリスト教であろうが、仏教であろうが、その根源は一つであって、教義が違っていても、信奉する神は同一であるとする考え方である。これだと宗教・宗派相互の争いは起こらないことになる。

先の「無神主義のユニテリヤン」という逍遥の言い方は、直接はこの考えを指している。逍遥の没理想論はシェークスピア研究から生まれた批評論であったが、当時の文壇の批評家たちに対する批判の意味をも、多分に持っていた。当時横行していた、自分自身の偏狭な考え方に固執して無闇に主観的な批評を行う「小理想家」たちに対する批判だったのである。(6)

そのような「小理想」に対するのが「没理想」なのであるが、その没理想の批評態度を支える理論的基盤は、造化の没理想性にあった。つまり、造化は没理想である、だから、造化に似たシェークスピアの作品も没理想であり、そのような作品を批評するにも没理想の態度でなければならないという論法である。

さて、その造化の没理想性について逍遥は次のように述べている。

> 造化の作用を解釈するに、彼の宿命教の旨をもてするも解し得べく、又耶蘇教の旨をもてするも解し得べし。其の他、老、荘、楊、墨、儒、仏、若し《ママ》は古今東西の哲学が思ひ〳〵の見解も之れを造化にあてはめて強ち当らざるにあらず
> （「シエークスピヤ脚本評註緒言」『早稲田文学』一号、明治二四年一〇月）

すなわち、一見対立するような宗教・思想すべてを包括してしまうような概念が「没理想」だったのである。一見教義を異にしているように見える宗教が、実は同一の神を信奉しているのだというユニテリアンに、逍遥が自らをなぞらえたのには、十分な理由があったわけだ。

念のため付け加えておくと、「無神主義の」という断り書きをつけたのは、「我れ頑愚未だ神存すと信ずることを得ず」（「没理想の語義を弁ず」）というように、逍遥が神の存在を確信するにいたっていなかったためである。

二　明治二十年代初頭の宗教界

明治にはいってから、キリスト教は、近代的・西洋的な宗教として歓迎され、その勢力を伸ばしていた。逆に、仏教は、明治維新の廃仏毀釈以降、かなりの間沈滞していた。常磐大定は次のように述べている。(7)

維新後明治十七八年までは、仏教界の困惑時代であり、混沌時代である。社会全般がそうであったといってよいにしても、仏教は殊に甚しかった。徳川三百年の迷夢安逸が破れ、寺領はとり上げられて、寺門経営の道を失ひ、朝野に瀰漫せる排仏思想に次ぐに、外教の侵入あり、理学に科学に、澎湃たる文明開化の風浪に推されて、一にも二にも古を棄て旧を廃する最只中に、依然として古ぼけた寺院に、或は呆然として自失し、或は徒に憤慨するのが仏教界の殆ど通相であった。

国家宗教としての地位を神道に奪われ、キリスト教の移入、近代科学からの攻撃、欧化政策、文明開化の嵐の中で、凋落しきった当時の仏教界の姿が浮かんでくる。

ところが、明治二十年代に入ると様子が違ってくる。次は、『早稲田文学』二号（明治二四年一一月）の「時文評論」に掲載された「仏教の現況」という記事である。

泰西に入れる仏教はひとり小乗の教にして大乗は専ら我国に残れりといふ説頗る邦人の志を刺撃し大乗熱漸く熾にならんとす随つて仏教蘇生し耶蘇教徒と対峙して新運動を試みんと企つ其前兆は仏教雑誌の追々増加するを見ても知るべし又哲学を修めたる学者の中には大乗を攷究して東洋哲学の本体を発揮すべしといふもあり東西古今の哲学を淘汰統一して新大体系を起こすべしと唱ふるもあり哲学者ならぬも今は往々仏教を奉

ずるものありと聞く

「泰西に入れる仏教はひとり小乗の教にして」云々については後述するが、「仏教蘇生し耶蘇教徒と対峙して」という表現から、キリスト教や新思想に押されて壊滅状態にあった仏教が、がぜん盛んになっていたことがうかがえる。また、それにつれて哲学者も、西洋哲学に対抗できる東洋哲学として仏教を評価し、哲学者以外の人々も影響を受けていたことが分かる。

これとは裏腹に、勢力を失いつつあったのがキリスト教であった。次は、同じ『早稲田文学』の「基督教の現況」という記事である。記者が牧師を訪れ、その回想を記したとの体裁をとっている。

回顧すれば明治十五年以降二十年までの進歩はすさまじき勢にて信徒の増加年々五六千人、明治二十一年頃欧化熱最も盛りなりし時には信徒の数更に増したり然るに当時の牧師宣教師等善導の法に昏く或は徒らに守株に安んじ或は虚儀式を其儘もたらして国人を鋳型中に入れんとしたりき是先づ新教徒をして不満を感ぜしめし根本なり（第一原因）、之と同時に欧化熱の反動起こりて国粋保存主義勢ひ強くさらぬだに不満を感じたりし信徒等次第に脱宗の念を生じ延いて熱心の信徒までも幾分か心を動かすに至りぬ（第二原因）。折柄彼の自由派の基督教及び新派の神学相継いで我邦に入り来り旧派の基督教と衝突せり真実熱心の信徒すら此時漸く信心さわげり況んや其心既に教会を離れながら他の誹を恐れて教会に出入せし輩の如きはおほむね皆離畔《ママ》するに至りぬ（第三原因）

（『早稲田文学』二号、明治二四年一一月）

このように一時の隆盛から、宣教師たちの保守性や、国粋保存の社会風潮、キリスト教内部の対立のため、明治二十四年の時点では、キリスト教が衰えつつあったことが述べられている。

もっとも、衰えつつあったといっても、キリスト教と仏教の雌雄が決したわけではない。先に引いた「仏教の現況」の続きに次のようにある。

某博士近頃茶間に談じて曰く宗教の将来茫々たり耶蘇教にもあれ仏教にもあれ行学兼備したる先達を出さんもの恐くは将来の国教とならんと

日本の宗教の未来は決しがたく、国教はキリスト教にすべきであるとも、仏教にすべきであるとも計り知れない。実行と学問とを兼ね備えた導師を出した宗教が国教となるだろう、と「某博士」は観測したということである。

「ユニテリアン」とはこのような混乱の中に我国に伝わってきた「彼の自由派の基督教及び新派の神学」の一つであったのだ。(8)

ここではキリスト教と仏教との対立だけを全面に押し出すような形になったが、キリスト教内部でも、仏教内部でも対立があり、しかも、神道や儒教、それに新たに導入された科学・哲学思想などを加えると、当時の宗教界・思想界は、相当に混乱していたことがうかがえる。

三　井上円了の破邪顕正運動

前述したように、明治十年代、仏教は、廃仏毀釈に加え、キリスト教や新たに移入された科学・哲学思想によって揺れ動き、壊滅状態であった。

このような仏教に活を与え、再び生命を吹き込んだのが、井上円了の『真理金針』（初編～続々編、明治一九～二〇年）、および『仏教活論序論』（明治二一年）である。先に引いた常磐大定は、次のように述べている。(9)

明治仏教中、その初期即ち二十年前後に亙つて、洛陽の紙価を高からしめたもの、特に仏教家をして行くところを知らしめたものといへば、何人も「真理金針」と「仏教活論」とに指を屈するであらう。是あるが故に、明治仏教は異彩を放ち、是あるが故に、今日の仏教界あらしめたといつてよいほどの影響を与へたのである。（中略）二十年代の多くの仏教者、並にその著作の殆ど全部が、一度は此書の関門を通過して来てゐることを知らねばならぬ。仏教そのもの、価値、外教に対する地位は、本書一度出で丶始めて明らかにせられ、仏教者はこれを手にして血潮を湧かし、耶蘇教者はこれを手にして戦慄し、心なき一般民衆も、これを手にして、初めて仏教の存在を知つた。蓋し当時にあつては、「真理金針」と「仏教活論序論」とを以て、世界的名著と思つたものもあるだらう。

『真理金針』の解題なので、「此書」は本来、『真理金針』だけを指すはずなのだが、『仏教活論序論』をも含めたような物言いになっている点、やや不正確であり、また解題の性格からして、当該の本を持ち上げるのが常であるから、その分割り引いて考えなければならないにしても、両書の与えた影響の大きさが知れるであろう。実際、円了の活躍を機に仏教界がにわかに活況を呈するようになったことは、近代の仏教史家の説くところでもある(10)。

第二節で引いた「泰西に入れる仏教はひとり小乗の教にして大乗は専ら我国に残れりといふ説頗る邦人の志を刺撃し大乗熱漸く熾にならんとす随つて仏教蘇生し耶蘇教徒と対峙して新運動を試みんと企つ」との『早稲田文学』の記事は状況的に見て、こうした円了の一連の著作に刺激を受けた仏教界の動きを指していると考えられるが、内容的にも、『仏教活論序論』には、これに該当する記述があり、円了の活動を指していると見てまちがいない(11)。

さて、その円了のキリスト教批判は、破邪顕正運動として知られるが、これは『仏教活論本論』第一編、破邪活論（明治二〇年）、『仏教活論本論』第二編、顕正活論（明治二三年）という円了自身の付けた表題に基づくものであった。

円了の論の特色は、それまでの反キリスト教思想にありがちだった、やみくもなキリスト教排撃思想ではなかった点である。池田英俊氏によれば、円了は、仏教の目的とキリスト教の目的が一致することを認めつつ、最新の近代科学・哲学の成果に基づきながら、それに反するものを批判したのであったというが(12)、次などは、その分かりやすい例であろう。

ヤソ教にては旧約聖書の巻首に述ぶるごとく、天帝初めに天地を作り、後に日月星辰はその周囲に羅列するものとす。これをここに地球中心説という。しかるに近古星学の開くるに及び、天体の中心は地球に非ずして太陽なることを発見せり。（『真理金針』初編、引用は『井上円了選集』以下同じ）

続けて円了は、地球の誕生とその進化、さらに生物の起源と進化といった最新の科学知識に説き及び、聖書の天地創造説がこれに反する例証をあげていく。

このような、円了のキリスト教批判の性格が端的に現れているのが『真理金針』続々編（明治二〇年）に円了自身がまとめた次の五条であろう。

（第一）ヤソ教は陰証ありて陽証なし。
（第二）ヤソ教は理学実験の結果に合格せず。
（第三）ヤソ教は論理の原則に応合せず。
（第四）ヤソ教は進化の規則に背反す。
（第五）ヤソ教は心理の学説に背反す。

このうち「陰証」「陽証」は、円了の説明によれば、それぞれ間接証明、直接証明のことである。

このように、円了はキリスト教が、西洋近代の学問の成果に反し、逆に、仏教の教えがヘーゲルの思想と一致することなどをあげながら、仏教こそが西洋の学問の成果に適った優秀な宗教であることを説いていったのである(13)。

要するに、宗教と近代的な学問の一致というのが円了の論の眼目であったわけだが、ここで押さえておかなければならないのは、それが単に宗教・学問上の問題にとどまらず、社会や政治にまで関わりうるものであった点である。

次の『仏教活論序論』（明治二一年）で、仏教における護国思想は真理を愛することと一致するという、いわゆる護国愛理の主張を行うが、彼の論が実際的な指向を強く持っていたことは、次の言葉からも分かる。

今宗教はその利害間接にわたり外面にあらわれずといえども、人の精神に侵入し思想に感染するをもつて、その弊習を改良するの国家に裨益を与うるは、もとより有形上の学術に一歩だも譲らざるは明らかなり。

要するに、正しい宗教である仏教を広めることで真理を知らしめ、日本の社会を間接的に改良していこうと考えていたわけである。

このことと関係するのであろうが、円了の護国愛理の思想は、三宅雪嶺をはじめとする政教社の国粋主義運動と呼応する性格をもっており[14]、明治二十一年『日本人』が創刊されると、円了も寄稿するようになる。

四　ユニテリアンの擡頭

このような混乱の中に我国に伝わってきたのが、「彼の自由派の基督教及び新派の神学」の一つであったユニテリアンであったのである。

明治二十年、米国ユニテリアン教会の宣教師ナップによってもたらされたこの近代的かつ合理的な宗教は、池田俊英氏によれば、当時の仏教の革新を目指す人々によって歓迎されたというが[15]、歓迎したのは、仏教者だけではなかった。綱島梁川や後で触れる嵯峨の屋おむろなどがその例である（どちらも、逍遥の門人、もしくは門人格であるのはおもしろい）。

西洋の宗教としてのキリスト教に敬意を払いつつも、近代科学の洗礼を受けた当時の知識人たちは、近代科学に反する教理をもつキリスト教を、容易には受け入れることはできなかったようである。かといって、にわかに円了のような、国粋主義的傾向を帯びた仏教至上主義に与することもできず、混乱を極めた宗教界・思想界の中で、たゆたうていたわけである。そのような人々にとって、科学性・合理性を重んじ、あらゆる宗教の根源は同一であると説く、この近代的な宗教は、願ったり適ったりのものに思えたにちがいない。

むろん、オーソドックスのキリスト教からの批判もあった。組合教会の小崎弘道などは、宗教の尊厳を軽んずるものとしてユニテリアンを批判した(16)。内村鑑三は、ヒューマニズムを実践しようとする道徳的な主義としてのユニテリアンを評価したが、教理としてユニテリアンを認めることには、否定的であった(17)。事実、やがてユニテリアンたちは、宗教家というより、社会主義・平和主義運動の重要な担い手となってゆくのである(18)。

仏教界についていえば、ユニテリアンは、好意的に受け入れられたようである。科学的・合理的であるという点で、円了の批判に応えうるものであったし、教理の上でも、仏教と対立するものではなかった。前田慧雲はユニテリアンのいう神の概念と仏教の真如とが類似すると考え、前述のナップとの対談でこれを確認した(19)。

また、キリストの位置づけについても、ユニテリアンは仏教と相通ずるものがあった。オーソドックスのキリスト教では、キリストは神そのもの、もしくは神の一人子であるが、例の「ゆにてりあん教徒普通の説」第六には、「基督は宗教的発達に於て人類を導きたる教導者中其最も卓越なるものなり」とあって、神ではなく、人間であり、これまでに現れた最も優れた教師であると考えられているのである。これは仏教における仏陀に対する考え方と同様のものであろう(20)。

まとめてみよう。明治維新以来、欧化熱にともなって近代的西洋的な宗教としてキリスト教は歓迎されたが、西洋文明の摂取が進むにつれ、そのキリスト教そのものに、西洋文明の近年の成果である科学、そして、それを取り入れた哲学と矛盾する点があることが明らかになってくる。それにしたがって、非近代的な宗教として排撃されてきた仏教が、むしろ、近代科学・哲学と一致するものであることが発見され、その優秀さが主張された。しかし、その仏教は、おもに日本に伝わる大乗仏教であることが強調されたこともあって、仏教至上主義の主張は、国粋主義的な傾向を帯びることになった。このような宗教・思想的対立・混乱の中に現れたのがユニテリアンなのであった、ユニテリアンは、キリスト教の一派ではあるけれども、近代科学・哲学を重んじ、それに矛盾するようなキリスト教の教理には、こだわらなかった。しかも、その名の通りあらゆる宗教の根源は同一であると説き、仏教とも融和するような性質を持っていた。そのため、さまざまな宗教・思想がぶつかり合い、混迷していた当時、新たな可能性を持った宗教として知識人に注目され、歓迎されたのである。

五　嵯峨の屋おむろとユニテリアン

ところで、井上円了は『仏教活論序論』の中で次のように自己の思想遍歴を振り返っている。

余はもと仏家に生まれ、仏門に長ぜしをもって、維新以前は全く仏教の教育を受けたりといえども、余が心ひそかに仏教の真理にあらざるを知り、顱を円にし珠を手にして世人と相対するは一身の恥辱と思い、日夜早くその門を去りて世間に出でんことを渇望してやまざりしが、たまたま大政維新に際して一大変動を宗教の上に与え、廃仏毀釈の論ようやく実際に行なわるを見るに及んで、たちまち僧衣を脱して学を世間に求む。初めに儒学を修めてその真理を究むること五年、すなわち知る、儒学も未だ純全の真理とするに足らざるを。ときに洋学近郷に行われ、友人中すでにこれを修むるものありて、余に勧むるにその学をもってす。余おもえらく、洋学は有形の実験学にして無形の真理を究むるに足らずと。故をもって一時その勧めにおうぜざりしも、退きて考うるに、仏教すでに真理にあらず、儒教また真理にあらず、なんぞ知らん、真理はかえってヤソ教にありて存するを。しかしてヤソ教を知るは洋学によるべからず。これにおいて儒をすてて洋に帰す、ときに明治六年なり。

この後、円了はキリスト教を研究し、やがて西洋哲学へと移り、そこに真理を発見するのだが、それが三千年前の仏教の教えと一致していることに驚き、仏教のすばらしさを確信する、という成り行きになる。

このような宗教・思想遍歴は円了に限ったことではなく、当時の知識人にありがちのことであった。手近なところでは、二葉亭四迷が、魏叔子を尊敬しつつも、ベリンスキー、スペンサー、ヘーゲルなど、さまざまな哲学書を読みあさり、キリスト教、仏教にも飽きたらずに、ひたすら真理を求め、ついにあらゆる宗教や形而上学的哲学は、仮に想定した理屈に過ぎないとして、これを放棄し、実際体験を重視し、「天然の理法」を研究することが大切だと考えるようになっていった例をあげることができる(21)

二葉亭の友人で、先に触れた嵯峨の屋も似たような思想遍歴をたどった。

少年の頃は儒教を信じけるが、二十歳前後より転じて仏教を信じぬ、然も余は此に止まる能はず、二十八歳の春は、転じて耶蘇教を信じ、次で其翌年はゆにてりあん宗を信じき、然も余は尚此に安住する能はず、三十三歳の時より、又儒仏耶三宗の間を迷ひ始しが、終に昨年の暮に至りて、宗教なるものは、其神、儒、仏、耶の何者たるに係はらず、是皆人間が、妄想の上に建立し、、一種の空中楼閣なる事を観破し、凡そ天下の事理は、学問に因りて解釈するの外、決して他に道なき事を信じぬ　（「自序」『古反古』明治三〇年）

この後、かつて自身が唱えた平等論や宇宙主義の浅薄さについての反省がなされるのだが、二葉亭が宗教や形而上学に見切りを付けたのが明治二十四年頃である。嵯峨の屋は、「昨年の暮」といっているから、二葉亭に遅れることおよそ五年で似たような認識にたどり着いたわけだ。

それはともかく、「二十八歳の春」は明治二十三年にあたるが、笹淵友一氏によれば、嵯峨の屋のキリスト教への接近は明治二十一年まで遡れるという。[22] これに対して反論もあるが、[23] 嵯峨の屋の発言にはっきりとユニテリアンの影響が認められるようになるのは、明治二十二年のことであるから、「其翌年はゆにてりあん宗を信じき」から逆算すると、笹淵論をとるべきかも知れない。

いずれにせよ、明治二十二年十月、嵯峨の屋は『国民之友』に「平等論」を発表、仏教的な平等の観点からキリスト教と仏教の教えが一致することを説いた。

平等とは何でありますか？人間は本来平等であるといふ事をいふのです、而して私の此にいふ平等は論の根拠を釈氏の教から取りました。仰いで天を御覧なさい、蒼々として限もなく、実に無辺無際であります。又真理の広大なることを想像して御覧なさい、天の無辺無際なる如く、法界に遍満して其極めがありません、実に無始、無終、不生、不滅、極めて円明の極めて円満のものであります。（中略）

真理は円明円満のもの
心は真理の人間と現じたもの
故に心は本来円明円満のもの

又此断定を観念として更に、

人間は本来平等のものである

といふ断案も下されます。

「真理」は「円明円満」で、「心」は「真理」が人間として現れたものだから、人間は本来平等である、というのであるが、この後、嵯峨の屋は、「我慢」を去ることで、人間は平等に帰することができるのだと述べ、次のように主張する。

昔得菴居士が、耶蘇は仏道を広める為めに現はれた、西天の仏かも知れぬと言はれました、今から思へば、是れ新羅を過ぐるの一矢でした、鳴鏑三千世界に響いて居ます。仏とは真理の又の名です。真理に二ツはありませんから、名などは如何でも宜いのです。耶蘇子の説かれた愛も我慢があツては得られません、耶蘇教の信者は耶蘇教は仏教に勝ると言ひますが、是我慢です、是等の信者はキリストの愛を知るものではありません、キリストの愛は尚一層広大のもの丶様です。（中略）我慢の汚点さへ破ぶるれば、心は、本の円満に帰します。円明円満には首尾もなく、終始もなく、無窮、無極、不生不滅です。是を真の平等といふのです。差別に任せず平等に任せず、平等に即して差別、差別に即して平等、是を真の平等といふのです。

文中の「得菴居士」とは、嵯峨の屋の仏教の師鳥尾得庵である。杉崎俊夫氏は、嵯峨の屋の論が師得庵の影響のもとで成り立っているとしているが、(24) 内容的には得庵に限定せずともよさそうだ。ともあれ、ここでの嵯峨の屋に仏教的な立場からキリスト教も根源を同じくする宗教として受け入れようとした、当時の知識人の典型を見ることができよう。(25)

このような嵯峨の屋の論は何を念頭に置いていたのか。その一斑は次の「宇宙主義」（『国民之友』明治二三年一～三月）によって知ることができる。

嵯峨の屋は例によって、「其一　道」で次のように真理の遍在性を説く。

鳴呼大なる哉真理の力、天下何の所にか其力無からざらん、実に宇宙に円満してあるなり、就中此力に就いて専心工夫を凝らしたる、古来聖賢の書の如きは、実に大なる真理の安住所なり、故に見よ、其力は儒者の四書の中にも存するなり、基督の聖書の中にも存するなり、釈氏の経典の中にも存するなり、スペンサー、ヘーゲル、カント等の哲学の中にも存するなり、シエクスピヤー、近松の戯曲の中にも存するなり、馬琴、スコットの小説の中にも存するなり

このように真理の遍在性を述べた後、さらに「完全円満」性を説くのだが、宗教や哲学に対する態度はどのよ

うであるべきかというと、「平等論」からのつながりで次のようになる。

人に因ると、是こそ真理なり、人の蹈むべき道は此道に限ると、よくも究めずして限る者あれど、限るは大に宜しからざるなり、諸の宗教信者は一に執着して他を排斥するものなるが彼は頑信者と言ツて宜しからざるなり、されぱとて多くの宗教多くの哲学を猥りに奉ずるも宜しからざるなり、多くの宗教多くの哲学を咀嚼し、玩味して、其実相を看破するを宜しとするなり

一つの宗教・哲学に執着せず、広く研究して、「其実相を看破」することが大切であるというのだが、この後、嵯峨の屋は、このようにするなら「心は真理と冥合」できるのであり、その時は「自他平等にして無差別」となるのだ、と説く。仏教的な平等論から見た宗教・哲学の一致であり、「平等論」からの繰り返しであるが、このように真理を信ずることによって、人は自己の主張に固執することによって生ずる争いから逃れることかできるようになるのであり、そのような立場が「宇宙主義」である、と主張しているのである。

「其二　請ふ宇宙主義を取れ」では「其一　道」で述べた「宇宙主義」の前に二つの障害が存在することが語られる。

蓋し宇宙主義の前途に横はる障碍は甚だ少なからざるべし、其中の大なるもの二ツあり、一を国粋保存主義といひ、一を西洋主義と云、実に此二主義の如きは近時日本にある主義中の大なる迷惑者なり、

当然、国粋保存主義・西洋主義の対立を捨てて、「宇宙主義」を取れというのが嵯峨の屋の主張であるが、これが仏教とキリスト教の対立を捨ててユニテリアンとなれ、という主張と同じ文脈にあることは明らかである。つまり、「宇宙主義」を唱えた嵯峨の屋の念頭には、当時の宗教・思想界の混乱があったのだ。

おわりに

話を逍遥に戻そう。当然のことながら、逍遥もこの種の問題について無関心ではなかった。戯文ではあるけれど、早くから「粋論」（『読売新聞』明治一八年五月～一九年三月）で、さまざまな価値観の氾濫する社会の中で、人は何を基準として生きて行くべきかを論じている（酔狂とひっかけて「粋教」を説いている）し、「小説　外務大臣」（『読売新聞』明治二一年四月～六月）では、「破邪文を作りて凡俗の迷夢を攪破せんと試み」たインテリや、キリストの再生を信じない「文明の耶蘇信者」の婦人を描いている（明治二十一年の時点では、円了の「顕正活論」はまだ出ていない。「破邪活論」のみである）。

また、第二節で引いた『早稲田大学』の「仏教の現況」「基督教の現況」にしても、逍遥自身の手によるとの確証はないが、編集長の逍遥の意向が反映していることは間違いない。

同じ『早稲田文学』二号の「仏教の現況」「基督教の現況」の直前には、「文学と安心」と題する次のような記事があり、同様の理由から、ここからも逍遥の文学と哲学・宗教の関係についての興味のほどを知ることができる。

> 人と哲学と関係して離れざるべくば文学と哲学との間に密接の関係あるべし哲学が美文学を生むとはいはず人々安処を哲理中に求めんとする傾あるをいふなり美文学のみの上をいふも哲学の影響著るしきもの間々ありコールリツジの理想は重《ママ》に独逸の超絶哲学より来りワルヅワルスの詩にはシエリングの絶対哲理隠見す或はポープがライプニツツの旨を歌ひシルレルがカントの哲学を呼吸し馬琴が儒仏を奉ぜしなど挙げていふ可からず（中略）此に於いて啻に哲学のみならず苟くも安心立命に関係あるものは次第に文学と親接し来れり或意味にていへば清教がミルトンを造り羅馬教がダンテを造りたりともいふべしさすれば哲学及び宗教の新

文学に於ける関係等閑に看過すべからず

二葉亭の日記「落葉のはきよせ」に哲学や宗教を研究し、「安心」を求めようと悪戦苦闘する彼の姿が見えることから、この文と二葉亭との関係が連想されるが、(26)今ここではとりあえず、逍遥の没理想論成立当時、宗教・思想が混乱する状況の中で、文学と宗教・思想の関係が重要なものとして注目されるようになっていたことを確認したい。

すでに気づいた読者もあると思うが、逍遥の没理想論は、嵯峨の屋の「平等論」「宇宙主義」における主張と、ある点までは、ほとんど同一といって良いほどに酷似している。造化は「没理想」であり、さまざまな宗教や思想にあてはまるという逍遥の主張は、「真理」の力はあらゆる宗教・思想・文学作品に現れているという嵯峨の屋の主張に一致するし、逍遥が造化の「無限無底」性を説いた点は、嵯峨の屋が「真理」の「無辺無際」であることを説いた点に一致する。

また、冒頭に引いた、「如何にせば此の無限無底の絶対に達すべきぞ。曰はく、我を去つて我を立てん。一理想を棄てゝ没理想を理想とし、一理想を固執する欲有限の我を去て、無限の絶対に達せんとする欲無限の我を立てん」という主張は、「我慢」を捨てて「真理と冥合」せよという嵯峨の屋の主張に、さらに冒頭には引かなかったが、同じ「没理想の語義を弁ず」の中の「没理想とは平等理想と云ふに同じ。我は万理想の中に就いて、其の差別を棄て、平等の理を探らんとするなり」という主張は、「真理」の平等性を主張した嵯峨の屋の主張に、それぞれ一致する。

仏教的な発想と表現によって「没理想」論を語り、自らを「無神主義のユニテリヤン」になぞらえた逍遥の念頭には、流行にのってさっそくユニテリアンとなり、当時さかんに獅子吼をなしていた、門人格の嵯峨の屋の所論があったはずである。

だが、逍遥は、嵯峨の屋のように無邪気に真理の存在や真理との冥合を主張しはしなかった。混迷する思想・宗教の中で、二葉亭の懐疑の影響もあってか、いずれの思想・宗教にも満足しなかった逍遥は、ユニテリアンに心引かれながらも、神の存在を前提とする点で、同感することができなかった。「無神主義のユニテリヤン」という言い方がこのことを端的に表している。さらに、逍遥は、自己の文学論にも確信を持つにはいたらなかった。「そが没理想とは即ち有大理想の謂ひにして、そが没理想を唱ふるは、その大理想を求めかねたる絶体絶命の方便なり」であるとか、「有無の境に迷ひて、有は即ち無、無は即ち有と観じつゝ」といったためらいをともなった表現に、そのあたりの逍遥の苦衷を偲ぶことができよう。

以上見てきたように、逍遥の没理想論は、もともとシェークスピアの批評論として出発したものであったが、彼を取り巻く混迷した時代状況の中でたどり着いた哲学としての性格をも持っていた。本来戯曲の批評論争であったはずの没理想論争が、いつのまにか世界観を論ずる哲学論争の様相を呈していった遠因は、逍遥の没理想論の成立の過程に内在していたのである。

（1）たとえば、「シエークスピヤ脚本評註緒言」（『早稲田文学』明治二四年一〇月）で、逍遥は、「若しシエークスピヤを称美せんとならば其美術家たる技倆を賞するは固より可かるべく、其比喩の妙、其想像の妙、其着想の妙、これらをほめて空前といふも可く、絶後といふも可かるべし只其理想をほめて強いて高しといふは信けかだ《ママ》しむしろ其の没理想なるをたゝふべし」と述べている。

（2）ほかに「没理想という観念は世話物の批評の過程で形成されていったのではないかという推測を許す余地がある」と述べて、近松の世話物批評との関わりを想定する論もある（石田忠彦『坪内逍遥研究』九州大学出版会、昭和六三年）。

（3）久保田芳太郎「没理想論争をめぐって――モールトンとハルトマン――」（『比較文学年誌』昭和四七年三月）、

松本伸子「没理想とエドワード・ダウデン」（『坪内逍遥研究資料』昭和五五年三月）。

（4）磯貝英夫氏は、「東洋的な超越弁証法」とする（磯貝英夫「啓蒙批評時代の鷗外——その思考特性　下——」『文学』昭和四八年一月）。石田氏は逍遥の論が「仏教的な悟達の境地の説明」のようであるとしている（注2に同じ）。大塚美保氏も唯識思想との対比を行っている（「哲学と美学の間——没理想論争の再検討——」『森鷗外研究』平成九年一二月）。なお、没理想論と老荘思想の対比については、坂井健「坪内逍遥「没理想論」と老荘思想」（本書第二部第三章）参照。

（5）坂井健「二葉亭四迷「真理」の変容——仏教への傾倒——」（本書第二部第一章）

（6）「我にあらずして汝にあり」（『早稲田文学』三号、明治二四年一一月）に「常識無き小理想家の多き程厄介なるものは無し実際の事に疎き空論家の増加するは、文学の為にも憂ふべくして喜ぶべきことにあらず方今の文壇を観るに、我方寸の小宇宙にのみ彷徨して方十里内の実際をだにも全く知らざるが如き人少からずさる人々は我が思ふ所のみを正しとして他の謂ふ所を悉くしりぞけそが小理想を尺度として此大世界の事をも裁断せんと企つるなり、偏見家、理想家などといふものは是なり」とある。

（7）「真理金針（初篇）解題」（『明治文化全集　第一二巻　宗教篇』日本評論社、平成四年）

（8）『早稲田文学』二号、「基督教の現況」には、「基督教分派表」というのがあって、「新教派」として、「組合教会」「日本基督教会」「日本メソデスト」「メソデスト」「日本聖公会」「クエーカー」があげられ、「自由派」として、「普及福音教会」「ユニテリアン」「ユニバーサリスト」とがあげられている。なお、旧教についての記載はない。なお、辻橋三郎氏によれば、近代日本の形成に力があったのは、カトリックではなくてプロテスタントであったという（『近代文学者とキリスト教思想』桜楓社、昭和四四年）。

（9）注7に同じ

（10）池田英俊『明治の仏教——その行動と思想——』（評論社、昭和五一年）、池田英俊『明治の新仏教運動』（吉川弘文館、昭和五一年）参照。

（11）『仏教活論序論』には次のような記述がある。

それ仏教は日本固有の宗教にあらずして他邦より漸入したるものなりといえども、すでに今日にありてはその本国たるインドはほとんどその痕跡を絶し、わずかにその地に存するものは仏教中の小乗浅近の一法のみ。

（中略）シナに至りては大乗の宗書共に今日わずかに存すといえども、その宗は大抵禅家にして経論を用いず。その僧は大抵暗愚にして仏教を知らず。その勢い実に衰退を極めたりという。しかしてその宗、その書、その人、共に存して大乗の深理を知り、一乗の妙味を知るべきものひとりわが日本あるのみ。（中略）方今西洋の学者中往々仏教を講究するものありといえども、その訳して西洋に伝わるもの、みな今日インドに遺存せる仏典にして、すなわち仏教中の小乗浅近の経文のみ。

(12) 注10の池田英俊『明治の仏教――その行動と思想――』

(13) 円了と西洋思想については、斎藤繁雄編著『井上円了と西洋思想』（東洋大学井上円了研究会第二部会、昭和六三年）がある。

(14) 注12に同じ

(15) 注12に同じ

(16) 今中寛司「『六合雑誌』における小崎弘道」（『六号雑誌』の研究』同志社大学人文科学研究所、昭和五九年）

(17) 武邦保「ユニテリアン雑誌としての側面から」（同右書）

(18) 同右

(19) 注12に同じ

(20) 注12に同じ

(21) 注5参照

(22) 笹淵友一『浪漫主義文学の誕生――文学界を焦点とする浪漫主義文学の研究――』（明治書院、昭和三三年）

(23) 松村友視「嵯峨の屋御室における浪漫主義の生成」（『文学』昭和六〇年一一月）

(24) 杉崎俊夫『嵯峨の屋おむろ研究』（双文社出版、昭和六〇年）

(25) 注23の松村氏の論に、「平等論」と得菴、また、ユニテリアンとの関わりについての考察がある。

(26) 逍遥・二葉亭・嵯峨の屋あるいは円了などの諸論の相互の実証的影響関係の有無の検討については、今後の課題としたい。

第二章 「真理」の時代——二葉亭・逍遥・嵯峨の屋など——

はじめに

二葉亭四迷が生涯をかけて「真理」を追究したことはよく知られている。

ところで、二葉亭が自身の文学理論を表明した「小説総論」では、「意（アイデア）」こそが小説の描き出すべき目的であるとされている。この「意（アイデア）」の概念がベリンスキー『芸術のイデー』に見られる「イデー」に由来することは早くから明らかにされており、[1] かつまた『芸術のイデー』の二葉亭による抄訳である『美術の本義』では、原文の「神の絶対的イデー」「神のイデー」に相当する箇所が二葉亭によって意識的に「真理」と誤訳(?)されていることも知られている。[2] すなわち、二葉亭は、芸術の表現すべき目的が神のイデーであるとしたベリンスキーの理論を受け入れながらも、「神」という要素を切り捨て、文学の表現すべき目的は「真理」であるとの独自の文学理論を構築したわけである。

この理由については、実学重視の風潮の中で二葉亭が科学的合理主義を重視したからだとの見方が定説で、[3] 平成一一年になっても同様の見解が提出されている。[4] このように単純に言い切ってしまえるかということ自体にも疑問が残るが、それ以上に、二葉亭によって言い換えられ、文学の目的であるとされた「真理」が、実際上、科学的「真理」としての意味を担って流通していたのか、という問題になると、話はますますあやしくなってくるのである。

本章では、「真理」という語が使われていた当時の文脈を検証することにより、二葉亭によって言い換えられた、文学とは「真理」を表すものであるとの主張が、実際には、どのように受容されていたのか考察してみたい。

一　「真理」という語の意味合い

「親よりも大切な者……親より大切な……者……親より大切な者は私にも有りますワ。」

文三はうな垂れた頸を振揚げて
「エ、貴嬢にも有りますと。」

「ハア有りますワ。」

「誰……誰れが。」

「人ぢやアないの、アノ真理。」

「真理。」

ト文三は慄然と胴震をして唇を喰ひしめた儘暫らく無言、稍あツて俄に喟然として歎息して
「ア、貴嬢は清浄なものだ潔白なものだ……親より大切なものは真理……ア、潔白なものだ（略）」


二葉亭の『浮雲』第三回の有名な一節。自分には親よりも大切なものがあると謎を掛けた文三にお勢が答える場面で、お勢が思わせぶりを言った上、文三をはぐらかすところである。

この場面で使われている「真理」という語をとりあげて、柳父章氏は次のように述べている。(5)

「真理」とは、もちろん、当時最新の舶来の抽象語 truth の翻訳語である。文三も、お勢も、作者の二葉亭も、そのことは承知していたに違いない。それにも拘らず「真理」は、truth と同じではない。

「真理」は馴染みの薄い言葉であるがゆえに、truthが原語で持つ以上の意味合い、働きを持っている、というのである。氏の論は、この後、馴染みがなく、意味が取りにくい翻訳語は、曖昧であるがゆえに特有の意味合い、働きを持つことになる、という翻訳語一般の問題へと発展してゆくのだが、本章の興味は、あくまでも「真理」という翻訳語そのものにある。

いうまでもなく『浮雲』は、明治二十年ころの社会のありようを描き出そうとした作品で、ここに描かれている文三・お勢は、当時最新の流行の若い男女である。文三は、苦学の末、何とか役所づとめにありついた（リストラされてしまってはいるが）インテリ青年であるし、お勢の方は、西洋主義の理解者を自認するハイカラ娘である。

柳父氏のいうように、文三もお勢も、もちろん二葉亭も「真理」がtruthの翻訳語であることは承知していたはずである。承知の上でのやり取りであると解釈してこそ、この場面の面白さが理解できるであろう。

つまり、「真理」というものはいやしくも最新の西洋の学問を理解しているものなら、何よりも尊ぶべきものであるとの前提があっての話なのである。親より大切なのは貴嬢だと恋しい気持ちを伝えようとする文三に対し、お勢は自分にも親より大切なものがあると思わせぶりをいう。文三は、やれありがたやとその答えを期待するが、豈にはからんやその答えは、「真理」などとはぐらかされる。はぐらかされても「真理」を持ち出された文三はグウのネも出ない。なぜなら、「真理」はいやしくもというわけだからだ。だから、文三はお勢を「清浄」「潔白」と賞賛せざるを得なくなってしまう。親との対比で「真理」が持ち出されている点に、最新の学問の目的である「真理」が、封建道徳の根幹である孝に対しても、優位なものとして描かれている文脈を読み取ることもできるだろう。事ほど左様に「真理」は尊いものだったのである。

とはいっても、では、その何よりも尊ぶべき「真理」なるものが如何なるものであるか説明してみよ、などといわれたなら、文三やお勢はもちろん、当の二葉亭でさえはっきりとは答えられなかったにちがいない。

二　truthの翻訳語としての「真理」

柳父氏は、「真理」がtruthの翻訳語であることを周知の事実として論じているし、注3、注4で引いた十川氏、鄭氏も科学的真理を指すとの立場を取っている。本章でも前節ではそのように取り扱ってきたが、実際のところどうであったのか。ここではまず作業として検証してみたい。

まず、truthに「真理」という訳語を与えた最初期の一人であろう西周の『百学連環』（明治三年）の用例を見てみよう。

therefore science and art may be said to be investigation of truth, but science requires for the sake of knowledge art for the sake of productions, and science is more concerned《sic》 with the higher truth art with the lower.（中略）夫れ故に、学術は真理の穿鑿にして、学は知ることを望ミ、術は生ずることを望む、及び学は術よりも高く真理と係りてあり、術は学よりも底き真理と係りてあるといふ意にして（以下略）

ここでの「真理」は学問の目的であり、学問によって明らかにされるものであり、かつ、技術によって応用されるものである。また、「真理」といっても、ランクがあって、高いものや低いものがあると理解されている。

同じく『百学連環』から、もう一つ二つ例を拾ってみよう。

今物に就て真理の一二を論せんにはpolitics政治学なるあり。其中一ツの真理はliberty即ち自在と訳する字にして、自由自在は唯動物のみならす草木に至るまで皆欲する所なり（中略）人の天性自在と云ふに基づきて背くことなき是即ち政事学中唯タ一個のtruthなるなり。

これなどは、変えることのできない、あるいは変わることのない原理・原則といった意味であろう。

格物学の真理の一ツは地球の引力なり。器械学の一ツの真理は車の回転する必す輪に避心力あるか如く、天文学の一ツの真理は星の回転するものは必す回転し、恒星は幾星ありても運転せさる如く

「格物学」は物理学のこと。この用例では、非常にはっきりしている。要するに、ここでの「真理」は科学的な法則である。

すなわち、truth の訳語としての「真理」が用いられた当初は、学問によってさまざまな物事について明らかにされてきた変わることのないさまざまな原理・原則そして法則を指す語であったと考えていいだろう。さまざまであればこそ、多くの事柄に適用される高次な「真理」や応用範囲の狭い比較的低次な「真理」も存在したわけである。

さて、明治三年の時点で「真理」は、truth の翻訳語としてこのように用いられていたのであるが、その後の定着はどうであっただろうか。

『哲学字彙』（明治一四年）の Truth の項目を引くと、「真理、真実」とあり、Absolute truth「自然之理」、Necessary truth「必然之理」、Self-evident truth「自明之理」、Universal truth「通理」の用例があげられており、「真理」は truth の翻訳語としてかなり定着している様子が見て取れる。『浮雲』のころには、truth の翻訳語として知られていたことは確実である。なお、用例で truth に「理」が当てられていることからも、「真理」とは、正しい道理・原理であるとの理解があったことがうかがえるだろう。

三　坪内逍遥における「真理」

以上のように、「真理」は truth の訳語であり、不変の原理・原則や科学的法則を指し示す語であったことが

確認される。だが、実際にその額面通りに流通していたかというと、これは別の問題である。明治十九年一月、坪内逍遥のもとを二葉亭が訪れ、それから二人の親交が始まるが、以降しばらく、逍遥の文学論に二葉亭の影響があらわとなり、それまでの彼の論に見られなかった「真理」の語が散見するようになる（二葉亭の「小説総論」の発表は明治十九年四月。『美術の本義』の翻訳はその少し前と見られている）。

道徳の真理、政治の真理、之を討究する必要ありとせバ美の真理も講究せで叶ふべからず他なし人間の真理を求むるは之を真理として求むるなり語を換へて言はバ真理の真理たるを愛するに因るなり
（「美とハ何ぞや」『学芸雑誌』明治一九年九月）

人間は「真理」を愛するものだから「道徳の真理、政治の真理」と同様に「美の真理」を求めなければならない、というのだが、ここで「美の真理」といってしまったとき、それはすでに前に見てきたような「真理」の範囲からはみ出してしまいそうな危うさがありはしないか。

次の例はどうだろう。

遊人ハ批評するに臨みて「小説の要は哲学の講究し得ざる真理を発揮するにあり」といふ事を以て終始の標準となすべしと思ふ
（「雪中梅（小説）の批評」『学芸雑誌』明治一九年一〇月）

「遊人」は逍遥のこと。二葉亭の主張そのものといっていいような内容であるが、哲学の範囲外にある「真理」とは、いったい何を指すのであろうか。

哲学は明治の初めには「理学」ともいったが、物理学・生物学・天文学などあらゆる学問を総括する学問として位置づけられていた。(6) 明治二十年ごろには、いわゆる自然科学を「理学」、今日でいう人文・社会科学を「哲学」と称する用例も表れるようになるが、(7) 要するに、どちらも学問の範囲である。先にみたように、翻訳語としての「真理」とは、学問によって明らかにされうる原理・原則・法則であった。したがって、「哲学の講究し得

ざる真理」などという表現は矛盾なのであって、このように表現されるとき、当初の定義からのズレが生じてしまう。すなわち、何だかよく分からないけれども、とにかく大切なもの、という程度の意味となって、一種の比喩となってしまうのだ。こうしたズレは、次の例でさらにはっきりする。

真理とは何ぞや曰くいひ難き妙想をいふなり人情の真理世態の真理は総じて解剖して説明しがたき者なり（同前）

「妙想」というのは観念論美学を我国に紹介したフェノロサの「美術真説」で使われた語（厳密にいうと、フェノロサの演説を翻訳したときに使われた語。逍遥がフェノロサの説を知っていたことはいうまでもない）で、「アイデア」の訳語である。「アイデア」というのは「イデー」の英語読みだから、何のことはない、かりに二葉亭が科学的合理精神を重視して「イデー」を「真理」と訳したにしても、これでは元の木阿弥で、世界の本質・根源といった意味を回復し、当初の翻訳語としての「真理」の意味を逸脱してしまっているのである。ここでの「真理」は、前に見たような学問によって得られる正しい道理・原理といったようなものではない。

四　嵯峨の屋おむろにおける「真理」

次に、嵯峨の屋おむろの場合を見てみよう。嵯峨の屋は二葉亭とともに東京外国語学校露語科に学び、彼自身ベリンスキーの文学論に親しんでいた。当時の二葉亭と親交があり、逍遥の弟子格にもあたる。当然、彼らと文学についての知識も共有していた。嵯峨の屋は明治二十二年十一月、『しがらみ草紙』二号に「小説家の責任」を発表するが、これは二葉亭のいう、文学の目的は「真理」であるとの主張を継承したものである。嵯峨の屋は自説について「露西亜大家の小説を読み一二批評家の論文を読みて」知ったものだと断った上で、小説家の責任は「真理の発揮」「人生の説明」「社会の批評」であると断じ、次のようにまくしたてる。

如何にして小説家は其真理を発揮すべきか、曰く情より入ツて是を発揮するなり、卑近の有形に因ツて高遠の無形を発揮するなり、然らば真理とは如何なるものぞ、曰く真理の命力は不生不滅無限無量なり

ここで「情より入ツて」云々は、二葉亭が「小説総論」でいう「感情を以て意を穿鑿」に相当し、「卑近の有形に因ツて」云々が、二葉亭の「実相を仮りて虚相を写し出す」の「実相を仮りて」に相当することは容易に見て取れる。つまり、小説は感情によって物事の本質を把握し、目に見える浮世の姿を借りてそれを表現するものである、という主張である。

小説家が把握する物事の本質に「真理」という名をつけることの適否については後に論ずるとして、ここでは次の「真理」に対する定義を問題にしたい。嵯峨の屋は「真理の命力は不生不滅無限無量なり」と断案を下す。永遠無限の命を持ったはかりしれない存在、これはいったい何であろうか。嵯峨の屋はさらにいう。

小説家は唯宇宙中の万象を観察して真理の命力を知る事を得るのみ、其の活動する所以の妙理と妙体を感得する事を得るのみ、其活動する所以の妙理と妙体を感得する事を得るのみ、是を感得して是を示す、是を真理を発揮するといふなり

宇宙の林羅万象の中にあまねく活動している不可思議な存在、嵯峨の屋のいう「真理」は、そのようなものである。小説家はこれを感得して、世の人々に示さなければならない。彼のいう「真理」がどのようなものであるかは、小説家を煽り立てようとした次のことばでいっそう明らかになる。

請ふ天下の小説家よ先ヅ自家責任の大なるを知れ、名利の慾に馬鹿さるゝ勿れ、世の毀誉に着する勿れ、小人の言に迷はさるゝ勿れ（略）迷を去ツて覚に付け、真理の大道を闊歩せよ、諸君は真理の発揮者ならざるべからず、諸君は人類の先導者たらざるべからず、社会の案内者たらざるべからず

大変な注文を付けられたもので、小説家はむしろ辟易するのではないかと思われるが、要するに、嵯峨の屋が

ここでいいたいことは、小説家は迷いを去り悟りをひらいて、「真理」をつかみ、社会を導きなさいということである。ここにいたって、嵯峨の屋のいう「真理」の正体が宗教的な真理であること、特に仏教的な「真理」であることがはっきりするであろう。(8) もはや、学問によって得られる正しい道理・原理という意味での「真理」から大きく逸脱しているのだ。

ところで、こうした考えは嵯峨の屋の独創であっただろうか。同じく、明治二十二年十二月、『しがらみ草紙』三号に嵯峨の屋が発表した「方内斎主人に答ふ」には、次のようにある。

友人二葉亭四迷曾て小説を論じて曰く「小説家は先ヅ基督の如く釈迦の如き人と成べし、出世見の高きより下ツて此世を観察して小説を作るべし」

嵯峨の屋の言にしたがえば、先のような考えは二葉亭から来ていることになる。科学的合理主義を重んじて神のイデーを「真理」に置き換えたはずの二葉亭が、このような発言をしていたわけだ。これはいったいどういうことだろうか。

五　二葉亭四迷における「真理」

二葉亭の「真理」をめぐる思索の変遷については、第二部で論じているので、(9) 詳細は略すが、二葉亭自身にも、正しい道理・原理といった意味での「真理」から逸脱していると思われる用例は存在する。

明治二十年八月二十三日、二葉亭は自己紹介の手紙を携えて徳富蘇峯を訪問するが、その手紙の中で二葉亭は訪問の理由を次のように述べる。

先生を頼みて師とし兄とし学問文芸殊に我が日本国勢観察の指南者と仰ぎ可申と決心致せし義有之候蓋し小生の御面会を願ふに熱心なるは即ち真理を探究するに熱心なる所以と自信致居候。

「真理」を求めているから「学問文芸」の指南者として仰ぎたいというのは分かるが、「日本国勢の観察」の指南者として仰ぎたいというのはどうか。もちろん、蘇峯は、当時高名なジャーナリストであったから、彼を師と仰ぐことによって、社会情勢を知ることはできたに違いないけれど、正しい道理・原理としての「真理」を知ることとそのこととのあいだには、やはり何かしらのズレが感じられはしないか。

この微妙なズレは、明治二十二年六月二十四日の日付のある二葉亭の日記からもうかがうことができる。

一枝の筆を執りて国民の気質風俗志向を写し国家の大勢を描きまたは人間の生況を形容して学者も道徳家も眼のとゞかぬ所に於て真理を探り出し以て自ら安心を求めかねて衆人の世渡の助ともならば豈可ならずや

（「落葉のはきよせ　二籠め」）

これも以前の逍遥の場合と同様である。学者の見つけることのできない「真理」といってしまったとき、その「真理」はもはや学問的真理ではない。宗教的な悟りの境地である「安心」も、世渡りの助けも、本来の「真理」とは関係のないことである。

とはいえ、二葉亭はこうしたズレに無自覚のままではいなかった。次は「落葉のはきよせ　三籠め」（明治二三年ごろ）で人生の目的は何かと悩んだ末の記述である。

人生の目的は如何？

此問に三ツの答あり

第一　真理と一体（証得）となるにあり（仏教）

第二　上帝の

第三　最大幸福を求むるにあり

（中略）

まつ人生の目的は真理と一体となるに在りといふ説如何あるへき試みにおもひ究むへし
此説は取も直さず仏者の説にして世に之を信奉する者または信奉するか如く見する者許多あるへし（中略）

此説の根拠はまつ真理ありと定むる処にありて存すへし　されと真理とは如何なるものなりや何をか真理といふ
普通の用法に随へば真理 truth とは真実の義ありて虚偽 falshood に対して用ゆること猶ほ明の暗に於けるか如く有の無に於けるか如し（中略）まつ二物あり二物の性質あり而して後に其相接触する処に真理を生するなり　か丶れは此意味にていふ真理は之を以て人生の目的と定むるに足らず　また之と体合することも為し得へきにあらす（中略）或は云ふ　真理とは原因結果を総称するものなり（中略）是もまた前説と大同小異にて因果といふ二物の関係を謂ふに過きす

引用中、「第二　上帝の」とあるのは、続きがないのではっきりしないが、キリスト教的な人生の目的を指すと思われる。「第三　最大幸福を求むるに在り」は、例の最大多数の最大幸福を指すと思われるが、両者とも、ここでは二葉亭の考察からはずされている。

さて、「第一　真理と一体（証得）となるにあり（仏教）」について二葉亭は考察を進める。人生の目的は「真理」と一体になること、すなわち身をもってはっきりと知ることであって、これが仏教者の考え方であり、信じるものも多いようだが、この説の根拠は、まず「真理」が存在することである（つまり、そもそも「真理」というものが存在しなかったら、こんな説は成り立たない）。では、そもそも「真理」とはどんなものだろうか。

普通の意味での「真理」は英語の truth であって、これは真実の意味である。つまり、虚偽 falshood の反対に当たる。明に対する暗、有に対する無のようなものだ。まず、二つのものがあってそれぞれの性質があって、それぞれの関係の中に「真理」が生じるのである。このような意味でいう「真理」は人生の目的とすることもできないし、一体化することもできない。また、真理とは原因結果の関係を総称するものだともいう。だが、これも前の説と大して変わらず、二つのものの関係をいっているに過ぎない。

くだくだしく述べてきたが、要するに、この時点（明治二十三年ころ）の二葉亭が人生の目的とすべき「真理」と科学的真理とを区別していたこと、これを確認しておきたいだけの話である。

だが、イデーを「真理」と置き換えた当時の二葉亭がこうした区別にどれだけ意識的であったかは微妙である。後年の述懐になるが、嵯峨の屋は、ベリンスキーに傾倒していたころ（明治十九年ごろ）の二葉亭について次のように述べている。(10)

文学界に於る長谷川は実に始めは文学に熱心のもので有つた。其頃の彼は何処迄も露国の批評家ベリンスキーの文学論を基礎として居たので、美術は真理の直覚で有る、形象を藉りて観念を活現するもので有ると唱へて居た。而して真理は何者ぞ、人生は何者ぞ、と求めながら、彼は熱心に読書し、熱心に人間世界を観察していた。

文学の求めるべきもの、表すべき目的を「真理」という単語で表現してよいかどうかはひとまずおくとして、二葉亭がそうした存在を求めて、熱心に読書をし、人間世界を観察していたのだという文脈は、現在のわれわれにも何のひっかかりもなく読めてしまう。おそらく、嵯峨の屋もそうだっただろうし、そのように唱えていた二葉亭もそうだったのだろう。だが、そこがクセモノなのだ。

六　井上円了における「真理」

　ところで、二葉亭は先の引用の中で、人生の目的は「真理」と一体化することであるという考え方について、「仏者の説」と述べているが、仏教において「真理」とは、どのような意味をもっているのだろうか。

　『岩波　仏教辞典（第二版）』（中村元他編、岩波書店、平成一四年）で「真理」の項目を引くと、「真の道理、まことのことわり」の意のサンスクリット語 satya の現代日本語訳で、漢訳では「真実」という語を使うこと、現代日本語では「真理」は、truth の訳語として定着しているが、仏教語では、あまりなじみがなく、古くからの用例はあるものの、「真如」などの語が使われることが多いことが述べられ、「真如」の同義語として「実相」「仏」「法」「解脱」「涅槃」などの語があげられている。

　要するに、仏教語の「真理」とは、仏教における理想であり、目指すべき存在、または境地ということであろう。

　あまりなじみがないとはされるものの、こうした意味での「真理」は、二葉亭がこの語をイデーの訳語として選び取ったころには、頻繁に使われていた。たとえば、嵯峨の屋の仏教の師鳥尾得庵の「老姿心説」のうちの「方便解」（明治一七年）には、次のようにある。(11)

　法界の理に通達して、而る後、初めて平等の慈悲を生じ。平等の慈悲生じて、無窮の法門あり。以て衆機をして、真理の門に通入せしむるを致す。

　ここでの「真理」は、人々を導くべき仏教における理想的な境地といった意味であろう。

　また、当時の仏教界のオピニオン・リーダーであった井上円了も、『哲学一夕話』（第三編、明治二〇年）において次のように述べる。

その変易するものこれを相対の標準とし、その変易せざるものこれを絶対の標準とし、その相対より進んで絶対に入る。これを標準の進化という。すなわち物心諸象の関係より進みて、その諸象に胚胎せる絶対の理体に帰するなり。もし人ことごとく進化してこの体に帰すれば、唯一平等の真理を見るのみにて、豈また是非の争いをその間に生ずるあらんや。

引用文冒頭の「その」「この」は漢文調独特の調子を整えるための文句で、特に意味はない。この世の中で変化するものを相対的な基準とし、変化しないものを絶対的な基準とする。相対的な基準から（認識の深化にともない）絶対的な基準へと入ってゆく。これを基準の進化という。つまり、物と心のさまざまな関係という相対的なありようから進んで、さまざまな現象の中に潜んでいる絶対的な「理体」（理をそなえた不可思議な存在）への認識へと進んでゆく。もし人々がすべて進んでいって、この「理体」に帰着するなら、そこでは唯一平等の真理をみるだけであって、相対的現象にとらわれていたときのように、争いが生ずることはない。

ここでの「真理」は、人々がいつか知るべき世界のまことの姿とでもいうべきもので、「真如」といってもいいだろう。

次は、同じく円了の『仏教活論序論』（明治二〇年）の一節。

仰ぎて仏典をうかがえば真理の精気巻面にあふるるを見、俯して仏理を思えば真理の輝光心内を照らす

これも仏典・仏理の中に示されている「真如」の不可思議な力を指したものだろう。

このような円了であるが、次のような用例もある。

人の思想中最もこれを変ぜしむるに難きものは、宗教の信仰なり。しかしてこれを動かすもの理論にあり。これ他なし、理論よく真理を左右するによる。方今天下の学者もっぱら理論をこととし、論理に合格せるものはこれを真とし、合格せざるものはこれを偽とす。

（『真理金針』初編、明治一九年）

動かしがたい宗教上の信仰すら理論によって動かすことができる。そして、理論によって「真理」を左右することができ、その真偽は論理に合格するか否かによって決まるというのである。ここでの「真理」は、「真如」などというものではない。科学的・学問的「真理」といってよいだろう。(12)

さらに、『真理金針』続々編（明治二〇年）では、仏教の「真如」が絶対的な存在でありながら、相対的な現象と不即不離であるという考えが、ヘーゲルが言う現象の中に絶対的なイデーが現れているとの思想と一致するものだとして次のように述べる。

今仏教の立つるところのものはこの両対不離説にして、ヘーゲル氏の立つるところとすこしも異なることなし。

「両対」は絶対と相対を指す。すなわち、「真如」を世界の根源たるヘーゲルのイデーになぞらえて理解しているわけだ。

これと同様の理解は、先に引いた『真理金針』初編にも見られる。

今日今時の学者は、みなひそかにヤソ教の考うるに足らざるを知り、これを排斥して更に理学の原理に基づきて、一種の新教を組み立てせんと欲し、道徳に宗教にみな理学に考えて、早くその新礎を起こさんと務む。これをもって近時の学者は、たとえその書中天帝の語を用いきたるも、その義は神妙不思議または真正の真理、あるいは不可知的の体に仮に名付けたるものにして、ヤソ教の造物主を義とするにあらず。

当時の新しい西洋の哲学者は、キリスト教の教義が非科学的であるとして、科学の原理に基づいて、新しい一種の宗教を興そうとしていた。彼らは、「神」という言葉をつかっても、それは不可思議な存在、真正の「真理」または、不可知の存在を仮にそう呼んでいるだけの話で、別にキリスト教でいう造物主のことをいっているのではない。このように円了はいっているわけで、ここでの「真理」は哲学者が科学に基づいて仮想した世界の根源を指す。

以上から、円了の「真理」の用法をまとめてみると、仏教的な「真如」であると同時に、科学的な法則でもあり、かつまたイデーのように、当時の哲学者が世界の根源として仮想したものとしての意味も持っていたということになる。

おわりに

このような「真理」の用法の多様さは、ひとり円了だけのものでないことは、すでに見てきたとおりである。したがって、西周が科学的真理たるtruthの訳語として「真理」という語を選び取ったにしても、すでに「真理」という語には、「真如」としての意味が備わっており、その影を揺曳しながら流通する宿命が与えられていたのだ。これは二葉亭が「神の絶対的イデー」の訳語として「真理」を選び取ったときにも、同様に起こりうる現象であった。仮に二葉亭が「神」という概念を拒否して、科学的合理主義を重視して、「真理」という訳語を選び取ったにしても、「真理」という訳語は、そうした意図とは無関係に流通したし、本人の二葉亭でさえ、「真理」に科学的真理以上の意味を込めて使うことがあったのである。

だが、翻って考えてみると、当初「真理」という訳語を選んだときの二葉亭に、はたしてどの程度科学的合理主義を重視しようという意図があったのかさえも疑問に思われる。

なぜなら、円了は「真理」という語に科学的法則であると同時に「真如」、世界の根源たる不可思議な存在、すなわちイデーの意味を込めて使っていたからである。円了の著作は、当時広く読まれていたから、「真理」という語がそのように理解されていたとしても何の不思議もない。つまり、二葉亭がイデーを訳そうとした時、当時としては「真理」という語がもっとも自然でふさわしかった。それが第一の理由なのであって、科学的合理主義云々については、それほど意識的ではなかったとも考えられよう。

とはいっても、科学的合理主義と「真理」という訳語の選択がまったく無関係だといいたいのではない。そもそも円了の発想自体が、ある意味で楽観的過ぎるくらい科学的合理主義重視である。円了が科学的真理と「真如」、イデーを同一視するとき、科学の進歩の果てには科学的真理と宗教的真理とが一致するはずだという前提がある。イデーと「真如」の同一視は、最新の「理学」に支えられた「哲学」によって導かれた「真理」がとりもなおさず「真如」であるはずなのだとの信念に基づくものなのだ。

このような考えは、当時の時代的空気であったに違いなく、だからこそ二葉亭はイデーに対して「真理」の訳語を選び取ったのだろうし、逍遥や嵯峨の屋も抵抗なく受け入れていったのだろう。かつまた、このような「真理」であればこそ、文学の目的とするにふさわしかったのであって、科学的な真理に限定して理解されたなら、おそらくは文学の目的として受け入れられなかったにちがいない。

なお、二葉亭が円了の著作を読んで直接影響を受けたというのが現在の論者の見方であるが、今のところ実証するには至っていない。また、本書ではキリスト教的「真理」との関わりについても考察することができなかった。今後の課題である。

（1）早いものでは、エル・カルリーナ（古林尚訳）「二葉亭四迷論——ベリンスキーと日本文学——」（『文学』昭和二八年一〇月）がある。

（2）たとえば、黒沢峯夫「ベリンスキー「芸術の理念」Documents」（『比較文学年誌』昭和四五年三月）には原文対照訳がある。

（3）十川信介「「実相」と「虚相」」（『二葉亭四迷論』増補、筑摩書房、昭和五九年、初出『文学』昭和四二年二月）

（4）鄭炳浩「〈虚〉の文学から〈実〉の文学への凝視——二葉亭四迷の文学論における「真理論」の成立の背景——」

(『日本語と日本文学』平成一一年八月)

(5) 柳父章『翻訳語の論理 言語に見る日本文化の構造』(法政大学出版局、昭和四七年)

(6) 「哲学(「ヒロソヒー」のルビあり)を理学、或は窮理学と名つけ称するあり」(略)「ヒロソヒーの定義は、Philosophy is the science of science、とて諸学の上たる学なりと言へり。凡そ事物に於て統括の理といふものありて、必すしも万事に就て統括せさるへからす。故にヒロソヒーは諸学の統括にして、国民の国王に於けるか如く、諸学皆ヒロソヒーに至り一致の統括に帰せさるへからす」(西周『百学連環』〈『西周全集』第四巻、宗高書房、昭和五六年〉)

(7) 井上円了『哲学一夕話』初編(明治一九年)の「序文」に「そもそも宇宙間に現存せる事物に、形質を有するものと有せざるものあり。日月星辰、土石草木、禽獣魚虫は形質を有するものなり。感覚、思想、社会、神仏等は形質を有せざるものなり。この形質あるものを実験するの学、これを理学と称し、形質なきものを論究するの学、これを哲学と称す」とある。なお、以下、円了文の引用は、『井上円了選集』(東洋大学)による。現代仮名遣いであるのは、そのため。

(8) 嵯峨の屋に見られる仏教思想については、早くから杉崎俊夫氏が論じている(杉崎俊夫『嵯峨の屋おむろ研究』双文社出版、昭和六〇年)。

(9) 坂井健「二葉亭四迷「真理」の変容——仏教への傾倒——」(本書第二部第一章)

(10) 坪内逍遥・内田魯庵編『二葉亭四迷』(易風社、明治四二年)ただし、引用は近代文学研究資料叢書の復刻版。

(11) 『得庵全書』(明治四四年)による。

(12) 円了の「真理」の用法に揺れがあることについては、すでに森章司氏の指摘(『井上円了選集』第四巻「解説」、平成二年)がある。

第二部

世界観と認識論の対立

第一章　二葉亭四迷「真理」の変容——仏教への傾倒——

はじめに

二葉亭が生涯をかけて「真理」を追い求めたことは論ずるまでもないが、二葉亭の「真理」といっても、彼の生涯を通して揺れがあり、その時期によって性格が違っているのである。二葉亭の「真理」の変容については先学の貴重な論考がある。

畑有三氏は、青年期までの二葉亭が「理屈」を重視し、「理屈」によって「真理」を探求しようとしていたのに対し、『浮雲』制作の矛盾を契機として、観念的抽象的な「真理」の不毛性を痛感し、明治二十四年七月頃を境として、「理屈」を否定し、「実感」に依拠する「人生」探求の姿勢をとるようになったとしている(1)し、十川信介氏はこの変容を「科学的合理主義や、未消化の感をまぬがれなかったロシア文学の理論から脱皮して彼独自の哲学と文学理論の構築に向か」ったからだとし、その哲学・文学理論を、伝統的風流の精神を受け継いだ芭蕉のごとき俳諧的文学論であるとしている(2)。たしかに、二葉亭は「理屈」から「実感」重視へと変わっていったし、ベリンスキー流の観念論から脱皮して新たな文学論を模索した。しかしながら、それは「理屈」から「実感」へストレートに変わったのではない。その間に「悟り」もしくは「直観」重視の時期があったのである。そして、これは俳諧論というよりむしろ仏教の影響の色濃いものなのである。つまり、二葉亭は一元論的な「理屈」重視の立場から、仏教の影響を受けて二元論的な「悟り」重視の立場へ、そして、仏教にもあき足らず「実感」重視へと変わっていったのである。

以上のように考える理由は次の三つである。

第一は、「落葉のはきよせ」を解釈してゆく際にこのように考えるのが最も無理が少ない、という点である。

第二は、逍遥との関係を論ずる際に、このように考えると「没理相論争」における逍遥の論の揺れがうまく説明できるという点である。

第三は、高瀬文淵との関係で、仏教に造詣の深い彼と二葉亭の交流が始まった時期と、二葉亭の日記に仏教的な論が現われる時期との一致である。

本章では二葉亭の「真理」変容の過程を主として「落葉のはきよせ」をたどりながら、そのメカニズムを解明したいと思う。

一

明治二十年頃の二葉亭の「真理」観を語る際に、よく次の手紙が引き合いに出される。

（前略）先生（筆者注―徳富蘇峯）を頼みて師とし兄とし、学術文芸殊に我日本国勢観察の指南車と仰ぎ可申と決心致せし義有之候蓋し小生の御面会を願ふに熱心なるは即ち真理を研究するに熱心なる所以なりと自信候（以下略）　　（明治二十年八月二十三日、徳富蘇峯宛）

ここで二葉亭が求めている「真理」は、「学術文芸」もさることながら、何よりも「我日本国勢観察」のためのものであった。つまり、この頃の二葉亭の「真理」は非常に政治的目的の強いものであった、といえる。では、このような「真理」はいかにして得られると二葉亭は考えていたのだろうか。少し遅れるが、パアヴロフの「学術と美術との差別」からうかがい知ることができる。

凡そ学術は物を変じて意思となし、美術は意思を変じて物となす。学術は実在の物を変じて虚霊の物となし、美術は虚霊之物を変じて実在の物となす。（「学術と美術との差別」『国民之友』明治二一年四月）

ここで二葉亭のいう「意思」は「真理」に相当すると考えられるから、二葉亭は「真理」を把握するのは学術による、と考えていたことが分かる。つまり、この時点では「学術」、つまり「理屈」を重視していたことが分かる。

ここで、少し「理屈」を重視するということの意味について説明しておきたい。「真理」を把握するのに「理屈」、すなわち学術・科学的方法と直観とどちらを重視すべきかという問題については、序章で述べた。

このように分けてみると、初期の二葉亭が「理屈」を重視していたということは一元論的認識論の立場に立っていたことを意味する。これは、彼がヘーゲリアンたるベリンスキーの影響を受けていたことを考えれば、ごく当然のことであろう。

二

以上述べて来たように、初期の二葉亭は一元論的認識論の立場に立ち、学問的方法によって「真理」を把握しようと、驚くべき情熱をもって、百巻の書物を渉猟し続けたわけだが、そのような学問的方法では、彼が求めたような「真理」を得られることはなかった。それに、そもそも純粋に学問的方法をとるのであれば、彼は小説家よりも学者にならなければいけないことになる。

ともあれ、あたかも『浮雲』第三編の中絶（明治二二年七月）と時をほぼ同じくして、「落葉のはきよせ　二籠め」が書かれた明治二十二年頃から二葉亭の「真理」は変容してゆく。すなわち、明治二十一年頃に見られた政治的色彩が徐々に影を潜め、その代わりに自己の魂の救済、とでもいうべきものを求めるようになる。(3)

以下の文は、二葉亭がいかに政治に関心を持っていたか、いかに経国済民に熱心であったか、を主張するためによく引用されるものであるし、確かにそうしたことを示してはいる。しかしながら、そこにはすでに何か別なものが萌しているのである。

小説家は今少し打ちかかりたる所あるべし　一枝の筆を執りて国民の気質風俗志向を写し国家の大勢を描きまたは人間の生況を形容して学者も道徳家も眼のとゞかぬ所に於て真理を探り出し以て自ら安心を求めかねて衆人の世渡の助ともならば豈可ならずや　（「落葉のはきよせ　二籠め」）

ここには、今まであげて来た例に見られない要素が二つ潜んでいる。

一つは、「小説家」の「真理」と「学者」あるいは「道徳家」の目的・対象とする「真理」とは、別の範疇で探求されるものである、と見做されている点である。これまでの二葉亭は、「学術と美術との差別」があるように、おもに「学問」を「真理」追求の手段、「美術」をその発揮の手段と考えていたわけで、自ずからそれらの目的・対象とする「真理」は区別されず、同質のものと見做されていた。その姿勢がここで崩れかけているわけである。ここに、『浮雲』によって小説家として名を為しつつあった二葉亭の自覚を見ることもできるだろう。

もう一つは、今述べたこととも関連するのであるが、二葉亭が「真理」を求める目的の第一が、「自ら安心を求め」ることに変化している点である。「衆人の世渡の助」といっているが、これはあくまでも第二義的なものである。つまり、この頃の二葉亭の「真理」は政治的なものから、内面的な魂の救済に関わるもの、すなわち宗教的なものに変化しつつあった、といえる。

三

こうした傾向は「落葉のはきよせ　三籠め」（明治二三年より二七年頃）において、いっそう顕著に現れる。この頃より、二葉亭は「学問」的方法に対しての懐疑の念を強め、学問的方法により知識をいかに積み上げたにしても、彼が求めるような「真理」を把握することはとうてい覚束ない、と考えるようになり「真理」を仏教的な悟りに求めようとするのである。

しばらく、「落葉のはきよせ　三籠め」を見ながら二葉亭の思想を追ってゆこう。

安心は如何にして得られるへきかといふことは古来数多の人の脳髄を絞りて思ひ窮めし所なれとも確にかうと思ひ定め得たるは甚だ罕なり（中略）余かゝる有様を見て久しく此疑を決せんことを思ひ力の及ふところ博く百家の書を読みて人々の所見を商確すれども更に得る所なし（「落葉のはきよせ　三籠め」明治二三年）

今まで彼が求めてきたものは「真理」であったはずであるのに、ここでは「真理」は「安心」に置き換えられている。ここでは、「安心」と「真理」は同じものとして考えられているように見える。ただし、こう考えることにはいくぶんの躊躇が感ぜられる。なぜなら、「真理」とは、ベリンスキー謂う所の「イデー」的なものであると考えるならば、当然、実体を備えたものでなければならないはずである。しかるに、「安心」という語は、われわれ通常の理解では、実体ではなく、悟りによって「真理」を把握した聖人が達する境地であるはずだからである。しかし、「古来数多の人の脳髄を絞りて思ひ窮め」などと言ったり、前述のように、「真理」に置き換えられたものであることから、「安心」が実体として考えられているのか、それとも、境地として考えられているのか、ここではっきりしない。しかし、いずれにせよ、実体としての「真理」の存在を前提としているという点（実在論）であることは論をまつまい。この点を確認して先に進もう。

さて、彼の追及した「真理」はどのようなものであったか、という問題について、さらに見てゆこう。

（真如あるいは理体というものは）依る所なく着する所なく不可思議なり　此不可思議中に自ら有無善悪等一切の現象を生するの理具りありてこそ此宇宙は形を成したれ故に森羅万象千差万別なれとも収れは本の不可思議にして捉ふへからす
（「五月二十七日」「落葉のはきよせ　三籠め」明治二四年五月）

ここでは、「真理」は実体として捉えられているが、それはあらゆる差別を持たない無限絶対の不可知の存在として規定されている。仏教的であり、『荘子』における斉物逍遥の論のようでもある。

さて、このように「真理」を無限絶対の不可知の存在と規定した以上、有限相対の存在である我々は、「真理」に達することができないかのように見える。この点について二葉亭はどのように考えていたのだろうか。

絶対無限の理は有りとも定めかたく無しとも定めかたし（中略）われは明らかに絶対の黙認すへく理解すへからさるを知る
無限絶対なといひて形容するときは既にその真を失へるを知る
（中略）若し人智をもて無限なりとするときは凡そ宇宙間の事総ての人智の外に出てさるへし（中略）仏弟子は　釈迦をもて無上智を得たるものとおもへり　釈迦果たして無上智を得たるものなりしならは釈迦の智は無上にあらす絶対にあらす彼か智は勿論相対なりしに相違なきなり
（「立志　七月七日」「落葉のはきよせ　三籠め」明治二四年七月）

「真理」が無限絶対の実在であるなら、有限相対の人間は知力によってはその有無を定めることもできず、釈迦でさえもそのような「真理」には達しえないはずだ、というのである。もし、そのような「真理」を「人智」が把握したとするなら、「真理」を把握した人間は、神のごとくに宇宙のありとあらゆる事物を知り尽くしていることになってしまう。ところが、いくら釈迦といっても神ではないので、そのようなことはあり得ないはずである。しかるに、弟子は、「釈迦をもて無上智を得たるものと」思っている。そして、確かに釈迦は聖人であるに違ない。しかしながら、釈迦の智は「無上智」であるはずがない。この矛盾をどう説明するのか。

この問題を二葉亭は以下のような思弁によって説明しようとする。

我に眼あり物の色を観、吾に耳あり能く物の音を聞く　吾に口あり能く言ひ吾に鼻あり物の香を嗅ぐ　然れとも我耳目口鼻吾を欺きて物なきに物ありとおもはすにあらさるを知らんや　然れとも退て考ふれは吾をしてかう疑はすものは吾心の業なり　吾我心の業を信受してかう疑ふ　疑ふは尚ほ信する所ある也若し吾心を疑ふときは念といふもの全く去るへし　されど一たひ物に接すれは忽焉として物あり　是に於てか無念又有念を生す　故に疑念は先つ物を空くして後一切の念を空くし又遂に自ら空くすれとも念は心の用也　用を止むるとも体は則ち在り　体あるか故に又用を生す　用は時に止むへし　体は暫くも去るへからす故に疑念によりて一切の念を去り無念とはなり得れとも無心にはあらす　是を以て心体又用き《ママ》て又復念あり体は念の理を蔵し念は体の理を顕す　念に便りて体に反り体を出て、念に遊ぶ　是をこれ聖人と謂ふ也　念のみに拘率せられて念の体に返るを知らさるもの之を凡夫といふ

それ念疑を生し疑物を空くし又遂に以て自ら空しくす便りて心の体を知るへきもの此の如く空々に帰するときは何を以て心体を知るを得るといふぞ　念空と為るによりて之を悟得する也　それ一たひ心の体に反るときは寂々混沌玄妙不可思議なり　これ一の境也　不二の境也　故に言詮を絶す（後略）

（「落葉のはきよせ　三籠め」明治二四年八月頃）

これを解釈すると、次のようになろう。

（現象世界が空であるのはもちろんであるのに）我々の五感は我々に（現象に接することによってもたらされる表象たる）「念」をもたらす。（したがって、このような「念」が虚妄のものであるのは言うまでもない。）

我々が空であるはずの世界に現象があるように感じるものは五感が我々を欺いて、現象がないのに現象があるように思わせているからではないということは知っているだろう。（そのように思わせるものは五感ではなく、「心」である。）ところが、退いて考えてみると、我々にこのように（我々の心の働きについて）疑いを抱かせるものは他ならぬ我々自身の心の働きそのものなのである。我々は我々の心の働きを信じてこのような疑いを抱く。つまり、そのような疑いを抱くのは我々が我々の心の働きを信じているからなのである。だから、もし、我々が全く我々の心に疑いを抱いているなら、あらゆる「念」というものは生じないであろう。しかるに我々は現象に接する時必ず「念」を生ずる。（したがって、「心」を信じているわけである。以上、まとめると「念」が虚妄のものではないかという「心」の働きによる「疑念」によって、同じく「心」の働きたる「念」が払われ「無念」となるのであるが、「無念」となる時は「心」の働きは停止するわけであるから、「心」の働きによっている「疑念」は消え、それによって「念」が生ずる。）このように考えてくると、「無念」から「有念」が生じて来ることになる。ということは「疑念」によって我々は現象を虚と認じ、一切の表象たる「念」を払い去り、そのため、ついには「疑念」自体をもまた消し去ってしまうということになった。（そうすると、すべてが無になってしまうようだが、）「念」というのは「心」の働きに過ぎない。だから働きが止むことはあっても、「心」の本体がなくなることはない。「心」の本体があるので「心」の働きもまた生ずる。働きはときには止むことがあるかもしれない。しかし、決して「心」の本体がなくなることはない。だから「疑念」によって「念」が否定され、「無念」となったとしても、（それは、「心」の働きが止んだだけなのだから）「心」の本体は常に存在する。だから、「心」の本体が働くと再び「念」が生れる。心の本体は「念」の原理を持っているものであり、「念」は心の本体の原理を現すものである。したがって、「念」によって心の本体に返り、心の本体から「念」に戻って悠々と楽しむことができる。これを聖人という。「念」にだけ捉われて、「念」が心の本体に返ることを知らないのを凡人という。

このように「念」が疑念を生じ、疑念が現象を虚と為し、そして「念」自体を虚としてしまうなら、それによって「心」の本体を知ることのできるものがこのように空となった以上、どうやって「心」の本体を知ることができるのか、という疑問が生じよう。（これに対しての答えは以下のごとくである。）「念」が空となることによって「心」の本体を悟り、知ることができるのである。いったん「念」を減却して「心」の本体に戻るとき、それは人知を越えた不可思議の存在なのであって、その境地はあらゆる差別・対立のない「一の境」、「不二の境」である。だから、これは理屈を越えている境地である。

かなり複雑だが、要するに、有差別の現象世界の表象である「念」の有無は非本質的なものであって、これを減却することによって人知を絶した「心」の本体と一体化することができるのであり、「一の境地」、「不二の境地」を開くことができる、というのである。以上のように、「真理」に達することが、ある境地に達することであり、悟りを開くことであるならば、それは有限である人間にも可能なことであるから、釈迦が「真理」を把握していた、ということの意味は、決して宇宙のありとあらゆる事物を知りつくしていたということではなく、悟りによって「真理」と一体化していた、ということになり、先の矛盾も解決することができるわけである。

このように、釈迦は、「人知」即ち、学問的方法によっては達し得ない、無限絶対の実体たる「真理」と、悟りによって一体化していたのだ、と二葉亭は考えたのである。そして、この境地こそが彼の求めていた「涅槃」であり、「安心」であると考えるようになる。繰り返すが、「涅槃」「安心」は境地であって実体ではない。だから、有限相対の人間にも達することができる。このように二葉亭は考えたのである。

釈迦の所謂涅槃とは安心を謂ふならむか　若ししか解するときは釈迦の所説明亮なるか如し　安心はこれ a disposition of mind なれは議論にて求むるとも得へからす（中略）小乗より大乗に入りさまさまに理屈を

考え尽くし、然る後始て理屈の頼みかたきを悟りて茲に一種の智見を開く　即ち理屈を離れて安心す　是れ所謂涅槃なるへし　（「落葉のはきよせ　三籠め」明治二四年一二月頃）

以上、まとめると、二葉亭は学問的方法によって「真理」を把握することはできないと考え、非本質的存在である有差別の現象世界への執着である念を去ること、即ち「涅槃」の境地に達するによって、無差別・無限絶対「真理」と一体化しようとしたのである。つまり、現実認識よりも、一種の直観を重視していたと言ってもよいであろう。もちろん、ここでも実在論に立っている。

なお、十川氏は、固執や渋滞を嫌い、「無分別」に「物に入ってその微の顕れて情感するや、句となる」（「三冊子」）と、芭蕉の作法に「念に便りて体に反り体を出で、念に遊ぶ」「達人」の broad-mind を見出し得るとし、明治二十五年三月の内田魯庵宛書簡(4)を根拠に二葉亭が俳諧的文学論に達していたとしているが(5)どうであろうか。「念」云々は明らかに仏教を、それも釈迦の悟りを念頭に置いて言っているのではないか。さらに、それに続く「涅槃」からもこのことは明白であろう。こう考えると嵯峨の屋の「友人二葉亭四迷嘗て小説を論じて曰く「小説家は先づ釈迦の如く人と成るべし、出世見の高きより下って此世を観察して小説をつくるべし」」（「方内斎主人に答ふ」）との発言とも符合するのである。

また、このように考えると明治二十五年一月、逍遥が『早稲田文学』に発表した「没理想の語義を弁ず」の意図もよく理解することができる。逍遥の没理想論は二葉亭の影響下に成った、というのが筆者の持論であるが「没理想の語義を弁ず」における逍遥の論は、要するに「一理想を固執する有限性にとどまろうとする我を去って無限の絶対に達しようとする我を立てる」、つまり方便としての没理想によって造化の無底無辺に達することができる、というもので、これは有差別有限の現象世界への執着である「念」を去って、つまり、悟りによって人知を越えた不可思議な「心」の本体と一体化することができる、という二葉亭の論の焼き直しなのである。

さらに付け加えれば、高瀬文淵との関係である。田山花袋の『東京の三十年』（大正六年）によれば、文淵は「長谷川は偉いよ。（中略）ダアウインなんかよく研究しているぜ」と言ったということであるが、二葉亭がダーウィンを研究しだしたのは、内田魯庵が初めて訪問した時『種の起源』を読んでいたというから、二十二年頃である。だから、文淵と二葉亭が知己になったのも二十二・三年頃であろう。文淵は仏教に詳しく、二葉亭の、特に「美術の本義」の影響を受け、それを彼なりに消化した上で、瞑想による直観を重視する浪漫的文学論を唱えた人物である。(6) この時期の二葉亭の論は文淵の論とも共通するものを持っており、仏教の影響を考えることで、二人の関係も説明ができるのである。

四

さて、前節で二葉亭が悟りによる直観を重視する立場へと変化していったことを述べたが、このことは、初めに述べたように二元論的要素を引きずった彼の世界観に原因している、と考えることができよう。つまり、「小説総論」における二葉亭は、よくいわれるように、「意」がいかにして「形」となるが、という問題についての意識が希薄であった。二葉亭の「意」は、ヘーゲルのイデーのように動的に発展・展開するものでなく、ただ静的に「形」の中に存在するだけのものだったのだ。

純粋にこの立場に立つ限り「意」と「形」は全く切り離されたものとして考えられるはずである。「意」が徐々に「形」の化に現われる、という一元論的な考え方にはならない。この場合、「形」に対する認識をいかに深めていっても、もともと「形」の中には本質的な実在たる「意」は含まれていないのだから、当然、「意」を把握することなどできない。とすれば、悟りによって「真理」を直観しよう、とするようになるのは必然的な論の帰結である。

ただし、『小説総論』の時点では、この点についての二葉亭の問題意識が希薄だったので、問題にならず、一元論的な認識重視の立場をとっていたのであろう。

五

さて、以上のように二葉亭が仏教的悟りによって「真理」を求めたのだ、との結論を出したわけだが、それならば、なぜ二葉亭は宗教への道を歩まなかったのか、現に嵯峨の屋おむろなどは文学から宗教へとその歩みを転じたではないか、という疑問が湧くだろう。経験的知識の集積によっては「真理」に達し得ない、とするならば、学問・科学を捨て、宗教への道を歩まねばならないからである。

ところが、彼は実際に宗教家にもならなかったし、学問・科学を捨てもしなかった。これはなぜか。それは、彼の思索が先の結論にとどまらず、さらに先へと進んでいったからである。

さらに、「落葉のはきよせ　三籠め」を追ってみよう。

安心を得るには別の手段あるへからず。直に能く安心するまでの事なり。人生の目的あるか如く、なきか如くにして定かならず、即ち人生の目的は定かならずとおもひあきらめて、定かならねばとて苦悩することはなきなり、熱心に研究して如何もして之を定めんとすることは有るへし、然れども心に苦痛を抱きて懊悩することはなきなり。

（「安心」「落葉のはきよせ　三籠め」明治二四年九月頃）

ここですぐに気が付くことは、一つは、「安心」の位置が今までと変わってきていることである。つまり、今までは「安心」は人生の目的そのものか、あるいは、人生の目的たる「真理」を把握することによって初めて達することのできる心境であったはずであるのに、ここでは単に執着しないことを意味するに過ぎず、諦念とも言うべきものに後退している。確かに、このような「安心」は「真理」を求めて懊悩する彼の苦しみを和らげてくれたかもしれないが、決して二葉亭の求めた人生の目的たる「真理」でも、それを得ることによって得られる心境でもありえなかった。早い話が、このような「安心」は二葉亭にとってさして魅力のあるものではなかったのである。

すなわち、彼にとって、すでに「安心」は「学」ではなく「術」に過ぎぬものなのであった。(7)

安心は唯安心するにて外に仔細あるにあらねば、ただ安心すること（を）得る道を学ぶべき也　これ術なり学にあらす
（「涅槃」「落葉のはきよせ　三籠め」明治二四年一二月頃）

もう一つ見られるのは「議論」の排撃である。

凡そ議論は理より生ずるものにあらすして a disposition of mind より生ずるもの也　故に我念に心熱して身を忘るゝに至る者はその natural disposition of mind よりして或は神と信し或は理想主義に傾く　之に反して我念甚た強からす心穏かなる者は亦その natural disposition of mind よりして懐疑となり公平となる（中略）こゝをもて其案出し出す所の説も己の心に契ふ説を案し出すものなれはその間に天壌の差異も生する也　故にかゝる事情により生る議論を闘はすともいつはつべくもあらす
（同前）

「議論」というものは「理」から生ずる必然的・客観的なものではない。単に論者の主観・性質の相違に基づくのである。だから、「議論」は無駄である、と言っているのだ。といっても、すべての「議論」が無駄だと、言っているのではない。無駄なのは主観に基づく「議論」のことなのである。

しからは道義学は無用の長物なりやといふに左にあらず　なるほど、従来のメタフヰジックは無用の長物なるべし　然れども真の Science なる道義学は尤も有用の学問也　然れとも真のサイヤンスとしての道義学は従来の道義学と全く異りたるものたらさるべからず　なんとなれは従来の道義学は一の理屈を定めて之に依りて安心を得むとするものなれとも真の道義学はたゝ天然の理法を研究するに止まるべければ也
（同前）

「道義学」とは道徳哲学のことであり、「人の此生に処する道を講究する学問」(「道義学の定義」「落葉のはきよせ　三籠め」)である。従来の道義学は主観によって先験的演繹的に「一の理屈」を定めるものであるから、このような形而上学の「議論」、すなわち理屈は「無用の長物」である。しかし、初めに「一の理屈」を定めるのでなく、「天然の理法」を研究し、それによって人生の目的を考究する「真の道義学」は最も有用である、と言っているのだ。

つまり、先験的・演繹的に定められたのではなく、「天然の理法」の研究に基づいている「議論」を彼は否定しているわけではない。彼がここで否定しているのは、現実認識に基づかず、主観によって「一の理屈」、つまり、一系の形而上学を立てる、という「議論」なのである。

要するに、「真理」を探求するに当たって、初めから形而上学を立てて、それを確信して、そうした主観の上に立って「議論」をするのでなく、そのような「真理」が今現在究明されていない以上は、「真理」究明の基礎となるべき「天然の理法」を虚心に研究するべきで、それがなされるまでは、みだりに「真理」を云々すべきでない、と主張しているのであって、ここでは逆に認識重視の立場に戻っているのである。ただし、以前の認識重視の立場とは同じではない。先にも述べたように、以前は哲学的方法によったが、ここでは自然科学的、実証的方法によっている。(8)なお、ここでも実在論に立っている点は変わっていない。

面白いことに、二葉亭のこの揺れは明治二十五年二月に逍遥が『早稲田文学』に発表した「烏有先生に答ふ」における逍遥の論の揺れに如実に反映している。この中で逍遥は「談理」を全く排斥するのではないが、先入観の入った「談理」を排し、「記実」を先にするのが自分のゆき方である、と言っているが、これは二葉亭が「天然の理法」を研究する「真のサイヤンスある道義学」は有用だが、「メタフィジック」は無用の長物である、としているのと対応しているのである。

おわりに

最後に結論を述べる。当初、ヘーゲリアンたるベリンスキーの影響下にあった二葉亭は、世界観においては一元論をとり、「真理」の把握に関しては現実認識を重視するヘーゲル的立場から出発した。しかしながら、ベリンスキーを朱子学の理論によって受容したため、二元論的世界観を引きずっていた彼は、この時点ですでにヘーゲルから離れる要素を持っていた。そのため、やがては哲学に対する懐疑を深め、仏教に傾倒し、悟り、直観を重んずるようになる。そして、ついには本質的存在である「真理」探求の方法が明らかでない以上、二葉亭はひとまず「真理」を探求することを先送りして、「真理」探求の方法を論ずる形而上的な哲学を捨て、「真理」を探求できる時が来るまでの材料を虚心に集めようと考えるようになった。このような態度は「没理想論争」における逍遥の主張と一致するものであり、二葉亭の見解の推移をたどって行くと、逍遥の所説の揺れと符合しているのである。(9)

（1）畑有三「二葉亭四迷――「真理」探究から「人生」探究へ――」（『共立女子大学短期大学部紀要』昭和四一年一二月）、「二葉亭四迷――「真理」探究から「人生」探究へ（再論）――」（同前、昭和四三年二月）。
（2）十川信介「二葉亭の沈黙」（『文学』昭和四三年六月）
（3）この点については、すでに畑氏の指摘がある。注1参照。
（4）「小生此程より兼而考えおき候処を纏めてみむとおもひたち幾度かプランを作り候へども　さてかうなりて見ると研究のたらぬ処甚だ多く……」
（5）注2に同じ
（6）二葉亭と文淵については坂井健「高瀬文淵と二葉亭四迷――明治期に於ける「美術の本義」の一紹介――」（『新

潟大学国文学会誌』昭和六一年三月）参照。

（7）ここで二葉亭が「術」ということばを使っていうのは、観念的抽象的でない現実的手段の気持ちの強調によると、畑氏はしているが、筆者は、そのような肯定的意味より、むしろ、次の「真のサイヤンスなる道義学と対比されて、単なる「術」に過ぎない」という否定的意味が強いと考える。

（8）注1の畑氏の論を参照されたい。

（9）石田忠彦『坪内逍遥研究』（九州大学出版会、昭和六三年）第一部第七章「没理想論争」において、氏は逍遥が「「理想」を不可知のものとして棚上げにした」と評している。二葉亭が「真理」研究を先送りしたことと符合しよう。

第二章　没理想論争の実相——観念論者逍遥と経験論者鷗外——

はじめに

明治初期の文学思想にドイツ観念論、とくに、ヘーゲル哲学が影響を与えているということは、先学によって、すでに指摘されている。(1)

「学問は真理の叡智による穿鑿、芸術は真理の感情による感得」である、とヘーゲリアンであるベリンスキーの祖述者であった二葉亭は盛んに主張したが、これはまさしくヘーゲルの主張した命題でもあった。念のため言っておくと、「真理」は二葉亭が「イデー」に与えた訳語である。

二葉亭の主張は、坪内逍遥や嵯峨の屋おむろにも引きつがれ、イデーをめぐって逍遥と鷗外の間に没理想論争がおこった。こうして、明治の文学史はイデーをめぐって展開した、といってもよいような様相を呈する。直接的・間接的にヘーゲル哲学を受容した明治の文学者たちは、自己の理想を信じ、それに「真理」「意」「想」「理想」「観念」などさまざまな名を与えたのであったが、それらはいずれも世界の実在の根源、すなわちイデーというべきものであった。

ところで、ここまで、先学の論に従って、「芸術は真理の感情による感得」という命題をヘーゲル哲学によるものとして扱ってきたが、少しばかり定義をしなおしたい。なぜなら、このような定義は独りヘーゲルばかりでなくシェリングにも当てはまるからである。シェリングにおいても「芸術は真理の直観」とされていたからである。

では、ヘーゲルとシェリングの違いはどこにあるのか。それは世界観とイデーの把捉にあたっての態度に見出すことができる。すなわち、シェリングにおいては、イデーは現象の背後に静的に潜むだけのものであるので、これを把捉するには、現象に対する認識によるのではなく、もっぱら、直観によって現象を脱却しなければならない。この立場は、現象の世界とイデーの世界を二つに分かち、相交わらせることがなく、イデーの把捉に当たって直観を重視するので、これを二元論的直観論と名づけることにする。一方、ヘーゲルにおいては、イデーは発展・展開しながら、徐々に現象の中にその姿を現すものであるから、これを把捉するには、直観によるのも可能であるが、現象に対する認識を無限に深めてゆけば良い。この立場は、現象の世界とイデーの世界とを別な次元にあるものとして分かたずに、イデーの把捉に当たって現実に対する認識をも重視するので、これを一元論的認識論の立場と名づけることにする。このように、二元論的直観論に立つ場合は美的直観や悟りを重んじ、一元論的認識論に立つ場合は科学・学問を重んずることになる（ヘーゲルの立場は、直観のみを重んじたシェリングの立場に対するアンチ・テーゼ的な意味を持っている）[2]。

このような見地から明治の文学者たちを見ていくと、以下のようなことがいえるであろう。彼らはいずれも文学にイデーを追い求めたのであったが、世界観とそれに伴うイデー把捉の方法について対立していた。おおざっぱにいって、鷗外、初期・後期の二葉亭、およびその時期に対応する逍遥、自然主義に傾いてからの花袋などは、一元論的認識論の立場であるし、中期の二葉亭、およびその時期に対応する逍遥、高瀬文淵、高山樗牛、田岡嶺雲、初期の花袋などは二元論的直観論の立場である[3]。

鷗外、逍遥の没理想論争もこうした流れの中で新たに位置づけられるであろう。すなわち、一元論的認識論の立場に立った鷗外と二元論的直観論の立場に立った逍遥との対立として捉えることができる。

観念論者逍遥と経験論者鷗外などという逆説的な副題をつけた意図もここにある。従来のイギリス風の経験的批評の立場に立った写実派逍遥と、ドイツ風の観念論的立場に立った理想派鷗外との対立という図式にいささか異を唱えたいのである。

一

以上で、本章の目的について述べたから、次に論のあらましについて述べたい。また、二葉亭・逍遥については序章で論じたので、詳細については参照されたいが、論の都合上、本章でも簡略に触れることにする。

（論旨）二葉亭については、従来ヘーゲリアンたるベリンスキーの影響が特に重視され、明治十九～二十一、二十二年頃の哲学重視の時期（第一期）と二十二年後半～二十四年後半の仏教に傾倒した時期（第二期）の区別が十分なされていなかったが、明らかに、哲学によって真理を把握しようとする姿勢から、「念」を去り「悟り」によって「理」と一体化し「安心」「涅槃」を得ようとする姿勢への移行がみられる。さらに、二十四年末になると虚心に「自然の理法を研究する」べきであるとする自然科学的・実証主義的方法を重んずるようになる。こうした二葉亭の文学論の変化は逍遥の文学論の変化に如実に投影されている。

逍遥の「没理想論」は、論争の過程で揺れがあるけれども、第二期の二葉亭の文学論を骨子としたものである（後半になると、第三期の二葉亭の論に近くなる）。つまり、二葉亭は、現象世界を「念」と認じ、これを去ること、すなわち「悟り」を開くことによって「真理」と合一しよう、という姿勢をとったが、これは、逍遥が、「小理想」を去ること、すなわち「大悟」によって「没理想」を把握しようとする姿勢と符合している。この場合、現実世界は、非本質的な「念」に過ぎず、真理はこれを脱却したところに存するのであって、したがって、現実に対する認識、つまり、経験は、真理把握の手段としては何の役にも立たない。これは、先に定義したところの二元論的直観論である。

没理想論争における逍遥は、おもにこの二元論的直観論の立場をとったわけだが、鷗外が攻撃した最大かつ唯一の問題点は、ここにあった。つまり、両者共に世界の根源たる絶対が存在するという実在論に立っているところでは変わりはないが、実在が現実の中に現れていると考えているか否かというところ、つまり、現実認識によって実在を把握し得るか否かというところにおいて対立していたのである。他の点では両者はおおむね一致している。逍遥が「記実」を重視し、鷗外がこれを否定したように一般には言われているが、論争中、何度も逍遥か断っているように、これは「没理想」を把握しえない場合の当座の便法に過ぎない、と言っているわけであるから、逍遥としても絶対的な意味で「記実」を主張していたわけではなく、これは、本質的な論点とはなりえないのである。

二

はじめに第一期の二葉亭について見る。

(「意」の「穿鑿」に二つの方法がある。) 一は知識を以て理解する学問上の穿鑿、一は感情を以て感得する美術上の穿鑿、是なり (中略) 是れ畢竟するに、清元、常盤津直接に聞手の感情の下に働き、其人の感動 (インスピレーション) を喚起し、斯くて、人の扶助を待たずして自ら能く説明すればなり (筆者補―清元の意気な調子や常盤津の身のある調子を説明するより、実際に聞かせた方が話が早い。) (中略) 斯程解らぬ無形の意を、只一の感動 (インスピレーション) に由って感得し、之に唱歌 (筆者注―清元、常盤津) といへる形を付して、尋常の人にも容易に感得し得らる丶やうになせしは、是れ美術の功なり。故曰、美術は感情を以て意を穿鑿するものなり。

（「小説総論」『中央学術雑誌』明治一九年四月一〇日）

ここでの二葉亭は、「意」を「穿鑿」するのに「学問」と「美術」の二つの方法があるといっているのであるから、明らかにヘーゲル的なものに属するだろう。もっとも二葉亭に影響を強く与えたベリンスキーがヘーゲリアンであったことを考えれば当然のことかもしれない。このことは、次の例を見ても分かる。

美術を責むるには先づ真理を以てすべし。美妙の思想に責むるには、諸現象本来の関係をあなぐりて、人世の幽冥界裡に生ずるものを捕へて、一々之を一般の認識に致さんことを以てすべし。

（「カートコフ氏美術俗解」『中央学術雑誌』明治一九年五月一〇日）

では、同じ時期の逍遥はどうだろうか。逍遥についても同じことがいえる。

無形物を攻究するの道は二つしかない。知力を以て穿鑿すると感情を以て観察するとの二ツである。知力を以て穿鑿するの学問とは人間の知力を以て攻究するものをいふので総称して哲学と云ふ。感情を以て攻究するものを称して之れ美術と申すのである。

（「美術論」講演速記『中央学術雑誌』明治二〇年一月二五日）

ここで逍遥が言っていることは「小説総論」の焼き写しだといっても過言ではない。逍遥もやはり、「真理」の把握については「学術」と「美術」を同等に考えていた、すなわち、「学術」によっても「美術」によっても同じように「真理」が把握できると考えていた。ということは、一元論的認識論に立っていたわけである。

三

このように、哲学重視の立場に立って、百巻の書を渉猟し、驚くべき情熱をもって「真理」を探求し続けた二葉亭であったが、二十三年頃から様子が変わってくる。

安心は如何にして得られるへきかといふことは古来数多の人の脳髄を絞りて思ひ窮めし所なれとも確にかう

と思ひ定め得たるは甚だ罕なり（中略）余かゝる有様を見て久しく此疑を決せんことを思ひ力の及ふところ博く百家の書を読みて人々の所見を商確すれども更に得る所なし（「落葉のはきよせ　三籠め」明治二一年）

二葉亭は「真理」を求めていたはずだったが、ここでは「安心」に置き換えられている。「真理」が哲学的実体を想定している語であるのに対し（「真理」はヘーゲルの「神の絶対的イデー」に二葉亭が与えた訳語である）、「安心」は仏教的な悟りの境地であって、人智を超越した境地である。このように、二葉亭の「真理」は急速に仏教色を帯びてくる。これは、次の例を見ても分かる。

（真如あるいは理体というものは）依る所なく着する所なく不可思議なり　此不可思議中に自ら有無善悪等一切の現象を生するの理具りありてさてこそ此宇宙は形を成したれ故に森羅万象千差万別なれとも収れは本の不可思議にして捉ふへからす（同前、明治二四年五月）

ここでの「真如」「理体」は、これと一体化することにより、「安心」の境地に達することができるとされる仏教的真理である。そこにおいては「森羅万象千差万別」、すなわち現象世界のあらゆる差別が統一され、平等となるような真理である。では、どのようにしたら、これと一体化することができるのか。

（どうして「心体」を知ることができるのか。）念空と為るによりて之（筆者注―心体）を悟得する也　それ一たひ念を去りて心の体に反るときは寂々混沌玄妙不可思議なり　これ一の境也　不二の境也　故に言詮を絶す（同前、明治二四年八月頃）

「念」が空となることによって「心」の本体を悟り、知ることができるのである。いったん、「念」を滅却して「心」の本体にもどるとき、それは人知を越えた不可思議の存在なのであって、その境地はあらゆる差別・対立のない「一の境」「不二の境」である。したがって、これは理屈を越えている境地である。二葉亭の言を解釈すれば、以上のようになるだろう。またさらに、二葉亭は以下のようにも言う。

釈迦の所謂涅槃とは安心を謂ふならむか　若ししか解するときは釈迦の所説明亮なるか如し　安心はこれａ disposition of mind なれは議論にて求むるとも得へからす（中略）小乗より大乗に入りさまさまに理屈を考え尽くし、然る後始て理屈の頼みかたきを悟りて茲に一種の智見を開く　即ち理屈を離れて安心す　是れ所謂涅槃なるへし

（同前、明治二四年一二月頃）

つまり、ここでの二葉亭は、「議論」や「理屈」、すなわち学問的方法（具体的には哲学）によっては、「真理」を把握できないと考え、悟りによって現象世界への執着である「念」を払うことにより、「真理」と一体化しようと考えていたわけである。この立場は、直観ではなく悟りを重んじているけれども、シェリングと同様の考え方であって、二元論的直観論といって良い。さて、同じ時期の逍遥はどうだろうか。

我が謂ふ没理想とは「没却理想」即ち「不見理想の義なり。之れを無理想の義に解しても差支なけれど我が旨は理想絶無、本来無理想といふとはおのづから別あり（中略）個々の小理想家若くは今人の見て大思想家と做せる思索家が断じて造化の極致なりと定むる所未だ必ずしも造化の極致にはあらざるべし個々の庸人が見て造化の心なりと感ずる所もまたもとより造化の心にはあらざるべし（中略）造化は（今人の智の及ぶ限にていへば）無辺また無底なり此無底無辺のものこれを名づけて何と呼ばん、大なる心と名づけんか神在すといふにひとしからん然れ共我れ頑愚未だ神在すと信ずることを得ずこれを名づけて大理想といはんか我れ不学未だ其大理想とは如何なるものなるかを証ずることを得ず此に於て右に角あり左に角あり仮に名づけて没理想といふ（中略）如何にせば此無限無底の絶対に達すべきぞ曰はく我を去ツて我を立てん一理想を棄て没理想を理想とし、一理想を固執する欲有限の我を去て無限の絶対に達《ママ》せんとする欲無限の我を立てん其方便は如何答ふらく没理想と　惟れ（中略）没理想とは平等理想と云ふに同じ我は万理想の中に就いて其差別を棄て平等の理を探らんとするなり

（「没理想の語義を弁ず」『早稲田文学』八号、明治二五年一月）

ここで逍遥のいう「没理想」は、「小理想」や「大理想家」が「造化の極致」と思い定めたものを越えたものである。すなわち、人智を絶したものである。そして、このような「没理想」に達するには、「我を去り」「一理想を棄て」「一理想を固執する欲有限の我を去て」「没理想を理想とし」「無限の絶対に達せんとする欲無限の我を立て」るべきである。すなわち、有限な現象世界への執着を棄て、無限の宇宙の真理を悟らなければならない。さらに、「没理想」は「平等理想」であって、「万理想の中に就いて其の差別を棄て平等の理を探る」、すなわち「没理想」の境地においては、あらゆる現象世界の差別・対立が統合される、というのである。

ここでの、逍遥の論は、用語・言い回しこそ違え、二葉亭のそれの焼き写しといって良い。この時期の逍遥も二元論的直観論の立場に立っていたといえる。

四

以上述べてきたように、逍遥は二元論的直観論の立場に立って、没理想の論を立てたのであった。論争において、最も本質的、かつ唯一の争点はここであって、鷗外が攻撃したのもこの点であった。

逍遥子が絶対の衆理想を没却するや、衆理想皆是にして又皆非なるがためなりといふ。（中略）同一の事物を是とも非とも見るべきは果していかなる境界なるか。答へていはく。是もなく非もなき境界なり。絶対の境界なり。

大宗教家と大哲学者とのごとき自在の弁証《ヂヤレクチツク》をなさむとするものは、大抵絶対の地位にありて言ふ。（聖教量、「スペクラチオン」）逍遥子は豈釈迦と共に法華涅槃の経を説いて、有に非ず、空に非ず、亦有、亦空といはむとするか。逍遥子は豈荘周と共に斉物論を作りて、儒墨の是非を嘲り、その非とするところを是とし、その是とするところ非とせむとするか。

（「早稲田文学の没却理想」『しがらみ草紙』三〇号、明治二五年三月）

鷗外は、逍遥が「衆理想皆是にして又皆非」とし、矛盾律を無視していることを指摘する。そして、このように矛盾律を無視する考え方が、現象世界を超越した「絶対の境」を想定していることを看破する。そして、このような考え方が釈迦・荘子と共通するものであって、儒家・墨家のように通常の論理によってものごとを考えることを否定するものであることを指摘する。ここで、一言書き添えておくが、二元論的直観論は仏教・老荘・宗学・俳論といった儒教と対立するような東洋思想において顕著である。この点については別稿を参照されたい(4)。話を戻すことにする。ここでの鷗外は、矛盾律を守るという点で儒家・墨家を擁護しているわけであるが、これにはよりどころがあった。他ならぬハルトマン哲学である。

ハルトマンが其無意識哲学を作るや弁証の一道を避けて、帰納演繹の論理を用ゐき。ハルトマンは是を是とするものなり、非を非とするものなり。

（「逍遥子と烏有先生と」同前、明治二五年三月）

弁証法においては矛盾が統一されるが、ハルトマンはこれを採用せず、帰納演繹の通常の論理によったというのである。

さて、鷗外のいうように、通常の論理が否定され、是と非とが等しなみに見られる場合は、絶対の境地が想定されるが、このような境地は、現象世界と無関係に存在する本質的なものとして規定されることになる。そして、その場合、我々が通常認識しうる現象世界は非本質的存在となってしまう（なぜなら、真の価値として認識すべき本質的存在が現象世界を越えた絶対の境地においてのみ把握されるのであるならば、現象世界に対する認識をいかに深めていっても、決して本質的存在を認識することができないということになってしまうからである）。

無名氏はプラトオ論者なりといへば、その実を幻影とし、其非実を本体とすべく、われはプラトオ論者にあらざれば、我実を実在せしめ、わが非実の想を実在せしめず

（「早稲田文学の後没理想」同三三号、明治二五年六月）

ここでの鷗外は「無名氏」の言うプラトンのイデア論自体を否定している。すなわち、プラトンにおいては本質的存在は現象世界とは別のイデア界に存在すると考えられ、現象世界はイデアの影に過ぎないとされているが、鷗外はこれを否定しているのである。

次の言は、逍遥が論理を否定したことに対しての反駁であるが、今述べたような世界観と強く関わっている。

逍遥子が談理の後にすべきを説くや、その偏りたるが故といひ、その好悪あるが故といひ、その経験少きが故といひ、哲学者を其範囲の外に置かむとす。殊に知らず、偏りたり、好悪あり、経験少しとして、その後にすべきを証せむとする時は、いかなる大哲学者の言も到底後にすべきものとせらるることを免れざるを。

（「逍遥子と烏有先生と」）

逍遥が、人智は有限に過ぎぬので、いかなる大哲学者であっても、人智によるかぎり、所詮は無限の絶対に達することはできぬので理屈・議論は排すべきだと主張したことへの反論である。ここでの逍遥は、有限の現象世界に対する認識を深めてゆくこと、つまり学問的手段の有効性を疑問視しているのだが、鷗外はこの点に反駁しているのである。

鷗外が、逍遥の考え方が学問的方法を軽視するものだとして攻撃している例は他にもある。

かれ（筆者注―逍遥）は比量を嫌ひて、既にその心を「タブラ、ラザ」となし、機を見て無二の真理を一摑みにせむと控へたり。我心は逍遥子が如く「タブラ、ラザ」とはなすべからざる心なり。われは我比量界にありて、歩々学にこゝろざし、念々道を求めたり。（中略）われはレッシングと共にわが比量界にありて、無二の真理を摑まむとする願を立てずして、無二の真理に向ふ道を離れじの願を立つるものなり

（「早稲田文学の後没理想」）

逍遥は推論によって帰納を積み重ねることで着々と真理に近づこうとする学問的手段を否定し、虚心となり、悟りを開くことで真理をひと摑みにしようとしているとして非難しているのである。

このように鷗外は、逍遥が学問的手段を軽視し、逍遥の論の背後に透けて見える仏教・老荘といった東洋的思想を批判していたわけであるが、逍遥の論が現象世界と、現象を超越したところにある「絶対の境」を二分し、それらを相交わらせることのない二元論と分かち難く結びついていることが分かるであろう。すなわち、没理想論争においては、一元論的認識論に立った鷗外が、二元論的直観論に立った逍遥を攻撃していたのだといえる。

おわりに

以上のことから、没理想論争における鷗外の意図が明らかになったであろう。鷗外は、逍遥の学問的手段に対する軽視を容認するような発言を非難、攻撃したのであった。科学者鷗外の面目躍如たるものがあろう。

それにしても、なぜかくも執拗に鷗外は学問的・科学的手段を否定する考え方を攻撃せねばならなかったのか。それは、当時学問的手段・科学的手段が、今日のような絶対的価値を有していなかったからである。

> 禄氏ハ、覚性ノ狭小ナル境界内ニ入ル者ニ非レハ、凡テノ真理ト認メ、知識ト恃ムコトヲ、拒ムニ至レリ是ヲ以テ、物質学、疑惑学ニ陥ラントスルノ疑似危殆ヲ免レサルナリト、然ニ此譏刺ハ、何レニシテモ、熟ク禄氏ニ当ル者ニ非ス、（『奚般氏心理学』明治八年）

当時の哲学の概説書である西周訳の『奚般氏心理学』であるが、ヘブンは、一般の学者はロックが「覚性ノ狭小ナル境界」、すなわち人智によって認識できる現象世界に属さないものは「真理」と認めず、「知識」として頼みにしなかったために、「物質学」「疑惑学」に陥ってしまったように言っているが、ロックほどの哲学者がそのような考えをするはずはない、としてヘブンがロックを擁護しようとしている箇所である。ここでの「物質学」

「疑惑学」は経験的知識のみをよりどころとする科学を指している。ロックを非難する一般の学者も、ロックを擁護するヘブンも、「物質学」「疑惑学」に対して否定的態度をとっている点に注意して欲しい。

時代は少し下るが、次の高瀬文淵の言も同様である。

此に於てか鷗外の総の方法は学問的なり。彼は分解の力を用ゐて理事想実を解剖し、着々意識の作用に縋りて理想の天地を辿ると雖も、未だ明確に真境を達観する能はざる跡なきにあらず。

（『新文壇』四号、明治二九年四月）

ここで文淵は鷗外が学問的方法を採るが故に「真境を達観」することができないのだとし、この後、瞑想によって美の「意象」、すなわち美の理想的な原像を直観すべきであると唱えるのである。(5) 後者は文学論であって、芸術と科学の方法論の違いをいう文脈の中にあるものであるから、全く前者とは同列には論じられぬが、文淵の論が没理想論争を受けた性質を持つものである以上、同様に考えることは許されるであろう。

以上のように、当時にあっては学問的方法・科学的方法が今日のような価値を持っていなかった。鷗外は、そのような時代にあって学問・科学によって新国家を築き上げる役割を担わされた知識人であった。したがって、学問・科学の無力さを容認するような考え方を承認するわけにはいかなかったのである。

このように、没理想論争は西洋思想によった科学者としての経験的知識を重視する鷗外と、東洋思想により宗教家のごとくに悟りを重んじ、抽象的な観念論に立った逍遥との対立にその実相があったといえる。

（1）　柳田泉「明治初期の文学思想とヘーゲル美学」（『明治文学研究』明治文学談話会、昭和一二年一二月）

（2）　ヘーゲルについては『世界の名著　ヘーゲル』（中央公論新社、昭和四二年）の岩崎武雄氏による解説を参考にした。なお、二元論的直観論・一元論的認識論は筆者の造語である。

（3）二葉亭・逍遥については、拙稿「二葉亭四迷「真理」の変容――仏教への傾倒――」（本書第二部第一章）、および「二葉亭四迷と坪内逍遥」（『函館私学研究紀要――中学・高校編――』平成元年三月）に述べたので、参照されたい。他については別稿を期す。

（4）坂井健「坪内逍遥「没理想論」と老荘思想」（本書第二部第三章に収録）を参照されたい。なお、鷗外が「東洋思想において多用される自在弁証法」を批判したという指摘は、磯貝英夫「啓蒙批評時代の鷗外――その思考特性下――」（『文学』昭和四八年一月）において、早くからなされている。

（5）文淵の文学論については、坂井健「明治文学の理念と文学理論の展開」（『函館私学研究紀要――中学・高校編――』昭和六三年一月）参照。

第三章　没理想論と老荘思想

はじめに

逍遥の「没理想論」については、すでに様々な角度から論じられており、逍遥が拠って立った理論的基盤についても、かなり解明されている。久保田芳太郎氏はモールトンをあげているし、[1] 山内祥史氏はモールトンに加えてポスネットの論（"Comparative Literature"）の影響が考えられるとしている。[2] 大体において、没理想論争は久保田氏の「逍遥のイギリス風の功利的ないし経験的批評と、鷗外のドイツ風の観念論ないし先験的批評のあい交った端緒」というようにイギリスの経験論に立つ文芸理論に逍遥の基盤を求めるのが一般的であるように思える。

確かに、逍遥の「没理想論」はイギリス的経験論に拠った点が多いということは疑いの余地のないことであるが、このように西洋的な理論にのみ逍遥の基盤を求めた場合、没理想論争の実相は解明されないであろう。なぜなら、こうした観点に立った場合、逍遥はもちろん鷗外も帰納的批評の重要性を認めているし、逍遥にしても「談理」をあながち排したわけではなく、後にしただけであり、「想」の実在についても、関良一氏が「逍遥がもともと「世界は……想のみちみちたる」と否定する体の写実主義ないし客観主義者ではなかったからかもしれない」と指摘するように、[3] 逍遥は否定しきっているわけではないので、結局のところ、論争の争点となったのは、逍遥の用語の不統一に起因した齟齬と、帰納と演繹とどちらを先にすべきかの二点であったということになり、前者については鷗外は逍遥の論理の弱さを突くことにのみ懸命であった、また後者については、こうした問題は解決不能の問題である、ゆえに没理想論争は発展のない不毛な論争であった、というような結論に陥ってしまいがちだからである。

もちろん、こうした結論が誤っていることはいうまでもない。一つには、用語についての誤解が解けた後もなお論争は執拗に続けられていたことが、このことを証拠立てていようし、また、帰納・演繹の問題についても、決してそのこと自体が問題となっているのではなく、単に結果として現れた非本質的な問題に過ぎないものだからである。では、何の結果として現れているのか。それは「想」（イデー）の問題の結果としてである。といっても、それは従来一般に考えられてきたように、「想」（イデー）が実在するか否かという問題ではない。なぜなら前述の関氏の指摘のように逍遥も「想」（イデー）の実在を否定してはいないので、問題にはなり得ないからである。このことは逍遥の「我が謂ふ、没理想は、没却理想または不見理想の両義を含めり。之れを無理想の義に解しても差支へなけれど、我が旨は理想絶無、本来無理想といふとはおのずから別あり」という言からも察し得よう。となると、問題はその実在する「想」（イデー）がどのような性格のものであるかということになろう。

この「想」（イデー）の性格というものを考えるとき重要になってくるのが東洋的な思想であり、これを考えることなしには没理想論争の実相は理解することができない、というのが筆者の意見である。鷗外のイデーが純粋な十九世紀の西洋思想、とくにドイツのハルトマンを基盤としているのに対し（二元論的認識論）、逍遥は同じく十九世紀の西洋思想を、とくにイギリスの思想を基盤にしているにしても、そこには強く東洋的な思想が影を落としている（二元論的直観論）。そして鷗外が執拗に攻撃したのもこの点に対してであったのである。

すでに石田忠彦氏は、逍遥の論につきまとう「仏教的悟達の観念」を指摘しているし、(4) 磯貝英夫氏も「東洋思想において多用される自在弁証法」を読みとっている。筆者もまた、仏教の影響を受けて、二葉亭の「真理」が質的に変化したことを論じ、この二葉亭の変化が逍遥の妙想論から没理想論への変化に対応していることを指摘した。(5)

本章では「没理想論」と老荘思想の関係に焦点を当てて論じたい。

一

逍遥の「没理想論」に見られる東洋的な発想を最初に看破し、論難したのは論敵鷗外であった。鷗外は次のように論難する。

大宗教家と大哲学家とのごとき自在の弁証《ヂヤレクチツク》をなさむとするものは、大抵絶対の地位にありて言ふ。（聖教量、「スペクラチオン」）逍遥子は豈釈迦と共に法華涅槃の経を説いて、有に非ず、空に非ず、亦有、亦空といはむとするか。逍遥子は豈荘周と共に斉物論を作りて、儒墨の是非を嘲り、その非とするところを是とし、その是とするところを非とせむとするか。

（「早稲田文学の没却理想」『しがらみ草紙』三〇号、明治二五年三月）

これは逍遥が、「没理想の語義を弁ず」（明治二五年一月）において、「衆理想」は皆「没理想」であり、皆「没理想」でない（「衆理想皆是、皆非」）と述べ、時間・空間を絶し、現象世界を越えた絶対の境において、矛盾律を無視したことに対し、鷗外が、それは釈迦や荘子の論法である、と非難している箇所である。鷗外のこうした非難は、「図らざりき、我が早稲田文壇にこの微行の釈迦を見むとは」（「逍遥子と烏有先生と」『しがらみ草紙』三〇号、明治二五年三月）のように、他にも見られる。

時空を絶し、現象世界を越えた絶対の境に経験・知識によっては把握できない、よってそこにおいては現象世界で働く矛盾律さえも無効になってしまう、そのような実体を想定する二元論的直観論に立つ考え方は東洋的思想にも見られるが、鷗外はこうした考え方を攻撃していたと考えて良い。

鷗外の指摘通り、逍遥の論にはこうした考え方が顕著である。仏典、および、老荘思想に拠ったものであろう（老子については鷗外は直接述べてはいないが、「玄」「無」について触れられていることなどから、当然意識していたものとして考えて良いだろう）。もっとも、鷗外の指摘を俟つまでもなく、「逍遥」という号自体が『荘子』の「逍遥遊」に由来するであろうことを考えてみれば、このことは分かり切ったことであるかもしれない。

以下、類似点を拾ってゆくことにしよう。なお　原文、書き下し文、および解釈は阿部吉雄・山本敏夫・市川安司・遠藤哲夫『新釈漢文大系　第七巻　老子・荘子』（明治書院、昭和四一年）に基づき、あわせて金谷治・倉石武四郎・関正郎・福永光司・村山吉広『中国古典文学大系　老子・荘子・列子・孫子・呉子』（平凡社、昭和四八年）を参考にした。

二

はじめに『老子』との共通点について見る。

道可道非常道。名可名非常名。無名、天地之始。有名、万物母。故常無欲以観其妙、常有欲以観其徼。此両者同出而異名。同謂之玄。玄之又玄。衆妙之門。

道の道とすべきは常道にあらず。名の名とすべきは常名にあらず。名無し、天地の始めには。名有れ、万物の母にこそ。故に常無は以て其の妙を観んと欲し、常有は以て其の徼を観んと欲す。此の両者同じきより出でて名を異にす。同じきもの之を玄と謂ふ。玄の又玄、衆妙の門。

（「体道第一」「老子道徳経上」）

世人が一般に守るべき道だと考えている、仁だとか義だとかいったものは恒常不変の道ではない。世人が一般に正しい名だと考えており、それによって物の区別を立てている名称、そんなものは恒常不変の名ではなく、かりそめの便宜的なものにすぎない。そもそもこの天地が開ける以前には名がなかった。万物の母である天地が開けて初めて天地という名が起こったのである。だから天地を開いた常無すなわち道、それを身に体するならば、我々は道の微妙なる働きを見ることができるが、常有すなわち天地、これにとらわれるならば、天地の生んだ万物の錯雑した差別相を見ることが出来るのみである。天地と万物、この両者は、共に同じ所から出ている。すなわち天地は同じ一つの道から、万物は天地という同じ親から。ところが同じ一つの道から出ながら、天と地というように名を異にしているし、また天地という同じ親から出ながら万物はそれぞれ名を異にしている。このように同じ所から異なったものを生み出している不思議な働きをしているもの、これを玄という。この奥深いかすかな所、これがさまざまな微妙な現象を生み出す門なのである。

つまり、ここでは、万物の根源である「無」としての道から、有である天地が生まれたとの世界観が提出され(a、宇宙の根源としての無)、「道可道非常道。名可名非常名」とあるように、あまりにもその性質が多様であるため、その「無」に一定の名をつけることは不可能であることが述べられている(b、無に対する形容の不可能)。さらに、天と地といった対立概念もその万物の根源である「玄」、すなわち幽遠である道において統一されることが述べられている(c、無における矛盾の統一)。また、「故常無欲以観其妙、常有欲以観其徼」の二句は、解釈が分かれているが、古典文学大系によれば「そこで、恒久的に欲望から解放されていると、その微妙な始源が認識できるが、恒久的に欲望のとりことなっているのでは、その末端の現象がわかるだけだ」と解釈される(d、有差別の現象世界に対しての執着の否定)。

これらの考え方は、逍遥の次の言と対応するであろう。

(a)没理想といふ語は……如是理想本来空の意なり、

（「没理想の語義を弁ず」『早稲田文学』八号、明治二五年一月）

（b）造化の作用を解釈するに彼の宿命教の旨をもてするも解し得べく又耶蘇教の旨をもてするも解し得べし其他老、荘、楊、墨、儒、仏、若しは古今東西の哲学が思ひ思ひの見解も之を造化にあてはめて強ち当らざるにあらず、否、造化といふものは此等無数の解釈を悉く容れても余りあるなりまことに茫として際なきは造化の法相なりと評すべし　（「シエークスピヤ脚本評註緒言」『早稲田文学』一号、明治二四年一〇月）

（c）1　有無の境に迷ひて有は即ち無、無は即ち有と観じつゝ、無神主義のユニテリヤンと化し去らんとせるなり　（「烏有先生に謝す」『早稲田文学』七号、明治二五年一月）

2　且つこれ（筆者注—没理想）を釈して曰はく、古今の万理想、皆是なり、皆非なりと。

（「没理想の語義を弁ず」）

3　汝没理想をもて理想とせば汝恐らくは万理想の敵とならざるを得ざるべし万理想皆非なりと信ずるが故に。また万理想の奴とならざるを得ざるべし万理想皆是なりと信ずるが故に。　（同前）

（d）如何にせば此無限無底の絶対に達すべきぞ曰はく我を去ツて我を立てん。一理想を棄てゝ没理想を理想とし、一理想を固執とする欲有限の我を去て、無限の絶対に達せんとする欲無限の我を立てん。　（同前）

さらに、また『老子』は言う。

天下皆知美之為美、斯悪已。皆知善之為善、斯不善已。故有無相生、難易相成、長短相形、高下相傾、音声相和、前後相随。是以聖人、処無為之事、行不言之教。　（「養身第二」「老子道徳経上」）

天下皆、美の美たることを知るは、斯れ悪なるのみ。皆善の善たるを知るは、斯れ不善のみ。故に有無相生じ、難易相成り、長短相形《あらわ》れ、高下相傾き、音声相和し、前後相随ふ。是を以て聖人は、無為の事に処し、不言の教えを行なふ。

天下の人々は皆世間一般に通用する美が美であることを知っているだけで、美と醜が全く相対的なものであることに気づかず、いたずらにその相対的美に執着して、それを誇りたるものだが、これは全く醜いことだ。また誰でも善の善たることを単純に知るだけで、その善なるものが世俗的相対的な善であることに気づかず、いたずらにそれに執着するが、これはかえって不善となる。そもそも世間の事柄は皆相対的である。有という概念があるから無という概念も生まれ、また無という概念があるから有という概念も生まれるのである。難と易、長と短、高と下、音と声、前と後、これらは同様にみな相対的な概念である。だから、こういう相対的な域を超越し絶対の道を体する聖人は、人為を去って、自然に随順し、また、人間世界の相対的意味しか持ち得ぬ言語を捨てて、不言の教えを垂れるのである。

ここでは、相対的な現象世界の差別相は非本質的な物に過ぎず、絶対の境においては、そうした一切の差別が失われるということが述べられている。これは逍遥の次の言に対応しよう。

没理想とは平等理想と云ふに同じ。我は万理想の中に就いて、其の差別を棄て、平等の理を探らんとするなり。相の差別に泥まざるもの、天上天下、何れの処にか敵を作らん。万理想の平等なる所は、皆我が友なればなり。理の差別を崇めざるもの、何条万理の奴とならん。我が主ははじめより平等（即ち唯一）なればなり

（「没理想の語義を弁ず」）

また、『老子』は言う。

道冲而用之、或不盈。淵乎似万物之宗。

（「無源第四」「老子道徳経上」）

道は冲にして之を用ふるも、或《ひさ》しく盈《み》たず。淵として万物の宗に似たり。

道は空虚な器《うつわ》のようにからっぽであるが、いくら用いても永久に充満することがなくて、あとが使えなくなるようなことがなく、奥深くて万物の根本というべきである。

ここでは、宇宙の根源たる道の無限性が述べられている。これは逍遥の次の語と対応しよう。

造化は（今人の智の及ぶ限にていへば）無辺また無底なり。
（「没理想の語義を弁ず」）

また、『老子』は言う。

天地不仁、以万物為芻狗。聖人不仁、以百姓為芻狗。
天地不仁、万物を以て芻狗と為す。聖人不仁、百姓を以て芻狗と為す。
（「虚用第五」「老子道徳経上」）

天地はいわゆる仁などという人間的な愛情は持っていない。天地が万物を扱う態度は全く虚心であって、ちょうど人々が祭祀の際に用いる「藁で作った狗」を扱うようである。（芻狗は祭祀の用に供される時は美しく飾られ大切に取り扱われるが、いったん祭祀が終わると、路傍に棄てられ、通行人から踏みにじられ、ついには草刈りに拾われて、たきつけにされてしまう。人々は別に芻狗を愛して大切にするわけでも、芻狗を憎んで蹂躙するわけでもない。ただそれは、使命を果たすために作り出され、それが終われば元の世界に引き戻されるだけなのだ。）道を体した聖人も同じで、彼は万民に対していわゆる仁などという人間的な愛情を抱いているわけではなく、人々が芻狗に対する時のような虚心な態度で万民を扱う。

ここでは、天地と聖人が愛情を持たず、虚心であることが述べられている。これは逍遥においては次の言に相当しよう。

人々試みに自然といふものを観よ。心を虚平にして観れば、自然は只只自然にして、善悪のいずれにも偏りたりとは見えず。固より意地悪き継母の如きものとも見えねば、慈母とも見えず。
（「シエークスピヤ脚本評註緒言」）

以上のような例は拾っていけばきりがないので、『老子』についてはもう一つだけあげて終わりにする。

有物混成。先天地生。寂兮寥兮。独立而不改。周行而不殆。可以為天下母。吾不知其名。字之曰道。強為之名曰大。

（「象元第二十五」「老子道徳経上」）

物有り混成す。天地に先だちて生ず。寂たり寥たり。独立して改めず。周行して殆《あや》ふからず。以て天下の母たるべし。吾其の名を知らず。之を字して道と曰ふ。強て之が名を為して大と曰ふ。

はじめに混沌とした何物かがあった。それは天地の分かれる以前に生じていた。それは声もなく姿もない存在であるが、他の何物にも頼らずに存立し、不変のものであり、万物にあまねく行きわたっていて、しかも怠らない。これは天地万物を生み出したものなので、天下の母と言うことができよう。私はそのものの名を知らない。だから、これに字《あざな》して道と言い、しいてこれに名づけて大と言うのである。

天地の存在以前の人知を絶した存在の根源は何と呼ぶべきであろうか。その真の名を知らないから、仮に道と呼び、強いて名づけて大というのだ、というのであるが、逍遥の次の言は口吻まで『老子』のそれに酷似している。前の引用と部分的に重複するが次に引く。

造化は（今人の智の及ぶ限にていへば）無辺また無底なり此無底無辺のものこれを名づけて何と呼ばん、大なる心と名づけんか神在すといふにひとしからん然れ共我れ頑愚未だ神在すと信ずることを得ずこれを名づけて大理想といはんか我れ不学未だ其大理想とは如何なるものなるかを証することを得ず此に於てか右に角あり左に角あり仮に名づけて没理想といふ

（「没理想の語義を弁ず」）

以上で、『老子』との比較を終わるが、逍遥の「没理想論」に『老子』の思想が濃く影を落としていることが分かると思う。

三

次に『荘子』との関係について見る。原文をすべて引くことが出来れば最もよいのだが、『荘子』においては

寓話が多く、いちいち引用するとかなり長くなってしまう。誌面の都合もあるので、ここでは要点と寓意を述べるにとどめるが、それでも十分に逍遥の「没理想論」と『荘子』とが酷似していることが納得できると思う。

「逍遥遊」に「鯤」という大魚が鵬という空を覆うがごとき鳥となり、九万里を上って南に向かうということに対して、鳩と蜩が嘲笑った、という話があるが、これには小さなものは大いなるもののことは分からない、つまり、人間の限られた知恵では無限の自然は理解出来ないという寓意が込められたものである。

これは逍遥が「我が思う所のみを正しとして、他の謂ふ所を悉く斥け、そが「小理想」を尺度として、此の大世界の事をも裁断せんと企つる」「偏見家」「小理想家」を非難したことと対応する。

「斉物論」に道が人為の小細工に隠れ、自然のままの言葉は、はでな言葉（自分の主張を通すための議論）に隠れてしまい、そのために儒家、墨家の間で是非の争いが起こるのだ、と非難しているくだりがある。

これは逍遥が小理想家が空理空論に走り、偏狭な差別見に捉われている、と非難し、自然のまま、事実を報道すべきであると主張したことに対応する。

同じく、「斉物論」ではこれに続いて、「物無非彼、物無非是」と述べ、彼是、是非はすべて相対的な物の見方から生ずるのであり、絶対の境地から見れば、一なのである。同様に、莛と柱、らい病患者と西施、つまり、大小、美醜も道の上からすると一なのであると主張し、さらに次のように言う。

唯達者知通為一。為是不用而寓諸庸。庸也者、用也、用也者、通也。通也者、得也。適得而幾矣。因是已。已而不知其然、謂之道。

唯達する者のみ通じて一たることを知る。是が不用を為して諸を庸に寓す。庸とは、用なり。用とは通なり。通とは、得なり。適得すれば而《すなは》ち幾《ちか》し。是に因るのみ。のみにして其の然るを知らざる、之を道と謂ふ。

すべてが一であることは道に達したものだけが知っていて、こうした人は、自分の意見を立てず、事物を平凡に委ねる。平凡とは事物そのままの姿である。事物の自然に任せておけば、常に変化に応対できる。変化に応対できれば、心にゆとりができる。心に十分ゆとりができれば道に近い。すべてこの自然に任せるだけである。それでいてそのことを意識しない。それを道という。

自分の意見に執着することを否定し、事物を自然に委ねるべきであるというのである。これらのことは、逍遥が「衆理想」は皆「没理想」であり、また「没理想」でない、と絶対の境において矛盾律を無視したこと、相対的な差別相に拘泥することを否定し、事実の報道を重視した（「空理を後にして、現実を先にし、差別見を棄て、平等見を取り、普く実相を網羅し来」る、「我にあらずして汝にあり」『早稲田文学』三号）ことと対応しよう。

また、同じく「斉物論」に聖人は大綱を論ずるだけで、細かい意見を言わない、これに対して一般の人は理屈をこね、類別を立てようとする、というくだりがあるが、これも逍遥が議論を排したことと対応する。

『荘子』においても、逍遥の論との類似点は枚挙にこと欠かない。

おわりに

以上のことから、逍遥の「没理想論」の成立には、老荘思想が一つの大きな要因として係わっていることが分かると思う。次に、このことが、没理想論争中でどのような意味を持っているかということについてまとめておきたい。

一節において述べたように、老荘思想には、相対、すなわち現象世界を越えた絶対の境にあって、相対世界の矛盾対立を統一しようとする考え方がある。この場合、我々の人知の及ぶのは相対世界までであり、絶対の境は人知によっては、はかり知ることができない。したがって、二元論的直観論となり、学問的方法においては不可知論に陥る。これは科学の無力さを容認する態度である。もちろん、「没理想論」は二十二、三年頃陥った懐疑的傾向を経て逍遥が到達した、真理に対して謙虚であろうとする態度の現れなのであって、その本旨は決して学問の無力さを主張するものではなかったはずである。しかしながら、「没理想論」がその基盤として老荘思想のような現象即ち空、とする思想を持つ限り、現象世界は全く非本質的な存在ということになってしまうわけだから、現象世界を対象とする科学・学問の否定というところに行き着く可能性は内包していたわけである。

そして、鷗外が攻撃していたのも実にこの点であったのである。鷗外が、絶対の境にあって相対世界の矛盾律を無視することを非難していたことはすでに述べた。このような鷗外の考え方は、現象を空と認ずるような世界観の否定に根ざしている。

われは没却理想の愛憎を離れて公平に至るをば、顕象世界を撥無したる上の事となすを以て、没却理想の見、即ち逍遥子の見を以て常人の判断力（筆者注―公平な判断力）とすることの当れりや、あらずやを疑ふ。

（「逍遥子と烏有先生と」）

これは逍遥が現象世界を離れたところに「没理想」の見を想定していることへの非難である。また、

無名氏はプラトオ論者なりといへば、その実を幻影とし、其非実を本体とすべく、われはプラトオ論者にあらざれば、我実を実在せしめ、わが非実の想を実在せしめず。

（「早稲田文学の後没理想」）

と述べ、現象世界を「空」と見做すことを排撃している。

さらに、「早稲田文学の没却理想」において鷗外が、是非は「矛盾（コントアラヂクトオリシュ）の意義」であり、大小は「反対（コントレエル）の意義」であって、「反対の意義」においては着眼によって、大であり、かつ小である、ということはあり得るが、「矛盾の意義」においては着眼がどうあれ是かつ非ということはあり得ない、と言っているが、これは『荘子』自体が「是非」「大小」の違いを同列に論じていたことへの批判であ

るといえよう。

同じく、「早稲田文学の没却理想」において鷗外が、

ここに此現象世界の法廷にありて裁判をなさむとするものあり。又此顕象世界の文壇にありて批評をなさむとするものあり。その宣告、その評論は縦令《たとひ》絶対の上よりしても実相を撥無すべからず。盗む者と盗まるる者と、みな是なり、皆非なりといひてはおそらくは裁判にはなるべからず。論理を守るものと、論理を守らざるものと、皆是なり、皆非なりといひてはおそらくは批評にはなるべからず。

と言っているのは、現象世界を離れ、矛盾律を無視した逍遥の「没理想論」の不毛性を指摘しているものであろう。

要するに、没理想論争は逍遥の現象を空と認ずる東洋的な世界観（二元論的直観論）に対し、鷗外が西洋的な科学的世界観（一元論的認識論）から批判をしたものであるといえる。

（1）久保田芳太郎「没理想論争をめぐって――モールトンとハルトマン――」（『比較文学年誌』昭和四七年三月）
（2）山内祥史「逍遥の没理想論の形成」（久松潜一他編著『日本文芸の世界――実方博士還暦記念』桜楓社、昭和四三年）
（3）関良一「近代の文学理念――古典との比較において――」（『国文学―解釈と教材の研究』昭和四一年七月）
（4）石田忠彦『坪内逍遥研究』（九州大学出版会、昭和六三年）「第七章　没理想論争」、磯貝英夫「啓蒙批評時代の鷗外――その思考特性　下――」（『文学』昭和四八年一月）
（5）坂井健「二葉亭四迷「真理」の変容――仏教への傾倒――」（本書第二部第一章）、坂井健（「二葉亭四迷と坪内逍遥」（『函館私学研究紀要――中学・高校編――』第一八号、函館私学振興協議会、平成元年三月）

第四章　没理想論争と仏教

はじめに

没理想論争というと、イギリス風の経験的批評の立場に立った写実派の逍遥と、ドイツ風の観念論的立場に立った理想派鷗外の対立という図式で捉えるのが今なお一般的であろう。しかしながら、逍遥の没理想論は、鷗外が「逍遥子は豈釈迦と共に法華涅槃の経を説いて、有に非ず、空に非ず、亦有、亦空といはむとするか。逍遥子は豈荘周と共に斉物論を作りて、儒墨の是非を嘲り、その非とするところを是とし、その是とするところを非とせむとするか」(「早稲田文学の没却理想」『しがらみ草紙』三〇号、明治二五年三月)と批判したように、仏教的・老荘的な東洋思想を内包していたわけで、このことに十分注意しないと、論争そのものをよく理解することができないであろう。

逍遥の没理想論に対する老荘思想の影響については、以前に詳述したし(1)、仏教思想の影響についても、仏教に傾倒した二葉亭の思想との類似を指摘した(2)。大塚美保氏も『大乗起源論』を引いて、唯識思想との類似を比較している(3)。

このように、逍遥の論に対する老荘思想もしくは仏教思想の影響は明らかであるが、一方の鷗外はどうであっただろうか。

本章では、論争の過程をたどりつつ、鷗外の仏教思想に関する言及を引き、当時の鷗外の中での仏教思想の位置を確認し、ひいては、文学史上の意味を探ってみたいと思う。

一

「造化既に没理想なり。造化に似たる没理想の詩を作るものは大詩人なるべし」（「早稲田文学の没理想」『しがらみ草紙』二七号、明治二四年一二月）との鷗外の言からもうかがえるように、逍遥の没理想論は、形而上論（世界観・宇宙観についての存在論的な面）と、審美論（文学作品についての美学的な面）との二面をもっていた。

これは逍遥自身も「造化に対していふ没理想は方便にして、我が理想のドラマに対していふ時は、目的なり。ドラマの本体の一面をいふなり」（「没理想の語義を弁ず」『早稲田文学』八号、明治二五年一月）と述べて、認めていることである。たしかに「没理想」は、当初、同語両義の弊を持った言葉であったが、このことは、逍遥が文学作品と作者の関係を世界・宇宙とその創造者との関係のアナロジーで捉えたことに起因していた。天地を創造した造物主の心は、人間にはうかがい知ることができない。それと同じように、優れた文学作品を創造した作者の「理想」も、読者にはうかがい知ることができない。シェークスピアの作品は、この宇宙のように「没理想」であるからこそすばらしいのだ。逍遥の没理想論は、簡単にいえば、こうした素朴な発想であった。だから、「没理想論」は、一応、形而上論と審美論とに分けて考えなければいけないのだけれども、それぞれが呼応しあったものであることも見落としてはいけない。

ところで、そもそもの論争の発端は、本書第三部第三章で指摘するように、(4)『早稲田文学』に連載し始めた初学者用の注釈である「シエークスピヤ作品評註緒言」（明治二四年一〇月）に、石橋思案・斎藤緑雨が行った挪喩に対して、逍遥が「我にあらずして汝にあり」（『早稲田文学』三号、明治二四年一一月）で反論する中で、うっかり批評全体の方法論にまで踏み込むような発言をしてしまったためであった。注釈の「緒言」という限りでは、没理想論は鷗外の批判を受けるような性質のものではなかったのだが、批評全体の方法論に関わるような言い方になったために鷗外の批判を招いたのである。

発端はこうだったが、没理想論の持つ前述のような性格上、鷗外の批判は、批評の方法論を越えて、形而上論と審美学の問題とにまで踏み込んでゆくことになる。

二

形而上学上の問題では、よくいわれるように、ハルトマンによって有理想の論を説く鷗外が、「没理想」の立場を表明する逍遥に対して論難を加えた。これに対して、逍遥は「造化」に対する「没理想」は「大理想を求めかねたる絶体絶命の方便」（「烏有先生に謝す」『早稲田文学』七号、明治二五年一月）であると弁明した。要するに、この宇宙に大理想は存在するかも知れないとは思うが、あると確信することはできない。そこで「没理想」という立場でやってゆくのだ、と形而上学問題の棚上げを行ったのであるが(5)、その過程で「有は即無、無は即ち有」であるとか「皆是なり、皆非なり」といった言い回しが出てきて、冒頭に引いたような鷗外の批判を浴びることになるのである。

批判を受けても、逍遥のこうした「没理想」的態度は堅固であり、鷗外は論難を繰り返すことになるが、それは、逍遥の「没理想論」が現実を超越した絶対において、現実の世界に実在する物事の対立を無化してしまおうとする可能性を持ったものであったからだった。科学者鷗外としては、現実世界で是非を決すべきであるのに、矛盾律を無視し、主体的な判断を放棄することは、学問や批評を軽視する態度として、容認できなかったのであ

る。(6)

しかし、逍遥はかたくなに「没理想」の態度を守り続け、両者は平行線をたどることになる。最後に鷗外は、逍遥のいう「理想」は個人の「哲学上の所見」のことであり、「没理想」とは、「哲学上の無所見」に他ならぬと断定する（「早稲田文学の後没理想」『しがらみ草紙』三三号、明治二五年六月）ことになる。

三

一方の、審美上の問題はどうであっただろうか。鷗外は、「没理想」は「没理想にあらずして、没主観」「没理想にあらずして、没挿評」「没理想にあらずして、没類想」（「早稲田文学の没理想」）などと語義の訂正を求めるが、考え方そのものは、実質的に逍遥の主張と対立するものではなかった。

鷗外が最後に放った批判（「早稲田文学の後没理想」）でも、文学作品に詩人の哲学上の所見を表すべきではないとしているし、逍遥が「『早稲田文学』が谷『時文評論』村の縁起」（『早稲田文学』一一号、明治二五年三月）の中で、優れた作品の要件として、「私情を没する能はざる」「直現の情感」と私情を没した「再現の情感」の違いを説き、芸術作品には「再現の情感」が表されなければならないとしたのを受けて、「直現情感」は「実感」、「再現情感」は「審美感」であると用語の訂正はしているものの、文学作品には「実感」は現れるべきではなく、現れているのは「審美感」であるとの見解を示しており、実質的には変わりはない。

このあたりの事情は、次の引用からも明らかであろう。

夫れ作者の哲学上所見のあらはるべからざるは詩の本性なり。作者の実感のあらはるべからざるもまた詩の本性なり。詩は初より没却哲理なるべきものなり。詩は又初より没却実感なるべきものなり。逍遥子がシエクスピイヤの戯曲を評せし言葉の天下の耳目を驚かしゝは抑何故ぞや。答へていはく。シエクスピイヤの曲を没理想なりといひければなり。（中略）詩中にはおのづからにして作者の哲学上所見をあらはすことなし。逍遥子が其党人と共にその埋没を発明するを待たず。詩中にはおのづからにして作者の実感をあらはすことなし。逍遥子が其党人と共にその埋没を宣言するを待たず。（「早稲田文学の後没理想」）

要するに、没理想没理想といって、たいそうなことを言っているように世間ではもてはやしているけれども、当たり前のことをいっているだけなのだ、というわけで、鷗外のやっかみ半分の批判なのだけれど、裏を返せば、審美上の問題については、鷗外は「没理想」の立場に、まったく賛成だといっているのと同じである。

四

つまり審美論上の問題では、鷗外も「没理想論」の立場に立っていたわけである。ところが、はじめに述べたように、「没理想論」は、審美上の問題と形而上論の問題とが呼応しあっているのである。しかも、「没理想論」は、老荘思想・仏教思想の影響の濃いものであった。ということは、鷗外についても、そのことの意味を考える必要があろう。

実は、鷗外は、逍遥の老荘的仏教的言辞を非難しながらも、自分自身因明の用語を用いて論を展開することも多かった。(7)

わが見るところを以てすれば、個人の哲学上所見は比量智なり。詩といひ、美文といふものは現量智なり。若し直ちに比量の所見を詩に入るゝものあるときは、レッシングが嘗てポオプを論ぜしとき、ルクレッツをためしに引きて詩人の衣を藉りたる哲学者なりと笑ひしにや似るべき。いかなる楽天の詩も、いかなる厭世の詩も、一たび思議にわたりては詩天地より逐ひ出さるべきこと勿論なり。（「早稲田文学の後没理想」）

文学作品は、論理的な推論によって得られる知識、哲学的所見によっては成り立たない。文学は直観によって生まれるのだ。鷗外はこういっているのである。

鷗外は、少し下るが、明治二九年四月、大村西崖との共著で、「印度審美説」（『めさまし草』まきの四）を発表している。これは古代印度美学を「楞厳経」「喩珈師地論」「阿毘達磨大毘婆沙論」等を引きつつ、ハルトマン美学に当てはめて解釈・紹介したもので、古代印度美学によれば、美は、規範的な道徳から独立したものであるが、「天欲」あるいは「冥々裡の宗教的霊応」に応じて行動する人物は、「美」を表わすことができること、芸術は善悪を超越したものであり、芸術の根源は、人間の通常の意識を越えたより深い「阿頼耶識」に存在することなどを説いたものであるが、鷗外の論敵であった高瀬文淵でさえ、「其研究の功労が甚だ大」（『新文壇』五号、明治二九年五月）であると口を極めて絶賛している。

要するに、逍遥の「没理想論」における老荘的・仏教的態度については、批判した鷗外であるが、ハルトマン美学において芸術的想像力の源が「無意識」に求められ、「神来（インスピレーション）」が強調されていたことを受けて、同様の見解を仏教思想の中に見出していったわけである。

五

このように、西洋哲学同士の代理戦争のように見える没理想論争の中で、老荘思想や仏教思想といった東洋的な発想が大きな要素となっていたことは興味深いが、このことは没理想論争で扱われた問題意識を受け継いだ同時代の文学者たちにも大きな影響を与えた。

たとえば、先に引いた高瀬文淵であるが、明治二九年二月の「脱却理想論」（『新文壇』二号）で次のように述べている。

早稲田文学の所謂理想なるものは、詩人若くは小説家が平素の経験知識に拠り、宇宙に就て思議し得たる極致の名なりと謂へるが為に、大いに議論の混乱を来たし、斯くては詩人の有する理想も個人が懐ける学問上の所見と紛らはしきことゝなりて、為に折角の好議論も誤解を招く嫌を生ぜり。

逍遥の没理想の論を「好議論」としながらも、「詩人の有する理想」と「個人が懐ける学問上の所見」とが紛らわしく、誤解を生んだとして、文淵は、これを修正する形で「永久不朽の美」を求める自らの文学理論を展開しようとするのであるが、その方法として、学問的な方法を否定し、「静かに眼を閉ぢて全宇宙の帰着を瞑想」せよといい、それによって、「無底無辺」「無量無限」「不滅不易」の「形の捕捉すべき所も無ければ、心の思議する所」もない「宇宙の本体」を捉えることができると説くのだ。これなどは、逍遥の「如何にせば此の無限無底の絶対に達すべきぞ。曰はく、我を去ツて我を立てん。一理想を棄て没理想を理想とし、一理想を固執する欲有限の我を去て、無限の絶対に達せんとする欲無限の我を立てん」（「没理想の語義を弁ず」『早稲田文学』八号、明治二五年一月）という「没理想論」と見事な対応を示している。どちらも、学問的方法・議論を否定し、一種の悟りによって無限の絶対に達することを芸術家に求めようとするものである。

文淵だけではない、田岡嶺雲も「鷗外と逍遥」（『明治評論』五巻一〇号、明治二九年九月）の中で、没理想論争について概括した後、次のように述べる。

畢竟するに大詩人は大理想を直覚す。推理の階を拾うて達するにはあらざるなり。其心直に是れ一大理想、興に触れ感に応じて即ち発して詩に寓す

これも同様で、文学の創造に必要なのは、論理的推理の方法ではなく、直観によって「一大理想」を捉えるべきであると考えている。

同じく嶺雲である。次の「想化とは何ぞ」（『青年文』三巻四号、明治二九年五月）でも、同様に理屈が否定され、「忘我の境」が強調されている。

既に忘我の境なり、故に理屈を絶す、故に唯之を具体に現すべし、抽象に現す可らず。彼の禅語に詩的のもの多きは忘我の境之を具体に表したるに由るのみ。既に想化なる時は詩人無意識に之をなす、故に唯具体的に表す可くして抽象的にす可らず、抽象的にせんには必ず意識的なるを要す。

ここで注目すべきは、「忘我の境」が無意識と結びつけられていること、そして、無意識と具体的な表現、意識的と抽象的な表現とが結びつけられていること、そして禅と「忘我」が結びつけられていることである。なお、嶺雲と文淵に見られる仏教的な発想とその意義についての個別・具体的な検討は別稿に譲りたい。(8)

おわりに

（略）人間の官能声を成すべき分子の波を耳に受けて、是れ声なりといひ、色を成すべき分子の波を目に受けて、是れ色なりといふ。これすなはち意識界なり。祇園精舎の鐘われがねならば、聞くものこれを厭はしとし、われ鐘ならずば好ましとせむ。沙羅双樹の花萎ればならば、見る人これより去り、しほれ花ならずばこれに就かむ。厭はしとして去り、好ましとして就く。これ猶後天より来れる決断なり。さばれ破がねならぬ祇園精舎の鐘を聞くものは、待人恋ひしともおもひ、寂滅為楽とも感ずべけれど、其声の美に感ずるは一なり。沙羅双樹の花の色を見るものは、諸行無常とも感じ、また只管にめでたしとも眺むめれど、其色の美に感ずるは一つなり。この声、この色をまことに美なりとは、耳ありて能く聞くために感ずるにあらず、目ありて能く視るために感ずるにあらず。先天の理想はこの時暗中より躍り出で丶此声美なり、この色美なりと叫ぶなり。これ感納性の上の理想にあらずや。

いかに珍らしき楽にも自然ならぬ声はなく、いかにめでたき画にも自然ならぬ色はなし。意識の中に声を調へても楽となすべく、意識の中に色を施しても画となすべきは言ふまでもあらじ。されどモツアルトはみづから美しく強き夢の裡より其調を得たりといへり。こは画工の上にも詩人の上にもあることにて、所謂神来即是なり。真の美術家の製作は無意識の辺より来る。これ製作性の上の理想にあらずや。

（「早稲田文学の没理想」）

有名な一節である。ここで鷗外は、美的な判断力は、われわれの感覚や後天的に与えられた分別を支配する意識界にではなく、「先天の理想」すなわち無意識の世界にあるのであり、同様に、美的な創造力も意識界ではなく無意識の世界に属していることを、烏有先生ことハルトマンの口を借りて主張しているわけである。これが「印度審美説」の中で芸術的創造力を「阿頼耶識」に求める考え方につながってゆくことは明白だろう。

また、鷗外は、「逍遥子の新作十二番中既発四番合評、梅花詞集評及梓神子（読売新聞）」（『しがらみ草紙』二四号、明治二四年九月）の中で、ハルトマンは、「抽象を棄て、結象を取り、類想を卑みて個想を尊めり」と述べている。「結象」とは具体のことであり、「類想」とは概念的な「想」をいう。すなわち、概念的な操作によって得られた抽象的な芸術作品を否定しているわけである。先の嶺雲の「想化とは何ぞ」の主張を思い出していただきたい。

没理想論争における鷗外はハルトマン哲学によって論を展開したのであるが、その無意識に関する部分は、仏教思想を素地として受容されたのであり、没理想論を受けた文淵や嶺雲も、仏教思想をもとに自らの文学理論を展開していったのである。

（1）坂井健「坪内逍遥「没理想論」と老荘思想」（本書第二部第三章に収録）
（2）坂井健「二葉亭四迷「真理」の変容——仏教への傾倒——」（本書第二部第一章）
（3）大塚美保「哲学と美学の間——没理想論争の再検討——」（『森鷗外研究』七号、平成九年一二月）

（4）坂井健「没理想論争の発端——斎藤緑雨と石橋思案の応酬をめぐって——」（本書第三部第三章）
（5）「棚上げ」という指摘は石円忠彦氏による（『坪内逍遥研究』九州大学出版会、昭和六三年）
（6）坂井健「没理想論争の実相——観念論者逍遥と経験論者鷗外——」（本書第二部第二章）
（7）鷗外と唯識論の関係については、大塚美保「芦屋処女のゆくえ——鷗外と唯識思想——」（『日本近代文学』平成六年五月）に詳しい。
（8）坂井健「没理想論争と田岡嶺雲——禅の流行と自然主義の成立——」（本書第四部第二章）

第五章　シュヴェーグラー『西洋哲学史』と没理想論争

はじめに

没理想論争における坪内逍遥と森鷗外との対立について、以前は、イギリス経験論の立場を取った帰納批評の逍遥とドイツ観念論の立場を取った演繹批評の鷗外との対立であるとの見方が一般的であった。こうした見方に対し、かつて筆者は、二元論的直観論の立場を取った逍遥と一元論的認識論の立場を取った鷗外との対立であるとして、対立の構図の組み換えを図ったことがあった。すなわち、逍遥は、「没理想」とは唱えているものの、「没理想とは即ち有大理想」（「烏有先生に謝す」『早稲田文学』七号、明治二五年一月）などというように、実際には実在論の立場を取っていたのであり、しかも、その実在・本質の世界と我々の認識しうる現象の世界とを切り離して二分し、実在・本質の把握にあたっては、「一理想を固執する欲有限の我を去て無限の絶対に達せんとする欲無限の我を立てん」（「没理想の語義を弁ず」同八号、同年同月）というように、悟りや直観を重視していた。これに対して、鷗外は、同じく実在論の立場に立ちながらも、実在・本質は現象の世界に現れているとして、両者を統一的に捉え、実在・本質の把握にあたっては、科学的な現実認識を重視しており、それ故に逍遥を批判した、との見方を示した。その際、両者の対立をまずシェリングとヘーゲルとの対立の類比で捉えた。すなわち、二元論的直観論的なシェリングの発想を一元論的認識論の立場からヘーゲルが批判した際の構図との類比で捉え

たのであった。(1)

かつまた同時に、逍遥の二元論的直観論の立場は、老荘思想などの東洋的思想に顕著であって、逍遥の没理想論は、こうした色合いの濃いものであったことについても論じた。(2)

論者は当時、逍遥に対する鷗外の批判と、シェリングに対するヘーゲルの批判とは、単に内容的に類比できるものとしてのみ考えていた。すなわち、洋の東西を問わず、似たような考えを持つものはいるだろうし、似たような考えに対しては似たような反論がなされるものだろう、そのように考えていたのである。

ところが、東京大学附属図書館所蔵鷗外手沢本の『西洋哲学史』原本の書き入れを調査するうち、考えが変わってきた。先学も指摘しているように、没理想論争に当たって鷗外は逍遥批判のための根拠を求めるため、本書を再読している。(3)これは欄外に朱筆で書かれた「逍遥子」などの書き入れの存在によって知れるのだが、鷗外は、滞独中の明治二十年十月前後に、本書に下線や書き込みを入れながら精読し、少なくとも没理想論争時に再び本書を読み返し、逍遥批判の論拠を探したのである。(4)

書き入れのうちには、先に述べた二元論的直観論に対する批判がかなり見られ、そのうちのいくつかはシェリングに対するヘーゲルの批判を説明した部分も含まれている。すなわち、逍遥に対する鷗外の批判がシェリングに対するヘーゲルの批判に類似しているのは、偶然ではなく、資料的な下地があったが故であると考えるのが妥当である。

一　書き入れの概要

本書への鷗外の書き入れは、形態的にいって、①黒インク下線、②朱インク下線、③黒インク独文書き入れ、④黒インク邦文（漢文）書き入れ、⑤朱インク書き入れ、⑥巻末添付図表、に大別される。このうち、①は本書のほぼ全般に存在し、②は二箇所のみ、③は、第十四章プラトン、第十六章アリストテレス、第三十七章カントへの移り行き、第三十八章カント、第四十一章フィヒテ、第四十三章シェリングに集中、④は、絶対数が僅少であり、フィヒテ、カントには見られない。⑤は、三箇所のみで、そのうち二箇所は②の朱インク下線と対応している。(5)⑥については、別稿で論じた。(6)

これらのうち①黒インク下線はほぼドイツ滞在時、すなわち明治二十年頃のものであると考えられる。③黒インク書き入れも同様である。というのは、⑥巻末添付図表は、黒インク下線部および黒インク書き入れに基づいてカント哲学の心理学方面についてまとめたものであり、明治二十年（一八八七）十月二十三日の日付が付されているからである。鷗外が下線を引きながら独文によって内容をまとめ、図式化したりしながら本書を理解していった様子がまざまざとうかがえる。朱インクによる②⑤は、「逍遥子」などの書き入れ内容から見て、明治二十四年ころ、没理想論争時のものであることは明らかであるが、はっきりしないのが④黒インク邦文（漢文）書き入れで、インクの色からは、①黒インク下線、③黒インク独文書き入れの時期との区別はできない。

しかしながら、前述したように④黒インク邦文（漢文）書き入れは、③黒インク独文書き入れと比べるとかなり少なく、しかも、独文書き入れが集中している部分にさえも、全く存在していない場合があることを考えると、いったん独文の書き入れで内容を理解した後、鷗外が特に興味を持った部分を再読して、彼にとってより親しい漢文学の思想に見立ててコメントを付したものと見るのが妥当ではなかろうか。この場合、再読の時期がいつ頃であるかも確定はできないが、鷗外が西洋哲学に見られるいくつかの考え方に興味を持ち、それらを東洋的な思想に見立てたということは、本稿にとって興味深い。

二　没理想論争時の書き入れ

朱インクによる下線は一三三頁、三二九頁の二箇所であり、書き入れは、それぞれに該当する一三三頁、三二九頁のほかに、一七頁にも存在する。仮に鷗外がはじめから本書を読み返したとすれば、没理想論争時には、ほぼ全文読んだと考えても良いのではないか。

さて、まず没理想論争当時、少なくとも確実に鷗外が目を通した部分を引いてみよう。

①一七頁　欄外書き入れ

Alles Sein ヲ des Absolute ニヨセタル点ニ於テ逍遥子ニ似ル

次に、書き入れのある頁の記述を見よう（傍線なし。なお、訳文は、谷川徹三、松村和人訳『西洋哲学史』（岩波書店、改版、昭和三三年による）。

（筆者注―パルメニデスは）純粋な唯一の有という概念を、存在しないもの、したがって思考することのできないものとしての、すべての多様で変化するものに端的に対立させ、そして有から生成と消滅だけでなく、時間性、空間性、可分性、差別、運動をまったく排除し、有を生成もせず消滅もせぬもの、全体であって一様なもの、変転せず限定されぬもの、不可分で無時間的に現前するものと言いあらわし、その唯一の積極的な規定として（これまでのは消極的な規定ばかりであったから言うのであるが）、思考をもち出している。これによってかれは有と思考とを同一視しているわけである。かれはこのような、純粋な有に向けられた純粋な思考を、現象の多様性と変化とにかんする当てにならぬ諸表象に対立させて、唯一の真実で確かな認識と名づけ、死すべき者が真理と考えるもの、すなわち生滅、個別、場所の変化、性状の変転などは迷妄に過ぎない、と断定している。

setzt er hier diesen Begriff, das reine einige Sein, allem Mannigfaltigen und Veränderlichen als dem Richtseienden und folglich Undenkbaren schlechthin entgegen, und schliesst vom Sein nicht nur alles Werden und Vergehen, sondern auch alle Zeitlichkeit, Räumlichkeit, Teilbarkeit, Verschiedenartigkeit und Bewegung aus, erklärt dasselbe für ungeworden und unvergänglich, ganz und einartig, unwandelbar und ohne Begrenzung, unteilbar und zeitlos gegenwärtig, vollkomen und überall sich selbst gleich, und eignet ihm als einzige positive Bestimmung (denn die bisherigen waren nur verneinende gewesen) das Denken zu: „Sein und Denken" sind nach ihm „Eines und Dasselbe". Das auf dieses Sein gerichtete reine Denken bezeichnet er im Gegensatz gegen die trüglichen Vorstellungen über die Mannigfaltigkeit und Veränderlichkeit der Erscheinungen als die allein wahre untrügliche Erkentniss, und hat kein Hehl, dasjenige nur für Nichtseiendes und Täuschung zu halten, was die Sterblichen für Wahrheit ansehen, nähmlich Werden und Entstehen, vergängliche Existenz, Vielheit und Verschiedenheit der Dinge, den Ort verändern und seine Beschaffenheit welchen u.s.w.

これはパルメニデスが、超越的な唯一の絶対を安易に重視し、我々人間（「死すべき者」）が認識しうる、様々に転変する現象世界と対立させ、現実の認識を迷妄であるとして軽視したことを説明した部分であるが、鷗外は、この点に逍遥との類似を見出しているのだ。

鷗外のこうした見方は、「早稲田文学の没却理想」（『しがらみ草紙』三〇号、明治二五年三月）の「没却理想は一に没理想といひ、一に不見理想といひ、一に如是理想本来空といひ、一に平等理想といふ。其要は理想を没却し埋没して、これを見ざらむとし、衆理想の本来空なるを説くにありといふ。（略）おもしろきかな逍遥子が言。その人々の写象中なる衆多をして本来空に帰せしめたるはパルメニデスにや似たらむ」という発言に反映している。

すなわち、「没理想」という超越的存在を安易に仮想した逍遥が、衆理想（様々なものの見方・認識）というものは、非本質的なもの、本来空なのであるとして、多様性をもった世界の認識を軽んじている点に、パルメニデスとの類似を認めているわけである。

②一三三頁　欄外書き入れ「逍遥子」

真なるものの認識は、論証によってもその他いかなる媒介によっても得られない。それは、対象が認識するものの外部にとどまっているような仕方によってではなく、認識するものと認識されるものとの差別がまったくなくなるような仕方によって得られる。この認識は理性の自己直観である。すなわちわれわれが理性を見るのではなくて、理性が自分自身を見るのである。これ以外の方法でわれわれは理性の認識に達することはできない。ところで認識のもっとも高い段階は最高の存在、万物の唯一の原理の直観である。この直観のうちでは、最高の存在と魂の分離がまったく消失し、魂は恍惚として絶対者そのものにふれ、絶対者に満たされ照らされるのを感じる。このような神との真の合一に達した人は、かつては愛した純粋な思考さえ軽んじるようになる。思考は一つの運動に過ぎず、見るものと見られるものとの差別を前提としているからである。このような神あるいは一者（hen）への沈潜、恍惚として絶対者のうちへ融けこむことこそ、真にギリシャ的な哲学に対する新プラトン主義の著しい特性をなしている。

B　宇宙的諸原理。新プラトン学派の三つの宇宙的原理にかんする説は、以上のエクスタスシス説ときわめて密接な関係をもっている。かれらはこれまですでに想定されていた二つの宇宙的原理、世界霊魂と世界理性とに、第三のより高い原理をつけ加えた。この第三の原理とは、あらゆる区別および対立の究極的に統一するものでなければならず、したがってこのうちではすべての区別が克服されて本質の純粋な単純性とならなければならない。理性はこのような単純なものではない。というのは、理性のうちには、思考するものと思考されるものとの対立があり、また前者から後者への運動があって、理性は多様なものにぞくするからである。ところで多様なものにはその始源として単純なものが先立たなければならない。したがって、もし人が存在のぜんたいを統一するものを求めるとすれば、人は理性を越えて絶対に一つであるものまで上昇しなければならない。この本源的存在をプロティノスは、第一者とか一者とか、善とか存在以上のものとか（かれによれば存在とは理性に従属する概念にすぎず、最高の諸概念と一緒に並べられるばあいには、理性と結びつけられて第二次的なものをなすにすぎない）さまざまな名で呼んでいる。

Die Erkenntnis des Wahren, behauptet Plotin, wird nicht durch Beweis gewonnen, noch durch irgend eine Vermittlung, nicht so, dass die Gegenstände ausserhalb des Erkennenden bleiben, sondern so, dass alle Verschiedenheit zwischen Erkennendem und Erkanntem aushört; sie ist ein Schauen der Vernunft in sich selbst; nicht wir schauen die Vernunft, sondern die Vernunft schaut sich; auf andere Weise kann man nicht zu ihrer Erkenntnis kommen. Ja auch über dieses vernünftige Anschauen, innerhalb dessen Subjekt und Objekt einander noch als Getrennte gegenüberstehen, mussen wir hinaus; die höchste Stufe des Erkenntnis ist ein Schauen des Höchsten, des Einen Prinzips der Dinge, in welchem alle Trennung zwischen ihm und der Seele aufhört, die Seele in reiner Verzückung das Absolute selbst berührt, sich von ihm erfüllt und erleuchtet fühlt. Ist jemand zu dieser wahrhaften Einigung mit dem Göttlichen gelangt, so verachtet er selbst das reine Denken, welches er sonst liebte, weil doch dieses Denken nur eine Bewegung war, eine Differenz zwischen dem Schauenden und Geschauten voraussetzte. Die mystische Versenkung in die Gotheit oder das Eins(ἕν), dieses

Sichhinschwindeln ins Absolute ist es, was dem Neuplatonisumus gegenüber von dem ächt=griechischen Systemem der Pilosophie einen so eigentümlichen Karakter giebt.

b. Die kosmischen Prinzipien. Im engsten Zusammenhang mit dieser Ekstasentheorie der Neuplatoniker steht ihre Lehre von drei kosmischen Prinzipien. Zu den zwei, auch schon bisher angenommenen kosmischen Prinzipien der(Welt=) Seele und (Welt=)Venunft fügten sie noch ein drittes höcheres Prinzip, als letzte Einheit aller Unterschiede und Gegensatze, in welcher eben darum, damit sie dies sein könne, aller Unterschied aufgehoben sein muss zur reinen Einfachheit des Wesens. Die Vernunft ist dieses Einfache nicht, da in ihr der Gegensatz des Denkenden, des Denkens und des Gedachten und die Bewegung vom Ersten zum Letzen ist, die Vernunft gehört zum Vielfachen ; dem Vielfachen aber muss das Einfache vorangehen als sein Prinzip ; es muss daher, wenn es eine Einheit der Totalität des Seins geben soll, über die Vernunft zum absolute Einen hinaufgestiegen werden. Dieses Urwesen nun nennt Plotin mit verschiedenen Namen ; bald das Erste, bald das Eine, bald das Gute, bald das über dem Seienden Stehende (das Seiende schwindet ihm zu einem Nebenegriffe der Vernunft zusammen, und bildet in der Zusammenordung der obersten Begriffe mit der Vernunft verbunden nur die zweite Staffel), Namen frikichi. （下線鷗外）

鷗外手沢本ではこのうち（Vernunft gehört zum Vielfachen　理性は多様なものに属する）に朱筆で下線が施されている。プロティノスは超越的な絶対者の認識に当たっては、通常の理性によるのではなく、理性を越えた、いわば宗教的恍惚による直観、絶対者への一体化によらなければならず、そのような本源的存在においてはあらゆる対立・多様性は止揚されてしまうと考えていた、との説明であるが、鷗外はこうした点に逍遥との類似を見たわけである。

鷗外は「早稲田文学の没却理想」において次のように逍遥を非難する。

> 何物か他の衆理想を没却する。答へていはく。今人の智の及ぶ限にては、無底無辺無究無限の絶対なり。この絶対は即ち造化にして、其名を没却理想とすと。
>
> さらば逍遥子が絶対はいかにしてか他の衆理想を没却する。答へていはく。衆理想は皆是なり。是れ絶対は之を納るゝを以てなり。逍遥子は是なりと雖も之を崇めず。是を以て衆理想の奴となることなし。衆理想は皆非なり。是れ絶対はいづれの理想にも掩はれざるを以てなり。逍遥子は非なりとなしてこれに泥まず。是を以て衆理想の奴となることなし。衆理想は即ち差別相にして、没却理想は即ち唯一相、平等相なりと。

悟りや直観によってのみ認識できる超越的絶対的実在である没理想にあっては、現象世界に対する我々の認識は、すべてその多様性・差別性が統一され、平等になるという点に、プロティノスの類似性を見出し、批判しているわけだ。先の例には、下線がなく書き入れだけであり、本例も下線が存在する部分はごく一部であるが、実際には、下線以外の部分も相当程度踏まえて、鷗外が逍遥の論の中にパルメニデスやプロティノスと共通する点を見出しているのが分かるであろう。[7]

③三二九頁　欄外書き入れ「逍遥子」

> 現実性（Wirklichkeit）。有と現存性とに第三のものとして現実性がつづく。現実性においては、現象は本質の完全で十分な顕現である。したがって真の現実性は、可能性（Möglichkeit）や偶然性（Zufällig-keit）とは反対に、必然的存在、合理的必然性（Notwendigkeit）である。現実的なものはすべて合理的であり、合理的なものはすべて現実的である、というヘーゲルの有名な命題は、「現実性」を右のように理解すれば、同語反復に過ぎないことがわかる。

Zum Sein und zur Existenz kommt als Drittes die Wirklichkeit hinzu. In der Wirklichkeit ist die Erscheinung ganze und adäquate Manifestation des Wesens. Die wahre Wirklichkeit ist daher (im Gegensatze gegen die Möglichkeit und Zufälligkeit) notwendiges Sein, vernünftige Notwendigkeit. Der bekannte Hegelsche Satz, alles Wirkliche sei vernünftig und alles Vernünftige Wirklich, erweist sich bei dieser Fassung der "Wirklichkeit" als einfache Tautologie.（下線鷗外）

真の現実性は必然的・合理的であるとの見方からすれば、ヘーゲルの有名な命題である「現実的なものはすべて合理的であり、合理的なものはすべて現実的である」というのは、同語反復に過ぎない、との批判であるが、ここで鷗外は、あらゆる理想は没理想に含まれ、没理想はあらゆる理想を含む、という同語反復にすぎない「衆理想皆是にして又非」という逍遥の論理矛盾を犯した言を想起しつつ、論理矛盾を起こしている命題が成立するように見えるのは、同語反復が潜んでいるときであると考えて「逍遥子」と書き込んだのだろう。「早稲田文学の没却理想」で鷗外は次のようにいっている。

逍遥子が衆理想皆是なりといふや、その着眼点は造化これを納るといふにあり。逍遥子が衆理想皆非なりといふや、その着眼点は未だ造化を掩ふに足らずといふにあり。

夫れ造化に納れらるとは何の謂ぞ。答へていはく。造化より小なるなり。未だ造化を掩ふに足らずとは何の謂ぞ。答へていはく。これも造化より小なるなり。されば逍遥子が着眼点は、その言葉を二様にしてあらはされたりといへども、到底唯一つなること論なからむ。

「衆理想」が「造化」より小というのは、あらゆる理想は没理想に含まれる、ということである。「造化に納れらる」も「造化を掩ふに足らず」も同じことを言っているにすぎない、というわけだ。

三　シェリングの東洋的思想への見立て

さて、鷗外は、逍遥の言を、本書でいう二元論的直観論、すなわち、現象の認識を軽視し現象世界から離れた絶対を直観・悟りによって一摑みにしようとする立場に見立てていこうとするが、こうした立場に特徴的な考え方として矛盾律の無視があると指摘する。同じく「早稲田文学の没却理想」に言う。

同一の事物を是とも非とも見るべきは果していかなる境界なるか。答へていはく。是もなく非もなき境界なり。絶対の境界なり。

大宗教家と大哲学者とのごとき自在の弁証《ヂヤレクチツク》をなさむとするものは、大抵絶対の地位にありて言ふ。（聖教量、「スペクラチオン」）逍遥子は豈釈迦と共に法華涅槃の経を説いて、有に非ず、空に非ず、亦有、亦無といはむとするか。逍遥子は豈荘周と共に斉物論を作りて、儒墨の是非を嘲り、その非とするところを是とし、その是とするところを非とせむとするか。

夫れ絶対には是非もなければ彼我もなし。されどその能く是非なきものは何ぞや。その能く彼我なきものは何ぞや。答へていはく。空間を脱したればなり。時間を離れたればなり。質といひ、絶対といふものは顕象（事相）にあらざればなり。

以上のように、鷗外は、逍遥の没理想論を、直観・悟りによって現象世界から超越した絶対に達し、そこで矛盾律を無視し、あらゆる差別・多様性を統合するような絶対と合一しようとする、老荘、仏教に代表される東洋的な二元論的直観論に見立ててゆくのである。

ところで、シェリングの認識論を論じた『西洋哲学史』三〇六頁には、滞独時のものであろうが、「似禅家之悟道」という書き入れがある。

絶対的同一性を認識するために、シェリングはまた新しい方法をつくりだそうとしている。分析的方法も総合的方法も、いずれも有限な認識にすぎないから、その役には立たないと考えたのである。数学的方法からも次第に離れて行った。普通の認識方法の論理的諸形成、いな、普通の形而上学的諸カテゴリーさえ、今や不十分と思われてきた。そこでシェリングが真の認識の出発点としたのは、「知的直観」(Intellektuelle Anschauung) である。直観とは一般に思考と存在とを同一とすることである。わたしが或る対象を直観するばあい、客体の存在と客体にかんするわたしの思考とはわたしにとって端的に同じものである。しかし普通の直観においては、特殊な感性的存在が思考と一つのものとして定立される。これに反して知的直観あるいは理性的直観においては、存在一般およびすべての存在が思考と同一にされ、絶対的な主観＝客観が直観される。知的直観は絶対的な認識である。そして絶対的な認識と考えることのできるものは、そのうちで思考と存在とが対立させられていないものだけである。人々が空間と時間のうちで観念的なものと実在的なものとの無差別を直観するのは、それを自分自身のうちからいわば投入するからであるが、この同じ無差別を自分自身のうちで直接に知的直観することが哲学に至るはじめであり第一歩である。この端的に絶対的な認識方法はまったく絶対者自身のうちにある。それが教えられないということは明白である。またそれが教えられないということをとくに顧慮する義務が哲学にあるわけでもない。むしろ普通の知識から哲学にいたるあらゆる通路を絶つのが哲学にふさわしいことである。この絶対的な認識方法は、そのうちにある真理と同じく、自己の外にはいかなる真の対立も持たない。そしてどんなに賢明な人もこれに論証によって近づくことはできないけれども、他方また何者もこれに反対することはできないのである。

Für die Erkenntnis der absoluten Identität sucht sich Schelling auch eine neue Methode zu schaffen. Weder die analystische noch die synthetische Methode schien ihm dazu tauglich, da beide nur ein endliches Erkennen sind. Auch von der mathematischen kam er allmählich ab. Die logischen Formen der gewöhnlichen Erkenntnisiweise überhaubt, ja selbst die gewöhnlichen metaphysischen Kategorieen, kamen ihm jetzt unzureichend vor. Als ausgangspunkt des wahren Erkenns setzte Schelling die intellektuelle Anschauung. Auschauunng überhaupt ist ein Gleichsetzen von Denken und Sein. Wenn ich ein Objekt anschaue, so ist für mich das Sein des Objekts und mein Denken des Objects schlechthin dasselbe. Aber in der gewöhnlichen Anschauung wird irgend ein besonderes sinnliches Sein mit dem Denken als Eins gesetzt. In der intellektuellen oder vernunftschauung dagegen wird das Sein überhaupt und alles Sein in Identität gesetzt mit dem Denken, das absolute Sbjekt=Objekt anschaut. Die intellektuelle Anschauung ist absolutes Erkennen, und als absolutes Erkennen kann nur ein solches gedacht werden, in welchem Denken und Sein sich nicht entgegengesetzt sind. Dieselbe Indifferenz des Idealen und Realen, die Du im Raume und in der Zeit aus Dir gleichsam projiziert anschaust, in Dir selbst unmittelbar intellektuell anzuschauen, ist der Anfang und der erste Schritt zur Philosophie. Diese schlechthin absolute Erkenntnisart ist ganz und gar im Absoluten selbst. Dass sie nicht gelehrt werden kann, ist klar. Es ist auf nicht abzusehen, warum die Philosophie zu besonderer Rücksicht auf das Unvermögen verpflichtet sei. Es ziemt sich vielmehr, den Zugang zur Philosophie nach allen Seiten hin von dem gemeinen Wissen so zu isolieren, dass kein Weg oder Fusssteig von ihm aus zu ihr führen kann. Die absolute Erkenntnisart, wie die Wahrheit, welche in ihr ist, hat keinen wahren Gegensetz ausser sich, und lässt sie sich auch keinem intelligenten Wesen andemonstrieren, so kann ihr dagegen auch von keinem etwas entgegengesetzt werden. (下線鷗外)

かなり長い引用になったが、要するにここでシェリングの主張として説明されていることは、絶対的同一的存在を認識するには、通常の論理に則った分析的方法でも総合的方法も不十分であって、観念的なものと実在的なものとの無差別を直観し、絶対的な主観即ち客観を直観しなければならない、というわけである。これが現象の認識から出発し、帰納や演繹の論理に従って進む通常の学問的方法の否定につながるものであり、禅の悟りにも似た認識方法であることは明白だろう。

すなわち、鷗外は、逍遥の没理想論にシェリングに見られる禅の悟り的な考え方を見て取り、それになぞらえる形で批判しているのだ。

四　シェリングと新プラトン主義

『西洋哲学史』では、この後に「第四期、シェリング哲学の新プラトン主義に結びついた神秘的な転向」という節が続き、絶対者と現象世界を切り離したシェリングの見解は新プラトン主義的であるとの説明がなされている。この部分にも欄外に滞独時のものと思われる「Das Absolute-Sprung-Das Universum/Das Reale Abfall Die Welt/Mittel : Geschichte...Zweck : Offenbarung Gottes」すなわち、「絶対　飛躍　宇宙　実在　堕落　世界　手段：歴史　目的　神の顕示」との書き入れがある。

これは当該頁の次のような記述に該当する。

絶対者から現実的なものへいたる連続的な推移はない。感性界の起原は飛躍による絶対者からの完全な分離としてのみ考えられる。絶対者は唯一の実在的なものであるが、有限な事実はこれに反して実在的ではない。したがって有限な事実の根拠は、絶対者がそれらに実在性を分け与えるということにあるのではなく、絶対者から遠ざかること、堕落することにあるのである。この堕落を贖うこと、神の顕示を完成することが歴史の究極目的である。

Vom Absoluten zum Wirklichen giebt es keinen stetigen Übergang; der Ursprung der Sinnenwelt ist nur als ein vollkommens Abbrechen von der Absolutheit durch einen Sprung denkbar. Das Absolute ist das einzige Reale, die entlichen Dinge dagegen sind nicht real: ihr Grund kann daher nicht in einer vom Absoluten ausgegangenen Mitteilung von Realität an sie, er kann nur in einer Entfernung, in einem Abfalle vom Absoluten liegen. Die Versöhnung dieses Abfalles, die vollendete Offenbarung Gottes ist die Endabsicht der Geschichte.

絶対的な存在と現象世界とは、まったく切り離されており、現象世界は実在性をもたず、絶対的な存在のみが実在性を持っているというのである。現象世界の存在は、実在の世界からの堕落によって生じたものであり、歴史は、現象世界が実在的な神、絶対者からの堕落を贖う手段である、というのであるが、禅の悟りに見立てられたシェリングの発想が、ここで新プラトン主義と結びつけられていることに注目したい。先に見たように、鷗外は、逍遥の没理想論を老荘思想や仏教の悟りに見立てる一方で、新プラトン主義のプロティノスの論に逍遥の論との類似を見出しているからである。

五　ヘーゲルのシェリング批判

『西洋哲学史』第四十五章ヘーゲルへの移り行きに、次のような記述がある。以下の下線も滞独時のものと考えられる。

フィヒテに対立して展開された時代のシェリング哲学の根本欠陥は、絶対者を抽象的に客観的なものと理解したことであった。絶対者はまったくの無差別、同一性であった。このような無差別からは、第一に、規定されたもの、実在的なものへ移っていくことは不可能で、したがってシェリングは後になると絶対者と実在する世界との二元論におちいった。（中略）したがってヘーゲルの哲学は、それに先行するシェリングの哲学の正反対をなしている。シェリングの哲学は次第により実在論的、スピノザ主義的、神秘的、二元論的となって行ったが、ヘーゲルの哲学はこれに反して再び観念的、合理主義的であり、純粋な思考一元論、思考と現実との純粋な和解である。

Der Grundmangel der Schellingschen Philosophie, wie diese sich früher Fichte gegenüber entwickelte, war die abstrakt objektive Fassung des Absoluten gewesen. Das Absolute war reine Indifferenz, Identität; von ihr war 1) kein Übergang zum Bestimmten, Realen möglich, daher Schelling später geradezu in einen Dualisms zwischen dem Absoluten und der realen Welt gerietet; ……Die Hegelsche Philosophie bildet daher den diametralen Gegensatz zu der ihr vorangehenden Schellingschen. Wurde diese immer realistischer, spinozistischer, mystischer, dualistischer, so ist dagegen jene wieder idealistisch, rationalistisch, reiner Monismus, des Gedankens, reine Versöhnung des Denkens mit der Wirklichkeit.（下線鷗外）

シェリングの絶対者が無差別であること、無差別の絶対が実在的な現象となって現れてゆく説明ができないこと、二元論に陥っていることが示され、ヘーゲルの哲学がシェリングと対置されて、説明されている。後半部、実在論的というのはヘーゲルの観念的の対義であるから、実在が観念にそのよりどころを持たない、すなわち、切り離されている、ということであり、スピノザ主義的というのは、無限かつ唯一の絶対を想定する考え方を指す。

シェリングの思想を禅の悟に見立てた鷗外は、その思想にここに述べられたような欠点を見出しているわけだ。

もう一つ、ヘーゲルとシェリングの違いを述べた部分を引く。同様に滞独時のものと思われる。

ヘーゲルは自分とシェリングとの相違を『精神の現象学』（*Phänomenologie des Geistes* 一八〇七年）の序文のうちでもっとも明白に言いあらわしている。これは、以前はシェリングの信奉者と思われていたヘーゲルがはじめて独創的な哲学者としてあらわれた最初の著作である。かれはこの相違を次のような三つの適切な言葉のうちに総括している。すなわち、シェリングの哲学においては絶対者がピストルから発射されるようにとびだしている。それは、そのうちではすべての牛が黒く見える夜にすぎない。絶対者の体系への展開は、パレットの上に赤と緑との二色しかもたず、歴史画を求められればカンヴァスに赤をもって描き、風景画を請われれば緑を用いる画家のやり方を思わせると。第一の非難は、絶対者の理念に達する方法、すなわち直接的で、知的直観をもってする方法をさしており、ヘーゲルはこのような飛躍を現象学のうちで一歩一歩進む秩序ある進行としたのである。第二の非難は、到達された絶対者を思考し表現する仕方、すなわち、絶対者をすべての有限な諸区別の欠如のみと考えて、自分自身のうちに諸区別の体系を内在的に定立するものと考えない仕方をさしている。

Am klarsten hat Hegel seine Differenz von Schelling ausgesprochen in seiner Phänomeologie des Geistes, dem ersten Werke, in weldhem er (1807) als auf ein eigene Faust Philosophierender austrat, während er vorher als Anhänger Schellings galt. Er satzt sie in folgende drei Schlagworte zusammen : das absolute sei in Schellingschen Philosophie wie aus der Pistole geschoffen, es sei nur die Nacht, in welcher alle Kühe Schwarz aussehen ; seine Ausbereitung zum System aber sei das Verfahren eines Malers. Der auf seiner Palette nur zwei Farben, Rot und Grün hätte, um mit jener eine Fläche anzufärben, wenn ein hisitorisches Stück, mit dieser, wenn eine Landschaft verlangt wäre.

Der erste Tadel bezieht sich die Art, zur Idee des Absoluten zu gelangen, nämlich unmittelbar, durch intellektuelle Anschauung; diesen Sprung machte Hegel zum geordneten schrittweisen Gange in der Phänomenologie, Der zweite Tabel betrifft die Art, das erreichte Absolute zu denken und auszusprechen, nämlich lediglich als Abwesenheit aller endlichen Unterschiede, nicht ebenso als das immanente Setzen eines Systems von Unterschieden innnerhalb seiner selbst.（下線鷗外）

この後、第三の非難、すなわちパレットの上に云々の説明が続くのだが、省略する。ここで、シェリングの絶対者認識の方法は、知的直観に頼り、現象への認識を深めながら学問的な方法で一歩一歩進んでゆく方法をとっていない。しかも、その絶対者たるや有限な諸区別をまったく持たない、無差別の存在として規定されている。以上の点をヘーゲルは非難したと説明されているわけだ。

鷗外は、「早稲田文学の後没理想」（明治二五年六月）で、逍遥の発想が仏教的悟りのようなものであり、現象の認識・学問的方法を軽視するものであるとして、次のように述べる。

逍遥子は聖教量には居らずといふといへども、かれ比量を嫌ひて、既にその心を「タブラ、ラザ」となし、機を見て無二の真理を一摑みにせむと控へたり。我心は逍遥子がごとく「タブラ、ラザ」とはなすべからざる心なり、われは我比量界にありて、歩々学にこゝろざし、念々道を求めたり。

逍遥は、超越的認識能力を認めないといってはいるが、論理的帰納的思考法を嫌って、虚心になって真理を悟ろうとしている。だが、自分は通常の帰納的論理に従って、学問的方法に従って、徐々に、けれども倦まずたゆまず真理を求めようというのである。

おわりに

逍遥が、現象から切り離された世界に没理想という無差別・平等の絶対を想定し、悟り・直観によってこれを摑もうとしていたのだとして、鷗外が、逍遥を老荘・仏教思想といった東洋思想に見立てた上で、現実認識・学問的方法を軽視し（本質的存在が現象世界から切り離された世界に想定されているということは、本質的存在は現象世界には現れていないことになる。したがって、いきおい現実の認識は軽視されることになる）、絶対の境を想定して矛盾律を無視した論を立て、無差別の超越的存在を直観によって摑もうとしていると批判した背景には、『西洋哲学史』の存在があったのである。鷗外の逍遥批判が逍遥を老荘思想や仏教思想に見立てながら、ヘーゲルのシェリング批判と相似形をなしつつなされていたことの原因は、『西洋哲学史』のパルメニデスやプロティノス、とくに、新プラトン主義に逍遥の没理想論との類似を認め、シェリングの発想が禅の悟りに似た面を持っていると認定しつつ、新プラトン主義のごとく現実を軽視するものであるとみなし、ヘーゲルがシェリングを批判した立場、すなわち、本質的存在と現実世界とを切り離し、無差別の絶対者を想定して、これを直観によって捉えようとするのではなく、現実世界に本質的存在は現れているとの前提に立ち、我々は現実認識から出発し、学問的方法によって徐々に理念に向かってゆかなければいけない、との立場をとっていたことにある。

（1）　坂井健「没理想論争の実相――観念論者逍遥と経験論者鷗外――」（本書第二部第二章）
　シェリングにおいては、イデーは現象の背後に静的に潜むだけのものであるので、これを把捉するには、現象に対する認識によるのではなく、もっぱら直観によって現象を脱却しなければならない。この立場は、現象の世界とイデーの世界を二つに分かち、相交わらせることがなく、イデーの把捉に当たって直観を重視するので、これを二元論的直観論と名づけることにする。一方、ヘーゲルにおいては、イデーは発展・展開しながら、徐々に現象の中にその姿を現すものであるから、これを把捉するには、直観によるのも可能であるが、現象に対する認識を無限に深めてゆけば良い。この立場は、現象の世界とイデーの世界とを別の次元にあるものとして分かたずに、イデーの把捉に当たって現実に対する認識をも重視するので、これを一元論的認識論の立場と名づけることにする。このように、二元論的直観論に立つ場合は美的直観や悟りを重んじ、一元論的認識論に立つ場合は科学・学問を重視することになる。

鷗外、逍遥の没理想論争もこうした流れの中で新たに位置づけられるであろう。すなわち一元論的認識論の立場に立った鷗外と二元論的直観論の立場に立った逍遥との対立として捉えることができる。

（2）坂井健「坪内逍遥「没理想論」と老荘思想」（本書第二部第三章に収録）
（3）Albert Schwegler: *Geschichite der Philosophie im Umriss.*（一四版、Stuttgart, Carl Conrad, 1887）ケーベル博士によって、ショーペンハウアー、ハルトマンの二章が加筆されたもの。谷川徹三、松村一人訳のシュヴェーグラー『西洋哲学史』（岩波書店、昭和三三年）では、この二章は訳出されていない。
（4）神田孝夫「森鷗外とE・V・ハルトマン」（『比較文学比較文化――島田謹二教授還暦記念論文集』弘文堂、昭和三六年）
（5）本稿の口頭発表時（佛教大学国語国文学会、平成一五年一一月二九日）には、『西洋哲学史』鷗外手沢本目次、および欄外書き入れ存在頁、下線書き入れ存在頁の一覧を示したが、その後、すべての書き入れを翻刻し、書き入れ・下線部に独和対訳を施した労作、ヨーゼフ・フュルンケース、和泉雅人、村松真理、松村友視「シュヴェーグラー『西洋哲学史』への森鷗外自筆書き込み――翻刻および翻訳――」（『芸文研究』平成一六年六月）が発表され、完備しているので、本稿ではこれに譲る。
（6）坂井健「鷗外筆『心理学図表』試解――手沢本『西洋哲学史』添付の図表について――」（『京都語文』佛教大学国語国文学会、平成一三年一〇月）
（7）以上の対応については、以前に注の形ではあるが指摘した。坂井健「没理想論争注釈稿（十三）」（『文学部論集』佛教大学、平成一五年三月）参照。

第三部

揺れていた「想」

第一章　観念としての「理想（想）」

――鷗外「審美論」における訳語の問題を中心に――

はじめに

ハルトマンが鷗外に与えた影響については、多くの論者によって指摘されているが、[1] 鷗外は必ずしも、ハルトマンを忠実に受容したわけではなかった。神田孝夫氏は、没理想論争における鷗外の言がハルトマンに基づいていることを論じつつも、「鷗外はハルトマン説を勝手に観念化しているのである」と指摘している。[2] 本章では、氏の指摘を受けて、「審美論」における訳語の問題を中心に考察を進め、鷗外がなぜハルトマンを観念化して理解したのか、という疑問を解いてみたいと思う。

具体的には、没理想論争をはじめ、鷗外の関わったさまざまな論争の中で重要なポイントとなっている「理想（想）」について考察を進める。はじめに、鷗外自身の言葉から、鷗外の「理想（想）」の定義を引き出し、次に、鷗外の実際の用例に見られる定義と用法との間のずれについて見る。さらに、「審美論」における「理想（想）」という訳語が、ハルトマンの『美の哲学』ではどのように使われていたのかを検討し、その違いを考える。最後に、この違いの由来と、これが鷗外の論争の中で持ち得る意味について展望する。

一

第一に、鷗外が「理想（想）」をどのようなものとして理解していたのか、鷗外の定義について、鷗外自身の言葉に基づいて確認したい。

次の文は、逍遥による、鷗外のいう理想とは、プラトンの理想ではないか、との問いかけ（「没理想の由来」『早稲田文学』一三号、明治二五年四月）に対する鷗外の答えである。

> 逍遥子のいはく。プラトオの理想は鷗外の理想にはあらざるかといへり。われ答へて云く。あらず。天地の間には常住するものあり、生滅するものあり。この常住のもの、時間の羈絆を離れたものならでは、古今の哲学者は敢て理想と名づけざりき。プラトオとハルトマンとは理想を以て時間を離れたる、意識なき思想なりとす。されどプラトオは其理想を体として現世を象とし、彼を実在として此を幻影とせしに、ハルトマンは其理想を非実在として現世に体象あらしむ。われは現世の象後には体ありて実在すとおもふがゆゑに、わが理想はプラトオが理想に殊なり。（「早稲田文学の後没思想」『しがらみ草紙』三三号、明治二五年六月）

鷗外は、自分のいう「理想」はハルトマンのそれと同様非実在であるので、プラトンの理想とは違う、と主張しているのであるが、[3]逆にいえば、この点を除けば、プラトンの理想と同様であることを認めていることになる。「天地の間には常住する」「時空を離れた」などの言葉もプラトンの超越的なイデアを思わせる。

このことは、同じ「早稲田文学の後没理想」の中で以下のように述べていることからも確認される。

> 逍遥子がシエ、クスピヤの戯曲を評せし言葉の天下の耳目を驚かしゝは抑何故ぞや。答へていはく。シエ、クスピヤの曲を没理想なりといひければなり。シエ、クスピヤの曲を没理想なりといひしを、世の人も我も、プラトオ以来哲学上に多少の定義ある理想を無しとせるなりとおもひければなり。

また、次の文は、高瀬文淵が、「現象の裏面には、必ず事物本体の構成したる図式あるべく、その形体の模型となれる図式は、事物本体が意中に於いて予め構成したる形象なれは、予は言換へて意象といふべし」とし、「この意象といへるもの、現象世界の裏面に潜み、先ず予め図式となりて内に存するものなることを実地に知らむと欲せば、宜しく蜘蛛の巣に就て其消息を悟るべし」と蜘蛛の営巣を例にとって、「意象」を説明した（『新文壇』一号、明治二九年一月）のに対し、無用の造語をすべきではないと、鷗外が批判したものである。

蜘蛛の網を結ぶや、虫を捕ふるの目的を意識せず。網といふ事物の確固不抜なる図式は先づ存じたり。高瀬文淵これを名付けて意象と云ひ、又超絶自然と云ふ。是れ「イデエ」なり。今の帝国大学諸家の観念と訳し、世上の記者の理想と訳するもの即此なり。（『めさまし草』まきの二、明治二九年二月）

つまり、二十九年の時点でも、イデーを、事物が現れる以前から存在している完全な図式、超越的な存在として、すなわち、実在非実在の問題を除けば、プラトン的イデーにごく近いものとして考えていたことが分かる。つまり、「審美論」（明治二五～六年）が訳される前後の時間的な幅を持って、同様の理解がされていたわけである。

さて、今までは、もっぱら「理想」について見て来たわけだが、「想」についてはどうだろう。鷗外は『めさまし草』まきの四（明治二九年四月）で次のように述べている。

理想を約して想といふことは、われも亦是認せり。例之ば類理想を類想とし個物理想を個想とするがごとし。されどここは理想の語を斥くるに非ず。

ここは、樗牛が、イデーの訳語として「理想」ではなく「想」を使うべきだとした（『太陽』二巻七号、明治二九年四月）のに対し、「理想」で構わないと反論している箇所なのだが、ここから、鷗外が「想」という時は、「理想」の略であることが分かる。ただし、この例では、「個想」などのように、複合語になる時にのみ、「想」

となるのか、それとも、一般に「理想」の略として用いられるのかはっきりしないが、「世界はひとり実《レアール》なるのみならず、また想《イデエ》のみち〳〵たるあり」（「早稲田文学の没理想」『しがらみ草紙』二七号、明治二四年一二月）などの例を見ると、後者であることがはっきりする。

　したがって、鷗外のいう「理想」と「想」とは同じであり、共に超越的なイデーを指すと考えて良いだろう。

二

　ところで、このような鷗外の理解は、果たして当時一般的なものだっただろうか。

　歴史的には、イデーは、元来、超感性的な原型、すなわちプラトン的な意味で用いられた。近世になって、人間の意識内容、すなわち心理的な「観念」として用いられ、超越的な意味は取り払われたが、ドイツ観念論において、プラトン的原義、とくに超越的、価値的な意味を回復し、このような意味でのイデーが「理念」と訳されるのだという。[4]大雑把にいって、主観的意識内容としての観念と超越的存在としての「理念」との二つの意味があるといえよう。

　このような区分からいうと、鷗外のイデー理解は、もっぱら「理念」としての理解であったといえるが、「観念」としての理解が他にあってもおかしくはない。

　例えば、逍遥である。逍遥の「没理想」は、「没理想」ではなく「没主観」「没挿評」「没成心」「哲学的所見の没却」ではないかと、鷗外になじられたわけだが、「理想」を「観念」の意味でのイデーととれば、さして問題はなかろう。事実、逍遥は「当時予が理想といふ詞に表せしめんとせし意は略々此三、四年来用ひそめられたる世界観人生観の意に同じ」（『文学その折々』明治二九年九月）といっている。

　同じようなことは、樗牛にも言える。樗牛は『太陽』二巻七号（明治二九年四月）で、「逍遥氏が所謂没理想とは、吾等の知る所にては個人的傾向を絶するの謂なり。（中略）逍遥氏が所謂没理想はた純客観の作と称すべきものならむ。是れ没理想と謂はむよりはむしろ没想と謂ふべきにあらずや。（中略）独逸語に所謂「イデー」を文学上普通の意味に於て訳せむには、是「想」の一字を最も相応はしと信じたればなり」と述べているが、ここで樗牛が「想」と訳している「イデー」は、明らかに「理念」ではなく、「観念」として捉えられているのである。

このように見てくると、イデーは鷗外のいうような「理念」としてのイデーではなく、「観念」としてのイデーであっても、いっこう差し支えないわけで、これを「理念」的なものとしてのみ捉えようとする鷗外の態度はやや偏ったものであるといわざるをえない。これは何に由来するのであろうか。

三

この問題を考える前に、常に鷗外自身が「理想（想）」という語を、彼自身の定義にしたがって、つまり「理念」という意味で使っていたのか、ということを確認しておこう。

実は、鷗外のいう「理想（想）」の中で、「理念」の意味には、どうも取れないのではないか、という例はいくつかあるのだ。

例えば、「今の批評家の詩眼」（『しがらみ草紙』四号、明治二三年一月）の中には次のような一節がある（『月草』では削除）。

意匠と云ひ着眼と云ひ注視点と云ふ、皆想のみ、「イデー」のみ、想にして純美ならむか必ずしも事の善悪を問はずして可なり「イデー」何如なるかを顧みずして詩人の文句を評議するものあらば其言ふ所何の価値かあらむ。

意匠・着眼・注視点すべて作品のそれをいっているのだが、なぜこれが「想」、すなわち超越的な「イデー」になるのだろうか。「観念」という意味のイデーなら分かるが、見てきたように、鷗外が「理想（想）」という時は、「理念」の意味であったはずである。

では、次の例（「逍遥子と烏有先生と」同三〇号、明治二五年三月）はどうだろう。

夫れ非想とは何ぞや。吾人比量の見を以てするときは非想は即ち実なり。かるが故に吾人比量の見を以て逍遥子が非想論即没却理想論をみるときは、是れ現実主義のみ、自然主義のみ。

なぜ、「非想は即ち実なり」などといえるのだろうか。「想」を主観的意識内容とすれば、「非想」は我々の意識の外に物として実在している「実」ということになろうが、「想」を「理念」と取るかぎり、非理念であって、「実」でないものは、いくらでも存在するはずである（例えば、概念などは主観的な意識内容だが、理念ではない）。

とすると、やはり、鷗外はイデーに「観念」という意味も認めていたのだろうか。いや、そんなはずはない。そうでないことは、前にも確認した通りだし、そもそも、「観念」という意味を認めていたとしたら、鷗外が逍遥にあびせた批判の数々、逍遥の「理想」は「理想」ではなく、主観に過ぎない、哲学的所見に過ぎないといった批判は理解不能になってしまう。だから、鷗外は「理想（想）」即ち「理念」との前提に立ってこのように発言したはずである。

となると、なぜ鷗外は、このように「想」の拡大解釈ともとれる発言をしたのだろうか。この謎を解く鍵は、同じく「逍遥子と烏有先生と」の中にある。長いが引用しよう。

ハルトマンが美は皆想にして、実にもあらず、実の摸倣にもあらず。実相実相と追ひゆくときは、声も声にあらず、色も色にあらずといふ極微の論は先に示しつ。実相既にかくの如くんば、これを摸倣したるもの、

はた何の声をかなし、何の色をかなさむ。これをハルトマンが稚く実を立てたる論を破する段とす。（巻二一乃至三面）

美既に実にあらずといはゞ、美は主観にありといふ説必ず起らむ。詩人の詩を空想裏より得来たるや、（内美術品）これを言葉となして、主観より客観に移さで止まむや。（外美術品）若し美は主観にありといはゞ、是の如く外美術品の成る所以、遂に解すべからず。今一歩を進めて、かゝる外美術品の吟者読者に主観の美を感得せしむる所以を問はゞ、美を主観にありとする論いよ窮せむ。また作者は歳を閲して一詩を成したるに、これを吟じ、これを読むものは、皆一斉におなじ主観をなすこと一瞬間を出でずとせむか。作者の難と吟者読者の易との分るゝ所以は、到底美を主観にありとするものゝ得て解するところにあらず。これを主観想に偏りたる論を破する段とす。（巻二一、三乃至四面）

美既に実にあらず、又実の摸倣にあらず、又主観想にあらずといはゞ、かの稚く実を立てたる論にもあらず、この主観想に偏りたる論にもあらざる第三論必ず起らむ。蓋し主観の美を生ずるは作者の上に限れり。吟者読者はおのが官能によりて、客観実なる字形若くは声波に即きて、吟者読者を侵すなり。外美術品は客観実なる字形若くは声波を受く。この時に当りて、客観想なる詩の美は、かの客観実なる字形若くは声波に即きて、吟者読者を侵すなり。外美術品は客観実なるを以て、自ら美なるにあらず。されど作者のその主観より生じたる美を、外美術品に移しおきたるために、外美術品は吟者読者に美なる空想図を現ぜしむべき因縁となれり。美は実にあらず。然れども実に即くにあらでは、主観に入ること能はず。その実に即いたる美の主観に入るに当りて、実より離れたるを美の映象《うつり》といふ。これを先天によりて実を立てたる論となす。（巻二一、五面以下）

この部分の論旨は、美は「実」には存在しないが、「想」のみで説明はできず、「実」によって「想」の中に作られるものであり、したがって、「美」は「想」である、というものだが、「想」と「実」が対立して用いられており、しかも、この両者以外の要素は美の所在として全く考えられていない、という特徴がある。先の引用で、非想即ち実という乱暴な論理がまかり通っているのは、この辺りに原因がありそうである。

ところで、この箇所は、逍遥がシェークスピアの作品は没理想であるとしたのに対し、理想が現れていると反論する論拠として、鷗外がハルトマンを引いている部分である。つまり、ハルトマンの美は皆「想」だから、当然シェークスピアの作品の美も「想」である、と主張している部分である。

また、引用文中「実相実相と追ひゆくときは、声も声にあらず、色も色にあらずといふ極微の論は先に示しつ」というのは、「早稲田文学の没理想」（明治二四年一二月）の中の「先づ実相々々と追ひ行きたる極端に達して、人間の官能を除き去りておもへ。声はもと声ならず、色はもと色ならず。声も色も分子の動きざまの相殊なるのみ。純粋なる実相には声もなく、色もなし」とあるのを受けている。直後に、祇園精舎の鐘の声沙羅双樹の花の色を美と感ずるのは、「先天の理想はこの時暗中より躍り出で、此声美なり、この色美なりと叫ぶ」からであるという、例の獅子吼がなされる箇所が続く。

つまり、くどいようだが、先に引用した箇所は、美が「想」すなわち「理念」的なものであることを論証するために、ハルトマンを引いている部分なのである。

にもかかわらず、注意深く読んでいくと、少しも「ハルトマンが美は皆想」という論証にはなっていないのだ。実際に論証されているのは、美は実物の刺激によって主観の中に生ずる、ということだけである。「ハルトマンが美は皆想」という結論は、論証部分の「主観」という言葉を巧みに「想」と言い換えることによって成立しているに過ぎない。

三

さて、なぜこのようなことが起こったのか。

問題にしている引用箇所は、鷗外の注からも見当がつくが、ハルトマンの『美の哲学（*Philosophie des Schönen*）』の冒頭から一一頁中段までであり、鷗外訳「審美論」では、冒頭から一七頁までに当たる。引用箇所は「審美論」該当箇所の見事な要約となっている。冒頭にある「美は皆想」という結論が、「審美論」では、後の方で出されているという違いと分量の違いこそあれ、両者は内容的にみて大差はない。よく「審美論」の要旨を伝えているといえる。そして、「美の哲学」と比べてみても、十分にその意を汲んだものとなっている。

ただし、一つの重要な点で、「審美論」は「美の哲学」の意を正しく伝えていないように思える。したがって、「逍遥子と烏有先生と」における引用箇所にも、「美の哲学」に対する同じ誤解が見られるのである。

問題の点は、やはり「理想（想）」をめぐる部分である。「審美論」でも多用されるこれらの語について、引用箇所に相当する「審美論」とハルトマンの原文とを比較してみたいと思う。[5]

その前に、冒頭から引用部分までの簡単な要約をしておく。

　美とはどこに存在するのであろうか。

我々の意識の外にある物質的なもの自体の世界であろうか。物質的なもの自体は、分子に過ぎない。分子は知覚できないから物質的なもの自体には、美は存在し得ない。

　では、我々の意識の外に存在する非物質的な魂の世界（仮にそのようなものがあるとして）であろうか。しかし、魂などというものは、分子と同じように知覚することはできぬものである。したがって、非物質的な魂の世界にも美は存在しない。

（「審美論」一、美の所在）

この後で、「理想」という言葉がはじめて登場してくる。

かく稚き実際主義被せられし上は、直に翻筋斗して美は主にあり、主の心にのみありといふ主の理想主義の迷惑起り易かるべし。

（「審美論」一、美の所在）

Ist nun so der naiv-realistische Irrthum erledigt,als ob das Schöne in den Dingen an sich seinen Sitz habe, so liegt der Umschlag in den entgegengesetzen subjektiv-idealistischen Irrthum nahe, d.h. in die Ansicht, dass das Schöne rein und bloss subjektiv, ein ausschliessliches Produkt des Subjekts und seiner geistigen Anlagen und Fähigkeiten sei.

（訳）このように、あたかももの自体に美がその所在をもつかのような素朴な実存主義の誤謬は除かれた。となると、反対のsubjektiv-idealistischな誤謬、即ち美とは純粋にただ主観的で、もっぱら主観とその精神的な素質及び能力の産物であろうという見方に向かうことになる。（下線鷗外）

鷗外はsubjektiv-idealistischを「主の理想主義」と訳しているが、『哲学事典』（平凡社）によれば、subjektiver-Idealismusは現在の訳語では「主観的観念論」であり、この場合のイデーは主観的な思惟の対象または単なる表象である観念を意味するという[6]。これにしたがえば、subjektiv-idealistischは「主観的観念的」となろう。

必ずしも現在の訳語にこだわる必要はないが、美は我々の意識の外は存在しないという前の文脈を受けていること、美を外界のものとするnaiv-realistischeの対で用いられていること、また「美とは純粋にただ主観的で、もっぱら主体が生み出すものであり、主体の精神的な素質であり、能力であろう」という説明が与えられていることを考えてみると、超越的な理念の実在を確信する主義の意味で使われているのではなく、観念的との意味で用いられているように思える。むろん、鷗外も「美は主にあり、主の心にのみありといふ主の理想主義」と訳しているわけで、この場合のイデーは「観念」の意味に相当するのだと承知の上で、あえて「理想」と訳したのだとの疑いも持てるが、鷗外の「理想」の定義からいって、可能性は低いだろう。
さて、引用部分の後は、芸術家の空想も夢と同じようなもので、主観の作用によるのだとの説明の後、再び「稚き実際主義にて美は唯客なりとおもはれしに反して、主の理想主義にて唯主なりとおもはる丶なり」との文が現れる。原文には subjektiv-idealistisch という語はないが、「先に美は全く客観的であるように見えたように、今度は純粋に主観的に見える（Wie vorher das Schöne bloss objektiv zu sein scheinen, so jetzt rein subjekt:)」とあり、この訳文中、「今度は」というのは「主の理想主義にて」に相当する。このことからも、先に述べたことは確認される。他に「主の理想主義、主理想主義、主想主義」（原語 subjektiv-idealistisch,subjektiver-Idealismus, subjektiver Idealist）は「審美論」の中に九例、合計十一例見出され、すべて同様に用いられる。

さて、次は「想なり」という語についてであるが、まず「二一、美を担いたる主象」、の冒頭から引用箇所までの要約を記す。

美学で論ずるべきことは、実物そのものではなく、実物がいかに我々の意識に美を感じさせるかという問題である。だからものの内部ではなく、表面がいかに見えるかが重要なのだ。とすると美はものの表面にあるように思える。ところが、実際には、ものの表面ではなく視覚的仮象の中に存在するのだ。
それは、音楽の美や詩の美を、我々が聴覚的仮象や空想的仮象において感じることを考えれば分かるであろう。音楽や詩にはものの表面などというものはないからだ。では、音楽では何によって美を感じるのであろうか。それは、音波の動きによる。となると、絵画でも、実物ではなく空間を媒介するエーテルの動きによる、ということになる。ところが、詩の場合はどうであろうか。語の音によるように思えるが、我々は黙読しても、詩美を感じるところをみると、語の音ではなく、語の意味によって感じていることが分かる。しかも、暗唱している詩を思い出すときのことを考えれば、空間の媒介物は問題ではない。絵画や音楽を思い出して美を感じる時も同様である。（「審美論」二一、美を担ひたる主象）

この直後に、盛んに「想なる」という語が現れる。

　蓋し美しき詩術品の美の客なるところを求むれば、純に是れ想なる[1]ものなり。純に想なる[2]語義といふ客ありてその介者たり。わが徒はこれに憑りて術理を通観し、美しき楽術品の客なるものの矢張想なる[3]べきを推定す。こゝには術者たる伶人のそれ〴〵の曲に対して、いつも変わらざる目当ありてこれを介するのみ。わが徒は又美しき造術品の客なるものも矢張想なる[4]べきを推定す。こゝには隅ゝ永存する実物の介者たるあるのみ。詩美は空想の仮象の外に求むべきところなし。吾徒はこれより推して、楽美の空気の実動にあらずして聴官の仮象にあり、造術の美の灝気の実動にも実物にもあらずして視官の仮象にあるを知る。

　美は仮象にあり。美は主象にあり。美は想[5]なるものなり。実物には美なし。空気若くは気の運動には美なし。唯其想[6]にして客なるものを捕へおかむために、彫刻にては金石といふ実物を用ゐ絵画にては絹素といふ実物を用ゐ、音楽及詩賦にては書評を実物に印す。

　Ist nun in der Poesie die Objektivität des schönen Kunstwerks eine rein ideale, allein durch die ideale Objektivität des Wortsinns verbürgte, so wird die gattungsmässige Gemeinsamkeit des Kunstschönen uns nöthigen, auch im Tonschönen die Objektivität als eine ideale, durch die sich gleichbleibenden Intentionen der ausübenden Künstler verbürgte anzusehn; dann bleibt uns auch weiter nichts übrig, als selbst im Schönen der bildenden Kunst die Objektivität als eine an und für sich ideale zu betrachten, welche nur zufällig hier durch die relative Unveränderlichkeit eines materiellen Dinges an sich verbürgt wird. Wenn in der Poesie zweifellos das Schöne nur im Schein (der

Phantasie) seinen Sitz haben kann, so muss es auch in der Musik im Schein (dem Ohrenschein) und nicht in den realen Schwingungszuständen des leitenden Mediums seinen Sitz haben, so muss es endlich auch in der bildenden Kunst im Schein (dem Augenschein) und weder in den Schwingungszuständen des leitenden Mediums noch in dem die letzteren veranlassenden Dinge an sich gesucht werden.

Das Schöne Liegt also allemal im Schein, sei es im Sinnenschein, sei es im Phantasieschein, also immer in der subjektiven Erscheinung, wie sie idealer Bewusstseinsinhalt ist, und weder in den realen Bewegungen der Luft oder des Aethers noch in irgend welchen Dingen an sich. Das Schöne ist als solches rein ideal, und seine Realität ist nur die ideale Realität eines wirklich percipirten Bewusstseinsinhalts; sucht man aber nach einer Fixation des Schönen, um dadurch Bürgschaften für die Objektivität dieser idealen Wirklichkeit zu gewinnen, so würde es vergeblich sein, solche von den unfassbaren Bewegungszuständen der leitenden Medien für die Sinneswahrnehmungen zu erwarten, und man muss sich gleich an materielle Dinge an sich und deren stabile verharrende Beschaffenheit wenden. Da stellt sich dann zweifellos heraus, dass dasjenige, was als Fixationsmittel der idealen Objektivität des Schönen in Poesie und Musik der Bearbeitung von Erz, Marmor und Leinewand durch die bildende Kunst entspricht, nichts andres ist als die Festlegung von Schriftzeichen in materrielle Dinge an sich.

（訳）したがって、詩においては、美しい芸術作品の客観性は、純粋にイデー的な、ただ言葉の意味が持つイデー的な客観性によってのみ保証されたものである。そこで、芸術美の持つ類的な共通性ゆえに我々は、音楽の美においても、やはり客観性はイデー的なものとして、実際の演奏者の不変の意図を通してのみ、考察することを保証される。さらに我々は、やはり、造形芸術の美においてさえ、絶対的にイデー的なものとしてしか考察しえないのである。ここでは、たまたま物質的な物自体の比較的変わりにくい性質によって保証されているだけなのだ。もしも詩において、疑いなく美がただ仮象（空想）の中にその所在を持ち得るのならば、その時は、音楽においても、やはり、仮象（聴覚的仮象）の中に持たなければならないのであって、伝導的媒介の物質的な振動の有様にはその所在はない。とすると、美は、結局のところ、造形的な芸術においても、やはり、仮象（視覚的仮象）の中に求められるのであり、伝導的媒介の振動の有様にも、振動の有様を誘発している物自体の中にも求めることはできない。

このように美は常に仮象の中にあり、感覚的仮象の中にも、空想的仮象の中にも存在し得る。このように常に主観的でイデー的な意識内容であるような現象の中に存在する。そして、美は物質的な空気やエーテルの運動にも、いかなるもの自体にも存在しない。美はこのように純粋にイデー的なものとして存在し、その現実性は、ただ全く知覚された意識内容のイデー的な現実性に過ぎない。しかし、我々が美の固定を求め、そうすることでこのイデー的な実在に対しての保証を得ようとするならば、その際、捉えようのない伝導的媒体の振動の有様に頼っても、感覚的知覚に対するこのような保証を期待することはできまい。そこで、我々はひたすら物質的な物自体とその安定した永続する性質に頼らざるを得ない。そこで、詩と音楽でイデー的な美の実在性を固定するという方法のように、造形芸術全般で鉱石、大理石、カンバスを加工することに相当することが、物質的な物自体に文字によって固定することと全く同じである、ということが疑いもなく明らかになる。

鷗外訳の省略の多さについては、さておくとして、ここでの「想なり」（想＋断定「なり」の活用形）の用法はどうであろうか。

まず、1の用例である。引用箇所の直前までは、詩においては、実物やエーテル（空間に充満し、光、熱、電波を伝える媒体として当時は仮想されていたもの）などの媒介なしに、頭の中で詩を思い浮べるだけで、美を感じることができる、音楽や絵画の美も同様である、という内容が述べられている。これは「実」ではないということを言っているのだから、ここでのイデー的は、当然観念的という意味になる。

2はどうであろうか。これは、前の「語義は観相をなさしむる介者のみ。語音は語義を起こさしむる介者のみ」（「審美論」参照）der Wortsinn ist nur Vehikel für die Reproduktion des Phantasiescheins, wie die Gehörswahrnehmung des Wortklangs nur Vehikel für die Auffassung des Wortsinns ist.（言葉の音の聴覚的知覚が、言葉の意味の把握へと向かう乗物であるように、言葉の意味は、空想的仮象の再生産へ向かう乗物に過ぎぬ）を受けている。鷗外訳にはないが、この直後に、Da also die Phantasie nur von innen, durch den Sinn der aufgefassten Worte, und nicht von aussen durch reale Bewegungszustande eines leitenden Mediums afficirt wird,（だから、空想は、ただ内的な把握をされた言葉の意味によって触発され、外的な伝導性の媒体の実在する振動の有様によって触発されない）という文が続いていて、「ただ内的な把握をされた言葉の意味」という表現が出てくる。「純に想なる語義（純粋にイデー的な言葉の意味）」は、これを言い換えたものと考えられるから、ここでもやはり観念的との意味で使われているのである。

3はどうか。詩における美が観念的であることから類推して、音楽の美もそうである、というのだから、これも観念的の意である。

4についても同じことがいえる。

5はどうか。これは前段のまとめと考えられるから、同じように観念的の意味でなければならない。

6は5を受けているわけだから、5と同じになる。

このように、観念的なという意味の原文に対して、「想なり」という訳語が当てられていることが分かる。「想なり」の用例は他に十一例あり、一例を除いて同様に用いられる。(7)

なお、引用からも分かるように、「想なり」の原語はidealとなっている。「審美論」に対応する『美の哲学』におけるidealは観念的な、との意味で用いられることが多いようである。(8) これに対し、「理念」に相当する語は、どうであるかというと、「審美論」では「想」と「理想」の語がともに当てられ、「美の哲学」ではおもにIdeeが当てられている。(9) つまり、ハルトマンにおいては、区別して使われていた、「理念」と「観念」という概念が、鷗外訳においては、ひとしなみに「理想（想）」という訳語に引き受けられているのである。

おわりに

かくして疑問は氷解する。鷗外は、ハルトマンが「観念」という意味で使っていたイデーをも含めて、「理想(想)」(理念)と解していたのである。このために、主観的なものは皆「想なる」ものになってしまった。そして、主観的でないもの、個人の意識の外にあるものは、「実」であるから、「非想」は皆「実」ということになってしまったのである。

なぜ鷗外が「理想」を濫発し、「ハルトマン説を勝手に観念化」していたのかという疑問もこのことから解決できるだろう。あるいは、磯貝英夫氏のいう「弁別思考」(10) の一要因としても考えられるかもしれない。そして、没理想論争における鷗外・逍遥の齟齬もかなり説明できるように思える。鷗外の行った他の論争についても、新しい角度から捉え直すことが可能になるようにも思われる。

後に「なかじきり」でいう「宋儒理気の説」が、鷗外の思考に色濃く影を落としていた一つの証拠でもあろうが、それにしても、二葉亭がベリンスキーを受容したときと似たような現象が、鷗外においても起こっていたのである。

（1）神田孝夫「森鷗外とE・V・ハルトマン」（『比較文学比較文化――島田謹二教授還暦記念論文集』弘文堂、昭和三六年）、小堀桂一郎「森鷗外とハルトマン」（吉田精一編『日本近代文学の比較文学的研究』清水弘文堂書房、昭和四六年）など。

（2）注1神田論文参照

（3）イデーを本質的な実在とするプラトンのイデア論では、現実世界は非本質的な幻影にすぎない。鷗外がイデーの実在非実在にこだわっているのは、このような世界観に承服できなかったからである。坂井健「没理想論争の実相――観念論者逍遥と経験論者鷗外――」（本書第二部第二章）参照。

（4）元来、プラトンのイデアに由来する言葉であって、プラトン以来、古代、中世を通して、イデアは事物の超感性的な原型を意味する言葉と解されてきたが、近世になってデカルトやイギリス経験論の哲学者たちによって、しだいに「経験」に起源をもつ人間の意識内容、すなわち心理的な「観念」を意味する言葉として用いられるようになり、この言葉のもつプラトン的な原義、とくにその超越的、価値的な意味を回復し、これを現実を動かす形而上的な原理、理想として、重要視するにいたった。このような意味におけるイデーの訳語が「理念」である（『哲学事典』平凡社、「理念」の項目参照）。

（5）Eduard von Hartmann : *Ausgewählte Werke. BandIV. Aesthetik. Zweiter systematischer Theil : Philosophie des Schönen.* LEIPTZIG, 1887　東京大学附属図書館所蔵鷗外書き入れ本より引用。

（6）質料的観念論、意識的観念論、経験的観念論ともいう。批判的（先験的または形式的）観念論に対する語である。事物はすべて個人的主観の意識内容として存在する。われわれの認識作用をはなれてなにものも独立には存在しないと主張する立場（『哲学事典』平凡社、「主観的観念論」の項目参照）。

（7）一例のみ、原文に相当する語がないものがある。これは鷗外が補ったものと考えられる。

（8）objektiv-ideal という用例があるが、この場合、これは客観的観念となり、ここでの観念は「理念」に相当する。

（9）　例えば、Ob es eine übersinnlische intuitive Idee giebt, haben wir hier nicht zu untersuchen, sondern nur ob, wenn es eine giebt, in ihr der Sitz des eigentlichen und höchesten Schönen gesucht werden könne.（超感覚的直観的イデーが存在するか否かは、ここでは問わない。もしそれがあったとして、そのようなイデーの中に真のそして至高の美の所在を求められるのかどうか、ということだけを問題にしているのだ）。鷗外訳「官而上現量想の有無はこゝに論ぜず。こゝには官而上現量想といふものあらむとき、その能く美を担ふべきか、否かを問ふのみ」のように用いられる。この例から分かるが、ハルトマンはIdeeという語を用いるときは慎重である。

（10）　磯貝英夫「啓蒙批評時代の鷗外——その思考特性——」（『文学』昭和四七年一一月～四八年一月）

第二章　『月草』における改稿の意図

――「逍遥子の諸評語」における異同をめぐって――

はじめに

『しがらみ草紙』掲載の評論を中心に編まれた鷗外の評論集『月草』（明治二九年一二月）に初出との異同が数多く存在することは、広く知られている。その実際については、岩波版全集の校異によって容易に確認することができる。にもかかわらず、こうした改稿の意図については、意外なことにほとんど考察されていない。(1)

『月草』は、『めさまし草』（明治二九年一月創刊）における鷗外の評論活動が軌道に乗り、文壇に迎えられたまさにその時に編纂された評論集である。

鷗外は、『めさまし草』誌上でハルトマン美学に基づいた具象理想美学による批評活動を展開したわけだが、(2)指摘されているように、鷗外の論の中心となる「具象理想《コンクレエトイデエ》」という術語は、初出では「結象理想《コンクレエトイデエ》」と訳されていたものを改めたものである。(3)

この「具象理想」という術語は、実は、『月草』以前に『めさまし草』時代に入るとさっそくあらわれる訳語であり（まきの二、明治二九年二月）、それ以後の評論活動を通して定着していった訳語である。

つまり、『めさまし草』における批評が文壇に受け入れられてゆく過程で新たな訳語が採用されたわけである。

「結象理想」が捨てられ「具象理想」という訳語がとられた理由については、ここでは問題にしないが、(4)こうした訳語一つ取り上げてみても、『月草』を編纂するにあたり、鷗外が『しがらみ草紙』時代の自己の評論を『めさまし草』時代になってからの批評意識にしたがって再点検し、改稿していったことは十分推し量れるであろう。したがって、『月草』改稿の意図を知ることは、『しがらみ草紙』時代と『めさまし草』時代の鷗外の批評意識の違いを知ることにも通ずるはずである。

一　「逍遥子の諸評語」の異同

『月草』の冒頭には「柵草紙の山房論文」がおかれており、これには、「逍遥子の諸評語」「早稲田文学の没理想」「早稲田文学の没却理想」「逍遥子と烏有先生と」「早稲田文学の後没理想」「エミル、ゾラが没理想」の六編の評論が収められている。

すなわち、「逍遥子の諸評語」は『月草』の巻頭を飾る論文なのだ。初出は「逍遥子の新作十二番合評中既発四番合評、梅花詞集評及梓神子」（『しがらみ草紙』二四号、明治二四年九月）である。

「逍遥子の諸評語」に見られる異同の多くは、ルビ、原語の表示の有無といった表記上のものであるが、一箇所だけ内容に関わる大きな異同（引用は初出による）が存在する。それは以下のような記述に続く箇所である。

逍遥子は我文界に小天地想の人間派なきを認めき。（我が国はいまだギヨオテ、シエクスピイヤを出さず。）逍遥子は我旧作家を以て類想の固有派に属せりとなし、我新作家を以て未だ至らざる個想の折衷派となしつ。われは批評の殼を嚙砕きて、其肉の甘さと其核の苦さとを味ふ。人間派なきは大詩人なきなり、妙手なきなり。旧作家の固有派に属するは、其凡手なるためなり。新作家の折衷派に属するは、其小家数たることを免れざるためなり。かの不知庵のあるじが如く、今の我国の小説家には、等級ありといへばえに、言はずして流派を立てつるは逍遥子なり。具眼の人誰かこの肉中の核を認めざらむ。

或ひといはく。逍遥子はげに今の我が文学界に人間派なきを認めき。されど其言にいはずや。嘗て「ミツドル、マアチ」を見しに、ジヨオジ、エリオツト女史が作に人間派の旨に愜へるところあり。其外にもおなじ派を汲む人ありや知らねど、英国にての人間派詩人はこれのみならむも計り難かり。夫の近世の魯独にこそ人間派の小説家も多しとは聞きつれ。そもいと近きほどの事なり。又仏蘭西なる諸作家バルザツク、ユウゴオ、ゾラ、ドオデエの徒は、或は人情派の界を超えて、人間派に入れりともいふべからむが、これとてもまた近世の作家なり。詮ずるところ人間主義の小説界に入りしは、十九世紀に於ける特相といふも誣言にあらじ。尚いと稚きほどの顕象なりと云々。是れ人間派は新しきものにて、漢学者若しくは御国まなびせし人の小説家になりたるに向ひて、人関派に入れといはむことの理なきを明にしたるにあらずや。

「不知庵」は内田魯庵。「或ひと」は未詳であるが、「嘗て「ミドル、マアチ」を見しに」から「いと稚きほどの顕象なり」までが逍遥の言葉である。(5)

逍遥は今の日本に「人間派」がないことを認めている。逍遥は、旧世代の作家を「固有派」に、新世代の作家を「折衷派」に分類している。この批評は、表面は穏やかでいながら、実は手厳しい。「人間派」に分類される作家がいないということは、つまり優れた作家がいないということなのだ。逍遥は、魯庵のようにはっきり言わないで、作家に等級をつけたのだ。

(これに対して)「或ひと」が言った。なるほど、逍遥は、今の日本に「人間派」の作家がいないことを認めている。(だが、それによって現在の日本の作家をおとしめているわけではない。)逍遥は、「人間派」の作家が現れたのはヨーロッパでも、十九世紀になってからのごく最近のことであるといっており、日本の古い伝統的な作家たちに「人間派」であることを求めること自体、どだい無理な相談に過ぎないことを明らかにしたのではないか。

およそ、このようなことが述べられた直後に、初出では、鷗外は次のように言っている。

> われおもふに必ずしもさならじ。人間派の個想若くは小天地想、古になかりきとは、あながちに主張しがたかるべし。逍遥子がみづから引きしギヨオテ、シエクスピイヤは猶近き世なりといはゞいふべかめれど、ホオマアを奈何せむ。

これが、『月草』所収の「逍遥子の諸評語」では次のようになっている。

> こはまことに其故ある事なり。然れども逍遥子は別に世相派といふものを立てゝ、これにホオマアを算したるなり。彼の漢学者若くは国学者たる小説家に求むべきは、此種叙事詩の大作なるべし。これその推理上能くすべきものなればなり。

「われおもふに必ずしもさならじ」「こはまことに其故ある事なり」という言い方に端的に現れているように、初出『しがらみ草紙』と『月草』では、正反対に近い物言いになっている。これはかなり重要な異同だと思うが、この異同に着目した論は見当たらない。

二　「逍遥子の諸評語」の概要

ここで、念のため、該当箇所と関わる範囲で「逍遥子の諸評語」の内容について簡単に紹介しておきたい。

「人間派」とは逍遥が分類した小説三派の一つである。逍遥は、小説を「固有派」「折衷派」「人間派」の三つに分けた[6]。

「固有派」では、登場人物は、その性格や心情などは重要視されず、物語を展開してゆくための役割を担うに過ぎない。「折衷派」では、登場人物の性格や心情は描かれるが、ある事件に巻き込まれた人物の性格や心情を写すにとどまり、その人物の性格や心情の変化が次の事件を展開させてゆくようなことはない。これらに対して

「人間派」では、登場人物の性格や心情が何かの事件をきっかけに変化を起こし、それが原因となって別の事件が起こり、これがまた登場人物の性格や心情を動かしてゆく、というふうに展開してゆく。

逍遥の分類は、明らかにそれぞれの派の優劣を意識しているにもかかわらず、表面上は「併しながら此等の比喩は偏に其質を評せるのみ三派の優劣をいへるにはあらず」と述べて、この三派に優劣を認めなかった。

逍遥の分類に対しては「あはれ此けじめをいしくも立てつるものかな」と賞賛し、共感した鷗外であったが、三派の優劣を認めない逍遥の奥歯にもののはさまったような言い方には大いに不満を抱いた。そこで、筆を執ったのがこの「逍遥子の諸評語」の初出稿「逍遥子の新作十二番中既発四番合評、梅花詞集評及梓神子」というわけである。

鷗外は、この三派に優劣があることを示すために、この三派をハルトマン美学の三段階の「想」（イデー）に当てはめてゆく。

いで逍遥子が批評眼を覗くにハルトマンが靉靆《めがね》をもてせばや。夫れ固有と云ひ、折衷と云ひ、人間と云ふ、その義は皆ハルトマンが審美学の中に存ぜり。今多くその文を引かむやうもなし。唯爰にハルトマンが哲学の用語例によりて、右の三目を訳せば足りなむ。固有は類想なり、折衷は個想なり、人間は小天地想なり。

このように三派をハルトマン美学にしたがって分類したのち、次のように述べる。

ハルトマンが類想、個想、小天地想の三目を分ちて、美の階級とせし所以は、其審美学の根本に根ざしありてなり、彼は抽象的《アブストラクト》理想派の審美学を排して、結象的《コンクレエト》理想派の審美学を興さむとす。彼が眼にては、唯官能的に快きばかりなる無意識形美より、美術の奥義、幽玄の境界なる小天地想までは、抽象的より結象的に向ひて進む街道にて、類想と個想（小天地想）とは、彼の幽玄の都に近き一里塚の名に過ぎず。

ハルトマンによれば、類想、個想、小天地想と進むにしたがって、抽象的から具象的に美の階級が進んでゆくのであり、したがって、類想、個想、小天地想に該当する固有派、折衷派、人間派も同様に芸術的な優劣を示す分類であるはずだ、だから逍遥のように優劣を認めない立場には従えないというわけである。

三　「逍遥子の諸評語」と初出との比較①

以上のようなことを念頭において、該当箇所の異同について考えてみたい。

初出を見てみよう「或ひと」は、「人間派」はヨーロッパの近来の産物であるという逍遥の論について、今の日本の作家が人間派であることは無理だといったものだというが、鷗外に言わせれば「人間派」は「ホオマア」の昔からあったし、したがって「個想」や「小天地想」も存在したはずだから、逍遥の論は成りたたないし、「或ひと」の論もおかしいという内容である。これは「個想」や「小天地想」が時代を越えて普遍的に存在することを主張したものであり、ある意味ではロマンティックな主張であると、とりあえずは認めることができよう。

これに対して改稿のほうは、逍遥の論を受けた「或ひと」の論を「こはまことに其故ある事なり」といともあっさり認めている。これは「人間派」はヨーロッパにおいても近代の産物であり、日本の文壇には存在しないという逍遥の論を受け入れたことにほかならない。

次の「然れども」については、後述するとして、「逍遥子は別に世相派といふものを立て丶、これにホオマアを算したるなり」と直した理由を考えてみたい。

初出本文では、「人間派の個想若くは小天地想」が「ギヨオテ、シエクスピイヤ」、「ホオマア」に現れているとしている。ところが、逍遥のいう「人間派」というのはあくまでも小説の分類なのであって、詩や戯曲の分類ではないのだ。つまり、初出では、小説の分類であったはずの「人間派」を、なし崩し的に詩や戯曲の分類に当てはめてしまっていたのである。そこでこれを改めた、ということがまず考えられよう。したがって、改稿では、小説とは別に詩や戯曲に対してはという意味で「別に世相派といふものを立てゝ」というように、逍遥の論に則した言い方がなされることになる。

初出の「ギヨオテ、シエクスピイヤ」が捨てられ、「ホオマア」だけが残された理由は、続く「彼の漢学者若くは国学者たる小説家に求むべきは、此種叙事詩の大作なるべし」という新たに挿入された文について考えると明らかになるであろう。

つまり、日本の伝統的な作家に小説家として「人間派」であることを求めることは、なるほど逍遥がいうように、「人間派」が現れたのはヨーロッパでも最近のことであるから、無理かもしれない。だが、詩人として「大叙事詩」を書くことならできるはずである。なぜなら、「ギヨオテ、シエクスピイヤ」のように比較的近代ではなくて、遠くギリシャ時代の昔に「ホオマア」が大叙事詩を物しているからだ、というわけである。

次の「これその推理上能くすべきものなればなり」もこのことを指していると考えると解釈可能になる。叙事詩なら、ギリシャの昔にも優れたものができたのだから、今の日本でもできないはずはない、という「推理」である。

以上のように考えてゆくと、さきの「然れども」も解釈できる。すなわち、小説では今の日本に「人間派」を求めるのは無理である。「然れども」、大叙事詩であればできるはずだ、という文脈である。

要するに、この部分の改変は、初出が逍遥の論をかなり乱暴に引きながら、「個想」や「小天地想」の普遍性を声高に主張していたのに対し、改稿では、そうした主張は影を潜め、逍遥の論を受け入れ、それにより則した内容に変えられているのである。

以上は、あくまでもこの部分の改変についてのみ考えるならば、という条件つきの結論である。実際は、この大きな異同の直後にも小さな異同があり、それらを視野に入れると、また別な見方が付け加えられることになる。

四　「逍遥子の諸評語」と初出との比較②

さて、当該箇所の直後には、初出では次のような文章が続いている。

> さらば東洋の古には人間派なかりきといはむか。これは屡々聞こえし説なり。ヨハンネス、シエルいはく。東洋戯曲の最偉なるは印度詞曲なれど、印度詞曲の雄は、遂に此詩体の質を知らざりき。蓋戯曲の質は個人がみづから自在にものを定むる性より生ず。惜しむらくは東洋の霊魂は、かゝる個物主義《インヂヰヅアリスムス》を得るに至りしこと、絶えてなかりき。(世界文学史一の巻十七面)是れ東洋に個想なかりきといふ説の一例なり。吾邦の詩人にも古来個想なきか。ホオマア、ギヨオテ、シエクスピイヤが詩にあらはれたる如き個想なきか、若無くば、小天地想を美の極意とする立脚点より見て、吾邦古来大詩人なしといはむのみ。世の批評家に大和魂ありて、古来なかりし大詩人を今の文界に求めむとせば、われ唯是を壮なりといはむ。

初出当該箇所とのつながりからいうと、「人間派の個想若しくは小天地想」は、逍遥はごく最近のもののように言うけれども、「ホオマア」の例から見ても、昔から存在する。それならば、東洋に昔はなかったかというと、インドの叙事詩について、「個想」はないとする意見は存在するが、日本においてはどうだろうか。存在したはずだ。もしなかったとするなら、日本にはもともと大詩人がいなかったということになってしまう。昔から存在しなかったものを今の文壇に求めるような批評家がいたとするなら、それは無茶というものだ。

だいたい以上のような、論旨であろう。これは、逍遥は「人間派」は近来のヨーロッパの固有の産物だといっているけれど、自分はそうは思わない。昔から存在したはずだ、という初出該当部分の論旨からいって、ごく自然なつながりである。

ところが、すでに見てきたように、「逍遥子の諸評語」では、「こはまことに其故ある事なり」と逍遥の主張を認めてしまっていた。そのためであろう、この部分にも微妙な修正が加えられることになる。

　第一に初出「さらば東洋の古には人間派なかりきといはむか」が改稿では「又東洋に個物主義なしといはむか」になっている。

　第二に、これは岩波版全集の異同にもれているが、初出「吾邦の詩人にも古来個想なきか」が改稿では「吾邦の詩人には果して真に個想なきか」になっている。

　第一の異同のうち「さらば」が「又」に改められている理由は分かりやすい。初出では、西洋では昔から「ホオマア」という「人間派」が存在する。それならば、東洋の昔にはいなかったというのか、という対比から出てきた「さらば」であるが、改稿では、こうした対比がなくなっているので、並列的に「又」と並べたわけである。「古には」が抜け落ちたことについては、後述するとして、「人間派」が「個物主義」に改められたのは、三節で見たように「人間派」が小説の分類であるのに、ここではインドの叙事詩を問題にしているので、これを避けて、ジャンルを越えて通用する「個物主義」という語をとったものだろう。

　第二の異同はどうだろう。改稿の「果たして真に」という強調については、後述するが、ここでもやはり初出に存在した「古来」という言い方が消されている。これはさきに「古には」が消されたことと明かに関係している。

　初出該当箇所では、逍遥の「人間派」はヨーロッパ近代の産物である、という主張を否定する形で、これらの「古には」「古来」は使われている。すなわち、昔の東洋、すなわちインドではどうだったかというと昔からずっと「人間派」はなかったらしい。それならば、日本でも昔から「個想」がなかったのか、そんなはずはない、という文脈である。

　ところが、改稿になると、「人間派」はヨーロッパ近代の産物であるという主張が受け入れられてしまっているので、「古には」「古来」を強調する必要がなくなったからであると一応は理解できる。
もっとも、日本に「人間派」が存在しないと鷗外が承認したのは、改稿の中でも小説に限ってのことである。この部分は改稿では叙事詩に限った話なので、無理にこれらを削除しなくても意味はとりあえず通るのであるが、それをあえて削除したのは、改稿においては、初出に見られた今と昔の対比とは別に新たな対比が仕組まれているからだと考えられる。

それは、西洋と東洋・日本との対比という構図である。この対比は、初出にも潜在していたが、初出においては時間軸にそった対比が強調されていたので、目立たなかった。それが、時間軸の対比が削られたことで、浮かび上がってくるのである。

「吾邦の詩人には果して真に個想なきか」という強調の追加は、このような構図を前提としてこそ理解できる。すなわち、西洋と日本の対比の強調である。

すなわち、乱暴にまとめるならば、初出では、逍遥は昔は「人間派」「個想」は存在しなかったようなことをいっているが、西洋にも日本にも昔から存在したのだ、という話であったのが、改稿では、小説の「人間派」は、今のところなるほど西洋にしか存在しない。叙事詩についていうなら、「個物主義」や「個想」の現れているものは、西洋には存在するが、東洋、つまりインドには昔も今もなかったという、こうした叙情詩は本当に日本に存在しないのだろうか、という言い方に変わっているのである。

おわりに

ところで、『月草』叙には、よく引かれる次のような一節がある。

若し第十九世紀の自然主義に根ざした芸術を包容するために、昔の抽象理想的審美学が不足になつたやうに、後の芸術を包容するために今の具象理想的審美学が不足になることがあつたら、己は喜んで今の芸術観をその方角に拡めもし、又ずつと土台から変へもする積だ。

磯貝英夫氏は、この文にハルトマン一辺倒であった鷗外の「微妙な転調」を見ようとする。(7) それに異論はないが、同じ『月草』叙のはじめのほうには、次のような一節がある。

西洋に有り合せのシエルリング等の抽象理想審美学から、フエヒネルが折衷審美学に至るまで、いづれも第十八世紀頃までの製作品を評するには充分の根拠とするに足るものであるが、これを第十九世紀の製作品に応用して見ると、到底不充分だといふ事が掩はれぬ事実になつた。

この後ながながと美学史の講義があって、鷗外がハルトマンの美学を採用した経緯が説明されるのだが、ここで注目されるのは、美学に対する歴史的な視点がはっきりと現れていることである。

先の引用とあわせて、美学は芸術の進歩に合わせて抽象理想美学から具象理想美学へと発展してきたのであり、これからも変わってゆくだろうという認識がはっきりとうかがえる。

これまで検討してきた「逍遥氏の諸評語」の改変は、このような認識からみて、どのように位置づけられるだろうか。

初出当該箇所は、「個想」「小天地想」の普遍性を主張しようとするものだった。その性急さのあまり、逍遥の立てたジャンル別の分類さえなおざりにして、とにかく優れた芸術作品には「個想」「小天地想」が現れており、現在の西洋だけでなく、過去の西洋にも、過去の日本にも存在したはずである、と声高に主張していた。初出においては、「類想」「個想」「小天地想」は、価値的な階級に過ぎず、歴史的な進歩の段階という認識は全くといって良いほど欠如していた。

ところが、改稿になると事情は変わってくる。「小天地想」の現れた「人間派」は、文明の進歩した西洋の十九世紀の小説においてのみ見られ、後進国である日本の現在の小説には存在しない。旧世代の作家は「類想」の「固有派」であり、新世代の作家にしても、せいぜい「個想」の現れた「折衷派」に過ぎない。以上は、比較的近年発達した小説というジャンルであるのでいたしかたないが、昔から存在する叙事詩ではどうだろうか。西洋ではすでに「ホオマア」の時代に、「個想」が現れている、東洋ではどうだろう、後進国であるインドには「個物主義」は昔から存在しないという。インドよりは進歩しているはずの日本ではどうだろう。

以上のように解釈し直すことができる。すなわち、該当改稿箇所は、第一義的には、逍遥の論を受け入れ、それにより則した内容に改変したものであるが、その背後には、「類想」「個想」「小天地想」という美の階級が、単に価値的な階級としてのみ捉えられていた初出から、歴史的な芸術の発展段階として捉えられるようになった改稿時の鷗外の意識があり、それを反映したものなのだ。

（1）嘉部嘉隆「森鷗外文芸評論の研究（一）――「小説論」改稿の意図と方法――」（『樟蔭国文学』昭和五一年九月）がある。ただし、これは鷗外が「小説論」を草するにあたって依拠したゴットシャルの名の注記の有無に、自論を権威づけようとした鷗外の戦略を読み取ろうとしたものであって、鷗外の論の内容に係わったものではない、また、坂井健「没理想論争の背景――想実論の中で――」（本書第三部第四章）に「想」の理解の変化について、部分的な言及がある。

（2）具象理想美学についての詳細は、坂井健「鷗外の具象理想美学とその影響――日清戦争後の文壇と花袋と――」（本書第四部第五章）参照。

（3）管見では、神田孝夫「鷗外初期の文芸評論」（『比較文学研究』昭和三二年一二月）の指摘が最も早い。ただし、『月草』の中で、すべての「結象」が「具象」に改められているわけではない。

（4）「審美論」（明治二五～六年）に「具なる理想主義」という言い方が出て来て、この時点で「結象理想」という訳語は見捨てられている。

（5）「逍遥子の新作十二番中既発四番合評」（『読売新聞』明治二三年一二月七〜一五日）
（6）注5に同じ
（7）磯貝英夫「審美批評の終点」（磯貝英夫『森鷗外——明治二十年代を中心に——』明治書院、昭和五四年）ただし初出は、原題「『めさまし草』における鷗外」（『日本近代文学』昭和五四年一〇月）。

第三章　没理想論争の発端
——斎藤緑雨と石橋思案の応酬をめぐって——

はじめに

没理想論争というと、逍遥と鷗外の論争ばかりが注目されてしまう。もちろん、論争の当事者はこの二人にほかならぬのだが、当事者以外にもこの論争について発言している論客は少なくないわけで、逍遥と鷗外の発言も、そうした同時代の反応を受け止めながらなされている、という事実を見逃すことはできない。そもそもの話が、論争の下地となった対立は、すでに存在していたにしても、論争の直接のきっかけを作ったのは、意外なことに、緑雨と思案の応酬であったらしいのである。本章では、この仮説を論証していきたい(1)。

一

『早稲田文学』に発表された、逍遥の「我にあらずして汝にあり」は、その題名が示すように、文学批評の価値基準は、批評家自身ではなく、批評を読む読者にこそあるのだ、という逍遥のかねてからの主張を繰り返したものである。つまり、ある作品を優れているとか、劣っているとか評価する場合、それを計る基準が存在するはずだが、その基準は、主観的な選択によるほかはない。したがって、完全無欠の価値判断は、不可能であるから、批評家の側からは、一切の価値評価を行わぬことにして、ただ、そうした評価の材料となる事実を客観的に報道するにとどめる。価値判断を行うのは、読者自身なのだ、というものである。「空理を後にして、現実を先きにし、差別見を棄て、平等見を取り、普く実相を網羅し来りて、明治文学の未来に関する大帰納の素材を供せんとす」「読者よ、時文評論の第何十頁に明治文学の活機が現われたるかと詰問することを休めよ。活機の在否は我が評論の紙上にあらずして汝が公平なる眼中にあるべし。『時文評論』の第何篇に明治文学大帰一、大調和の策あるぞと問ふこと勿れ、其の大帰一の無上の良策は、我が文章の上にはあらずして、汝が没理想の心中にこそあるべけれ」という逍遥の言葉は、こうした考え方を端的に示していよう。

ところが、公平な報道をするのは良いにしても、価値判断を伴わない評論など存在するはずはないから、さっそく、鷗外の厳しい批判を浴びることになる（「早稲田文学の没理想」『しがらみ草紙』二七号、明治二四年一二月）。つまり、没理想論争のきっかけとなったのが、「我にあらずして汝にあり」なのである。

二

『逍遥選集』（別冊三、昭和二年初版、五二年復刻）の「我にあらずして汝にあり」には、「（明治二十五年一月、こは暗に某批評家の嘲難に答へし文なり。）」という傍記が付けられている。ところが、二十四年十一月十五日発行の『早稲田文学』三号の初出では、この傍記そのものが存在しないのだ。

ところで、「我にあらずして汝にあり」について、臼井吉見氏は、「「こは暗に某批評家の嘲難に答へし文なり」という説明づきの「我にあらずして汝にあり」は鷗外への逆襲にほかならなかった(2)」として、はっきりと逍遥の鷗外への意図的な反論として位置づけている。これに対して、竹盛天雄氏は、逍遥の鷗外に対する意図的な反論とする立場は避けながらも、「（鷗外は）「某批評家」とは自分へのあてこすりではないか、と深読みしたふしが見られなくもない(3)」として、鷗外が逍遥の皮肉として受けとめた可能性を示唆し、磯貝英夫氏も、傍記については触れていないが、「シエークスピヤ脚本評註緒言」（『早稲田文学』一号、明治二四年一〇月）と「我にあらずして汝にあり」とをあわせて、「逍遥としては、日ごろの実感のすなおな表白だったのだろう」としたうえで、これを鷗外が「自分への間接な挑戦としてうけとった気配がある」(4)としており、逍遥の鷗外に対する意図はともかくも、鷗外は、「我にあらずして汝にあり」を逍遥の自分に対する批判として受けとめ、その結果、本格的な没理想論争を告げる最初の論文「早稲田文学の没理想」を著したのだ、という点では、諸説一致している。

だが、はたしてこのような見方が成立し得るのだろうか。というのは、以上のような見方は、多かれ少なかれ、「明治二十五年一月、こは暗に某批評家の嘲難に答へし文なり」という傍記の存在を前提にしてなされているように思われるからである。前述したように、臼井氏、竹盛氏は、明らかに、この傍記を前提として立論している。そして、磯貝氏にしても、両氏の説を踏襲する形で、論を立てているようだ。ところが、臼井氏と竹盛氏が論拠としている傍記は、先に述べたように、初出では存在しないのである。

三

もっとも、傍記が存在しないこと自体では、「我にあらずして汝にあり」に、鷗外が自己に対する逍遥の批判を感じた、ということを否定する論拠とはなりえない。問題は、発表された時期なのだ。繰り返すが、「シエークスピヤ脚本評註緒言」は、明治二十四年十月二十日、『早稲田文学』一号の掲載。「我にあらずして汝にあり」は、二十四年十一月十五日、『早稲田文学』三号掲載である。

さて、後になって傍記が付けられているという事実から見て、「我にあらずして汝にあり」は、それが鷗外であるかどうかはともかく、「某批評家の嘲難」に答えたものであるらしい（少なくとも、傍記を付けた際の逍遥の記憶では、そのように意識されていたはずである）。『早稲田文学』の評論の方針を弁じた「我にあらずして汝にあり」の性格からして、その「嘲難」は、『早稲田文学』に対してなされたものでなければならない。となると、その「嘲難」は、『早稲田文学』創刊の二十四年十月二十日から、三号発刊の十一月十五日の間になされたものである。

ところが、『しがらみ草紙』の鷗外は、この間、『早稲田文学』に対して、批判めいた発言は一切していないのである。したがって、この「嘲難」は、鷗外以外の「某批評家」によってなされたものと判断される。

幸いにも、『早稲田文学』四号（明治二四年一一月三〇日）に、『早稲田文学』に対する当時の反響がまとめられており、「某批評家」が誰であるかは、これを手がかりに探ることができる。この中で、「我にあらずして汝にあり」で逍遥が特に念頭においていると思われる批判（「読者よ、時文評論の第何十頁に明治文学の活機が現われたるかと詰問することを休めよ」）にかかわりそうなものは、次の二つに絞られる。一つは、明治二十四年十月二十八日、『国会』に載せられた緑雨の批評で、もう一つは、十一月一日、『読売新聞』の石橋思案の文章である。

まず、緑雨の批判を引用する。

（前略）『早稲田文学』と称する由の、明治文学全体に関する雑誌出でたり勇ましのおん事や（中略）時文評論は明治文学に関係ある百般の事実を報道し至公至平の評論を加ふるものとか初号は多く「過来し方」に就て云はれたれば左迄新なる評論を見ざれども思ふに編者は順を逐ふて近きに評じ到らんとするものなるべければやがて二号、三号に及びて所謂「活機の存する所」を明らかに」せらるゝなるべし（中略）今は先づ其労を謝し其誕生を賀し併せて永く文壇を益せんことを望むまでなり何となれば予は其評論のよきとあしきとを問はず斯る文学雑誌の続々世にあらはれて相互ひに錬磨する間におのづから我文壇の智識の増進すべきを信ずればなり慶すべし慶すべし。

「所謂「活機の存する所」」云々は、『早稲田文学』創刊号に掲載された「『早稲田文学』発行の主意」に「『時文評論』の欄を置きて苟も明治文学に関係ある百般の事実を報道し且至公至平なる評論を加へて活機の存する所を明かにし」云々とあるのを受けている。逍遥が、「我にあらずして汝にあり」で、特に「活機」にこだわる所以である。

ところで、緑雨の評は、手放しで誉めているように見えるが、緑雨であるだけに、やはり棘が隠されている。「勇ましのおん事や」「至公至平の評論」「慶すべし慶すべし」には、揶揄が感じられるし、「其誕生を賀し」といってはいるが、その理由はというと「其評論のよきとあしきとを問わず」自分は歓迎するからだなどと失礼なことをいっている。おまけに、悪い評論はない方がよいというのが逍遥の主張だから、これに対しても皮肉になっているのである。しかも、「やがて二号、三号に及びて所謂「活機の存する所」を明らかに」せらる丶なるべし」という書き方は、表面的には期待感の表明であるが、裏には、創刊号の「時文評論」には明治文学の「活機の存する所」は、少しも現れていない、という意味にもとれ、なかなか辛口である。もっとも、これでも緑雨にしては、ずいぶん好意的な批評だといえる。四日後の石橋思案は、『早稲田文学』を批判する傍ら、緑雨のこの態度に対する当擦りも忘れない。

如何なる魔風やお気にくはざりけん、春廼屋の大人が、こたび「編輯主任」の銘打ッたる早稲田文学は、去る二十五日始めて其首巻を此世に出現したり。アラ尊うと！光輝燦然四方を射る、僕も亦随喜の泪にむせぶの一人なり、（中略）南無や早稲田如来様、慈悲の眼を垂れ給ひ、僕が愚直を憐れみ為に文運長久のお利益を下し賜ひてよ！

流石は専門学校の講義録、表紙の厚さ大したものなり、僕近頃活版摺の雑訪中か丶る厚表紙を用ひたるものを見ず、慾には早稲田文学の白抜きの傍にカウギロクと片仮名を付けたかりし（中略）就中、「時文評論」

の（中略）活機の存する所を明にしをさをさ偏頗の弊を矯めて彼の時勢を察せずして徒に死文に泥み若くは流行を追ふ者を提醒せんとす、読み来ツて恭きまでに感奮して思はず泪こぼるゝ。（中略）次は「時文評論」なり、全編七十頁の内其三十頁を占む、述ぶる処よく「発行の主意」に適ひ、評論の模範を示されたるぞ恭なし、此欄を一読するものには、一目現代我国の文学現象を測知する事を得ん、茲に至て、早稲田文学の我が文学に功労ある事実掩ふ可からず、初号にして斯の如し二号三号と進みなば如何なる処にまで其感化力を及ぼさん、喜ぶべき哉。（中略）因みに云ふ（中略）正太夫斎藤君の国会の批評は日頃に似ずいと音無しかりし由さもそうず（以下略）

思案の文章も、一見、褒めちぎっているようだが、「アラ尊うと！光輝燦然四方を射る、僕も亦随喜の泪にむせぶの一人なり」「南無や早稲田如来様、慈悲の眼を垂れ給ひ、僕が愚直を憐れみ為に文運長久のお利益を下し賜ひてよ！」「読み来ツて恭きまでに感奮して思はず泪こぼるゝ」などとまで書いては、それが嫌味であることは、明白である。権威主義的な厚い表紙をからかいながら、内容は講義録に過ぎぬと決めつけ、「時文評論」については、「此欄を一読するものには、一目現代我国の文学現象を測知する事を得ん」とまで書き立てて(5)、返す刀で、「正太夫斎藤君の国会の批評は日頃に似ずいと音無しかりし由さもそうず(6)」と、緑雨と逍遥の親交を匂わせつつ、緑雨の評の甘さを皮肉る。相当に辛辣である。ここで注意すべきは、引用末尾だけではなく、『早稲田文学』そのものを評しているように見える批判の中にも、緑雨への当擦りが潜んでいるらしいことである。(7)

「僕も亦随喜の泪にむせぶの一人なり」の「も」は、もちろん様々な批評家の賛辞に対して「僕も」というのが、第一義であるが、以下の「活機の存する所」云々や「二号三号と進みなば如何なる処にまで其感化力を及ぼさん」などが、緑雨の言葉の鸚鵡返しになっていることから、特に緑雨を念頭において「僕も」といっているようであり、緑雨の好意的な評の文句を繰り返しながら、しかも賛辞を戯画的なまでに大袈裟にすることで、一方では『早稲田文学』に、他方では緑雨に悪罵を放っている、ともとれる。しかも、賛辞の陰に皮肉を込めるという「ホメ殺し」の方法まで、緑雨のそれをまねているのだ。

これに対して、緑雨は、同じく『国会』十一月六日、「是亦見たまゝ」で次のように応酬している。

> 思案外史が『早稲田文学を拝読す』とて読売新聞に投じたるものゝの末に「正太夫斉藤君の国会の批評は日頃に似ずいと音無《ママ》かりし由さもさうず」と書かれたり我れも正太夫の批評を見たるが正太夫の意ハ誕生したるばかりの『早稲田文学』を一読過の下に評するを好まず其第一号ハ二号三号に於て彼れの所謂活機の存する所を漸く明らかにせんとするの下拵へともおぼゆれば今ハたゞ文学雑誌の一つ殖ゑたるを慶し置くといふに在りて（中略）思案外史が意味ありげに「さもさうず」とハ何の地口ぞや我れハ之れを硯友社的筆法して深く怪まずと雖も正太夫が其先輩たる『早稲田文学』の編者に対するに礼を以てしたる語句の端のみを取りて「日頃に似ず」などいふ男の、いかばかり礼を知らざるやらん想遣るだも歎かはし

緑雨の怒りは、おもに「さもさうず」という揶揄に向けられているが、ここでは、思案が緑雨の評のどの点を「いと音無し」と判断したのか、ということについて、緑雨がどう考えていたのかを問題にしたい。緑雨は、「正太夫の批評」（署名は「、、、、」なので、匿名の読者が正太夫を弁護するという体裁になっている）、決して『早稲田文学』へのお追従などではなく、「二号三号に於て彼れの所謂活機の存する所を漸く明らかにせんとするの下拵へ」のために刊行された『早稲田文学』の創刊を祝したものに過ぎないと弁明している。ということは、緑雨は、十月二十八日の評のうち、「やがて二号、三号に及びて所謂「活機の存する所」を明らかに」せらるゝなるべし」という部分を受けて、思案が緑雨の評を逍遥への追従と取ったと判断していることになる。思案の皮肉は、通じているのだ。

何をこんなにこだわっているのかというと、両者の争点が、逍遥のいう「活機の存する所」に係わっていると

いうことを言いたいのである。「我にあらずして汝にあり」が書かれる直前の文壇で、「活機の存する所」が問題とされていたことを確認したいのである。

おわりに

このような状況の中で「我にあらずして汝にあり」が書かれたことを考える時、もはや、逍遥が何を念頭において書いたかは明白であろう。「時文評論」欄に、明治文学の活機が明記されることを期待した（かのように見える）斎藤緑雨と石橋思案の応酬、特に思案の「嘲難」を念頭に置いていたのである。(8) 後に傍記が付けられたのもこの故であっただろう。

鷗外の批判「早稲田文学の没理想」に対する最初の逍遥の弁明「烏有先生に謝す」（明治二五年一月）における次の言葉も以上のような事情を明かしている。

夫の記実を重んじて談理の後にすべきをいふや、談理を斥けんとしてしかいひたるにはあらず、『早稲田文学』一二冊の中に時文の活機勢を看出ださんと望むものの極めて謬妄なるを弁ずると同時に、世の小理想を是れよろこび毫も他を顧みざるものを難ぜしのみ。

つまり、「我にあらずして汝にあり」は、今までいわれてきたように、鷗外に向けられた反駁でなどなかったのである。むろん、鷗外も、緑雨と思案の応酬を知っていたに違いなく、その上で、あえて逍遥に論戦を仕掛けた訳である。

もちろん、批評家自身は作品の価値判断を差し控えるべきだという内容自体に、鷗外が持論との明白な対立を見て取り、論難に及んだ、という点では、先行研究の教える通りである。だが、そのような対立を顕在化させたのが緑雨と思案の応酬だったのである。たしかに、「没理想」の語は「シエークスピヤ脚本評註緒言」ですでに使われていたし、「全体の解釈は読者みづから之をなせよ」という言い方もされていた。前述したように、「我にあらずして汝にあり」の作品の価値判断は読者に任せるべきだという主張はその繰り返しである。だが、その主張は、もともと「シエークスピヤ脚本評註」の「緒言」としてなされたものであった。そして、その限りでは、鷗外といえども難癖を付けることのできるような性質のものではなかった。ところが、緑雨と思案の応酬を受けた逍遥は、シェークスピア注釈に対する心構えとしての次元を越えて、評論一般にまで及ぼしてしまい、その結果、鷗外によって批判されることになったのである。

つまり、緑雨と思案の応酬を念頭に置いたればこそ、「我にあらずして汝にあり」のような、かなり極端な物言いをしたのであり、逍遥は鷗外の論難など予想もしなかったはずである。鷗外は、逍遥の勇み足をいいことに、難癖を付けたのだ、ともいえる。

だが、一つ忘れてはならないことがある。今、勇み足と言ったが、言い方を替えれば、逍遥は、実はここで本音を吐いてしまったのだともいえる。「(明治文学) 大帰一の無常の良策は我文章の上にはあらずして汝が没理想の心中にこそあるべけれ」などという逍遥の主張には、鷗外が「理を談ずることだに能はざる世の昧者に、成心あらせじと願ひて、唯実を記したるのみを見て悟れといはむは、おそらくは難題ならむ」(「早稲田文学の没理想」)と非難するように、論理を排して悟りを重視しようとする逍遥の本音が見えており、鷗外が特に反発を感じたのもこの点なのである。(9)

いうなれば、緑雨と思案の応酬によって、逍遥は論理を軽視した評論、悟りを重視した評論の信奉者という性格をさらけ出してしまい、そのために鷗外の批判を浴びたのだといえる。没理想論争の発端はここにある。

以上で、没理想論争のきっかけを緑雨と思案の応酬に求めようとする本章の目的は、ひとまず達せられたと思うが、このことの意味を少し考えてみたい。

ここでもう一度、鷗外は「我にあらずして汝にあり」が、鷗外ではなく、緑雨や思案に向けられたものであることを承知の上で、あえて逍遥を批判したのだ、との構図を確認するなら、ここにさらなる文壇での躍進を狙った鷗外の企図を見ることもできようが、[10]逍遥の意図が自分への批判でないことを知りながらも、その論理が、それまで自分が行って来た「想」をよりどころとするやや安易ともいえる批評を批判し得るものであることを察知し、そのために論争を挑まざるを得なくなるような必然性が、鷗外の中に生まれたのだともいえる。言葉を換えれば、鷗外は逍遥の緑雨・思案に対する批評に潜在する論理によって、反論せざるを得ないような認識に追い込まれたのである。このことについては、当時の鷗外の「想」が必ずしもきちんとした定義に基づいて使われたものではなかったことを示さねばならないが、これは別の機会（本書第三部第一章と第四章）に譲りたい。

蛇足ながら、逍遥が鷗外の論難にかなり根気よく答え続けた背景には、鷗外が『早稲田文学』に連載した「シルレル伝」（一〇月三〇日の二号に、「鷗外漁史（森氏）に乞ふて」「シルレル伝」を掲載する旨の広告があり、二四年一一月一五日三号から、二五年九月三〇日二四号まで、六回にわたって連載。中絶）の存在があった可能性があることを付け加えておく。鷗外が最後に逍遥に浴びせた批判「早稲田文学の後没理想」は、二五年六月二五日で、その後、逍遥は答えていない。あるいは、逍遥が応戦しないことに業を煮やした鷗外が、連載を中止したものかもしれない。

（1）このことについては、拙稿「没理想論争注釈稿（二）」（『文芸言語研究　文芸篇』平成四年九月）で簡単に触れたが、注釈という制限もあり、十分に論じられなかった。また、部分的に考えの変わったところもあるので、改めて論ずることとする。

（2）『近代文学論争　上』（筑摩書房、昭和五〇年）ただし、初出は、『文学界』（昭和二九年一月）。

（3）「没理想論争とその余燼」（『講座近代文学の争点　五　近代編』明治書院、昭和四四年）

（4）『森鷗外――明治二十年代を中心に――』（明治書院、昭和五四年）の「鷗外の文学評論――逍鷗論争を中心に――」ただし、初出は稲垣達郎編『森鷗外必携』（学燈社、昭和四三年）。

（5）直前の「「発行の主意」に適ひ」云々については、前述。

（6）「音無しかりし由」などと伝聞の体裁を取っているが、「只「文壇博覧会」の一齣は僕も此雑誌に於て拝覧の栄を得んことは思はざりき（此ことは昨日の「国会」にて既に斉藤君の云りしを聞きたれば、また云はず）」とあるように、緑雨の批評を読んでいたとは断言できないまでも、詳細にその内容を知っていての発言であることは確かである。

（7）逍遥は、「故緑雨君を追懐す」（『新小説』明治三七年六月号）で、「故斎藤緑雨君は其の恰も第一期、即ち同君が江東みどりと名宣つてゐた時分、今から、ほゞ二十年程も前かたからの知合で、先づは私が最も長く親しく交際つた文学上の友人の一人だといって差支間ありません」と語っている。

（8）逍遥は「小羊子が白日夢」（『早稲田文学』明治二五年二月）の中で、「かたじけなさゝうにて、随喜の落涙禁めがたし。理由を聴けば、といふ本文もござれば」と思案の批評を引いている。

（9）坂井健「没理想論想の実相――観念論者逍遥と経験論者鷗外――」（本書第二部第二章）を参照されたい。

（10）たとえば松木博「「烏有先生」の意味――鷗外を軸とする論争の再検討（一）」「ハルトマン援用の意味――鷗外を軸とする論争の再検討（二）」（『異徒』昭和五九年一二月、昭和六一年八月）は、井上哲次郎の影を「烏有先生」の背後にちらつかせることで、一方では逍遥を他方では井上を論争に引き入れようとしたのだと説いている。

第四章　没理想論争の背景――想実論の中で――

はじめに

没理想論争というと、磯貝英夫氏がいうように、鷗外が逍遥に嚙みつき、逍遥は気の進まぬままに、受け身一方の防戦を強いられたと考えられているようだ。(1) 小倉斉氏の指摘にもあるとおり、逍遥の論に対する鷗外の不満は、論争の三年近く前にすでに存在しているわけで、(2) 虎視眈々と論戦の機会をうかがってきた鷗外が論争を仕掛け、やむを得ず、逍遥がそれを受けた、との構図を見ることは可能である。谷川永一氏は、鷗外の論鋒にジャーナリスティックな戦略や野心を読み取ろうとさえしている。(3) 鷗外の文壇進出の戦略を見ようとする立場は、松木博氏にいたってさらに著しく、氏は、「烏有先生」は逍遥と井上哲治郎を論争に引き込むための装置であるとの見解を示している。(4)

たしかに、鷗外の発言に、ある種のジャーナリスティックな効果を狙った戦略や衒学的な臭みがあることは否定できないし、この論争にそうした一面があったことをわきまえておくことも大切である。が、しかし、そのような側面をあまりに強調しすぎると、そのためにまた見失ってしまうものがある、ということをいっておきたいのだ。外的な要因があるにしても、論争に至る内的な必然性を軽視してはならぬのである。(5) そうでないと不毛な論争であったということになってしまう。

一

ところで、没理想論争の直接の発端が、逍遥の「我にあらずして汝にあり」（『早稲田文学』三号、明治二四年一一月一五日）に対する鷗外の反応「早稲田文学の没理想」（『しがらみ草紙』明治二四年一二月二五日）であることは、周知のとおりだが、これまでは「我にあらずして汝にあり」は、鷗外に向けて書かれたものであり、「早稲田文学の没理想」はそれに対する応戦であると考えられてきた。ところが、実際は、「我にあらずして汝にあり」は斎藤緑雨と石橋思案との応酬を念頭においたものであって、鷗外に対する意図は毛頭なかったものであった。それにもかかわらず、第三者たる鷗外が割って入ったということを前稿で指摘したが、(6) 問題は、これをどう評価するかである。

一つの見方は、だからこそ鷗外の文壇進出の野心を見るべきだというものであろう。他人の喧嘩にちょっかいをだしてまで、宿願であった逍遥との論争を実現したとの見方である。

だが、別の見方はできないだろうか。逍遥の言い分はその題名に端的に現れているように、「明治文学の活機」「明治文学大帰一、大調和の策」は「我が文章の上にはあらずして、汝が没理想の心中にこそあるべけれ」というものであった。要するに、文芸批評の価値基準、そして、その価値基準を支え、明治文壇を導いてゆく方向性、文壇が向かってゆくべき理念については、自分は主体的判断を行わない。自分は、批評のための材料を示すに過ぎず、その判断を行うのは読者自身である、との主張である。

ここで注意すべきは、「シエークスピヤ脚本評註緒言」（『早稲田文学』一号、明治二四年一〇月二〇日）の時点では、「没理想」は、逍遥自身の『マクベス』評註に対する心構えを述べていたに過ぎなかったのが、逍遥自身が「烏有先生に答ふ」（『早稲田文学』九号、明治二五年二月）で言うように「解嘲の辞」として書かれた「我れにあらずして汝にあり」にいたって、話が批評全般に及んでおり、先入観による批評は行うまいとの逍遥の自戒であると同時に、主観的な批評全般に対する批判にもなっている点である。むろん、この「解嘲の辞」は、直接的には、あくまで緑雨と思案に向けられたものであったのだが、実質的には、鷗外の行っていた、盛んな批評活動にも及ぶ性質のものであったのではなかろうか。それゆえに鷗外は論争に踏み切ったのではなかったか。

要するに、没理想論争は、外的には、鷗外の一方的な攻撃に終始しているかのごとき様相を呈しているが、内的には、緑雨・思案に向けられた逍遥の論に内在する論理によって追いつめられた鷗外の、必然性を持った反駁として捉えられるのではないか、といいたいのである。[7]

逆にいえば、逍遥の物言いは、表面的にはあくまで穏やかで低姿勢でありながら、その実、相当に確固とした信念に支えられた、批判性の高い発言であったことを意味する。

二

さて、明治二十年代前半は想実論の盛んに論ぜられた時代であった。二葉亭のいわゆる「虚相」と「実相」、「意」と「形」の問題が、「想」と「実」の問題として、評壇をにぎわしていた。[8]ほかならぬ鷗外がその中心人物なのだが、その鷗外が自身の評論を展開するにあたり、当時どのように「想」という語を使っていたのか、煩瑣であるが、実例に即して確認しておきたい。

まず、ゾラを初めて紹介したことで知られる「小説論」(明治二二年一月)からである。

> 何の処にか天来の奇想を着け那の辺にか幻生の妙思を施さんや分析、解剖の成績は作家の良材なり之を運転使用するの活法は独り覚悟(「イントユイション」)に依て得べきのみ

小説は医学と違うのだから、ゾラのように事実の範囲にとどまるのでは不十分で、「天来の奇想」「幻生の妙

思」が必要だというものである。一言断っておくと、おおざっぱにいってイデーには、超越的な存在・事物の本質・原形を意味する理念としての意味と、単に心理的・主観的な意識内容を意味する観念としての意味との二つがあるが、(9) ここでは「覚悟」(「イントユイション」) intuition (現代の訳語では直覚・直観) という強い意味の語が使われているように、「天来の奇想」「幻生の妙想」は、事物の本質といった超越的な理念を指していると見て良さそうだ。

次は、例の巌本善治との論争のきっかけとなった『「文学ト自然」ヲ読ム』(『国民之友』五〇号、明治二二年五月) の一節で、「美狂生」の「想 (イデー)」についての議論を受けた部分である。(10)

「真」ヲ奉ズルノ科学者ハ「想」ヲ得テ「物」ヲ忘ルルモノナリ「美」ヲ奉ズルノ美術家ハ「想」ヲ以テ「物」トナシ「物」ヲ以テ「想」トナスモノナリ

この部分は、小堀桂一郎氏によると、ゴットシャルの『詩学』の一節の要約であり、(11)「想 (イデー)」は、原文では偶然的なフォルムの対立概念たる本質的存在イデーに相当しているから、これも超越的理念である。なお、同様の発想は二葉亭訳パアヴロフ「学術と美術の差別」(『国民之友』明治二一年四月) にも見られる。

凡そ学術は物を変じて意思となし、美術は意思を変じて物となす。学術は実在の物を変じて虚霊の物となし、美術は虚霊の物を変じて実在の物となす。

鷗外文がゴットシャルによっているとの小堀氏の見解を否定するわけではない。想実の関係について類似の考え方が、当時二葉亭にもあったことの例証としてあげておきたいのである。なお、どちらの文でも物質 (実) と無形の精神的存在 (想) が二項対立的に対置され、あたかも実ならずんば想、想ならずんば実とでもいわんかのごとくに捉えられていることは興味深い。

三

鷗外と二葉亭の関係については後述するとして、こうしてみると鷗外は、「想」を超越的な理念としてのイデーの意味に使っていたように見えるが、次の例は、果たしてそのように言えるだろうか。同じく「『文学ト自然』ヲ読ム」の結びの一節である。

「空想」ノ「美」ヲ得ルヤ「自然」ヨリス然レドモ「自然」ノ儘ニ「自然」ヲ「精神」ノ中ニ写シタルモノニ非ズ「自然」ニ附帯セル多少ノ塵埃ヲ「想」火ヲ以テ焚キ尽シテ能ク「美」ヲ成セシナリ

要するに、事実そのままでは美は生まれないのであって、事実をもとにしながらも、「「想」火」で「塵埃」を焚き尽くすのでなければならぬ、というのであるが、ここの「想」とは何であろうか。どう考えても、事物の本質とは思えない。想像力か空想力くらいのところであろう。小堀氏は、原文と対照して訳を付けているので、簡単に比較することができるのだが、「「想」火ヲ以テ焚キ尽シテ能ク「美」ヲ成セシナリ」に該当する原文は、案の定「この空想を通じて素材のままの形の美は洗練されて理想形（Ideal）となる」である。要するに、ここでの「想」は空想である。

次は、『しがらみ草紙』四号（明治二三年一月）の「明治二十二年批評家の詩眼」である。なお、（一）（二）は注記の記号で、論文末に（一）国民之友、六九号、一三面、（二）同、五五号、一四面と出典が示されている。

国民之友に忍月居士あり女学雑誌に不知庵主人あり。彼は詩に内外の調和あるを説き外の調和を「格調」と名け、内の調和を「精神」といふ所謂、精神は即ち真理の発揮にしてこれに継ぐに「余情」を以てす余情とは状し難き景を叙して言外の意を含ますをいふ（一）此は「格調」といはずして「風姿」といひ、「精神」といはずして「風情」といひ、「風情」に継ぐに「感応」を以てす（二）格調も風姿も詩の形なるべく精神も

風情も詩の想なるべし

なぜ詩における「内の調和」である「精神」が「真理の発揮」になるのか、忍月の所論もよく理解できないが、鷗外の説くところについては、「精神も風情も詩の想」というのであるから、この場合の「想」は、詩美とでもいうべきものを指していることになろう。

次は、同じく、「明治二十二年批評家の詩眼」から。ここではわざわざイデーという原語を持ち出している。

意匠と云ひ着眼と云ひ注視点と云ふ、皆な想のみ、「イデー」のみ、想にして純美ならむか必ずしも事の善悪を問はずして可なり「イデー」の何如なるかを顧みずして詩人の文句を評議するものあらば其言ふ所、何の価値かあらむ

さて、かりに「イデー」を「意匠と云ひ着眼と云ひ注視点」とするのであれば、それはそれで構わないとして、「意匠と云ひ着眼と云ひ注視点」が「皆な想」であり「イデー」であるというのである。これはまったく事物の本質といった意味でのイデーをはるかに踏み越えた用法というほかはない。なお、この部分は後『月草』（明治二九年）に収められるにあたって全文削除されている。

同じ「明治二十二年批評家の詩眼」に次のように述べられているのは、どう解釈すべきだろう。

想は千古に亘り万邦に通じて変更なし、古言にて出さんも今語にて出さんも鳥跡の字に写さんも郭策の文に写さんも、一想は永く是れ一想なり

これはイデーの普遍性を説いたものと解されるが、先の「意匠と云ひ着眼と云ひ注視点」という定義との整合性はどうなるのだろうか。「意匠と云ひ着眼と云ひ注視点」が「千古に亘り万邦に通じて変更なし」などということになれば、文学作品はいつの時代、どこの国でも千篇一律のものとなってしまうだろう。この部分も『月草』では削除されている。

ほんの数例をあげただけだが、当時、鷗外の使った「想（イデー）」なるものの定義がきわめて曖昧で、超越的な理念を指すようでありながら、想像力や空想力・詩美、果ては意匠・着眼・注視点などというものまでに及んでいることが示せたと思う。

四

ところで、没理想論争は、『マクベス』評註に関する逍遥の態度表明（「シエークスピヤ脚本評註緒言）に端を発する文芸批評の方法論についての論争であったはずだが、途中から哲学上の存在論・認識論の論争のごとき様相を呈している。これは逍遥がシェークスピアとその作品の関係を造物主と宇宙の関係のアナロジーで捉えたことに起因している。すなわち、造物主の天地創造の神意ははかりがたい。同様に、シェークスピアの作品創作の意図ははかりがたく、どちらも「没理想（理想が隠れていて見えない）」である。はかりがたいことを、狭い自分の料簡で云々しても仕方がないので、とりあえず、語句等の注釈にとどめることにする。逍遥の態度はこのようなものであった。

これが『マクベス』の評註の方法について述べた限りでは問題はなかったのだが、緑雨と思案の応酬を受けて、逍遥が彼らを批判した際に、評論一般の問題に敷延してしまい、その結果、鷗外の反論を受けるにいたったことは、前述した通りである。

それが、批評一般の問題として「没理想」を打ち出したときに、先のアナロジーが引っかかってきたのである。造物主の神意ともいうべき「理想」は、果たして不可知なのかという疑問である。

逍遥は後に、人生観のような意味に対して「理想」という言葉を使ってしまったと述べているが[12]、「理想」がイデーを表わす語であったことは、この論争の一つのキー・ポイントになっている。二葉亭は、書生気質評のための小説本義として「小説総論」を著した際に、小説評価の基準として「意（アイデア）」がいかに現されているかを、重要な指標としたが、この場合、事物の本質たる「意」が把握可能なものであることを前提として、その「意」がいかに作品に現されているかを測るという手順であったはずである。ところが、その肝心カナメのイデーが不可知であったら、作品の批評などできなくなってしまう。

そこで逍遥は、「古今東西の哲学者が思ひ〳〵の見解も、之れを造化にあてはめて強ちに当たらざるにあらず」「造化の本意（逍遥の文脈では「理想」とほぼ同義である）は人未だ之れを得知らず」（「シエークスピヤ脚本評註緒言」）と述べて、これをシェークスピアの評註の態度に応用しようとするわけだが、「想」を連発して批評に当たっていた鷗外が、こうした逍遥の言葉に、自分の立場を脅かす論理を感じ取っただろうことは、想像に難くない。それも『マクベス』評註の前書きとしてならばともかく、その論理が批評全般に及ぶのだとすれば、見過ごすわけにはいかなかったであろう。「理想」は不可知とする逍遥の立場は、鷗外の「想」に依拠する批評の立脚点を失わせる論理を持っていたのである。

したがって、鷗外の反論では、当面「想」が存在し、不可知ではないことを示すことにその主力が向けられることになる（むろん、「没理想」の語義の曖昧さも指摘されるが、これはただちに逍遥が認め、反省するところとなり、論争そのものには係わらない）。鷗外は「早稲田文学の没理想」（『しがらみ草紙』二七号、明治二四年一二月）で、「烏有先生」に「世界はひとり実のみならず、また想のみち〳〵たるあり」といわせ、孔雀の羽根模様を持ち出しては「先天の理想」の存在を強調し、多様な解釈が可能な、世界の「没理想」性を示す例として逍遥があげた「祇園精舎の鐘の声、沙羅双樹の花の色」の例を逆に引いて[13]、多様な解釈は可能であっても、美と感じるのは一つであって、それは「先天の理想」が「暗中より躍り出で、此声美なり、此色美なり」と叫ぶからだと「感納性の理想」の存在を主張する。さらに、天才的芸術家の創作には「製作性の理想」が働くのだと、繰り返し「理想」が存在し、かつまた可知のものであり、我々の美的感覚と創造を支えていることを示そうとするのである。これは「理想」が存在し、可知であることを示すことが、鷗外流の批評が可能であることを示すことに他ならなかったからである。

五

それにしても、鷗外がこれほど声高に「理想（想）」の存在を叫んだのには、それなりの根拠があった。それはハルトマンの中に「想」の存在が断言されている（と鷗外が判断した）部分であった。その部分は「早稲田文学の没理想」の中でも、例の「祇園精舎の鐘の声」に続いて「先づ実相々々と追ひ行きたる極端に達して、人間の官能を除き去りておもへ。声はもと声ならず、色はもと色ならず。声も色も分子の動きざまの相殊なるのみ」云々と引かれており、後の「逍遥子と烏有先生と」（『しがらみ草紙』三〇号、明治二五年三月）では、ハルトマンの美は、「実」ではなく「想」であることを示すために、ご丁寧にも出典の頁まで付して再掲されることになる。

ハルトマンが美は皆想にして、実にもあらず、実の摸倣にもあらず。実相実相と追ひゆくときは、声も声にあらず、色も色にあらずといふ極微の論は先に示しつ。実相既にかくの如くんば、これを摸倣したるもの、はた何の声をかなし、何の色をかなさむ。これをハルトマンが稚く実を立てたる論を破する段とす。（巻二一乃至三面）

これについては既に第一章（一三七頁）に述べたので、以下は省略する。

ハルトマンの原文を引いてのたいへんな力説であるが、よく読んでみると、何のことはない、美とは実際の美術品そのものにあるのではなく、美術品に接した主体が形成する内的なイメージに存在すると説いているだけのことである。にもかかわらず、鷗外はそれをもって美は「想」なる存在であると断言し、それを「我評論の立脚点とす」などと大見得を切っているのである。

なぜこのようなことになったのかというと、それはハルトマンの『美の哲学』の原文該当箇所で、ideal という語が盛んに使われているからである。もっとも、ハルトマンは主観的・観念的なという意味で ideal を使っていたのだが、美は「想（イデー）」であるとの論拠を探していた鷗外は、これを超越的イデーの意味に誤読したのであろう。[14]

この誤読に「夫れ非想とは何ぞや。吾人比量の見を以てするときは非想は即ち実なり」（「逍遥子と烏有先生と」）というような二極弁別思考[15]が働いていることは明白である。すなわち、ハルトマンの引用部分では、美は実（この引用箇所では実際の美術品）には存在しないということは確かに述べられているわけで、鷗外が、「実」でないのだから「想」に決まっていると考えたのも、ある意味では無理のないことではあった。

六

さて、前に鷗外と二葉亭の所論の類似について触れたが、これは必ずしも時代性にのみ負わせるべきではない。二葉亭の友人で、同じくベリンスキーを紹介した嵯峨の屋おむろが、『しがらみ草紙』二号（明治二二年一一月）巻頭の「小説家の責任」の中で、しきりに真理の発揮ということを説いているし、これを受けた鷗外も「其所謂真理の発揮に至りては、則是れ詩の神髄なり。作る所、若理想的本真を現ずるに非ずば、豈小説ならむや、豈詩ならむや」（「明治二十二年批評家の詩眼」）と同意を示している。いうまでもなく、「真理」は、二葉亭がベリンスキーのイデーに与えた訳語である。

鷗外が二葉亭の「小説総論」を読んでいたかどうかは確言できないが、その内容を知っていた可能性は十分にある。いや、少なくとも耳学問くらいはあったと考えるほうが自然だろう。

してみると、前述のごとき鷗外と二葉亭の類似もむべなるかなであろう。先学が指摘するように、「小説総論」における二葉亭の「意」は、ベリンスキーのイデーに当てた訳語ではあるが、「意」は、イデー・思想・思惟を含むもので、概念として捉えたほうが適当な側面さえ持っていた[16]。

これは、虚実の概念、もしくは、「理」「識」の概念に引きつけて、二葉亭がベリンスキーを受容したことに起因するもので、そのため二葉亭の「意」「形」、「虚相」「実相」の捉え方は東洋的な二元論の様相を呈したのであった[17]。

これは見方を変えると、東洋的な二元論の発想を取ったために「意」が多義的で曖昧なものになってしまったのだともいえるであろう。すなわち、「意」ならずんば「形」、「形」ならずんば「意」式の発想であったために、「形」にならないすべての概念が「意」の中に押し込められたのである。

鷗外の場合もおそらく状況は同じで、三節で述べたように、鷗外が「想」にもともとのイデーの意味のほかに、空想、詩美、意匠、着眼と実にさまざまな意味を担わせていたのは、イデーとフォルムの関係を虚実二元論で捉えたためだといえよう。

このような曖昧さを持った想実の概念が生産的な批評を生み出すはずもない。鷗外は、このことに気づき始めていた。「われ嘗てゴットシアルが詩学に拠り、理想実際の二派を分かちて、時の人の批評法を論ぜしことありしが、今はひと昔になりぬ」（「逍遥子の新作十二番中四番合評、梅花詞集評及梓神子（読売新聞）」『しがらみ草紙』二四号、明治二四年九月）と述べるように、理想実際の二派に分けるだけではなく、想をさらに類想、個想、小天地想に分類するハルトマン美学に拠って批評活動を展開するのであるが、そこに現れたのが想そのものの存在を否定しかねない、逍遥の没理想論だったのである。鷗外が脅威を感じなかったはずはない。

違いない。

七

一方、逍遥はというと、鷗外のごとき想実二元論による批評が非生産的であることを、とうに知悉していたに違いない。

以前に二葉亭の「真理」探究が、ベリンスキーにしたがって「理屈」を重視し、観念的抽象的な「真理」を求めた時期から、その不毛性を実感し、悟りを重視する時期を経て、「実感」を重視するように変遷していったことを指摘し、その立場の揺れと時期とが逍遥の文学論の変化と相似形をなすことから、当時における両者の文学論の相互影響関係を考えたことがあったが(18)、この仮説が正しいとすると、逍遥にとっては、鷗外の有理想論などは卒業済みだったことになる。だからこその没理想論なのである。少なくとも、逍遥は二葉亭を通して、ベリンスキーの観念論くらいは知っていたはずで、逍遥には観念論哲学の素養が無かったから、鷗外のハルトマン美学が理解できなかった、などと考えるのはとんでもない間違いである。「烏有先生に答ふ」（『早稲田文学』一〇号、明治二五年二月二九日）で、逍遥がハルトマンの無意識哲学について、「無意識の精霊」が「全世界を作りし究竟目的」を教えて欲しいと迫った後に「我れ不学なれども、多少有縁境にあり。たとひ直竪一指頭大の教へによりて、先生が本領に融会する能はざらんとも、豈一を聴いて其二を推度するの智無からんや」と付け加えているが、謙虚な逍遥の言だけに、ひそかな中にも観念論哲学についての知識にかなりの自負があったことを示す物言いだと見るべきであろう。

「理想（イデー）」の存在を当て推量し、それを振り回す批評に対する逍遥の疑念は、確固たるものであった。これは論争の経緯を見ても明白である。「没理想」の語義の曖昧な用法については非を認めたものの、「先生が戯曲の説は、明かにハルトマンが無意識の哲学に胚胎せる必然的系譜ならん。げにや、太虚の無意識中より意識界に取り継がれずして生まれたるものを造化となさば、先生の如くに戯曲を解することも或ひは論理の自然ならん」(「烏有先生に答ふ」)と、哲学上の世界観と批評の方法論の関連は認めながらも、「先生は、先天の想といふもの宇宙にみち〳〵たり、と信じ、われはこれを断ずること能はず」と安易にイデーの実在を認めることに疑念を示している。この態度は論争を通して一貫している。

これに対して鷗外は、イデーの実在については、逍遥の問いに対して「ハルトマンの烏有先生これを聞かば、唯わが無意識の哲学を読めといはむ」(「逍遥子と烏有先生と」)とこれをかわし、ひたすら逍遥の論理の矛盾を突くばかりである。

もっとも、これにはそれなりの理由があった。「古今の万理想、皆是なり、皆非なり(「没理想の語義を弁ず」『早稲田文学』八号、明治二五年一月三〇日)というような、老荘めいた逍遥の発想は、科学者鷗外としては容認できぬものであっただろう。(19)

それはともかく、ハルトマンを受け売りし、安直に「想」の存在を叫んだ鷗外は、非を悟ったに違いなく、方針を変更してゆくことになる。没理想論争後、「山房論文」は『しがらみ草紙』から姿を消し、後身の『めさまし草』では、『早稲田文学』の「時文評論」欄よろしく、具体的作品内容の紹介である「鶺鴒搔」の連載を始め、「嘗て鷗外先生は早稲田文学と対抗して談理の筆を執られたりしが、近頃何に感じてか、新著紹介とお出掛けなされて、記実の筆を揮ひ玉ふ」(「鷗外漁史のである主義」『新文壇』四、明治二九年四月)などと皮肉られることになる。

おわりに

鷗外のひそかな「反省」は、『月草』における収録論文の大幅な改定にもうかがうことができるだろう。詳しく触れる余裕はないが、三節であげたように、曖昧に「想」が用いられている部分が注意深く削られていることなどはその良い例である。なお、『月草』改変の個別の検討については、本書第三部第二章を参照されたい。

さて、表面的には、鷗外の一方的な攻撃のように見えた没理想論争であったが、その内実は、かくのごときであった。逍遥は、自説に自信をもってはいただろうが、初学者を対象とする『早稲田文学』の性格もあってか、難解な哲学論争を続けることに及び腰であった。この点、谷川永一氏の「勝負に勝って気合い負け逍遥」という題名は、言い得て妙である。

論争を通して鷗外は変貌した。借り物の知識を振り回しての評論は影を潜め、二十五年十月からは、ハルトマンを読めという自らの発言の責任を取るかのように、ハルトマンの『美の哲学』の忠実な翻訳である「審美論」の連載を始めるようになる。おそらく、論争の直接の成果はこうした鷗外の成長であっただろう。だが、論争の影響は当事者だけにとどまらない。論争を受けた高瀬文淵は、独自の文学論を形成し[20]、田山花袋も文淵と係わりつつ自己の思索を深めてゆくのである。これについては本書第四部第四章を参照されたい。

(1)　磯貝英夫「鷗外の文学評論——逍鷗論争を中心に——」（磯貝英夫『森鷗外——明治二十年代を中心に——』明治書院、昭和五四年、所収。初出、稲垣達郎編『森鷗外必携』学燈社、昭和四三年）に、次のようにある。「逍遥は、終始受身で、思わぬ論戦を吹きかけられた当惑をかくさず、弁明と防禦につとめ、最後には、戯文に身を託して、さきに停戦を申し入れている。これに対し、鷗外の攻撃文は、ほとんどがかなりの長文で、相手の発言の些末な端々にも徹底的に嚙みついているのは、かれの方である」。

(2)　小倉斉「鷗外・逍遥対立の淵源」（『淑徳国文』昭和六一年一月）は、「小説論」（『読売新聞』明治二二年一月三日）の段階で、鷗外の逍遥に対する不満が見え隠れしている、と指摘している。

(3)　谷沢永一「論理に勝って気合い負け逍遥」（『新潮』昭和五六年八月）参照

（4）松木博「「烏有先生」の意味――鷗外を軸とする論争の再検討（一）」「ハルトマン援用の意味――鷗外を軸とする論争の再検討（二）」（『異徒』昭和五九年一二月・昭和六一年八月）

（5）注1の磯貝論文に「結局、対立らしい対立はなにもなかったことになるわけで、こうして、この論争は、全体として不毛の印象が強いのである」とある。

（6）坂井健「没理想論争の発端――斎藤緑雨と石橋思案の応酬をめぐって――」（本書第三部第三章）

（7）谷川永一氏は本格的な論争に入った後のことについてであるが、次のように述べる。「鷗外にとって尊貴至上の審美学とは、原書の切り継ぎ朗誦を意味した。文壇の指導原理たるべき鷗外の談理批評とは、読者に復誦を強制するばかり、単調な授業にほかならなかった。そしてこの神聖おかすべからざる教導事業が、没理想という真向からの否認語彙を媒介に、逍遥から貶斥されていると直観した時、鷗外は叛逆者の撲滅を企図したのである」（「鷗外の追撃を断ち切った逍遥」『新潮』昭和五六年一〇月）。谷川氏の表現には賛成出来ない面もあるが、没理想という耳慣れぬ語に、鷗外が談理批評に対する批判を感じたという点では同感である。

（8）磯貝英夫「想実論の展開――忍月・鷗外・透谷」（注1前掲書所収、初出『国文学孜』昭和三七年五月）に、二葉亭の虚実論と想実論を関連づけて考えるべきことが指摘されている。

（9）元来、イデーは、プラトンのイデアに由来する言葉であって、プラトン以来、古代、中世を通して、イデアは事物の超感性的な原理を意味する言葉と解されてきたが、近世になってデカルトやイギリスの経験論の哲学者たちによって、しだいに経験に起源を持つ人間の意識内容、すなわち心理的な「観念」を意味する言葉として用いられるようになり、この言葉のプラトン的な原義、とくにその超越的、価値的な意味を回復し、これが現実を動かす形而上的な原理、理想として、重要視されるに至った。このような意味におけるイデーの訳語が「理念」である（『哲学事典』平凡社、「理念」の項目参照）。

（10）直後に引く小堀氏の論（注11参照）では、あたかも鷗外自身の文のように扱われているが、実際には、「美狂生」なる人物の文の引用である。「美狂生」がいかなる人物であるか興味深いところである。

（11）小堀桂一郎『若き日の森鷗外』（東京大学出版会、昭和四四年）

（12）「没理想の由来」（『早稲田文学』明治二五年四月）で、「作家が平生の経験、学識等によつて、宇宙の大事を思議し、此の世界の縁起、人間の由来、現世間の何たる、人間の何たる、此の世界を統治する勢力、人間の本来の帰宿、生死の理、霊魂、天命、鬼神等に関して覚悟したるところあるを、多少いちじるしくその作の上に現示したる、これをおしなべて理想といふなり」とした上で「理想《アイデアル》といふ語を、此くの如き義に用ふることは、勿論、幾多審美学者が古来用ひたる先例にはたがへるなり、明かに、ヘーゲルが謂ふ理想《アイデアル》と殊なれば、ハルトマンの謂ふ所と異なるべきなり」と述べている。

（13）逍遥が「祇園精舎の鐘の声、浮屠氏は聞きて寂滅為楽の響きなりといへれど、待宵には情人が何と聞くらん。沙羅双樹の花の色、厭世の目には諸行無常の形とも見ゆらんが、愁ひを知らぬ乙女は、如何さまに眺むらん」（「シエークスピヤ脚本評註緒言」）と述べたのに対し、鷗外は「沙羅双樹の花の色を見るものは、諸行無常とも感じ、また只管にめでたしとも眺むれど、其の色の美に感ずるは一なり」などと述べる。

（14）坂井健「観念としての「理想（想）」――鷗外「審美論」における訳語の問題を中心に――」（本書第三部第一章）

（15）磯貝英夫氏は鷗外の思考特性に二極弁別思考があることを指摘する（「啓蒙批評家時代の鷗外――その思考特性――」注1『森鷗外――明治二十年代を中心に――』、初出は、『文学』昭和四七年一一月～四八年一月）。

（16）黒沢峯夫訳「ベリンスキー「芸術の理念」Documents」（『比較文学年誌』昭和四五年三月）、北岡誠司「『小説総論』材源考――二葉亭とベリンスキー――」（『国語と国文学』昭和四〇年九月）。

（17）十川信介「「実相」と「虚相」」（『文学』昭和四二年二月）、寺横武夫「二葉亭四迷における「冷雲社」の発想――魏叔子摂取の一側面――」（『日本近代文学』昭和五三年一〇月）、清水茂「『小説総論』」（清水茂編『近代文学鑑賞講座　二葉亭四迷』角川書店、昭和四二年）。

（18）坂井健「二葉亭四迷「真理」の変容――仏教への傾倒――」（本書第二部第一章）、坂井健「二葉亭四迷と坪内逍遥」（『函館私学研究紀要――中学・高校編――』一八、平成元年三月）、また本書序章でも簡単に触れた。

（19）坂井健「坪内逍遥「没理想論」と老荘思想」（本書第二部第三章に収録）、「没理想論争の実相――観念論者逍遥と経験論者鷗外――」（同第二章）参照。

（20）坂井健「高瀬文淵と森鷗外――「超絶自然論」と「脱却理想論」を中心に――」（本書第四部第一章）

第四部

没理想論争の影響

第一章　高瀬文淵と森鷗外

――「超絶自然論」と「脱却理想論」を中心に――

はじめに

『新文壇』の主筆高瀬文淵については、今日では問題にされることも少ないが、文学史上では重要な位置を占めている。

すでに、文淵の文学活動全体について概観した伊狩章氏の先駆的な論、[1]おもに評論の方面に光を当てた吉田精一氏の論、[2]時に花袋との関係について論じた小林一郎氏の論、[3]伝記的なものでは最も詳しい福田清人氏の論[4]などがあり、いずれも貴重な論である。また、拙稿[5]でも二葉亭と文淵の文学論の関係について論じた。

現在ではほぼ無名に近いとはいいながら、文淵の残した足跡は一般に考えられるより遥かに大きいにもかかわらず、その全容は十分に解明されているとは言い難い。

とくに江水社に影響を与えたという彼の詩的浪漫主義についての具体的な検討、および、彼が唱導したという「詩篇」と称する散文詩的小説についての考察は、硯友社から自然主義に至る文学史を研究する上で必要だが、現在のところ調査不足で論を草すに至っていないので、他日を期す。

次に重要なのは『新文壇』における活動である。『新文壇』は、一つには、江水社の準機関誌ともいうべき性格を持っており、江水社諸家の作が多い。この点については前述の視点から考察されなければならないのだが、もう一つ見落としてはならない点は、文淵が『新文壇』を舞台として、『めさまし草』の鷗外といくつかの興味ある論争を行ったという点である。これらの論争については前述の吉田精一氏の論があるが、随所に卓見が示されてはいるものの、文淵の位置づけに関して私見と開きのある点も少なくない。これらについて逐一考察を加えたいのだが、紙数も限られているので、本章では『新文壇』における文淵の代表的な論文であり、当時の彼の文学論を最も端的に示していると思われる「超絶自然論」（一号）、「脱却理想論」（二号）を中心に見てゆきたいと思う。

なお、このような埋没した作家の論を再検討すること自体に対して多少の疑問を持つ向きもあろうが、稿が進むに従って疑問も氷解するものと思う。本論における考察を通して、一つには、当時鷗外のおかれた文壇の状況をうかがい知ることができようし、それとともに、同時代的相対的な視点から当時の鷗外を位置づけることもできよう。そして、二つめには、没理想論争に対する明治二十九年における一つの評価を見ることができるからである。というのは、後に詳述するけれども、『新文壇』における文淵の論争は「没理想論争」をふまえたものだったのである。

以上、くだくだしく述べてきたが、『新文壇』における文淵を通して当時の鷗外を捉え直す。これが本章の目的である。

もちろん、『新文壇』以後も文淵はしばらく活動を続けるのであるが、これについても別の機会に譲りたい。

一

「超絶自然論」「脱却理想論」については披見困難であるせいか論が少ない。伊狩氏も未見であるとしているし、福田氏も簡単な要約を載せているのみである。吉田氏の論のみが詳しく触れている。

彼の文学論というべき「超絶自然論」及び「脱却理想論」を見ると、用語及び思想においては、没理想論争における鷗外の理論、及び以後「しがらみ草紙」にのせたハルトマンの翻訳や、その他の鷗外文によったあとがあらわである。

氏はこのように述べて、文淵の論を鷗外の文学論の亜流と見做すとともに、さらに以下のように文淵を批判する。

文淵は多少こうした（筆者注―「超絶自然論」「脱却理想論」のような）形而上学がかった思索に自信があったらしいが、それは客観的、学問的な根拠を欠いて、なんら彼の批評家としての位置を重くするものでなかった。たとえば鷗外は文淵の「意象」という語に対する説明の一面をとらえて、これは「イデエ」であるから、わざわざ造語をする必要はないといい、また「脱却理想論」の中で「実を脱し、兼ねて意象を没却して、普及の美を求む」というのに対して「文淵は実なく意象なきもの能く具象《コンクレート》すと思へるか。然らずは文淵は具象せざるもの能く美なりと思へるか」（共に『めさまし草』二号）と難じている。「実」を現象一般ととり、「意象」をイデーと解する限り、鷗外のいう通りだが、文淵の「実」も、「意象」も、混乱し、錯雑としていて、彼自身確固たる理解と信念に達せず、文淵の説明に執する限り、矛盾・撞着があって、正面から対手にすべきではない。なお、鷗外批評に対して文淵は「鷗外漁史に質す」（同三号）を書いているが、これは文淵の哲学的無知を現しているのみである。（たとえば「仮象」の無理解などによって）。

以上、吉田氏の文淵批判をまとめてみると次のようになろう。

1　文淵の論はハルトマンの亜流である。

2　文淵の意象はイデエと同一である。

3　文淵は形而上的な美を認めている。

4　文淵は仮象を理解していない。

はたして、吉田氏の言の通りであろうか。

また、そうであったとしても、それは批判されて然るべきものであるのか。以下、順を追って検討してゆきたい。

二

吉田氏の論の検討に移る前に、文淵のそれ以前の文学論について見ることが必要であろう。当該の論文も、当然、そうした文脈の上になったものだからである。

文淵の文学論については前述の拙稿で述べたが、要するに、二葉亭等によって紹介されたベリンスキーの理論を批判的に継承したもので、二葉亭の主張である「美術は現象世界を越えた所に存在する意（イデー）の直観である」との命題を大筋においては受け入れつつも、部分的に反駁したものであった。すなわち、美術が現象世界を越えた所に存在する現象世界の雛型（イデー）を直観するものであることは認めながらも、それを「真理」であるとするのはおかしいとし、それは「美」でなければならないとしたのであった。[6]これは「美文小説の目的が真理にありといふに於ては頗る怪訝に堪へざるなり」「この真理を研究するは即ち学術家の本文にして、決して美術家の任務にあらず[7]」という素朴な疑問に基づくものであったが、これは文淵の文学論の根本をなしている。この点を見落とすと、文淵の論を見失ってしまうことになる。

三

次に「超絶自然論」（『新文壇』明治二九年一月）について見る。

冒頭に文淵は次のようにいう。

今の作家、美を現象の世界に求め、自然を以て創作の模範と思う者あるは、蓋し大なる謬見なり。

そして、この言に続けて、現今の小説は「西欧文学の顰に倣ひし」「写実的製作」に過ぎぬとして、写実派の批判を行うのであるが、これは先に見た文淵の論に従えば当然であった。彼にとって「美」は現象を越えたところに存在するものであったからだ。

さらにまた文淵はいう。

世の所謂新潮流（筆者注―観念小説のこと）といへる、《（ママ）》久しく文壇の写実派が社会の裏面《ママ》（表面の誤りか）をのみ観察して、世間の厭倦を買ひたるに乗じ、躍然起こつて裏面より撃つて出たるまでなれば、之を従来の作家に比して多く異れる所を認めず。異る所は只僅に表裏の相違あるのみにて、格別是れといふ特色を具へしものにあらずと雖も、一方に於ては写実的の筆を揮って、其眼に入りたる自家の写象を描くと共に、又其一方には理想論の感化を受けて、社会に就て研究せる周囲の抽象をも写さんと、大に勉むるものに似たり。さて彼の新派は、何故に只管記実の筆を揮つて、写象を描かんとするかといふに、彼等は旧派と根拠を共にし、其着眼は終始全く現象界の上にありて、これより深く源流に遡ることは一歩だも能くする所にあらざるなり。又彼の新派は、如何にして往々理想的の考察をなして、周囲の抽象を獲るかといふに、西欧輓近の純正哲学と審美学との影響を受け、又一つには心理学上写象は往々にして抽象と姿を変せむとする傾向を有し、写実派変じて理想派となるは、必然免るべからざる一大情勢なればなるべし。

「旧派」、つまり、自然派は人生の表面ばかり描いたので飽きられた。これに対して「新派」、つまり、観念小説が出て裏面を描いたが、表裏の差こそあれ、これも現象界を越えて一歩も遡るものではない。また、観念小説は理想的な（抽象的な）考察をするけれども、これは一つには西欧審美学の影響が原因であり、もう一つは写象とはもともと抽象に変化しやすい性質のものであることが原因である、というのである。

ところで、「旧派」、つまり、自然派は現象世界を一歩も出るものではないから、当然文淵に排されるわけであるが、「新派」、つまり、観念小説はどうか。これについて文淵は「現象界を越えて一歩も遡るものではない」と排していようでありながら、一方で、西洋美学の影響によって、理想的な考察をするといってもいるので、一見勧めているようにも見える。いったいどういうことか。これも後を読むと分かる。

茲に所謂写象とは即ち現象の影にして、又抽象といふは、二つ以上の写象を合せたる時に於て、吻合せざる差異点を捨て、相契合せる一致点を抽き出したる結果をいふなり。（中略。筆者補―このような写象・抽象というものは、外界の事物が空間に存在するエーテルを解して我々の意識に刺激を与えた結果生まれたものに過ぎない）

西欧今日の審美学は、斯かる明白なる科学の上に原理を固く立つるが故に、幽玄高妙なる議論をなして現象以上に遡り、深く事物の本体を窮めて純美を索むることを為さず、其討究は写象以下の理想界にのみ止まりて、僅に指を架空なる無形世界に染めたるのみ。

ここに至ってようやく文淵のいわんとすることが明らかになってくる。理想的とは褒め言葉かと思いきや、現象の刺激によって生じたレベルのもの、言葉を換えて言えば、写象以下、つまり、文淵にしてみれば、現象世界を一歩も出ることのない、単なる現象によった空想の、という程度の意味に過ぎないことが分かるのである。西欧美学についても同様で、「西欧今日の審美学は、斯かる明白なる科学の上に原理を固く立つるが故に、幽玄高妙なる議論をなして現象以上に遡り、深く事物の本体を極めて純美を索むることを為さず」として退けていることが分かる。このように、文淵の文学論には西欧科学否定の思想が見られ、西洋文明を物質的なものとして退けようとする姿勢がうかがえる。こうした点に関しては、文淵の親しくしていた江水社の領袖たる水蔭が杉浦重剛の弟子であって、重剛がこの頃、盛んに欧化を唱えた雑誌に対して反論していたことも考えあわすべきだろう。

そして、このような西欧審美学に対する批判は、直接にはハルトマン、そして鷗外に向けられるのである。

見ずやハルトマンの個想美は、所謂写象の美に当り、彼の類想美は、抽象美に当り、彼の小天地想の美は、予が所謂構象の美を殆ど意味するに過ぎざるを。

吉田氏が、個想美を写象美、類想美を抽象美、小天地想の美を構象美として、多少の独自性を示したに過ぎないとした箇所であるが、「殆ど意味するに過ぎざるを」という文淵の口吻からも知れるように、これは明らかにハルトマン美学に対する批判なのである。このことは次のくだりからなおはっきりする。

予は斯くの如く明治の小説若くは詩歌が速に第三級の構象に進まぬことを熱望し、西欧文学と対抗して其美を誇るに至らむことを切に展望すと雖も、さりとて今の作家諸君が此階級に満足して、殆ど全く夢幻の如き空想界裡に彷徨して其一生を終らむことは、作家諸君の将来の為め、又一つには美術の為めに、吾人が採らざる所なり。

何を以て斯く言ふや。予が視る所を以てすれば、彼の写象といひ抽象といひ乃至構象といふものは、いづれも現象の影にして、その性質は殆ど全く一種の夢幻の如きもののみ。

写象も抽象もまたハルトマンが最高位におく小天地想に相当する構象も、所詮は現象界からの刺激、すなわち感覚によって得られたものに過ぎない夢幻のごときものであるというのである。

このように意識に属するものが夢幻に過ぎぬならば、現象世界そのものはどうであるか。文淵は次のように言う。

是に於てか夢想界より吾人は現象の世界に返りて、再び自然の美を求め、事物といへるもの、間に極致を発見して、歓楽と安慰を求めずはあるべからず。然るに吾人の耳目に映ずるこの一切の現象世界も、夢幻泡沫の状態は、観念世界と何程の相違を有するにもあらず、朝露夕電、転瞬の間を待たずして変ずるが故に、この世界にも恒久の極致を見出す能はずして、吾人は到底永遠の安慰を求むる能はざるべし。

現象世界自体も現象から得られる意識の世界、すなわち「観念世界」と同様に転変極まりなく、夢幻のようなものであるという点では変わりがない。

このように現象世界、観念世界をともに否定し去ったならば、我々は何を求めるべきなのであろうか。この問いに対しての答えを見出すには、我々は彼の形而上論に耳を傾けねばならない。以下にかいつまんだところを記そう。

「事物本体」と「事物」（現象、自然）の間には、「完全無欠の図式」があって、現象が美であるというのはこの図式が美であるからに他ならない。この図式は「事物本体」が自己を現実化すべくその「意中に於いて予め構成した形象」（設計図のようなもの）なので「意象」と名づける。「意志」とは、この「意象」を現実化しようとする趣であって「意志」が「意象」を現実化すべき十分な能力と材料を備えていないならば、「意象」は現実化することができない。そして我々が美を感ずるのは「意象」に相応した写象に接したときなのである。

次に、このような形而上論を背景に文淵は以下のように結論する。

意象は美の極致の存する所なり。現象世界は只単に材を有形の物質に藉りて、意象の顕はれたる影なれば、詩人小説家たらむものは、意味なき有形の実を脱して、底に潜める意象美の光輝を示さずばあるべからず。

意象こそが「美の極致」の所在であって、現象世界は本質的なものではないから、これを脱するべきであるというのである。

さらに文淵は、この後、意象とは「自然の中に於いて又最も超絶せる自然」であると述べて論を閉じる。

確かに、文淵の論には吉田氏の指摘するごとく、用語等に鷗外の影響が見られないでもない。しかし、それを言えばこの時代の批評家の大多数がそうであるといっても言いすぎではないのであるから、これをもって文淵の論が鷗外の亜流であるということはできないであろう。それどころか、以上から明白であるように、反西洋、反科学の立場に立った、ハルトマンへの、そして鷗外への批判なのであった。

そして、その論は「美文小説の目的が真理にありといふに於ては頗る怪訝に堪へざるなり」「この真理を研究するは即ち学術家の本分にして、決して美術家の任務にあらず」という文淵の持論を実際の作品批評に応用しようとしたところから生まれてきたものであるというべきであって、彼の観念小説批判もそこから生まれてきているのである。彼にしたがえば、観念小説は夢幻のごとき現象世界についての観察から生まれてくるものであって、そうした任務は学術家のものであって、詩人・小説家のものではない。そして、現象世界は非本質的なものであるから、詩人・小説家たるものはこれを越えてより高尚な世界を目指さなければならぬということになるのである。

文淵の立論について、もう一つ重要であるのは仏教的発想である。非本質的な現実世界を脱却すべしという主張はすべてを現象即ち空、とする仏教思想に他ならぬ。文淵の仏教的素養が並々ならぬものであったことについては、既に伊狩氏の指摘があるし、拙稿(8)においても触れた。なお、仏教思想は次の「脱却理想論」によりはっきりうかがうことができる。

さて、このように見てくると、文淵の「意象」が、鷗外のいうハルトマンのイデーと酷似しているように見えながらも、その実まったく違ったものであることが明らかになる。なぜなら、ハルトマンのイデーは経験、つまり現実世界の認識から出発して経験を越えた実在を把捉しようとしたものであるのに対し(9)、文淵の意象は経験を脱却することによって捉えられるものであるからだ。

四

次に「脱却理想論」に移る。これは「超絶自然論」で述べた世界観に基づいて当時の文壇、とくに深刻小説・観念小説を批判したものであって、同工異曲のものである。以下に要約する。

逍遥は没理想論争において「造化の心」すなわち世界の根本は無底無辺であって無限絶対であるが故にいかなる大作家大理想家が「造化の心なり造化の極致なり」と考えた理想も実は偏狭の見であって、いかなる理想を以てしても造化の心を覆うことはできないとしたが、これは実に好議論であった。しかしながら、理想を詩人もしくは小説家が「経験知識に拠り、宇宙に就て思議し得たる極致」であると言ったために、詩人の持つ「理想」と学問上の所見と紛らわしくなって誤解を受けてしまった。そのため、鷗外に論難されることとなった。この論争は明治二十年代後半の文壇に大きな影響を及ぼし「自然」「理想」という語が文壇の通語となった。最近の「新文学」（観念小説・深刻小説）と称されるものはいずれもこの影響を受け、自然の出来事を描くとともに、理想（因果の理法）を写そうとするようになっている。だが、このような因果の法則を求めようとすることは学術の領分であって美術の範囲ではない。

ところで、「天造即ち自然の美」は常に現象世界に様々な形で現われるが、これは「意象」に由来する。「意象」はプラトンのイデーに似ているが、プラトンのイデーはそれ自体が実在であるが、「意象」はそれ自体は実在ではなく「世界の実在なる本体」が設計図として描いた図式なのであって、その点で違っている。

さて、現象界というものはこの「意象」の影に過ぎない。このように現象界が幻に過ぎない以上、自然主義即ち、現象の世界に美を求めることは誤っており、「自然を超絶して其裏面に潜める理想（意象）」を求めねばならない。そして美術家は一度「意象」を求め得たなら「意象」自体は世界の実在たる本体ではないわけであるからさらに、これも脱却して本体を求めねばならない。この本体は科学的手段によって帰納的に求めることはできない。ただ、「静かに眼を閉じて全宇宙の帰着の目的を冥想」することによって直観することができるだけである。この本体は無底無辺無量無限不滅不易である。これを捉えることにより作家は「天来の興」を得、「大造化の消息」を伝え、傑作をものにすることができる。

以上が「脱却理想論」のあらましである。観念小説を排している点、現象世界を脱却して意象を求めようと主張している点など、「超絶自然論」と同様である。

少しく異なっているのは「意象」自体は世界の実在たる本体ではないわけであるからさらに、これも脱却して本体を求めねばならない、としている点であるが、ここに宇宙の根源と一体化しようとする仏教的な発想を見て取ることができよう。「静かに眼を閉じて全宇宙の帰着の目的を冥想」することによって直観することができるとか、この本体は無底無辺無量無限不滅不易であるというような説明に接するといっそうその感を強めるであろう。

もう一つ、興味深い点は、文淵の没理想論争に対する位置づけである。彼は逍遥の没理想論について、

早稲田文学の所謂理想なるものは、詩人若くは小説家が平素の経験知識に拠り、宇宙に就て思議し得たる極致の名なりと謂へるが為に、大に議論の混乱を来たし、斯くては詩人の有する理想も個人が懐ける学問上の所見と紛らはしきこと、なりて、為めに折角の好議論も誤解を招くべき嫌を生ぜり。

として、逍遥の没理想論を「好議論」と認めながらも、逍遥が理想を経験・知識より帰納されたものとした点について、不満を表明している点である。

文淵が没理想論を称揚している点については、そもそも逍遥の没理想論そのものが仏教的発想のもとになったものであるから当然である。(10)

また、難じている点についても、第一に、先述したように、彼にとって真と美は区別されるべきものであったから、詩・小説の目的が学問の範疇に属するはずのものである経験・知識より帰納された真理であってはならない。第二に、彼にとって理想（文淵の言葉では意象）は、現象世界を冥想によって脱するときに得られるものであったから、経験・知識より帰納されたものであってはならない。という二つの理由から、これまた当然であったのである。

五

以上のように文淵の論を捉えた上で、『新文壇』誌上の文淵と鷗外との論争を見てゆくと、その対立点は鮮明になる。詳しく述べる余裕はないが、はじめに「詩人の閲歴」に関する論争について見る。

これは『めさまし草』まきの一で、鷗外が一葉の「わかれ道」評して

作者一葉樋口氏は処女にめづらしき閲歴と観察とを有する人と覚ゆ。

と述べたことに対する応酬である。鷗外は一葉の観察眼が鋭いことを称揚していたわけであるが、これに対して『新文壇』二号の「めさまし草の二大評家」において、文淵は鷗外の評を「少しく酷ならむか」として、鷗外の評が一面では貧困の中にあった当時の一葉の実生活に対して発せられたものともとられかねない面を衝き、これを難ずる一方で、次のようにも批判する。

鷗外漁史は国民之友付録に於て嘗て『舞姫』の一篇を掲げ、文名俄かに其頃の詩壇を騒がしゝことありしも、彼の舞姫の作を以て作者の閲歴の結果を認め、これを指して鷗外は紳士にめづらしき閲歴と観察を有するものならむとの批評を試むる者あらば如何。詩は空想の結果なり、否其結果ならざるべからず。

個人のプライバシーについての話の続きのようにも見えるが、それだけに止まらない。詩は経験から独立した

ものである、だから「閲歴」を云々すべきではないというのがその主張なのである。

これに対して『めさまし草』まきの二で、鷗外は「詩人の閲歴に就きて」と題し、文淵は経験・観察を排撃しているが、美術家は対象を観察することができてこそ美術家たり得るのだと主張した。

『新文壇』三号では「詩人の閲歴に就て」と題し、文淵は、鷗外が美術家の創作には対象を観察して得た「閲歴」（直接的間接的経験）が不可欠であるとしたのに対し、作家は経験のないことでさえ直覚によって十分推察することができる。よって、鷗外のように空想を経験の所産とするのは間違いで、経験と空想とは峻別せねばならない、と主張した。

論争はなお続くが、要するに、観察・経験を通した帰納的手段が創作には不可欠であるとした鷗外と、ただ只管に空想（文淵のいう空想はむしろ冥想に近い）を重視した文淵との対立であった。

次に文淵の「自然主義の二派」（『新文壇』三号）をめぐる両者の応酬について見る。

文淵は「自然主義の二派」において、所謂自然派を「旧自然派」、所謂理想派を「新自然派」とし、「未来の理想派」の出現を期待した。

所謂理想派を自然派に組み入れているあたりは、理想も経験から得たものであるから一種の経験である、という文淵の論から来ている。

これに対し鷗外は『めさまし草』まきの四で「新文壇の文界観察」と題し、「自然主義の二派」における文淵の批評を、要領よくまとめ、批評を加えている。ここで鷗外は二つのことを述べている。

一つは、文淵の主張している未来の理想派というのは、はっきりとは分からないが、抽象理想派でないところから見ると、具象理想派である。所謂自然主義（Realisumus）は顕象主義（Phänomenealisumus）であって、具象理想主義はこれ以外にはない。したがって文淵の主張しているのは顕象主義でなければならず、自然主義でなければならない。つまり、文淵は自然主義を理想主義と言っているのであって用語を正しく理解していない、というのである。

二つめには、文淵は所謂理想派を新自然主義としているが、所謂理想派は「抽象理想派」であるから、自然派に列するのはおかしいとしている。

これは文淵の理論と、その実践となるべき「未来の理想派」が、鷗外の設けた範疇にない全く違ったものであることからくる食い違いである。文淵の論は現象を越えた世界を前提としている。文淵のいう「未来の理想派」とは現象の彼方に存在する「意象」の美を発揮したものであるはずだが、鷗外のいう理想派はあくまで現象世界を出発点とすることを前提としているのである。

おわりに

以上見てきたように、文淵の論は仏教的な思想を背景に、西洋的な科学を批判したものであった。吉田氏のいうように文淵の文学論は「正面から対手にするべきではない」ものではなく、文淵は「哲学的無知」な人物ではなかったのである。ここで吉田氏の文淵批判（一九三頁）に対する私見を記しておく。

1についてはいうまでもなく否である。文淵の論がハルトマン批判であることは繰り返すまでもない。

2についても否である。意象は現象から独立したものであった。

3については、一応然りと答えたい。「意象」は設計図である以上、具体的なものであろうが、「意象」を越えた「事物の本体」となると、これは形而上的なものたらざるを得ない。美を形而上的なものと考えることは、もちろんハルトマン美学からすればおかしいであろうが、だからといってその考え自体が問違っているとはいえまい。

4については否である。「めさまし草の二大評家」で文淵が「美は仮象の中にあるべし、実を脱したる美仮象ならでは真に美術の想随となるよしもなし云々」といった言はハルトマン美学を理解していることを示しているのではないか。

話を戻す。文淵は西洋文明に批判的であった。これに対し、鷗外は、西洋文明を移入することで新たな日本の「普請」に参画すべき義務を背負った科学者として、攻撃せざるを得なかったのである。

文淵のみではない、当時、急激な西洋化に対する反発は根強く、前述した杉浦重剛のごときは、その筆頭にあげられるべきであろうが、西洋文明の移入者という点では鷗外と歩みをともにしているかに見えた逍遥でさえ、東洋的な思想に捉われていたのであった。(11)

鷗外と文淵との論争は、こうした反西洋的反科学的思想に対する鷗外の一連の論争の中に位置づけることができる。

（1）伊狩章「高瀬文淵の理想主義文学論」（『文学』昭和三二年一一月）
（2）吉田精一「評論の系譜　高瀬文淵（一）・（二）」（『国文学―解釈と鑑賞』昭和四〇年八・一〇月）
（3）小林一郎『田山花袋研究二――博文館入社へ――』（桜楓社、昭和五一年）
（4）『山田美妙・石橋忍月・高瀬文淵集』（明治文学全集、筑摩書房、昭和四六年）解題、年譜。
（5）坂井健「高瀬文淵と二葉亭四迷」（『新潟大学国文学会誌』昭和六一年三月）
（6）注5に同じ
（7）「文学時論」（『小桜縅』明治二六年四月）
（8）坂井健「二葉亭四迷「真理」の変容――仏教への傾倒――」（本書第二部第一章）
（9）坂井健「没理想論争における鷗外とE・V・ハルトマン」（本書第五部第一章）
（10）坂井健「二葉亭四迷と坪内逍遥」（『函館私学研究紀要――中学・高校編――』平成元年三月）および、注8参照。

(11)　坂井健「坪内逍遥「没理想論」と老荘思想」(本書第一部第三章に収録)、「没理想論争の実相——観念論者逍遥と経験論者鷗外」(同第二章)

第二章　没理想論争と田岡嶺雲

――禅の流行と自然主義の成立――

はじめに

没理想論争は近代文学史を代表する文学論争であるにもかかわらず、必ずしも正しく評価されているとはいえない。磯貝英夫氏は論争自体がさまざまな問題を内包していることは認めながらも、「没理想論争は、結局、論争としての実質的な実りを持たず、あわせて、その論議のアカデミックな性質のために、文学思潮の上に格別の影響を与えるということもなくて終わったのである」とし[1]、『日本近代文学大事典』の「没理想論争」の項目（磯貝氏担当）でも、同様の記述を繰り返している。

しかしながら事実として、没理想論争以降、雑誌の評論欄などに見られる文芸評論には、没理想論争を踏まえたものが多く見られるのである。「脱却理想論」における高瀬文淵の次の発言などは、その明らかな証拠である。

> 早稲田文学としがらみ草紙が文学社会を刺戟して一大感化を与へたる、其効力の著名なるは世人の能く知る所なり。（中略）此小説には作者の理想微見えたりとか、誰れの扮する何役には人物の性格よく見えたりとか、自然に違へりとかいふことは、次第に文壇の通語となりて、詩論評説の喧しきこと復従来の比にあらず。
>
> （『新文壇』二号、明治二九年二月）

「理想」「自然」が没理想論争のキー・ワードであることは、いまさら断るまでもあるまい。

文淵自身は、この後逍遥の没理想の論を「好議論」としながらも、「詩人の有する理想」と「個人が懐ける学問上の所見」とが紛らわしく、誤解を生んだとして（同「脱却理想論」）、逍遥の論では、芸術作品の目的である美と学問の目的である真とが弁別されていないと判断し、ここに欠点を認めて、これを修正する形で「永久不朽の美」を求める自らの文学理論を展開しようとするのであるが、(2) ここでは、『青年文』を中心に論陣を張った田岡嶺雲にも没理想論争の影響があることを指摘したい。(3) これが第一の目的である。

次に、嶺雲の論に文淵との類似をたどりつつ、両者の文学論に対する二葉亭四迷の影響を指摘する。これが第二。

そして、嶺雲と文淵の論に禅の影響があることを指摘する。これが第三。

さらに、没理想論争と二葉亭四迷の文学理論の関係を視野に入れて、二葉亭の論との呼応の可能性を探る。これが第四。

最後に、禅が近代文学に対する影響を持ったという文学史的意義を展望する。これが第五。

一　嶺雲の没理想論争に対する評価

はじめに、嶺雲の没理想論争に対する評価を見たいと思うが、(4) 嶺雲にはその名もズバリ「鷗外と逍遥」（『明治評論』五巻一〇号、明治二九年九月）と題する評論がある。

この中で嶺雲は二人の対立を次のように総括する。

> 鷗外は具象理想論を唱へてハルトマンを祖述し、逍遥は没理想を唱へてシエクスピアーに渇仰す。源頭既に異なり、渓渭豈に流を同ふせんや。逍遥は没理想を唱ふるが故に評家にてもまた記実を以て其標識とし、鷗外は哲学説を奉するが故に談理を以て其記号とす。鷗外は理の人なり、故に理屈に流る。逍遥は寧ろ情の人

なり、故に常識に失す。

ハルトマンに拠り理想主義・談理の立場をとった鷗外、シェークスピアに心酔し、没理想主義・記実の立場をとった逍遥との対立の図式を示し、さらにこれを、「英の民は由来実行的なり、従て常識的なり、形而下を知て形而上を知らず、実を知て虚を知らず、具体を見て抽象を見ず」「独の民に至ては即ち大に英に異なり。彼等は理想的なり、推理的なり。寧ろ抽象を尚んで、具体を忽《ゆるがせ》にし、虚を重んじて実を軽んず。其眼は形而上に向ひ、其心は幽玄に遊ぶ」と対立の根源を鷗外・逍遥が拠ったもととなる理論の国民性に求める。これなどは、その後の没理想論争論のスタンダードな見方となっているが、注目すべきは、次の発言であろう。

具体理想といひ、没理想といふ、各之を其仰ぐ所、奉ずる所より得て、而してよつて以て各其旗色を鮮明にす。然れども具体理想といひ、没理想といひ、其名を二にすと雖ども其実や一、要之《これをえう》するに其名を執して相争ふに過ぎざるのみ（中略）名に執して実を争ふ、弁を好に似たりといへども、理を談ずるを喜ぶもの往々にして皆然るを免るゝ能はず。

鷗外の理想主義、逍遥の没理想主義の立場は、一見相対立するように見えて、その内実は変わりがないとするのは、論争の途中から逍遥が主張していたことではあり、現在の研究者が至っているのと同じ結論である。

かような結論に達した嶺雲は、次のように自分の見方を披露する。

畢竟《ひつきやう》するに大詩人は大理想を直覚す。直覚するなり、推理の階を拾ふて達するにはあらざるなり。其心直《ただち》に是れ一大理想、興に触れ感に応じて即ち発して詩に寓す、而かも其理想既に推理のものに非ず、故に寓して詩にある、渾然として抽象の痕をとゞめず、而かも是れ故《ことさ》らに理想を以て具体とせるにあらず、理想自ら具体して現ず、又是れ理想なきに非ず、具体即ち理想なり、之を没理想といふは為されたる物にみて之をいふなり。之を具体理想といふは為す者に見て之を云ふなり嶺雲は、「没理想」という言葉そのものの意味については、「大理想」という立場をとっている。これは逍遥の、「そが没理想とは即ち有大理想の謂ひにして、そが没理想を唱ふるはその大理想を求めかねたる絶体絶命の方便なり」（「烏有先生に謝す」『早稲田文学』七号、明治二五年一月一五日）、「これ（筆者注―造化の心）を名づけて何と呼ばん。大なる心と名づけんか。神在すといふにひとしからん。（中略）仮に名づけて没理想といふ」（「没理想の語義を弁ず」『早稲田文学』八号、明治二五年一月三〇日）といった発言を踏まえたものであろう。逍遥は、「大理想」という言葉を発言するときに、存在論として神の実在を前提としてしまうような言い方になるので、これを避け、「没理想」の語を用いたわけであるが、嶺雲は、存在論上の論議には触れずに、逍遥の本旨である「有大理想」論の立場を明確にする。そして、この「大理想」に達するには「推理」ではなく、直観もしくはインスピレーションの如きものによるとし、「抽象」という論理的な操作を否定する。さらに、このような現象においては、「具体即ち理想なり」と形象そのものが本質を表すとの立場をとっている。

鷗外が談理を主張しつつも、インスピレーションを重視し、「具体理想」を唱えたことと妙に重なり合う見方だが、これについては後にも触れる。

二　嶺雲の文学理論と文淵の文学理論

前節で見たような、嶺雲の「大理想」を論理的な操作によらず直観すべきであるとの主張は、没理想論争を評価しようとした前掲論文だけではなく、当時の主張に一貫している。

西田勝氏が、嶺雲が従来「社会文学」の提唱者として位置づけられてきたことに対し、その評価は妥当であるとしながらも、嶺雲自身が「社会小説」の言葉を使ってそのような主張を行ったことはない、と訂正し、徳富蘇峯らの民友社による「社会小説」の主張には批判的だったとしている(5)ように、嶺雲は、社会主義的な人物であったにしても、功利的あるいは思想的な意図によって、文学作品を作為的に創作することに対しては批判的だった。

先走って嶺雲の主張を総括するならば、二葉亭四迷の主張、および、「没理想論争」における逍遥と鷗外の主張を批判的に継承した、正統的な写実主義者というべきであるが、注目すべきは、先にあげた高瀬文淵の文学理論との類似点がそこに指摘できることである。

ところで、その文淵だが、先にも引いた「脱却理想論」の中で次のように説いている。

昨今盛んに口にされている「理想」とは、「自然について思議し得たる因果の理法に止る」ものであり、今の作家は、この「因果の理法」によって、「天地を解釈し、この人生を説明し、社会を批評」しようとしているが、これでは「美術の範囲を超えて直ちに学術の領地に入り、口に味ふべき清水に就いて漫に分析の技倆を揮」おうとするようなものである。芸術家は分析を加えるべきではない。そこで芸術家は「自然を超越して其裏面に潜める」「意象」を求めることが重要だが、これも不朽のものではないので「詩人作家は現象を捨てたる如く意象をも脱却離脱して、其外に永遠不朽の美を求」める必要がある。

要するに、芸術家とは、分析的な学問の方法を用いて創作すべきではなく、自然や自然から帰納された「理想」に縛られずに、自然を超越した「意象」を求め、さらに、それらを超越・脱却して永遠の美を求めるべきだというのであるが、これを受けるように、「理想と自然」（『青年文』三巻三号、明治二九年四月）の中で嶺雲も次のように述べている。

> 理想とは必ずしも抽象の理屈の謂にあらず、理想とは亦理性によりて得たる断定の謂にあらず、理想とは直覚的の見地なり。

「理想」の指示内容が、文淵文では「因果の法則」、嶺雲文では「直覚的な見地」と両者で食い違ってはいるが、これは文淵が「意象」を別立てしているためで、主張の内容は同じである。芸術に必要なのは、学問的な分析・

理屈ではない。理性によって得た法則でもない。「直覚的な見地」こそが大切だというのだ。

これと同様の見解は、嶺雲の「俳論家としての渡辺支考」（『太陽』二巻六号、明治二九年三月二〇日）にも示される。

> 美感は純粋の情感にして、意志の動縁《ママ》以外に立つものなりといふ、然らは美感はまた智能的思弁分別の外に立たざる可らず、（中略）されば美を感得せんか為めには、吾人は智能的の心理活動に訴ふることを避けて、之を直覚的に感せざる可らず

美とは、感じようと思って感じることのできるものではない。だから、意思や知性に訴えるのではなく、直覚に訴えなければならないというのだ。

このように、「美」を意思や知性から切り離した嶺雲であるが、先の「理想と自然」では次のようにも述べている。

> 之（筆者注―理想）を抽象的に分解せんと試むる者は哲学者なり、之を具体的に表彰せんとするものは詩人なり。具体的に表彰するが故に詩人は之を感情に訴ふ、故に実なり故に美あり。抽象的に分解せんとす、故に哲学者は之を理性に訴ふ、故に虚なり故に理なり

これは一見、これまでの主張と矛盾するかの如くであろう。それは、詩人、すなわち感情によっても、哲学者、すなわち理性によっても同じく「理想」に達することができるかの如く述べられているからである。

だが、この嶺雲文は二葉亭四迷が唱導した、学問とは知識によって真理を理解するものであり、美術とは感情によって真理を感得するものだというベリンスキーの主張を踏まえていることを念頭に置かねばならない。すなわち、一般論として人々がそのように努力し、試みているけれども、との認識が示されているに過ぎないのだ。したがって、この直後に、この一般論には、次のような否定的な見解が与えられることになる。

故に理想は必ずしも美にあらず、必ずしも理にあらず、必ずしも虚にあらず、必ずしも実にあらず、唯直覚的に之を観するのみ。

二葉亭の言い方では、学問という道を通っても、美術という道を通っても、同じく真理に行き着くことができることになるのだが、ここでは、学問も美術も「理想」の一面を表すだけであって、十分ではない。全的に「理想」を把握するには、「直覚」しかない、という言い方になっている。

この部分に直接該当する記述は、文淵の「脱却理想論」にはないが、文淵のいう「理想」が学問的に帰納された法則であり、これに対する形で、芸術家がいったんは求めるべき「意象」が置かれ、これらをさらに「脱却離脱」せよと主張されていることを考えると、「理想」を求めるには、学問と美術だけでは不十分であるとし、ひたすらに「直覚」を強調した嶺雲の主張と重なるであろう。

というのは、文淵も「文学時論」(『小桜縅』四号、明治二六年四月)で「露国有名の評論家ベリンスキーは説を立てゝ、真理を感情の方面より総合的に表出するを以て小説の本旨とし、之を睿知の方面より分析的に発揮するを以て」と述べており、ベリンスキーの主張は先刻承知なのであり、しかも、「美文小説の目的が真理にありといふに於ては頗る怪訝に堪へざるなり」とその説に疑問を呈しているからである。

つまり、両者とも、二葉亭の説を受けとめつつも、学問的方法によって美を求めることに疑問を抱き、それに代わるものとして、「直覚」と現象からの「脱却離脱」を考えていたのである。

三　嶺雲の文学理論と没理想論争

没理想論争に関する嶺雲の見解については一節でも触れたが、ここでは嶺雲の「理想と自然」を追うことで、より詳しく見てゆきたい。

且つや理想既に直覚的の見地たるを以ての故に、高きを有する者自ら識らず、卑しきを有する者亦自ら識らず、無意識にして之をなす。之を抽象し之を理性に訴ふるに於て始めて意識あり、若し之を直ちに具体的に表彰することをせん乎、彼れ自ら其理想の何の辺にあるを識らずして其観たるまゝを以て之を為さん。自ら識らずといふも理想のなきにはあらず、大詩人果たして没理想か、唯理想の理として現はれざるのみ。理想を表彰せりと雖も、する者彼れ自らも亦識らず。自ら識らずして其理想を自然に寓す。

この文は前節の「理想」は「直覚的」でなければならない、との主張から続く文脈であるが、嶺雲は「直覚的」である以上、「無意識」であるはずだ、と断定する。その理由は、抽象化という論理操作は、意識があってはじめて成り立つものだからだ、というのである。したがって、「直覚的」に「無意識」で捉えられた「理想」は、必然的に「具体的」なものとなる。

このようにして作られた芸術作品には、意識が働いていないがゆえに、論理操作によって得られた「理」は備わらない。

おもしろいのは、このように考えることによって、嶺雲は、逍遥の没理想論に対して向けられた鷗外の次の三つの批判を解決していることである。

1　優れた芸術作品は「没理想」ではなく「理想」が現れたものである。

2　逍遥のいう「理想」はイデーではなくて、哲学的所見に他ならない。

3　優れた芸術作品に現れた「理想」は、「小天地想」すなわち具体的な「理想」である。抽象的な「理想」は美の存在たりえない。

つまり、逍遥は「没理想」を説いたために鷗外に批判されたが、それは「没理」というべきであって、「理想」は現れていた。その「理想」は、意識や理性で抽象という論理的操作を経て、捉えることのできるものではない。

しかも、それは必ず具体的なものとして現れる。嶺雲はこのように説いているのだ。

さらに、「無意識」を強調しているのは、「無意識」を強調した没理想論争における鷗外の主張を受けとめたものだろう。

と同時に、嶺雲の主張が鷗外の主張に対する批判にもなりえていることにも注目すべきである。すなわち、鷗外は「談理」によって、「理想」を捉えることができると考えていたわけだが、これを否定し、「直覚的」にしか捉えることのできないものだとした点である。

要するに、嶺雲の文学論は、没理想論争において提出された問題を受けとめつつ、逍遥、鷗外の論の欠点を克服しようとすることから生まれてきたものであるといえるだろう。

四　嶺雲の文学理論に見られる禅的な発想

ここでもう一つ注目したいのは、嶺雲のいう「直覚」の内容である。同じく「理想と自然」。

既に理の現はる、なし故に、其自然に寓して表彰せる理想、唯之を直覚すべくして理解す可からず、心悟すべくして知解す可からず。故に大理想は理想なきに非ず理なきなり。今の詩人文士は則ち理を以て理想と誤る、蓋し彼等の天分大なる直覚の能力を有せざるや、直ちに自然と相抱く能はず、僅に推理の綱縄をたどりて或見地に達し、而して之を其作に表彰せんとす。而して其自らの既に抽象的に之を会得せるや、之を表彰するに当て具体的にする能はず、推理理解の架橋以て漸く理想と自然との鴻溝を通ずるを得るのみ。（中略）寄語す今の文士理屈を離れよ推理を排せよ、而して大観想せよ。大理想自ら其中にあらむ。

「心悟すべくして知解すべからず」「彼等の天分大なる直覚の能力を有せざるや、直ちに自然と相抱く能はず」「大観想せよ」とあるように、「直覚」とは、自然と一体化して一種の悟りの境地に達することを指しているのだ。

同様の発想は、次の「想化とは何ぞ」（『青年文』四号、明治二九年五月）にも見ることができる。

古来哲学者が絶対を認むといひ、相対を認むといふ。唯此主観の忘我の心理の状態を客象に出現せるのみ。哲学者冥想凝思の際、其極忽然として「忘我」す、此時彼れ絶対を認め得たりといひ、理想を認め得たりといふのみ。既に忘我の境なり、故に理屈を絶す

冥想の中で「忘我」の境に達することにより、絶対に達することができるとするのは、仏教、就中、禅の発想であろう。

実は、先にあげた高瀬文淵も、例の「脱却理想論」の中で似たようなことを述べている。

静に眼を閉ぢで全宇宙帰着の目的を冥想すれば、この世界の大意象は確然不抜、厳として吾人が目睫の間にあれども、個物当体より通体に入り、種族通体より本体に入って、造化の跡を尋ぬれば、神韻漂渺、杳として其性質を究むべからず（中略）

自然を超絶し理想を脱却し、現象意象の両境を絶して、宇宙本体の霊能を直観せしむとす所以は、能く天来の興に触れて神機を発揮せしめむが為のみ

「静に眼を閉ぢて全宇宙帰着の目的を冥想」「宇宙本体の霊能を直観」とは、まさに禅そのものであろう。なお、「個物当体」云々は、科学的帰納的方法を指す。

もっとも、文淵は、理想が具体的であるかどうかについては「吾人の執らむとする所は具象理想主義なるべきか、将た抽象理想主義に傾くべきか知るべきやうなし」（「群盲掃蕩」『新文壇』六号、明治二九年六月）と述べており、はっきりしないが、嶺雲は、先にも触れたように、具体的であることを強調している。

既に忘我の境なり、故に理屈を絶す、故に唯之を具体に現すべし、抽象に現す可らず。彼の禅語に詩的のもの多きは忘我の境之を具体に表したるに由るのみ。既に想化なる者は詩人無意識に之をなす、故に唯之を具

体的に表す可くして抽象的にす可らず、抽象的にせんには必ず意識的なるを要す。故に真の想化なるものは具体のみあつて抽象なし、抽象は想化に非ず、想化は理想を具体の個象に寓す、故に幽遠なり、神韻あり。
（「想化とは何ぞ」）

注目すべきは、「禅語に詩的のもの多きは忘我の境之を具体に表したるに由るのみ（傍点原文）」として、禅の言葉に具体性と文学的要素を認めていることであろう。嶺雲は「禅学と俳句」（『青年文』五号、「時文」、明治二九年六月）でも「それ俳句は直下に美の中心を攫み、禅は直下に究竟の本体を捉ふ。直截なること二者相似たり」とも述べており、禅を文学とかなり近いものと考えていたようである。

五　二葉亭および逍遥の没理想論との関係

ここで難しいのは、両者の論に仏教的発想が見えることについて、二葉亭の文学論との関係をどう考えるかである。

二葉亭が「理屈」を重視する立場から、「実感」を重視する立場へと変わっていったことは知られているが、二葉亭には、このことと裏腹に、理想は知識や学問的方法によって求めることはできないものだから、悟りを開いて直覚するしかないとする発想が見られるのである。日記をたどって行くと、二葉亭は、はじめ理屈によって真理を求めようとしたが、これに行き詰まり、仏教（禅）の影響を受けて、理屈を離れ、悟りを開くべきだと考えた時期があったことが分かるのだ。「落ち葉のはきよせ」三籠めの「一たひ念を去りて心の体に反るときは寂々混沌玄妙不可思議なりこれ一の境也　不二の境也」「理屈を離れて安心す　是れ所謂涅槃なるへし」などの言葉は端的にこのことを示していよう(6)。

しかも、没理想論争において客観的な「記実」を主張しているはずの逍遥が、「大思索家の理想すらも、尚は且つ造化を掩ひ尽くすこと能はず」と述べ、哲学的な方法を否定し、さらに「我を去ツて我を立てん。一理想を棄て、没理想を理想とし、一理想を固執する欲有限の我を去て、無限の絶対に達せんとする欲無限の我を立てん」（「没理想の語義を弁ず」『早稲田大学』八号、明治二五年一月）などと悟りを重視するかのような発言をしているのは、二葉亭の個人的な影響と考えられる。(7) もちろん、同時代的な要素もあろうが、逍遥と二葉亭の場合は、非常に親しい人間関係から見て、直接の相互の影響関係を考えるのが妥当であろう。

文淵と二葉亭はどうであろうか。これについても田山花袋の『東京の三十年』における証言から見て、直接の個人的な影響関係を想定することができるかもしれない。(8) 文淵自身かなり仏教に詳しかったらしいので、(9) 仏教的発想については文淵の二葉亭に対する影響を考えることも可能であろうが、いずれにしろ推測に過ぎない。

嶺雲の場合はどうであろうか。この頃までに嶺雲と二葉亭に直接の交友があったという証拠は残っていない。もっとも、友人を介して二葉亭の思想を聞くことはあったかもしれない。嶺雲と、彼が絶賛した松原岩五郎や横山源之助が二葉亭と親しかったことは知られている。また、嶺雲は、二葉亭が『片恋』を翻訳すると早速『青年文』（明治二九年一二月）で取り上げたうえに、小説家としての復帰を切望しており、二葉亭に注目していたことは確かである。しかしながら、仏教的発想について、二葉亭から個人的な影響を受けたと考える根拠はない。おそらくは、嶺雲については、後に紹介する嶺雲自身の文にも述べられているように、同時代的な趨勢を受けたと考えた方が良さそうである。すなわち、二葉亭がかつてベリンスキーの影響を受け、哲学的方法で真理を求めようとして挫折し、仏教に傾倒したのと類似の思索を進めたものであろう。すなわち、嶺雲は、一方では、「文学時論」における文淵がそうであったように、二葉亭が紹介し、当時流布していたベリンスキーの理論を受け入れつつも、不満を感じていた。他方では、「談理」の有効性について争われ、悟りを重視するが如き逍遥の発言がなされた没理想論争の問題を受けとめていた。そうした中で、当時流行した禅の思想に触発され、悟りを重視する文学論を形成した。このように考えるのが妥当だと思う。

六　禅の明治文学に対する影響

仏教の近代文学に対する影響について、見理文周氏は次のように述べて、その影響について否定的な見解を示している。(10)

近代日本文学史における仏教の欠落は、きわめて明白な事実であり、これがこの論述の前提であり、出発点である。たとえ仏教との係わりを示す無数の文学作品が日本にあり、その研究業績も存在し、むしろすべての古典文学には何らかの意味で仏教の投影が察知できるとしても、しかし、ひとたび視線を明治以降の、いわゆる近代文学に向けて見ると、状況ははなはだしく異なってくる。文学作品の内容や傾向も異質になるが、仏教の影響はいちじるしく減少し、色褪せてくるのである。

もっとも、見理氏は、禅に深い興味を持った漱石さえも、漱石は「宗教に徹しきれぬ人」であり、「仏教が漱石のような人を惹きつけ得なかった」とし、さらに倉田百三の『出家とその弟子』についても、「近代日本の文学には、真に仏教思想を作品の中に反映し、人間存在の根源に深く挑んだようなものは、ついに出現しなかったのである」とも述べているので、「影響」という語の意味が厳しすぎるようでもあるが、ともかくも、禅が嶺雲と文淵の文学理論に普通の意味での大きな影響、しかも本質的な影響を与えたことは、前節に見る通り明らかである。

だが、問題は文淵と嶺雲の二人にとどまらないのである。明治二十年代における、禅の流行は驚くべきものがあり、当時の人々に大きな影響を与えたのだ。若き日の漱石もその影響を受けた一人であったことはいうまでもないが、嶺雲は当時の禅の流行のさまを、次のように述べる。

嗚呼禅宗々々、汝は如何に今日の流行児なるよ、静閑なる円覚寺は参禅の居士の為めに賑はしく、雑誌屋の
鏖頭《てんとう》、禅宗の雑誌、売行き頗るよしといふ。

（「禅宗の流行を論して今日の思想界の趨勢に及ぶ」『日本人』六号、明治二八年九月）

続いて嶺雲は、禅の流行の原因について分析を開始し、先ず、西洋の物質文明が日本社会を席巻し、実験に基礎をおく科学的方法が懐疑思想を生み出していることを指摘する。

回顧すれば五十年前、鎖国の関鍵一たび破れて外邦との交通開けて以来、西欧主義の潮流は滔々として吾国《わがくに》に注ぎ来り、其浸漸《しんぜん》する所唯に有形なる政治風俗等の上にのみ止《とゞ》まらず、更に無形なる思想界に及ぼして吾国を挙げて唯物的文明の奴隷となしぬ。

次いで、懐疑思想が日本人を無信仰の状態に陥れ、精神文明がなおざりにされたと述べる。

実験学に伴ふ懐疑の思想は不知不識吾国士人の間に浸漸して殆むと無信仰無宗教の状態を呈したりき。その徒に器械的文明の陸離たる光彩に眩惑せられて、茫々として其精神の帰宿する所を求むるを忘れたるや（以下略）

さらに、鷗外が紹介したハルトマンに代表されるドイツ哲学の流行が、このような傾向に対する反動であると位置づける。

此間に於て英国的唯物功利の浅薄皮相なる哲学は人間神霊の渇望を満たすに足らずして、政治上に在て独逸的国家主義の行はるゝと共に哲学上に於ては深奥幽玄な独逸の唯心論漸く吾国民の玩味せらるゝに至る。

ところが、このように精神の問題に目を向けた当時の若者の目に映ったのは人生の虚偽であり、苦痛であった。

人心此《かく》の如く漸く其眼を人生の問題に注ぎて、更に深く其秘密に徹するに及むでや、先つ其瞳子に映し来るものは人世の虚偽なり、人生の苦痛なり

したがって、せっかくのドイツ哲学の流行であるが、厭世論ばかりが行われるのである。

> 今日の文学の如何に悲哀の調を帯び来りたるかを看よ、青年詩人の如何に厭世に傾けるを看よ、厭世に関するの議論が漸く学者間の口に上りたるを看よ、楽天旨義のヘーゲルが哲学今や説く者寡く、ショッペンハウアー、ハルトマン氏等の厭世論の如何に今日に嘖々《さく〳〵》せらるゝを看よ。嗚呼旧信仰既に去《さつ》て新信仰未だ来らず、既に懐疑なる能はずして而かも未た安慰に就く能はず徒らに苦悶輾転して人世を厭て人生を哀む。

このように、科学的な思想の流入に伴う懐疑主義・不可知論・無神論の蔓延により、悩んだ人々は、真理を考究する哲学に活路を求めるのであるが、社会の趨勢として厭世哲学のみが受け入れられ、人々は救いを求めて得ることができない。禅宗の流行は、こうした思想状況の結果であると嶺雲は断言する。

> 近時に於ける禅宗の流行また此思想の趨勢に伴へる一現象に非ざるなきを得むや。

そして、その理由を次のように述べる。

> 夫れ其心、既に内に省みて思に沈むに及むでや、懐疑なるものは其胸中に於ける一種の苦悶なり、一種の担荷なり、安むぜむと欲して安むずべきなく、慰めんと欲するに慰むるに足るべきものなし、輾転反側切に其立命の地を求めんと欲す。然れども既に懐疑す、物のこれに信じて憑《たの》むべきものを得す、疑ふて之を疑ひ、更に之を疑ふの極や、飜《ひるがへつ》て終に自己によりて自己を信ぜんとす、吾人の論弁も思索も理屈も都て不確なりとせば、吾人は何によりて何をか信ぜん、唯此疑ふ可らざるの自己によりて此疑ふ可らざるの自己を信ぜんには若かず、理屈も非なり、思弁も非なり、頓悟によりて直覚す、覿面に対し得べきもの自己を除て何者かある、自己の外に神を求む可らず、自性の外に仏を求む可らず、自力によりて自性を求む、何の所にか懐疑を容《い》れむ、唯物懐疑の思想に次《つい》で神秘的傾向を生し来るは蓋し是が為めのみ、即心即仏見性成仏を説く禅宗の今日に流行せんとするは豈に曩日唯物懐疑的思想の反抗にして、而して人心の漸く人生の問題に向ひ、宗

教を欣求するに至りたるの徴にあらざるなきを得むや

懐疑主義に苦しみ、安心立命を求めて得られず、あらゆるものを疑いに疑った人間は、その結果、最後に自己を信ずるしかないと知り、理屈を否定し、悟りによって自己の中に神を直覚しようとするようになる。思想史の上で、唯物的懐疑思想の後に、必ず神秘的傾向が起こるのは、こうした理由からであり、現在禅が流行しているのは、かつての唯物論懐疑思想に対する反抗なのだ。嶺雲はこのように、思想史的な分析を加え、今後の展望を述べる。

唯物的懐疑的の十九世紀はまさに逝《ゆ》くに殆《なん》なむとして、西欧の天地また神秘的神霊的思想の興起を見る、吾人は二十世紀の初期が新神秘哲学の新勾欄たるを信じ、而して其新神秘論が少くとも哲学的の新衣粧を纏《まと》ふて上場するを信ずると共に吾日本が此由来《このゆらい》東洋的なる神秘的思想に施すに西欧的哲学推究の新方法を以てすべき好地位に立つものたるを確信するが故に、吾人は禅宗の今少しく真面目に研究されむことを期望するもの也。

二十世紀の初期は新たな神秘哲学の時代であるというのである。事実、十九世紀末から二十世紀初頭にかけて、メーテルリンクをはじめとする神秘哲学が世界を席巻し、日本の文学にも大きな影響を与えた。嶺雲の炯眼には驚くばかりだが、ここで興味深いのは、嶺雲の分析にしたがうならば、日本においては、そうした神秘思想は禅の流行の延長上に捉えられることである。もちろん、西洋からの影響もあるだろうが、こうした流れを見逃すわけにはゆかない。またも、引き合いに出すが、漱石などもこうした流れの中で捉えられるであろう。(11)

おわりに

以上、二葉亭の文学理論を視野に入れつつ、没理想論争と嶺雲の文学理論の関係を中心に考察してきた。

二葉亭の文学理論と相似形をなしていた逍遥の没理想論は、鷗外が「早稲田文学の没却理想」(『しがらみ草紙』三〇号、明治二五年三月)において「逍遥子は豈釈迦と共に法華涅槃の経を説いて、有に非ず、空に非ず、亦有、亦空といはむか」と批判したように、禅的な発想を内包していた。逍遥の没理想論そのものは、鷗外との論争を通して批判されたが、その禅的な発想は、文淵や嶺雲に受け継がれていったのである。その背景には、急激に導入された、西洋の科学文明物質文明に対する反動としての禅の流行があったわけだが、(12)最後に指摘しておきたいのは、禅の文学に対する影響と自然主義、就中、私小説との係わりである。

すなわち、禅的な発想とは、懐疑の果てに「自己の外に神を求む可らす、自性の外に仏を求む可らす」と自己を絶対的なよりどころとし、自己に対する内観によって悟りを開き、真理を直覚しようとするものであった。こうした姿勢が、自己の認識に最高の価値をおいた私小説を中心とする自然主義の発想と相通じることは自明であろう。次に片上天弦の文章を引く。

自然主義の文芸に於いて、最も重大なる問題はその所謂間接経験として表現する「我」とは何ぞといふことである。自然主義はいふまでもなく直接経験の世界即ち客観の事象そのものを重視するに於いて、写実主義と異ならぬ。唯異なるところは、その直接経験の世界が経験の主体たる「我」に対し、若しくは「我」が経験の世界に対して、動かされ若しくは動く主観の動揺を、客観の事象と同等に若しくはそれ以上に重視するの点にある。

(「人生観上の自然主義」『早稲田文学』一一五号、明治四〇年一一月)

これまで指摘されることはなかったようだが、(13)明治二十年代に大流行をし、文学に影響を与えた禅は、それまで外的な文学の世界の写実におもな関心を向けていた文学に対し、自己の内観の重要性を認識させたのであり、そのことが私小説的な自然主義が成立する一つの大きな契機となっているように思えるのだ。

（1）磯貝英夫「鷗外の文学評論——逍鷗論争を中心に——」（稲垣達郎編『森鷗外必携』学燈社、昭和四三年、のち『森鷗外——明治二十年代を中心に——』明治書院、昭和五四年、所収）
（2）文淵の文学理論については、以前に拙稿「高瀬文淵と二葉亭四迷——明治に於ける「美術の本義」の一紹介——」（『新潟大学国文学会誌』昭和六一年三月）で紹介したほか、「高瀬文淵と森鷗外——「超絶自然論」と「脱却理想論」を中心に——」（本書第四部第一章）で触れたので、本章では必要に応じてのみ扱うことにする。
（3）高橋正「田岡嶺雲の初期文芸評論——批判的リアリズムを提唱——」（『日本文学研究』高知日本文学研究会、平成五年三月）が、嶺雲の初期文学理論についてかなり詳しい紹介をしているが、没理想論争との関係については、触れていない。
（4）嶺雲文の本文は、『青年文』と『太陽』のみ初出によったが、その他は西田勝編『田岡嶺雲全集』（法政大学出版局、昭和六二年）によった。
（5）復刻版『嶺雲揺曳』（近代文芸評論叢書三〇、西田勝解説、日本図書センター、平成四年）の解説
（6）坂井健「二葉亭四迷「真理」の変容——仏教への傾倒——」（本書第二部第一章）参照
（7）坂井健「二葉亭四迷と坪内逍遥」（『函館私学研究紀要——中学・高校編——』平成元年三月）参照
（8）注2の最初の拙稿参照
（9）伊狩章「高瀬文淵の理想主義文学論」（『文学』昭和三一年一一月）参照
（10）見理文周『近代文学と仏教の周辺』（般若窟、昭和六一年）参照。なお、氏は「近代日本の文学と仏教」（岩波講座『日本文学と仏教』一〇巻、平成七年、所収）でも、個別的に影響を受けた作家の例を引きつつも、同様の見方を繰り返している。
（11）漱石と禅については、上田閑照「夏目漱石——「道草から明暗へ」と仏教——」（前掲の岩波講座『日本文学と仏教』一〇巻、平成七年）に詳しい。
（12）西洋文明に対する反動という点では、日本主義との係わりも考える必要がある。
（13）勝山功『大正・私小説研究』（明治書院、昭和五五年）は、私小説を論じて詳細だが、この点についての指摘はない。

第三章　没理想論争と田山花袋

――『野の花』論争における『審美新説』受容の評価をめぐって――

はじめに

『審美新説』（フォルケルト著、鷗外訳、明治三三年二月。ただし、『めさまし草』掲載は明治三一年二月～三二年九月）が花袋の文学論に与えた影響については、はやくから相馬庸郎氏の指摘があったが[(1)]、その後須田喜代次氏が花袋所蔵の鷗外訳『審美新説』の書き入れを調査し、その影響関係を実証した[(2)]。

両氏が論ずるように、内容から術語に至るまで、花袋の論に残された『審美新説』の痕跡は、さまざまな面で明瞭であり、花袋が『審美新説』によって自らの論を展開していることは、疑いのないところであろう。

しかし、このことをもって、「『野の花』論争において花袋の背後を支えていた文学知識は（中略）ほとんど『審美新説』で説くところそのまま」（相馬論文）であるとか、「『審美新説』を最大の支えとして、花袋は自身の文学的基盤を形作っていった」（須田論文）と結論づけてしまって、果たして良いのであろうか。正宗白鳥との間に交わされた、いわゆる『野の花』論争は三十四年である。その論の基盤が三十三年の『審美新説』にある（『めさまし草』掲載はそれ以前だが、須田氏のいうように書き入れを基に考えるなら三十三年二月以降）というのは、時期的に符合していることもあって、一見もっともそうだが、もしそうだとしたら、あまりにも拙速に過ぎるといわざるをえない。花袋という作家は、そのような作家だったのだろうか。花袋の論は、『審美新説』の焼き直しの、借り物の論に過ぎなかったのだろうか。

もっとも、相馬氏は、『審美新説』以外にも花袋の外国文学の知識の源があったことを認めているし、須田氏も「『審美新説』一冊で花袋の発想すべてを覆い尽くせるなどとは、もちろんわたくしも考えてはいない」と慎重な姿勢を保ってはいる。だが、その直後に「花袋の内における本書の比重が大変大きいことだけは確かだ」とも述べており、『審美新説』を相当に重視している。これは相馬氏も同様である。私は、決して両氏の論を否定するつもりはない。だが、『審美新説』の影響があまりにもはっきりと実証されたために、花袋の論の成立に大きく関与した可能性のある他の要因が、不当に後景に押しやられているのではないか、と言いたいのだ。

本章では、かつて相馬氏によって、その要因の一つとして指摘されながらも、『審美新説』の陰に埋もれてしまった感のある、没理想論争の影響、とくにハルトマン美学の影響について考えてみたいと思う。

一

論の都合上、はじめに花袋の「主観客観の弁」（『太平洋』明治三四年九月）の冒頭部分を掲げておきたい。

◉大自然の主観と作者の主観とを区別して、その終結を言はなかつたから、それで多少論旨がお解り悪かつたであらう。私の所謂大自然の主観と云ふのは、この自然《ネーチユア》が自然に天地に発展せられて居る形を指すので、これから推して行くと、作者則ち一個人の主観にも大自然の面影が宿つて居る訳になるので、従つて作者の進んだ主観は無論大自然の主観と一致する事が出来るのだ。

◉けれどこの自然と言ふものは、非常に複雑に非常に具象的のものであるから、その主観が驚くべく立派に、嘆ずべく壮麗に各箇人の眼前に展《マヽ》けられて居るにも拘らず、否、各箇人が既に孰れもその主観の想を有して居るのだけれど、しかも明かにその想を攫《つか》む事は誰にも中々容易な事ではないのである。是れ私が大自然の主観は冥捜的だと言つた所以で普通の意味での作者の主観とは全く意味を異にして居る訳だ。普通の意味での作者の主観と言ふ事は、作者の小主張、小感情、小理想、所謂自然の面影を比較的に有して居らぬ、偏狭な、抽象的な、まことの意味の乏いものを指すので、つまり作者の主観がまだ大自然の主観を遠く離れて居る場合を言の《ママ》だと私は思ふ。
◉これが則はち私が自然を基礎に置きながら、猶柳浪氏や、天外氏の様に只々見たものを十分に描《か》きさへすれば好い、作者の考へなどは爪の垢ほども混《ま》ぜてはいけぬといふ純客観的小説に謳歌しない訳で、従つて私は作者の主観が大自然の主観と一致する境にまで進歩して居らなければ、到底傑作は覚束ないと信ずるのである。

念のため、ここまでの「『野の花』論争」の経緯のあらましを述べておく。花袋は、『野の花』（明治三四年六月）の序文において、「作者の些細な主観」のない、「大自然の面影」が見えるような作品が必要であることを説いた。これに対して正宗白鳥は、『読売新聞』（明治三四年七月一日）で、序文と比較して『野の花』の内容の幼稚さを批判した。これに花袋は「作者の主観（野の花の批評につきて）」（『新声』明治三四年八月）で答え、主観には二種類あること、一つは作者の主観であり、もう一つは「大自然の主観」であることなどを説いた。これに対し、白鳥は再び『読売新聞』（明治三四年九月二日）で、花袋のいう「大自然の主観」の意味が不明瞭であり、花袋のいう大主観は純客観に過ぎないと批判した。ここに引いた「主観客観の弁」はこれに対する花袋の答えである。

「進んだ主観」であれば、それが「一個人の主観」であっても、「大自然の主観」と一致することができる。「大自然の主観」は眼前に存在し、個人の中にも存在するのだが、容易にはつかむことができない。これは普通にいう「小主張、小感情、小理想」のような「作者の主観」とは違うものであるが、だからといって作者の考えの全く入らない「純客観」ではない。

以上が花袋の言うところであろう。要するに、主観と客観の対立を止揚する概念として、「大自然の主観」というものを持ち出しているわけだが、ここでの花袋の物言いは、没理想論争において逍遥が小主観・小理想を去って没理想を理想とすべきだと主張し[3]、鷗外に没理想とは無理想、純客観のことかと批判されると、没理想とは「有大理想」の意味なのであって、没理想といったのは大理想を求めかねての絶体絶命の方便なのだと弁解し[4]、だから没理想は、無理想でも純客観でもない、と反論したのに[5]酷似している[6]。

これは理由のないことではない。この文に先立つ、前述した「作者の主観（野の花の批評につきて）」（筆者注―(一)〜(五)に分かれている）で、花袋は次のように述べているのである。

坪内博士がシエクスピーヤを説くに、純客観の批評を以てし、詩を説くに、純記実の手法を以てせる事は、由来人の熟知せるところ、理想を没し、主観を没せんとしたがる《ママ》が為めに、盛なる論争を鷗外漁史と開きしも、これ又人の知る所なり。（中略）　（一）

主観に二種あり、一を作者の主観と為し、他を大自然の主観と為す。而して坪内氏のシエクスピーヤを説くや、この大自然の主観のほの見ゆるさへ厭ふといへり。されどわれはこの大自然の主観なるものなくば遂に芸術を為さずと思へり。この大自然の主観なるものは八面玲瓏なるものなきこと恰もかの富岳の白雪の如くなると共に又よく作者の個人性の深所に潜みて、無限の驚くべき発展を為し、作者をしてよく瞑想し、よく感動し、よく神来の境に入らしむ。作者の主観は概して抽象的なれど、大自然の主観は飽まで具象的に且冥《めい》捜《きう》的なり。作者の主観は多く類性のものを描くに止まれども、大自然の主観はさま〴〵なる傾向、主義、主張を容れて、しかもよくそれを具象的ならしむ。　（二）

「坪内博士がシエクスピーヤを説くに、純客観の批評を以てし、詩を説くに、純記実の手法を以てせる事は、由来人の熟知せるところ、理想を没し、主観を没せんとした」とあるように、花袋は、かつての鷗外と同様、逍遥のいう没理想を純客観・無理想と誤解しているわけだ。だが、それだけに花袋の論は、没理想論争と対比すると理解しやすい。「坪内氏のシエクスピーヤを説くや、この大自然の主観のほの見ゆるさへ厭ふといへり」といっているところを見ると、花袋のいう「大自然の主観」は、鷗外が唱えたイデー（個想・小天地想）に相当するであろう。そのように考えると以下の文脈も理解できる。

鷗外にしたがえば、芸術作品はイデーに支えられて成り立つものであった。したがって、花袋にとっても、「大自然の主観なるものなくば遂に芸術を為さず」ということになる。鷗外によれば、「小天地想」は「美術の奥義、幽玄の境界」（「逍遥子の新作十二番中既発四番合評、梅花詞集評及梓神子」『しがらみ草紙』二四号、明治二四年九月）であるから、「大自然の主観」は、「八面玲瓏るものなきこと恰もかの富岳の白雪の如くなる」わけであり、鷗外にしたがえば、モオツアルトの調べは「神来」によってなったものであり、「真の美術家の製作は無意識の辺より来る」のであって、「製作性の理想」による（「早稲田文学の没理想」同二七号、明治二四年一二月）のであるから、「大自然の主観」は「作者の個人性の深所に潜みて、無限の驚くへき発展を為し、作者をしてよく瞑想し、よく感動し、よく神来の境に入らしむ」ことになる。かつまた、鷗外の説くところは、幼稚な「類想」から優れた「個想（小天地想）」までは、「抽象的より、結象的（筆者注―具象的）」に進む街道なのだ（「逍遥子の諸評語」）というものであったから、「作者の主観は概して抽象的なれど、大自然の主観は飽まで具象的」となる。「瞑捜的」については後述するとして、「大自然の主観はさま〲なる傾向、主義、主張を容れて」という部分は、逍遥の「没理想といふ語は、今人の衆理想を没却即ち埋没して、尚ほ余地あり」（「没理想の語義を弁ず」）という主張にも似ているが、鷗外にいわせると、「大詩人の神の如く、聖人の如く、至人の如くおもはる、は理想なきがためならず、その理想の個想なるためなり、小天地想なるためなり」（「早稲田文学の没理想」）

ということになるから、これは似ていて当然である。

要するに、「作者の主観」の引用部分での花袋の主張は、没理想論争を受けつつ、鷗外の論を咀嚼して、「小天地想」を「大自然の主観」と言い換えることで成立しているのだ。そして、「主観客観の弁」は、これを受けての発言なのである。

二

ところで、「作者の主観」の㈣には次のような一節がある。

> 前の自然主義は客観にして枯淡に傾き、つとめて学問らしき処を以てその得意の処と為せしに、後の自然主義は全くこれと趣を異にし、漸く大自然の主観に進まんとする如き傾向を生じ来れり。前自然主義は空想神秘の主観を却《しりぞ》けて、単に自然外形の形似を得んとし、後自然主義は自然に渇し、自然に朶耽《だたん》すること甚だ深きと共に直ちに、進みてこの神秘なる人生の蘊奥《うんあう》を捉へんとせり。今日の所謂主観的運動の勇将烈士は皆この後自然主義の所生にして、一面より見れば楽天厭世両極観の一種の聯合とも言ふべく、一面より見れば自然主義と深秘主義の一致とも言ふべし。

これが『審美新説』の左の部分によっていることは、相馬氏が指摘する通りである。

> 歴史上の自然主義は早く既に二期を閲し来りて、その前なるものとその後なるものとの間には大なる差別あり。彼は所変（客看）に偏し枯淡に傾き、学問らしきを以て其得意の処となす。此は能変（主看）に偏し、其能変は反抗、否定、企望、前知の能変たり、又遊戯及制作上影を顧みて自ら憐む能変たり。前自然主義は能変を閉塞し、後自然主義は能変を迸出す。

そして、さらに右の『審美新説』引用部分に見えない「後自然主義は自然に渇し、自然に朶耽すること甚だ深

き と共に直ちに、進みてこの神秘なる人生の蘊奥を捉へんとせり」とのくだりは、『審美新説』の引用部の同段落末尾にある「後自然主義はその自然に煩渇し自然に朶耽する情愈々深く、直ちに進みてその深秘なる内性を暴露せんことを期するなり」によることも、須田氏の指摘する通りである。

さらにいうなら、「今日の所謂主観的運動の勇将烈士は皆この後自然主義の所生にして、一面より見れば楽天厭世両極観の一種の聯合とも言ふべく、一面より見れば自然主義と深秘主義の一致とも言ふべし」の部分は、『審美新説』の同じ「自然主義」の中の「予は猶此汎神論主義と並び行はる、世界観の一面を挙ぐべし。是れ楽天厭世両極観の一種の聯合なり。（中略）自我を視ること神に等しく、而して此調は世界悲痛の径路を閲し来れるものなり」に負っているだろう。

このように、花袋の論は、相馬氏が「現代の常識からいえば盗用とさえ言われかねないくらい」と述べるほどに、『審美新説』の切り貼りのように見えるが、「後の自然主義は全くこれと趣を異にし、漸く大自然の主観に進まんとする如き傾向を生じ来れり」は、『審美新説』には見当たらず、相馬氏の指摘する通り、花袋自身の独創と見て良い。すなわち、新しい文学には「大自然の主観」が現れつつあり、それは「自然主義」と「深秘主義」との対立を止揚するものだとする見方である。

ここで注意すべきは、『審美新説』の記述は、花袋の論の中で多くの部分を占めているために一見非常に重要そうに見えるが、実際は、花袋が「大自然の主観」が現れた文学こそが、これまでの二派の対立を乗り越える新しい文学なのだ、との自説を展開するために、ヨーロッパの文壇を例証に出そうとして引いているに過ぎない点である。『審美新説』はいうまでもなく、ヨーロッパの文学事情を述べたものであるが、そこに「自然主義」と「深秘主義」の対立とその止揚の必然を読み取った花袋の念頭に、日本におけるいわゆる早稲田派の「写実小説」と観念小説との対立があったことは間違いなく[7]、その対立を止揚すべき新しい文学として、「大自然の主観」の現れた作品が期待されているわけである。すなわち、花袋の論は『審美新説』に多くを負ってはいるけれども、花袋の論の根幹の部分は、必ずしも『審美新説』によって支えられているわけではないのだ。肝心なのは「大自然の主観」云々の方なのである。

三

須田氏は、さらに「主観客観の弁」における花袋の主張が後年にも引き続き見られるとして、明治四十三年十一月の「『浦のしほ貝』に見出したる『自然』」（『文章世界』）を引いて、(8)類似点を指摘している。ここまではまったく異論がない。だが、氏が「わたくしは、何もかも『審美新説』につなげようとしすぎているのかも知れない」と反省しつつも、こうした花袋の主張の出自を『審美新説』の次の記述に求めようとしている点には、疑問が残る。

芸術品は其事跡の連接 Sachlicher Zusammenhang 自然らしく、水到り渠成る趣あらんことを要す。この自然らしき連接は、作者の経営の痕を見るときは全きこと能はず。（中略）自然に先づ其芽蘗、其動因、其勢力ありて、芸術家は其大小深浅を変ずるのみ。Aeschylos, Shakespeare, Galderon の人物は実に此の如くにして成れるなり。此故に芸術家は藍本を自然に求めず、胎元を自然に求む。Goethe の Künstlers Abendlied（作者の日夕の歌）に曰く。詩人は被を隔てずして自然の腰に触れんことを期すと。是れ摸倣の謂ならず。Jean Paul も亦曰く。詩人は宜しく不断に目を睜開して四辺を看るべし。こは終日筆を把りて写せとにはあらず。唯ゞ万有の自由に徐々に人に知られで其心に忍び込み、他日吟詩の時の陽光の已れを喚び醒ますを待たんを願ふのみ。

『審美新説』をこのように引用した後で、須田氏は次のように述べて、両者のつながりを説いている。

ここでフォルケルトが説く、「自然らしき連接は、作者の経営の痕を見るときは全きこと能はず」という主張は、「小主観」を排し「鍍文学」を排す花袋の考えに沿うものであったに違いなく、さらに「芸術家は藍本を自然に求めず、胎元を自然に求む」以下に説かれる「自然」と「詩人」との関係は、『浦のしほ貝』を評する花袋にも通じよう。「大自然の主観」という言葉自体は花袋の「独創」だろうが、やはりそれはこうした勉強の中から育まれていったものだったのではあるまいか。

なるほど、氏の説くごとく、両者の主張はよく似ている。『審美新説』のこの部分を読んだ花袋が共感しただろうことも、間違いあるまい。だが、それにもかかわらず、この部分は「主観客観の弁」のいうところとどこか違ってはいないか。

「芸術家は藍本を自然に求めず、胎元を自然に求む」の「胎元」の意味がつかみにくいが、[9] 前後が自然模倣論を排している文脈にあること、須田氏が略している部分に「自然らしき連接は、必ずしも自然の法則に盲従せず」とあること、「詩人は被を隔てずして自然の腰に触れんことを期すと。是れ摸倣の謂ならず」とつながっていくこと、この引用の直後に、優れた芸術家を生み出す能力を指して「直覚の能（intuitives Können）」という言葉が出てくることなどから見て、自然そのものではなく、自然を生み出しているおおもと、自然を自然たらしめている本質を指していると考えられる。[10] すなわち、優れた芸術家は、お手本とするものを自然そのものに求めるのではなく、本質的存在を自然の中に求めるということであろう。「直覚の能」とは、その本質をつかむ能力のことになる。

須田氏は、こうした点に単純写実ではなく、「大自然の主観」を描くことを求めた花袋の主張の根源を求めているのだろうが、以上のような理解が正しければ、『審美新説』の説くところと花袋の主張とのあいだには、微妙な違いがあるようにも思えるのだ。

もう一度花袋の主張を確認しておきたい。「作者則ち一個人の主観にも大自然の面影が宿つて居る訳になるので、従つて作者の進んだ主観は無論大自然の主観と一致する事が出来るのだ」「私は作者の主観が大自然の主観と一致する境にまで進歩して居らなければ、到底傑作は覚束ないと信ずるのである」というのが花袋のいうところである。

注意すべきは、ここで第一に問題になっているのは、「大自然の主観」ではなく、「作者の進んだ主観」であることである。つまり、当面の目標として、「作者の主観」を進歩させることがあり、その結果として、「大自然の主観」と一致できるという言い回しになっているのだ。

すなわち、当面の努力目標は作者・個人の内面に存在するのであり、この点、あくまでも主体の外側にある対象たる自然の中に、アプリオリに存在する本質たる「胎元」を求めようとした『審美新説』の記述とは、根本的に方向性が違うのである。

四

こうした方向性の違いは、時代は下るが、次の「心持と書き方」（『インキ壺』明治四二年五月、初出「作者と作品」『文章世界』明治四二年五月）からもうかがうことができるが、そこにはもう一つ花袋の論の重要な要素が、よりはっきりと現れている。

今の文芸の背景が灰色で塗られてあることは明かなことである。作者の心持から無論今の文芸は出立して居る。没理想論の当時にあっては、其の形式は或は今の客観描写に似た処があつたかも知れぬが、この作者の心持と謂ふことは閑却されてあつた。大主観といふやうな得体の分らぬもので大切に保存されてあった。其大主観は完全無欠で所謂神と言つたやうな者であつた。其大主観に達するには大なる天才でなければならぬやうに思はれて居た。少くとも私は当時さう信じて居た。つまり心持——主観方面（作品の背景となるべき）が全く耕されずに、寧ろ耕すのを好まぬといふ風があつた。その結果として天才論が唱へられ、背景のない写生的作品が多く出た。自然主義は之と全く行き方を異にした文芸である。心持を先づ耕して、そして徐々として出て行つた文芸である。天才に頼らず完全無欠と言ふ様な大主観を頭に置かず、不完全でも何でも構はない、自己の見、考へ、意味ありとしたところを表現して見た文芸である。

かつてこの部分を引用した相馬氏は、没理想論争を逍遥的写実主義対鷗外的理想主義の対立と捉えつつ、花袋がかつて逍遥が唱えた「大理想」に相当する「大主観」に対して否定的であることに着目して、明治四十年前後の花袋は、主観性重視の点で没理想論争当時の鷗外とつながっていると説いた。

すでに三十四年の『野の花』論争において、花袋が没理想論争当時の鷗外の論を咀嚼して発言していたことは、前に述べた通りであるが、花袋はいかなる点で「大主観」に対して否定的なのだろうか。相馬氏は、ただ単に「花袋が否定的姿勢で言っている「大主観」とは、逍遥の「大理想」にあたるものであることは自明であろう」と述べているだけで、具体的な説明はない。氏の論では、花袋が自然主義の立場でありながらも、主観を重視する鷗外に近い立場をとっていたことの傍証として記述されている部分のなので、やむを得ないところもあろうが、花袋がどのような点で没理想論争当時の逍遥に対して批判的であったのかは、明かにしておく必要がある。

さて、引用文中「大主観といふやうな得体の分らぬもので大切に保存されてあつた」はわかりづらいが、「天才に頼らず完全無欠と言ふ様な大主観を頭に置かず」とあるところをみると、「大切に保存」は否定的な意味であることが理解されよう。作品の「背景」は、ここでは「主観」の意味で使われているが、ふつうであれば描写すべき対象の、その向こう側にあるものを指すべき「背景」という言葉が、描写する主体の側を指すものとして使われているのは象徴的である。

没理想論争の当時は、外界に存在する描写すべき対象にばかり注意が払われ、それを感じる作者の「心持」がなおざりにされていた。そのために単純な外面のみの写実的な作品が出た。今の自然主義は違う。内面の「心持」を耕して、ゆっくりと進んでゆく文芸なのだ。花袋の主張はこのようなものであろう。

花袋の認識では、没理想論争当時の逍遥の主張であった写実と自己の拠る自然主義との違いは、第一に文学の対象を主体の外部に求めるか主体の内部に求めるか、という方向性の違いにあった。といっても、「主観客観の弁」からも明かなように、花袋の主張は、単純な主観客観の二者択一ではなく、主観の中に客観を求めようとするありかた、すなわち主観と客観との一致であった。

ここでさらに興味深いのは、この方向性の違いが文学の方法論の問題にからんで来ている点である。すなわち、逍遥の論では、文学の目的たる「大主観」は、「如何にせば此の無限無底の絶対に達すべきぞ」（「没理想の語義を弁ず」）などとあるように、先験的に主体の外部に存在することが前提されていた。したがって、天才であれば、それを一摑みに把握できることになる。ところが、花袋の考えだと、こうした得体の知れないものは考えないで、内面の「心持」「主観」を耕して、ゆっくり進んでゆけばいいのだから、主体の修養によって少しずつ文学の目標に近づくことができることになる。そのため「天才論」が否定され、人生修養的な色彩が強くなっているが、これは「作者の進んだ主観は無論大自然の主観と一致する事が出来る」という考えに基づいたものだろう。

こうした花袋の考え方は、決して特殊なものではなかった。次に片上天弦の「人生観上の自然主義」（『早稲田文学』二五号、明治四〇年一二月）の一節を引いておく。

写実主義の重視した直接経験の世界と、それを経験する我と、二者の抱合して一となれるもの即ち純一の全人生、全世界と観て、その全人生を更に再び第二の直接経験界として表現したもの、これが自然主義の文芸である。（中略）自然主義の文芸に於いて、最も重大なる問題はその所謂間接経験として表現する「我」とは何ぞといふことである。自然主義はいふまでもなく直接経験の世界即ち客観の事象そのものを重視するに於いて、写実主義と異ならぬ。唯異なるところは、その直接経験の世界が経験の主体たる「我」に対し、若しくは「我」が経験の世界に対して、動かされ若しくは動く主観の動揺を、客観の事象と同等に若しくはそれ以上に重視するの点にある。

ここで天弦のいう「直接経験の世界」は、花袋の「客観」、「間接経験の世界」は「主観」に相当しよう。同じように天弦も、自然主義とは主観と客観の一致であり、写実主義はもっぱら客観を重んじるのに対し、自然主義は客観と同等、もしくはそれ以上に客観の世界との関わりの中での「我」、すなわち主観を描くことを重視するといっているのだ。しかも天弦は、この後でこうした主観の動揺、苦しみを描き出すことこそが、自然主義の真面目であり、「文芸の上に現はれた感傷の源を探って行けば、一道直ちに現実生活の根底を衝く」と述べているわけで、やはり、ここにも人生修養的要素が見られるのである。

すなわち、明治四十年代の自然主義の根本的な考え方の基盤が、三十四年の花袋の論に既に見られるわけであり、その点でも注目に値しよう。

五

それでは、花袋にこうした発想の転換をもたらしたのは、いったい何だったのだろう。

須田氏は、花袋の「小説新論」（初出「新小説作法」『青年文壇』大正六年一～七月）の次の言葉を引き、三節で引いた『審美新説』の記述と結びつけようとしている。

鷗外博士の所謂『自然を師とすること』『自然らしさを師とすること』この芸術観は、最も私の心を得ている。

なるほど、「自然を師とすること」「自然らしさを師とすること」という芸術観は、「芸術家は藍本を自然に求めず、胎元を自然に求む」という考え方に適ったものであろう。だが、花袋は「小説新論」のこの引用の少し後のところで、次のようにも述べているのだ。

さて、この自然らしさ、自然といふものを何故さう大切にしなければならないかと言ふと、それは大分むづかしくなつて、哲学でも宗教でも容易に解釈することの出来ないほど深いものになつて来るが、それはまア言はぬとして、この自然が外部と内部にあることを知つてゐることが肝心である。自分の内面も亦一自然である。他の宇宙が自然であると同じやうに、矢張自己も一自然であるといふことである。そして同じ法則が、同じリズムが同じやうに自他を透して流れてゐるといふことである。

「自然」とは、自己の外部にも内部にもあるもので、宇宙が「自然」であると同じように、自己も「自然」である。同じリズムが自己の内部にも外部にも流れている。花袋のいうところは、このようなものであろう。この考え方は、いうまでもなく先に見た「作者の主観」と「大自然の主観」とが一致するという考え方につながるものである。しかも、花袋は同じ「小説新論」で次のようにもいっている。

芸術は宇宙の大天地に比して、その反映である小天地を形づくつていると説く美学者もある。又、実物が鏡にうつつたやうのものだと説くものもある。

芸術を「宇宙の大天地」の反映である「小天地」として説く美学者とは、まぎれもなくハルトマンその人であろう。『審美新説』の著者フォルケルトは、このような形而上学がかった美学に対して批判的であった。[11] したがって、『審美新説』の中では、芸術が「宇宙の大天地」に対する「小天地」であるといった形而上学がかった主張がなされることはない。[12]

すなわち、花袋を自然主義へと導いた、文学の対象を主体の外部に求める写実主義から、主体の内部に客観を求めようとする発想の転換のきっかけは、この頃の花袋の認識の中では、ハルトマンの美学にあったことになる。フォルケルトの『審美新説』ではなかったのだ。

さらに付け加えておきたいのは、こうした考え方が、ここでも人生修養に結びついている点である。先の「同じ法則が、同じリズムが同じやうに自他を透して流れてゐるといふことである」の後で、花袋は次のようにいっている。

これを修業のほうから言つて見ると、人間は何うかしてその自然らしさを持ちたい。真でありたい。今は何うも十分にその境には達することが出来ないけれど、何うかして、それに達するやうに修練したい。これが作者の方面の第一要義になる。（中略）我々作者は一生かかつて、その『自然らしさ』に向つて突進してゐるのである。この点は、芸術と宗教はよく似ている。

また、後の引用「芸術は宇宙の大天地」云々のあとでも、次のようにいう。

従って、小説家と云ふものは、一面立派な哲学者であり、宇宙人生の真理の探究者であり、かくれた神秘の洞穴の中に邁進して行く勇ましい行者でなければならないことがわかる。

繰り返すが、文学の対象を主体の中の客観に求めようとする発想への転換のきっかけは、ハルトマンの芸術「小天地説」に求めることができた。しかも、そのことが花袋の中では、人生修養的な文学観と結びついていたのだ。これもやはりハルトマンによるものだろうか。

たが、筆者は、今のところ、鷗外の説くハルトマンの考え方にこのような要素があることを指摘することができない。やや乱暴な述べ方をするならば、そもそも鷗外にあっては、ハルトマンは「実」に対する美の所在たる「想」の独立、美の真善との峻別を説くことを動機として受容されていた。だから、花袋のように文学を実人生の修養と捉えることは、どちらかというとこれに逆行するのである。したがって、これはおそらくハルトマン以外にその源を求めるべきであろうと思われる。

六

ところで、花袋におけるハルトマン受容は、どこまで遡ることができるのだろうか。次は明治三十二年十一月二五日、『中学世界』に載せられた「文界時評」である。

而してこの暗潮（筆者注―最近の文学界の傾向）を細析すれば、その基因は作者次第に経験を積みて、漸く人生の複雑なる趣味と、箇人の性質の飽まで小天地的発達を為したるを解し始めたるに因らずんばあらず。否、数年前より早く已に性格論を唱へ、小天地説を説き、具象的作品の世に出でんことを厭ひし批評家も少なからざりしなれど、経験に乏しかりし作者の群は、そを正しく了解黙契する能はざりし上、そを唱へたる批評家それ自身すら、或はよくはその意義を知らざるならんと思はるゝ程なりしかば、いづれも皆その深奥なる美学の説を誤解し、一たび出でゝは不具粗笨なる観念小説となり、二たび出でゝは性格は前後伴はねばならぬもの、矛盾してはならぬものといふやうなる単純にして不自然なる性格小説となり、三たび出でゝは写真則ち自然主義なりといへる極端なる青楼小説となり、混乱迷惑して、徒らに読者の倦厭を招き、遂には振はざるの状態に陥るに至りき。しかも作者は此の混乱迷惑の間にありて、煩悶苦痛の余、能く人生の複雑なるさまを研究し、箇人の小天地的なる所以の性質を黙契し、猶進んで空想芸術の極致は個人の先天的性質より出でたる出世間解葛藤にある事を悟り、漸く曙光を天の一方に認むるに至れり。

文中、「具象的作品の世に出でんことを厭ひし批評家」は文意がとりにくいが、「ん」を「ぬ」にとって、「出ないことをなげいていた批評家」ととるか、「ん」を「む」に、「厭う」を「大切にする」にとって、「出ることを望んでいた批評家」の意味にとるかのどちらかである。数年前から「小天地説」を説いているというのだから、こうした批評家の一人に鷗外がいたことは間違いない。

最近の文学界の風潮は、作者が経験を積んで人生の複雑さと、個人が「小天地的」であることを理解し始めたことによる。「小天地説」を説いた批評家はかつてもいたが、よく理解されることもなく、文界は混乱をきわめてきた。そうした混乱の中で、作者は苦しんだ結果、複雑な人生の研究をし、個人が「小天地的」であることを悟り、芸術の目指すものは、個人の先天的性質による世間を越えた、人生の苦しみからの解脱であることを知り、漸く希望の光が見えてきた、というのだ。

ここでの「小天地説」「具象的作品」という術語、「箇人」は「小天地的」であるという考え方は、明らかにハルトマン哲学を踏まえている。

このうち「箇人」は「小天地的」であるという考え方は、『審美綱領』(明治三二年六月)の次の記述に対応するように思える。

> 個物の理想を以て彼の絶対なるもの(全想 Total idea)の分生するところのもの(分想 Partial idea)となし、個物に縁りて、彼の絶対なるものを知ることを得となすものは、ハルトマン Hartmann の所謂小天地主義 Mikrokosmosmus なり。

また、花袋は少し前の同年十一月十日にも「文界時評」を『中学世界』に寄せているが、その中で「大自然の面影」を思わせるような物言いがすでになされている。

> 人生も《ママ》最大奥義、人間の最大責任をも、種々の煩悶の中に黙契するを得て、恰もこの大自然が有するものに庶幾き勇気と自信とを感得するに至るならん。（「趣味とは何ぞや」）
>
> われは思ふ、批評家の想といひ内容といふ所のものは、決して渠等の言ふ如き抽象的のものにはあらず、実に筆と思想との相触れたる一瞬時に生じ来れる神来的具象的のものならんと。（「美術的良心の欠乏」）

「黙契」もしくは「神来」によって「大自然が有するものに庶幾き勇気と自信」を捉えることができる、という発想は、もっぱらインスピレーションを重視する点で、やや「主観客観の弁」とは趣を異にはするが、「大自然が有するもの」といういい方がすでに現れている点には注目すべきであろう。なお、「想」が「神来的具象的」であるという発想は、『審美綱領』の次のそれぞれの記述に対応する。

> 芸術美の成るや、唯一なる自性、神来の理想として作者に舎り、作者の製作せむと欲する意志と共に発動す。
>
> ハルトマンの説に依れば、無意識は即自性にして、作者一人の私するところのものに非ず。一元の分身なり。たとへば、地底の水は相流通して、井を掘るものはこれに逢へば噴水を見るが如し。これ芸術の神品の自然に肖たる所以なり。両者はみな現象性 Phenomenalismus を具す。世人の誤り認めて実相性 Realismus となすものこれなり。

前者は、芸術は「神来」によるものであること、後者は芸術は「具象」的なものであることを述べている。

おわりに

以上見てきたように、『野の花』論争における花袋の発言の根幹は、没理想論争を受けつつ、ハルトマンを紹介した鷗外の論を咀嚼することによって成り立っていた。『審美新説』は、ヨーロッパ文学事情とでもいうべきもので、知識レベルもしくは術語レベルでは大きな影響を花袋に与えていたが、花袋の論の根本的な発想そのものは鷗外によるハルトマンの紹介にもとめるべきである。

ここで前に少し触れた「瞑捜的」という用字について、一言つけ加えておきたい。これは「瞑想的」の誤植にも見えるが、「作者の主観」「主観客観の弁」と繰り返されている点、また、少し前の「作者をしてよく瞑想し」との用字の区別（初出、全集共）から見て、誤植でないと見るのが妥当である。これは『審美新説』に二例見える「冥捜」という用字に近く、これに基づくと考えられる。このうち一例は「沈思家冥捜家」であるから、深く物思いに耽るという普通の意味の冥想である。もう一例は、「冥捜暗索」である。これはわからないままに捜し求めるという意味で、花袋の用法に相当する。花袋の場合は、「大自然の主観」に関わる重要な術語となっているが、『審美新説』の場合は、芸術革新を志向するものは、誰でもはじめのうちは方針が定まらず、例のシュトルム・ウント・ドランク派の作家たちでさえも、「冥捜暗索」せざるをえなかった、という文脈で使われており、特に術語というようなものではない。

このことから見ても、『審美新説』は花袋の用字にまで影響を与えているが、そのわりに花袋の論の大筋への影響は、案外に小さいのではないかと思う。思うに、花袋は『審美新説』に触れる以前、すでに自己の論の骨子は持っていたのであろう。ただ、それを表現する際に、知識や術語の上で『審美新説』の助けを借りたのではなかったか。

それはともかく、ハルトマンの影響が花袋にもたらしたのは、単純写実主義から、主体の内面の中に客観を求めようとする新たな自然主義への転換であった。

それにしても「主観客観の弁」の「大自然の主観」云々はどこからきているのだろうか。個によって普遍を知ることができるという考え方は、先に引いた『審美綱領』の小天地主義の説明に見られるが、用語の点でしっくりこない。「作者則ち一個人の主観にも大自然の面影が宿つて居る訳になるので、従つて作者の進んだ主観は無論大自然の主観と一致する事が出来るのだ」という言い回しに近いものとしては、次の文を挙げることができると思うが、どうだろうか。

大主観の産み出したる句には十七言の短きがうちにも、天晴一幅の小天地図ありて、寥廓として際なき大天地の影は、此図中にほの見ゆべし。詩眼ある人の目も枯れず見続けていよ〳〵久うして愈〻其妙を覚ゆるは、小天地の図に対して、大天地の影を望めばなり。余情とはこれをこそ謂へ。（ハルトマン審美学下の巻、七三五面以下参照、明治二十四年十月）

（「美妙斎主人が韻文論」『しがらみ草紙』二五号、明治二四年一〇月、初出、のち『月草』）

『月草』は明治二十九年の発行である。当然、花袋は目にしたであろう。文中「小天地の図に対して、大天地の影を望めばなり」という言い回しが出てくる。このあたりが「大自然の面影」の出処として推定できるのではないか。

くりかえすが、先に見てきたように、こうした主体の内面の中に客観を求めようとする小天地説が花袋の発言の中で、人生修養と結びついて現れていることは事実であり、このことの意味についてはさらに検討が必要である。

これについては別稿を期すとして、最後にもう一度花袋の「小説新論」に耳を傾けて稿を閉じたい。

さういふ態度（筆者注―科学者らしい態度）は、人間が人間をも一個の生物として取扱はう。飽まで解剖して見よう。医師のメスを取るやうな心持で進んで行つて見よう。さういふ風でやり出したところから来てゐる。自然派の運動には、殊にさうした傾向と特色とが多かつた。（中略）しかし、此処に、一つ如何ともすることの出来ない欠陥があつた。それは生物として冷静に取扱ふ人間が神でなく、矢張人間であつたことである。こゝから不自然が起つて来た。

ここで花袋はかつての単純写実主義「自然派」を科学的態度をとるものとして批判している。しかも五節で引いたように、自然主義文学においては「芸術と宗教はよく似ている」と考えていた。すなわち、花袋にとってハルトマンの小天地説は、科学的文学から宗教的文学へという価値観の転換のきっかけだったのである。

（1）相馬庸郎「鷗外と自然主義――花袋との関係をめぐって――」（『国文学―解釈と教材の研究』昭和四八年八月）

（2）須田喜代次「鷗外と花袋――『審美新説』を軸として――」（平川祐弘・平岡敏夫・竹盛天雄編『鷗外の人と周辺』講座森鷗外第一巻、新曜社、平成九年、所収）

（3）「一理想を棄て、没理想を理想とし、一理想を固執する欲有限の我を去つて、無限の絶対に達せんとするの欲無限の我を立てん」（「没理想の語義を弁ず」『早稲田文学』明治二五年一月）

（4）「没理想とは有大理想の謂ひにして、そが没理想を唱ふるは、その大理想を求めかねたる絶体絶命の方便なり」（「烏有先生に謝す」『早稲田文学』明治二五年一月）

（5）「我が旨は理想絶無、本来無理想といふとはおのづから別あり」（「没理想の語義を弁ず」）

（6）後述するように、花袋は「没理想」を無理想と誤解しているために、逍遥に批判的であるが、花袋が批判している点は、まさにこの誤解に基づいた部分であり、他の部分は踏襲している。したがって、「没理想」を「有大理想」と表現する時、逍遥の論と花袋の論が似てくるのは当然である。

（7）『野の花』序」（明治三四年六月）に「此頃の私の考を言つて見やうなら、今の文壇は余りに色気沢山ではあるまいか。一方にはロオマンチシズムの幽霊の様なのがあれば、一方には不自然極まる妖怪談のやうなのがある。一方には当込沢山の、色気たつぷりの作品があれば、他方には写実を旗幟にしてそして心理の描写をすら怠つて居る一派がある」とある。

（8）須田氏が引いているのは次の部分。「・作者の箇性、それが作品に必要なのは言ふを待たないが、其箇性が小主観小観念に煩はされずに徹底した形を持つて居なければ、その箇性の為めに、作品がつまらないものになつて了ふことは常にある。／・『浦のしほ貝』の作者に於て、私は特にその作者の箇性の渾然として甚だ『自然』に似て居るのを及び難いと思ふ。（略）感情でも情緒でも、生であつて生でないといふやうな境によく達して居る。感情を露骨に出す時にはそれが屹度作者の感情ではない『自然』の感情になつて居ないことはない」。

（9）「胎元」という語は、『審美新説』の他の部分には見えない。念のため付け加えると、『日本国語大辞典』や『大漢和辞典』にも見えない。

（10）芸術家自身を生み出しているおおもと、あるいは、芸術を生み出しているおおもと、としても解釈できないことはないが、文脈上唐突の感を否めない。芸術はいかに自然らしさを獲得するか。それは事実そのものを写すことによってではない、との文脈の中にあるからである。

(11)　『審美新説』の「審美学の現況」に「審美学は全く心理上基址を得て立つものなり。而して其手段は、一部門を除く外、総て心理上分析に頼る。所謂一部門は即ち審美上諸問題の総括にして、審美学の形而上門とも名づけつべきもの是なり。余は此論を終らんとき、少しく此形而上門に言ひ及ぶべし。今は此門の審美学の発端に非ず、其基址に非ざることをことわり置きて足る。学者は或は全く此形而上門を撥無することを得べし。而して終に心理上審美学を排斥すること能はず」とあり、また、相馬氏が引用するように、同項目の末尾にも「審美学は必ず当に形而上学を以て終るべきものなりと」「要するに刻下の急務は此（筆者注―心理上標準学たる審美学）に存りて彼（筆者注―形而上学）に存らず」とあり、フォルケルトは形而上学的美学を全否定しているわけではないが、当面の急務は応用心理学的な美学であると考えていたわけである。ハルトマンその人に対してはというと、「重きを形而上の経営に置きて、往々間架過巧に陥ると雖、亦能く心理を応用して許多の暗処を照し許多の塞処を通じたり」（同項目）として、心理学的である点には肯定的だが、形而上学的部分には批判的見解を示している。

(12)　『審美新説』「芸術と自然の関係」に「Menzel, Markart, Boecklin, Uhde 各々其色彩の小天地を開闢せり」という用例が見えるが、この場合の「小天地」は一つの世界位の意味で、大宇宙の映し絵といったハルトマン的な意味ではない。

〔付記〕　本章には次章「田山花袋と高瀬文淵――花袋のハルトマン受容をめぐって――」と部分的な重複があることをお断りしておく。

第四章　田山花袋と高瀬文淵

──花袋のハルトマン受容をめぐって──

はじめに

『野の花』論争において花袋がよりどころとし、それ以降も花袋の文学論の基盤となったものとして、『審美新説』（フォルケルト著、鷗外訳、明治三三年）がこれまで重視されてきたが、[1]それは表面上の知識・術語レベルのことで、基本となる発想そのものは、むしろ没理想論争における鷗外の発言、ハルトマンの紹介に求めるべきであるという見方を前章で述べた。

その際に、重視したのが、写実主義から自然主義への転換が、主体外の客観を対象とする方向性から、主体の内部に客観を求めようとする方向性の転換によって説明されている、という事実であった。花袋の論におけるおびただしい『審美新説』の引用にもかかわらず、『審美新説』よりも、むしろハルトマンの影響を重視すべきだと考えたのは、この事実に着目したからであった。

なぜなら、『審美新説』の中には、主体の内部に客観を求めようとする方向性への転換を示唆するような記述は見られず、逆に、鷗外の紹介したハルトマン美学には、該当するような記述が存在し、かつまた、花袋自身が、自己の論を展開するに際して、ハルトマンの用語、概念を引用していたからである。

花袋の転換のよりどころとなったのは、ハルトマンのいわゆる「小天地説」であった。すなわち、芸術は宇宙という大天地に対して、小天地をなしていて、宇宙万物の似姿となっている。我々がすぐれた芸術作品の美にうたれるのは、「小天地想」が現れて芸術の美の中に我々の生まれ来たった根源である大天地の姿を感じさせるからであり、作者が霊感を受けてすぐれた芸術作品を創造するときには、「小天地想」が現れて宇宙万物に似た芸術作品の創造が可能になる。もちろん、宇宙万物に似ているからといって、宇宙万物そのものの模倣ではない。その本質を現すものなのである。したがって、すぐれた芸術を介するときには、個物によってあらゆる存在の本質たる絶対を知ることができる。鷗外によれば、ハルトマンの「小天地説」は以上のようなものである。(2) 花袋のハルトマン受容は、没理想論争を中心とする鷗外の発言や、鷗外と大村西崖による『審美綱領』（明治三二年）によるものとして理解できるものだが、ここで気になるのは、花袋が「小天地説」による自論を展開するときに、必ずといっていいほど、それと抱き合わせになる形で人生修養的な発言を付きまとわせていることである。

そもそも鷗外がハルトマンによったのは、「実」に対する「想」の独立を説こうとしたからであった。芸術とは、現実から独立して、空想世界に存在するものなのであり、美というものは、徹頭徹尾「想」であるというのが鷗外の立場である。したがって、芸術が実人生にいかに関わるかといった問題には、あまり説き及ぼうとしないのであるが、花袋が「小天地説」によって自論を展開するとき、必ずといっていいほど、人生修養を口にするのだ。ここに鷗外に対する花袋の独自性を認めることができるわけだが、こうした発想はいかにして生まれてきたのだろうか。この問題は、人生修養を何にもまして大切にした日本の自然主義の特殊なありかたを考える上でも重要である。

本章では、花袋のこの奇妙ともいえるハルトマン受容について、当時の花袋に大きな影響を与えたとされる高瀬文淵を一つの媒介として考えながら、検討してゆきたい。

一　『野の花』論争における花袋の「大自然の主観」

論の都合上、前章と重複するが、はじめに花袋の「主観客観の弁」（『太平洋』明治三四年九月）の冒頭部分を掲げておきたい。

◉大自然の主観と作者の主観とを区別して、その終結を言はなかつたから、それで多少論旨がお解り悪くかつたであらう。私の所謂大自然の主観と云ふのは、この自然《ネーチュア》が自然に天地に発展せられて居る形を指すので、これから推して行くと、作者則ち一個人の主観にも大自然の面影が宿つて居る訳になるので、従つて作者の進んだ主観は無論大自然の主観と一致する事が出来るのだ。

◉けれどこの自然と言ふものは、非常に複雑で非常に具象的のものであるから、その主観が驚くべく立派に、嘆ずべく壮麗に各箇人の眼前に展《ママ》けられて居るにも拘らず、否、各箇人が既に孰れもその主観の想を有して居るのだけれど、しかも明かにその想を攫《つか》む事は誰にも中々容易な事ではないのである。是れ私か大自然の主観は冥捜的だと言つた所以で普通の意味での作者の主観とは全く意味を異にして居る訳だ。普通の意味での作者の主観と言ふ事は、作者の小主張、小感情、小理想、所謂自然の面影を比較的に有して居らぬ、偏狭な、抽象的な、まことの意味の乏いものを指すので、つまり作者の主観がまだ大自然の主観を遠く離れて居る場合を言《ママ》のだと私は思ふ。

◉これが則はち私が自然を基礎に置きながら、猶柳浪氏や、天外氏の様に只々見たものを十分に描《か》きさへすれば好い、作者の考へなどは爪の垢ほども混《ま》ぜてはいけぬといふ純客観的小説に謳歌しない訳で、従つて私は作者の主観が大自然の主観と一致する境にまで進歩して居らなければ、到底傑作は覚束ないと信ずるのである。

念のため、ここまでの「『野の花』論争」の経緯のあらましを述べておく。花袋は、『野の花』（明治三四年六月）の序文において、「作者の些細な主観」のない、「大自然の面影」が見えるような作品が必要であることを説いた。これに対して正宗白鳥は、『読売新聞』（明治三四年七月一日）で、序文と比較して『野の花』の内容の幼稚さを批判した。これに花袋は「作者の主観（野の花の批評につきて）」（『新声』明治三四年八月）で答え、作品の不十分さを認めつつ、主観には二種類あること、一つは作者の主観であり、もう一つは「大自然の主観」であることなどを説いた。これに対し、白鳥は再び『読売新聞』（明治三四年九月二日）で花袋のいう「大自然の主観」の意味が不明瞭であり、花袋のいう大主観は純客観に過ぎないと批判した。ここに引いた「主観客観の弁」はこれに対する花袋の答えである。

「進んだ主観」であれば、それが「一個人の主観」であっても、「大自然の主観」と一致することができる。「大自然の主観」は眼前に存在し、個人の中にも存在するのだが、容易にはつかむことができない。これは普通にいう「小主張、小感情、小理想」のような「作者の主観」とは違うものであるが、だからといって作者の考えの全く入らない「純客観」ではない。「作者の主観」は抽象的で意味に乏しいが、「大自然の主観」は、複雑で具象的である。だから、自分は自然に基礎をおくけれども、純客観小説は支持できない。

以上がおおよそ花袋の言うところであろう。要するに、主観と客観の対立を止揚する概念として、「大自然の主観」というものを持ち出しているわけだが、それは理想派（観念小説などの主観的傾向の作風）と自然派（写実的な作風。現在の用語の自然主義ではない）との対立の止揚を念頭に置いたものであった。

花袋の言を「はじめに」で述べた「写実主義から自然主義への転換が、主体外の客観を対象とする方向性から、主体の内部に客観を求めようとする方向性への転換」といういい方に即して説明し直したいが、話を分かり易くするために、細かい文学史的事実は抜きにして、本文の限りでやや乱暴にまとめてみたい。なお、文中「作者の

小主張、小感情、小理想」云々は逍遥の没理想論を受けたものである。(3)

かつて作者の狭い主観に偏った文学が行われていたが、これに対して逍遥が批判し、主観から蜻蛉返りして、純客観の文学が行われるようになった（写実主義）。偏った主観を否定するのは当然だけれども、かといってまったく主観を排してしまって、純客観でよいのだろうか。そもそも万物がこのように存在するからには、万物を万物たらしめている根源（「大自然の主観」）が存在するはずである。かつまた、われわれ一人一人の人間も同一の根源から生まれてきているはずだから、われわれの内部にもこの根源が宿っているはずだ。だから、われわれの心を究めていけば（「進んだ主観」）、結果的に万物の根源にたどり着くことができるのだ（自然主義）。

二　文淵と花袋

ところで、文淵と花袋の関係について初めて論じたのは、吉田精一氏であった。氏は、『自然主義の研究』上巻（東京堂出版、昭和三〇年）の二四頁から二七頁にかけて、『東京の三十年』中の、かつて文淵に親炙していた花袋の懐かしみにあふれた回想を引いて、文淵の人柄を描き出し、文淵の文学活動を簡単に紹介している。(4)その後吉田氏は再び文淵について論じ、(5)いくつかの文淵の論文を引きつつ、その主張を、文学は皮相な自然そのものや、それに解釈を加えた観念を描くものではなく、「造化の理想」を描くべきものである、と要約した上で、「注意すべきは、この文淵の意見が、ほとんどそのまま、田山花袋の自然主義の第一声というべき、『野の花』の序文（三十四年六月）及びそれ以後の評論にとられていることである」と述べている。(6)

文淵との親密な交友関係からいって、(7)吉田氏の見方は妥当だと思われるが、分析としては十分とはいいがたい。なぜなら、自然そのものや個人の主観を描くのではなく、ものごとの本質ともいえる理念を描けという主張は、あまりにも一般的すぎるからだ。この程度の主張は、文淵の影響がなくてもなしえたであろう。前述したように、花袋の論は、没理想論争を受ける形で成り立っているのである。

ただ、ここで無視できないのが、文淵が没理想論争にからんでいることである。文淵は、明治二十九年一月『新文壇』の主幹となり、「超絶自然論」（一号、一月）、「脱却理想論」（二号、二月）など自らの文学理論を述べた論文を発表し、鷗外とさかんな論戦をするが、文淵の論自体も「早稲田文学の所謂理想なるものは、詩人若しくは小説家が平素の経験知識に拠り、宇宙に就て思議し得たる極致の名なりと謂へるが為めに、大に議論の混乱を来たし、斯くては詩人の有する理想も個人が懐ける学問上の所見と紛らはしきこと丶なりて、為めに折角の好議論も誤解を招く嫌を生ぜり」（「脱却理想論」）などとあることに端的に現れているように、没理想論争を受けて書かれたものであった。(8)

『新文壇』誌上に論陣を張った文淵は、没理想論争を受けて自己の文学理論を展開すると同時に、その理論に基づいて文芸評論も活発に行っていたが、花袋の「断流」（『文芸俱楽部』明治二九年二月）が「三人冗語」（『めさまし草』まきの三、明治二九年三月）で酷評されるや、「断流十箇条」（『新文壇』四号、明治二九年四月）を著して、反論するなど、花袋を擁護するところが厚かった。また、花袋自身『新文壇』にはしばしば稿を寄せており、当時の文淵の論文・評論を読んでいたことは確実である。

三　文淵の文学理論と文芸批評

文淵の論は、文芸評論という面から見ると、自然派と理想派の対立を止揚しようとしたもので、その点、前述した花袋の論とも対応するものであるが、これは当時としては一般的なものであった。文学理論の面から見ると、おおざっぱにいって、二葉亭の紹介したベリンスキーの文学論を基礎に、没理想論争における逍遥・鷗外の論を彼なりに咀嚼した上で、批判的に継承したものだといえる。(9)

ベリンスキーの論は、要するにヘーゲルのロシアにおける祖述であるから、世界の根本には神のイデーという論理的な図式があり、それ自身徐々に現象世界に発展・展開しつつあるのであって、芸術はこのイデーを現すべきものだ、というものである。(10)

二葉亭によるベリンスキーの『芸術のイデー』の部分訳たる『美術の本義』は生前未刊であったが、「小説総論」においてイデーは「意」という名を与えられ、さらに、芸術は真理の直接の感得であるというベリンスキーの説は、嵯峨の屋おむろによって広く流通していた。

文淵は、現象世界の根底には絶対的な図式がある、という考え方を受け入れ、これに「意象」という名を与えるが、芸術は真理を感得するものだという考えは否定する。なぜなら、芸術は美を目的とすべきものであり、真理は学問の目的とするところであるからである。これに伴い、「意象」は抽象的なものではなく、具象的なものであると文淵は考える。なぜなら、学問的真理は抽象的であるが、美は具体的なものであるからだ。したがって、芸術においては学問的な帰納論理にすがって「意象」を追い求めようとしても無駄で、冥想によってこそ捕捉可能である（「脱却理想論」『新文壇』二号、で「静かに眼を閉ぢて全宇宙の帰着の目的を冥想すれば、この世界の大意象は確然不抜、厳として吾人が目睫の間にあ」ると述べている）。

このうち、芸術の目的は学問的真理でなく美であり、美は抽象的でなく具体的である、という主張は、没理想論争における鷗外の主張と対応し、学問的帰納論理を否定している点は、「談理」を批判した逍遥の発言に対応している。ここでの文淵の特徴は、冥想を重視している点であろう。

さて、文芸評論としての面に話を戻す。文淵はこうした理論に基づき、自然派と理想派とを批判してゆくが、ここでは文淵の考え方が端的に現れている「自然主義の二派」（『新文壇』三号、明治二九年三月）を取り上げたい。

彼の認識によれば、自然派は自然の外形を描くだけのものであり、いわゆる理想派は、自然について観察し、推理によって得た観念を描いているだけである。いずれも、自然の表層にとどまっているから、自然派は旧自然派と呼ぶべきであり、理想派は新自然派というべきだということになる。旧自然派が不十分なものであることはもちろんながら、新自然派も、経験知識によって得た概念を描いているのに過ぎず、そうした概念には美が存在しないから、これもまた小説家が本来描くべきものではない。このところ観念小説がもてはやされているが、最近では旧自然派の復興の兆しもあり、これは喜ぶべきことである。写実派と観念派（理想派）が衝突し、お互いに影響しあって、「真の理想家といふべき者」が現れ、新たなる文学が生まれることを期待する。文淵の説くところは以上のようなものである。(11)

ここで文淵が期待している「真の理想家」とは、いうまでもなく先の「意象」を把握したものということになる。

四　文淵と鷗外

「意象」という新語を使っての、文淵のせっかくの大議論であったが、鷗外はこれを冷ややかに批判した。

蜘蛛の網を結ぶや、虫を捕ふる目的を意識せず。網といふ事物の確固不抜なる図式は先づ存じたり。高瀬文淵これに名づけて意象と云ひ、又超絶自然と云ふ。是れ「イデエ」なり。今の帝国大学諸家の観念と訳し、世上の記者の理想と訳するもの即此なり。（『めさまし草』まきの二、明治二九年二月）

文淵のいう「意象」はイデーと同義であるし、これにはすでに「観念」「理想」という訳語があるのだから、余計な造語をする必要はない。鷗外はこのように批判する。これに対して、「鷗外漁史に質す」（『新文壇』三号）で文淵は次のように反論している。

予が謂ふ意象には、未だ経験と相待つ所の論理の方式は具らず、事物当体の有する意象が現実せられて形体となりたる上にあらざれば、官能といふものも具足せず、又他の現象を反映して写象を生ずるに道なからむ。すでに写象を生ずるに道なきからは、其経験を蓄へて概念をつくることも叶はず、又概念を有せずしていかでか論理の境に進まむ。（中略）予が謂ふ庶物の意象には未だ観念といふ程のものをば含まず、無論経験の結果に待つべき彼の世界観といふごとき所のものを自然物が一々有せりとは思はれざるに、漁史は如何にして予が謂ふ意象を其所謂世界観、観念、理想なるものと同義のものなりとは知りたるか。

造物主たる「事物当体」が、世界の設計図である「意象」を心の中に描いて天地を創造した後でなければ、人間の感覚も存在しないので、現象を受けて心の中に形成されるイメージである写象も存在しない。写象がなければ、いくつかの写象から抽象されて生まれる概念も存在しない。概念がなければ、論理的思考はできないので、論理的方式も知りえない。したがって、「意象」には、「観念」という意味は含まれない。「観念」や「理想」には経験の結果得られる世界観という意味が含まれるが、自然物がいちいち世界観をもっているとも思われない。だから、自分は自然物の根本図式として「意象」という術語を当てたのに、なぜ鷗外はそれを世界観や観念や理想と同義だというのか。

今日の常識からいえば、文淵のいう「意象」は超越的な事物の原形たるイデア、もしくはイデーに他ならないわけで、鷗外の批判はもっともである。だが、当時これにあてられた「観念」「理想」という訳語の意味は混乱しており、文淵のいうように世界観という意味もあれば、人生観、もしくは主観、観念、思想といった意味もあった。そもそも没理想論争の時、逍遥は、シェークスピアの作品には作者の人生観が見えない、とでもいえばよかったのを、「没理想」などという語を使ったために、形而上学的論争に巻き込まれたのだった[12]し、「没理想」とは「没主観」であり、「没挿評」であり、「没成心」ではないかと非難したのは当の鷗外であり（「早稲田文学の没理想」『しがらみ草紙』二七号、明治二四年一二月）、その鷗外自身すらもこれらを混同して使っていたのである。[13]

したがって、主観的な意識内容（心や頭の中で思い浮かべたり、考えたりしたこと）を意味しうる「観念」や「理想」と別に、超越的なイデーの訳語として「意象」という語を作っても、別に差し支えないのだ。しかも、文淵の説明によれば、「現象の裏面には、必ず事物本体の構成したる図式あるべく、その形体の模型となれる図式は、事物本体が意中に於て予め構成したる形象なれば、予は言換へて意象といふべし（「超絶自然論」『新文壇』一号、明治二九年一月）ということだから、造語としても穏当であろう。少なくとも、「観念」とか「理想」よりはましである。文淵は、外国語は読めなかったらしいが、いうところは、それなりに筋が通っており、論理的思考力は相当にあった人だと思われる。吉田氏が「鷗外批評に対して文淵は「鷗外漁史に質す」（同三号）を書いているが、これは文淵の無知を現わしているのみである」と述べているのは当たっていない。[14]

ともかく、文淵にしたがえば、「自然」は「意象」が仮に現象となって現れたものに過ぎないし、「理想」であるとか「観念」といった主観は、その「自然」について人間が帰納論理によって得た抽象的なものに過ぎないから、芸術家が求めるべきものは、「自然」の本質たる「意象」であり、それは冥想によってこそ求められるということになる。

五　「審美世界の三要素」における文淵の変化

このように「自然」も「理想」も非本質的な存在に過ぎないとして、ひたすらに冥想を重んじ、「意象」を捉えることを主張した文淵であったが、『国民之友』に断続的に四回にわたって掲載された、最後の本格的論文ともいえる「審美世界の三要素」（三三七、三三八、三四〇、三四五号、明治三〇年二〜四月）になると、少し様子が違ってくる。

「三要素」とは、「写象」「仮象」「意象」のことである（以下この三語鍵括弧略）。文淵は、論文の中で以下のように説く。写象とは、外界のものを心象中にそのまま復元したイメージであり、きわめて知的で明瞭正確なものである。仮象とは、感情が生み出した夢幻のような美しい世界で、現実からは離れたものである。したがって、これを仮設理想といってもよい。どちらも、心理学上の観念・理想に相当し、それ自体では美学の根底をなすには足らない。これに対して、原本理想もしくは造化の創意である創意理想というものがあって、これこそが大切で美感の基準となるものなのだ。これは「万有の庶物本体が現象世界に姿を現わす前に於て、先づ予め意中に描いた所の形象でこれは天地の万物に徹底したる模範である」から、自分はこれを意象と名づけている。

ここまでは、「超絶自然論」「脱却理想論」とほとんど同じである。自然派を写象を重んじるもの、理想派を仮象を重んじるものと言い換えているに過ぎない。

ところが、いくつかの点で微妙な違いがある。まず一見して目につくのは、鷗外の影響であろう。最終的には自説の優位を主張しているものの、随所で『月草』（明治二九年、春陽堂）を参考にして論を立て、「月草、空想の所を見よ」などと『月草』の索引の項目を示している。文淵が、『月草』をひもときつつ、ハルトマンの美学を批判的にではあるが学習していった跡がうかがえる。これにともない、「ハルトマンも先天理想といふことを頻りに説いて居るといふから、まだ吾々の知らない所の美の説明もあるであらうが」などと、鷗外に対する配慮を見せており、居丈高な物言いは影を潜めている。

そのためか、意象一本槍であった文淵の論も、題名が示すごとく、写象、仮象にも相応の意義を認めるようになっている。

吾々が今の作家に惜む所は、即ち写象美の欠乏であつて、これは経験といふもの、頗る浅い年少の作家か、又は空想派の作家にあつては避くべからざる状態で、この文学の進歩の為めには、大なる障礙であることは疑ひのない所である。

これは写象の重要性を相応に評価したものであるが、ここで注目すべきは、人生経験が豊富であることを作家に求めている点で、かつてのように冥想ばかり強調する姿勢は薄れている。

これはハルトマンが主張した仮象についても同様である（ただし、文淵の「仮象」理解は、ハルトマンが説くところと少し違う。ハルトマンの「仮象」は、主体の心象中に生ずるイデーの映し絵といった意味だが、文淵は単に空想くらいの意味にとっている）。

彼の仮象美は、意象の余りに厳粛に過ぎる所を緩和し、写象の偏狭に傾く所を適度に拡大する効力があるので、審美世界第三の要素としては、其効験極めて大なるものであらう。仮象は美術の中心となツて其中心に立つことは出来ぬが、しかし理想を粉飾して其恣態を豊かにするには、頗る必要なものである。

文淵にしたがえば、仮象美は空想の働きによるものであるから、中には荒唐無稽なものもあるので、芸術の中心とはなりえないが、イメージを豊かにするものだから、芸術の中では大切だということになる。

このように、写象や仮象を相応に重視することは、冥想だけに頼ろうとする従来の考え方を、部分修正することにつながってゆく。

古今の巨匠は、決して学問の力を待たずに、その天分の脳力を揮ひ、その平生の経験に鑑み、沈思冥想して漸くに天の一方に霊光を認め、その霊光を便りにして只管暗中を模索する中、豁然として一朝に大悟の境界に達したのである。

「学問の力を待たずに」という部分は、論理的帰納的方法を否定した従来の論の踏襲だが、冥想にも、ふだんの経験や努力がものをいうというあたりは、相当の変化である。

したがって、天才でなくとも、努力次第で優れた芸術作品をものすることができることになる。

> 又彼の造化の大芸が創意理想を要する如くに、この下界にある人間の美術も非常に創意といふことを貴重なものとするのであるが、作家がこれを天に獲て、夢でも見てゐるかの如くに、無心の中に発揮すれば、名け《ママ》て先天の意象といひ、これを自ら工夫して、経営惨憺といふ様で、有心の中に構造したなら、名け《ママ》て後天の意象といツて差問のないものであらう。（中略）この先天に待つあるもの、即ち遺伝の力に拠ツて其手腕を揮ふものは、天才の区域に立つのであるが、彼の後天に期するもの、即ち経験の力に拠ツて其才能を用ゐる者は、人才の領地にあるのである。

そのためであろう。末尾には、文壇の作家たちに対して、「作家は之（筆者注―意象・写象・仮象と展開した理想世界）を残りなく細かに観察した上で、思想を養はんではならぬであらう」だとか「今少し抱負と目的を大にして修養の地に就くことを望」むというような注文がなされることになる。

「審美世界の三要素」において文淵は『月草』を学んだことにともない、冥想だけでなく、学問をのぞく人生経験、修養、思想の涵養が小説家にとって大切であると考えるようになったのだ。

なお、「審美世界の三要素」の下が掲載されている三四〇号（三月二〇日）には、花袋の抒情詩が掲載されており、この論文全体も、花袋の目に触れたはずだ。

六　「主観客観の弁」の原形

ところで、一節で紹介した「主観客観の弁」であるが、そのもととなるような考え方が、明治三十二年の「文界時評」（『中学世界』明治三二年一一月二五日）で、すでに花袋の論に見ることができる。これについては、第三章で述べた。

この中で花袋は、個人が「小天地的」であるという認識を示している。「小天地」はハルトマンの術語で、当然、「大天地」を予想させる。「小天地」は「大天地」の似姿となる。かなり下るけれども、花袋は「小説新論」(『毒と薬』耕文堂、大正七年)で、次のように述べているのだ。

この自然が外部と内部にあることを知つてゐることが肝心である。自分の内面も亦一自然である。他の宇宙が自然であると同じやうに、矢張自己も一自然であるといふことである。そして同じ法則が、同じリズムが同じやうに自他を透して流れてゐるといふことである。

「自然」とは、自己の外部にも内部にもあるもので、宇宙が「自然」であると同じように、自己も「自然」である。同じリズムが内部にも外部にも流れている。

この考え方は、いうまでもなく「作者の主観」と「大自然の主観」とが一致するという考え方につながるものである。しかも、花袋は同じ「小説新論」で次のようにもいっている。

芸術は宇宙の大天地に比して、その反映である小天地を形づくつていると説く美学者もある。(中略)『自然』の反映であると云ふことだけは確かである。

ここでは「大天地」の似姿となるのは、芸術作品であって、個人ではないけれども、大きな「自然」が「小天地」となって反映するという考えは見て取れる。

第二は、「小天地説」と「具象的作品」とが結びつけられていることだ。「主観客観の弁」で花袋は、「自然と言ふものは、非常に複雑で非常に具象的のもの」であるといっている。先にも述べたように、「小天地」は「大天地」と呼応するものである。したがって、「自然」が「具象的」というい方は、個人は「小天地的」であるから、「具象的作品」が生まれるという考え方と同質のものなのだ。

七　花袋の論と文淵の論との対応

ところで、先の「文界時評」の中で花袋は、「作者次第に経験を積みて、漸く人生の複雑なる趣味と、箇人の性質の飽まで小天地的発達を為したるを解し始めたるに因らずんばあらず」であるとか、「経験に乏しかりし作者の群は、そを正しく了解黙契する能はざりし」などと、経験を重視する考え方を示している。これなどは、前に述べた「審美世界の三要素」における文淵の論と対応している。さらに、「空想芸術の極致は個人の先天的性質より出でたる出世間解葛藤にある事を悟り、漸く曙光を天の一方に認むるに至れり」に至っては、文淵の「古今の巨匠は、決して学問の力を待たずに、その天分の脳力を揮ひ、その平生の経験に鑑み、沈思冥想して漸くに天の一方に霊光を認め、その霊光を便りにして只管暗中を模索する中、豁然として一朝に大悟に達したのである」に酷似し、特に「漸く曙光を天の一方に認むるに至れり」に至っては、表現までそっくりである。

このように見てゆくと、この花袋の文は、文淵の論を下敷きにしているように思える。してみると、「数年前より早く已に性格論を唱へ、小天地説を説き、具象的作品の世に出でんことを厭ひし批評家」の中には、当然鷗外が含まれるにしても、文淵もその一人であったと見るのが妥当であろう。

ところで、前章で、「主観客観の弁」の花袋の論は、鷗外の次の文に拠ったのではないかと推測した。

> 大主観の産み出したる句には十七言の短きがうちにも、天晴一幅の小天地図ありて、寥廓として際なき大天地の影は、此図中にほの見ゆべし。詩眼ある人の目も枯れず見続けていよ〳〵久うして愈〻其妙を覚ゆるは、小天地の図に対して、大天地の影を望めばなり。余情とはこれをこそ謂へ。（ハルトマン審美学下の巻、七三五面以下参照、明治二十四年十月）
>
> （「美妙斎主人が韻文論」『しがらみ草紙』二五号、明治二四年一〇月、初出、のち『月草』）

論の形のみを追うと、「大主観」は「大自然の主観」、「大天地の影」は「大自然の面影」、「小天地の図」は「作者即ち一個人の主観」に相当する。「小天地の図」から「大天地の影」を望むという言い回しは、「作者の主観」が「大自然の主観」につながるという花袋の主張と酷似する。ただし、鷗外文では「人生観」は、もっぱら創作者の大主観を意味するのに対し、花袋文では、「大自然の主観」である。

先に、文淵は「審実世界の三要素」の中で、自論を展開する際に、参照するように『月草』の索引の項目を指定していると述べたが、実は、この文は、その指定にある文なのだ。花袋が文淵文にしたがって、『月草』を参照していたとしたら、行き着くことのできるはずの記述なのである。

八　「大自然の主観」という術語

それにしても、なお、『月草』の鷗外文と花袋の論の間には、やや隔たりがある。一つは、先述したように、鷗外文の「大主観」は人間のそれで、花袋の「大自然の主観」は、いわば造物主の主観であることだ。もう一つは、花袋の場合は、「進んだ主観」といっているように、人生修養的な面があることである。つまり、努力して主観を進めてゆくことができれば、というような意味合いが入り込んでいるのだ。後者については、「審美世界の三要素」などに見られる文淵の発言とのつながりを考えるべきだろう。では、前者についてはどうか。これも文淵の影響を考えることができるのだ。次は、文淵の文芸時評である「明治二十九年の文界」（『文芸倶楽部』明治三〇年一月）の一節である。なお、この評論の中で花袋も取り上げられているので、ほぼ確実に目にしていたはずだ。

諸君（筆者注―自然派の作家）の観察は惜むらくは只客観の相に止り、しかして尚其客観相の中に潜めるところのもの、即ち自然其物の主観の情に注意せざるは、千慮の一失にあらざるなきか。吾人が斥けむとする所のものは、人間及び作家自身が自然に就て下だせ《ママ》る所の潜私の主観的見解なれども、吾人は自然其物の固有の主観理想までを併せて排斥することの極めて非なるを鳴らさんとするなり。

自然派の作家は、客観を描くだけで、客観の中の「自然其物の主観」を描いていない、というのであるが、これは花袋が「柳浪氏や、天外氏の様に只々見たものを十分に描きさへすれば好い、作者の考へなどは爪の垢ほども混せてはいけぬといふ純客観的小説に謳歌しない」といったのに相当する。当然、文淵文の「自然其物の主観」は、「大自然の主観」にあたる。また、「吾人が斥けむとする所のものは、人間及び作家自身が自然に就て下だせる所の潜私の主観的見解なれども、吾人は自然其物の固有の主観理想までを併せて排斥することの極めて非なるを鳴らさんとするなり」の部分は、花袋が「作者の主観（野の花の批評につきて）」で「主観に二種あり、一を作者の主観と為し、他を大自然の主観と為す。而して坪内氏のシエクスピーヤを説くや、この大自然の主観のほの見ゆるさへ厭ふといへり」といって、自然派を批判した記述に相当する。

また、

偏狭なる理想論者の所謂観念なるものは実は人間の世界に止り、しかして人間が偏頗なる主観の観念を使役して庶物を説明したるものは、決して万古不易なる庶物の理想にはあらざる故に、作者たらむもの成るべくは其主観の理想を没して庶物固有の理想を求め、自然を外面より観察せずして其内面より説明するの道を求めずばあるべからず。

とあるのは、「主観客観の弁」の

普通の意味での作者の主観と言ふ事は、作者の小主張、小感情、小理想、所謂自然の面影を比較的に有して居らぬ、偏狭な、抽象的な、まことの意味の乏いものを指すので、つまり作者の主観がまだ大自然の主観を遠く離れて居る場合を言のだと私は思ふ。

といった記述にあたる。

『審美新説』に見えないために、相馬氏、須田氏ともに花袋の独創とみた「大自然の主観」であったが、どうやらその出所は文淵に求めることができそうである。

おわりに

『野の花』論争における花袋は、引用の目立つ『審美新説』よりも、むしろ、ハルトマンの美学によって立論する部分が大きかった。花袋の論は、没理想論争を受けた内容となっているが、それは没理想論争に触発されて自己の文学理論を作り上げていった文淵の影響によるものと考えられる。そのため花袋のハルトマン理解には、文淵の影が認められる。冥想や悟り、さらには経験や人生修養を重視したのがそれである。

もちろん、こうした要素は、当時における禅の流行を考えるならば、文淵にのみその源を求めることはできないのだが、(15)花袋文における文淵文の痕跡はあらわであり、文淵の影響の大きさをうかがわせる。

花袋のいわゆる「大自然の主観」の論は、『月草』の「小天地説」に文淵の「自然其物の主観」、すなわち「意象」とが結びついて、形成されたものと考えられる。

さて、このように見てゆくと、花袋の論にはなんの独創性もないように見えるが、必ずしもそうとはいえない。というのは、文淵は、経験や修養が必要であることを説きはしたが、どうしても冥想や悟りからはなれることができなかった。文淵の場合は経験や修養を積んで、しかる後なお冥想しなければならないのである。ところが、花袋の場合は、経験を積み、修養を重ねることで、徐々に主観が進んでゆき、「大自然の主観」に近づいてゆくことができるのである。そのため、当初は悟りや冥想を重視していたものの、『野の花』論争のころには、そうした要素は薄れ、もっぱら経験と修養が強調されることになる。かつまた、文淵の場合は、美へのこだわりから、学問的方法をかたくなに拒否するのだが、花袋にはそれがない。本来、芸術の目的である「大自然の主観」は、真ではなくて美とされるのが順当であるが、花袋の場合は、そうした区別がない。真善美の区別のない、造物主の心とでもいった趣のものである。そのために、花袋の論は、芸術というより宗教的な色合いさえ帯びてくるのだ。どうやら日本自然主義の独自性は、このあたりにその源を求めることができそうである。

（1）相馬庸郎「鷗外と自然主義――花袋との関係をめぐって――」（『国文学―解釈と教材の研究』昭和四八年八月）、および、須田喜代次「鷗外と花袋――『審美新説』を軸として――」（平川祐弘・平岡敏夫・竹盛天雄編『鷗外の人と周辺』講座森鷗外第一巻、新曜社、平成九年）参照。

（2）ハルトマンは一元論者（Monist）として自性（精又質 Spiritus Substantia）を立て、理想と意志 Will（数論の勇）とを以てその両面となす。美は脱実せるが故に意志なく、たゞ意志の影図を存ずるのみ。而してその影図と自性とを代表す。自然美は能変これに対して意志を脱離し、その自性を認め得るなり。芸術美の成るや、製作者空想の能力は、即ちこれ自性の作用なり。その芸術品は即ち純理想にして、この純理想は、自性を代表して余すところなきなり。／芸術美の成るや、唯一なる自性、神来の理想として作者に舎り、作者の製作せむと欲する意志と共に発動す。（中略）／美を受容する時に当りて、よく我を仮象中に投入する所以のものは、仮象の現ずるところの理想に依りて、能変の唯一の本源たる自性と合一するに外ならず。
天才の製作するや往々物ありて無意識境より空想境に来り投ずることあり。これを神来 Inspiration といふ。神来は或は不用意にしてこれに逢ひ、或は空想の自憑よくこれを誘致す。／ハルトマンの説に依れば、無意識は即自性にして、作者一人の私するところのものに非ず。一元の分身なり。たとへば、地底の水は相流通して、井を掘るものはこれに逢へば噴水を見るが如し。これ芸術の神品の自然に肖たる所以なり。両者はみな現象性 Phenomenalismus を具す。世人の誤り認めて実相性 Realismus となすものこれなり。／個物の理想を以て彼の絶待《ママ》なるもの（全想 Totalidea）の分生するところのもの（分想 Partial idea）となし、個物に縁りて、彼の絶対なるものを知ることを得となすものは、ハルトマン Hartmann の所謂小天地主義 Mikro-kosmosmus なり。

（以上すべて『審美綱領』）

（3）「作者の主観」には次のようにある。
　坪内博士がシエクスピーヤを説くに、純客観の批評を以てし、詩を説くに、純記実の手法を以てせる事は、由来人の熟知せるところ、理想を没し、主観を没せんとしたが為めに、盛なる論争を鷗外漁史と開きしも、これ又人の知る所なり。

　主観に二種あり、一を作者の主観と為し、他を大自然の主観と為す。而して坪内氏のシエクスピーヤを説くや、この大自然の主観のほの見ゆるさへ厭ふといへり。
（4）その後、伊狩章「高瀬文淵の理想主義文学論」（『文学』昭和三一年一一月）が出て、文淵の文学活動についてかなり詳細な紹介がなされたが、花袋との関係については、吉田氏の『自然主義の研究』上巻（東京堂、昭和三三年）の記述と同様である。
（5）吉田精一「評論の系譜　高瀬文淵（一）・（二）」（『国文学―解釈と鑑賞』昭和四〇年八・一〇月）
（6）この後、吉田氏は「これは早く私が指摘したことであって（『自然主義の研究』上巻、三一〇～一四頁）くわしくはそれにゆずってはぶくが、花袋の論の骨子は、要するに作家は小主観を去って「大きい万能の自然」を写し出さねばならぬ。「大自然の面影が見えて人生の帰趨が着々として指さされる」ようなものであることが、今後の要求である。いいかえれば「大自然の主観」（「作者の主観」『新声』明治三四年八月）をつかむことである、とする。これは「個」をうつして、「個」にとどまらず、背後の「全」人生を髣髴しようとする、自然主義の理想をさしたものにほかならない。花袋における文淵の影響はこの点にも見出される」と述べている。吉田氏の見解には賛成だが、『自然主義の研究』上巻の該当箇所には、花袋の論の紹介はあっても、文淵についての言及は皆無である。
（7）後に、小林一郎氏が詳しい調査をまとめている（『田山花袋研究二――博文館入社へ――』桜楓社、昭和五一年）。
（8）文淵の論と鷗外との論争の詳細、および、「超絶自然論」「脱却理想論」のあらましについては、坂井健「高瀬文淵と森鷗外――「超絶自然論」と「脱却理想論」を中心に――」（本書第四部第一章）参照。
（9）文淵と二葉亭の論の類似については、坂井健「高瀬文淵と二葉亭四迷――明治期に於ける「美術の本義」の一紹介――」（『新潟大学国文学会誌』昭和六一年三月）参照。
（10）二葉亭とベリンスキーについては、黒沢峯夫「ベリンスキー「芸術の理念」Documents」（『比較文学年誌』昭和四五年三月）参照。

(11)「想とは所謂概念のみ。彼れ（筆者注―紅葉）自然派の領袖たらば、美は概念になしといふ一大旗幟を飜して、何故末派の覆没を匡正せむとは試みざりしか」「この両派の衝突よりして真の理想家といふべき者の社会に現はる、端緒となるべく」「文壇に旧派復興の形勢あるは喜ぶべきの現象にして、美を担はざる観念派が想を含まざる写実派と如何なる聯絡を通ずるか、又如何やうなる程度までは互に感化影響して其特長を交換するか、是等は吾人批評家が将来大に注目して、これが結果を、充分にしらざるべからざる事なるべし」（「自然主義の二派」）

(12) 坂井健「没理想論争の背景――想実論の中で――」（本書第三部第四章）参照

(13) 本書第三部第四章、及び坂井健「観念としての「理想（想）」――鷗外「審美論」における訳語の問題を中心に――」（本書第三部第一章）参照

(14) 注6の吉田論文に同じ

(15) 坂井健「没理想論争と田岡嶺雲――禅の流行と自然主義の成立――」（本書第四部第二章）参照

〔付記〕本章には、前章「没理想論争と田山花袋――『野の花』論争における『審美新説』受容の評価をめぐって――」との部分的な重複があることをお断りしておく。

第五章　鷗外の具象理想美学とその影響

――日清戦争後の文壇と花袋と――

はじめに

「大自然の主観」という田山花袋の新術語をめぐって、正宗白鳥が批判を加え、両者が応酬した、いわゆる『野の花』論争が行われたのは、明治三十四年のことである。その際の花袋の論のよりどころとしてフォルケルトの『審美新説』（鷗外訳）かこれまでもっぱら重視されてきたが、それ以外に、やはり鷗外によって紹介されてきたハルトマン美学が、花袋の論の中で大きな役割をになっている可能性があることを前々章で指摘した。(1)といっても、話はさほど単純ではない。花袋は単線的に鷗外の著述からのみハルトマン美学を受容したとは考えられないからである。(2)

「己が批評の根拠としてハルトマンの標準的審美学を取つてから、審美学といふ一科学の我国に於ける価値と、ハルトマンといふ一学者の我国に於ける勢力とに多少の影響を及ぼしたことは、反対者でも認めぬ訳には行かぬ」（『月草』叙、明治二九年一二月）と鷗外自身が自負するように、鷗外の紹介したハルトマン美学は、当時の文壇に大きな影響を与え、ハルトマン美学の術語を使った評論が文芸雑誌をにぎわしていた。したがって当然、花袋のハルトマン受容も、こうした状況の中で行われたと考えなければいけない。

前々章では、花袋の論の中でも重要な位置を占める、「大自然の主観」は「具象的」かつ「瞑捜的」である、という主張のうち、「具象的」という術語に着目して、これについてハルトマン美学の影響を見ることができると指摘したのだったが、単なる指摘にとどまり、十分に論証することができなかった。そこで、本章では、ハルトマンにしたがって鷗外が唱えた主張の中で、「具象的」という術語が大切なポイントとなっていることを確認し、その上で、この術語が当時の文壇の中でどのように流通していたかを考察したい。

一　初期評論における鷗外の具象理想美学

鷗外の主張の中で「具象理想」が大きな意味を持つことについては、磯貝秀夫氏がはやくから指摘している。(3) しかしながら、氏の論は鷗外初期評論全般の整理と紹介に眼目があり、「具象理想」そのものについて論じたものではないので、ここではまず作業として、鷗外の論の中で「具象理想」の論（以下、具象理想美学と呼ぶ）がどのように形成されていったかを順に追ってゆきたい。

磯貝氏は、巌本善治の所論を批判した、鷗外の最初期の評論「『文学ト自然』ヲ読ム」（『国民之友』五〇号、明治二二年五月）の次の一節を引いて、「かれがのちに大きく唱導する具象理想美学の走りを見ることもできる」と述べている。

「真」ハ「顕象」ノ外ニ於テ「法《ゲゼッツ》」ヲ求ム魚既ニ獲レバ筌何ゾ忘ル、ヲ患ヘンヤ「真」ヲ奉ズルノ科学者ハ「顕象」ヲ以テ筌トナスモノナリ「善」モ亦夕顕象ノ外ニ於テ「完全《フォルレンヅンク》」ヲ求ム「完全」ナルモノハ「美」ノ既ニ得タル所ニシテ「善」ノ得ント欲スル所ナリ「真」ハ一々ノ「顕象」ニ向テ其融解シテ己レニ帰センコトヲ求ムルモノナリ「善」ハ一々ノ「顕象」ノ己レガ犠牲トナランコトヲ求ムルモノナリ唯ダ「美」ハ一々ノ「顕象」ヲシテ不羈独立シテ其所ヲ得セシム

ここでいう「顕象」とは今でいう現象に相当する。科学の目的である「真」も、倫理・道徳の目的である

「善」も、現象そのものから離れたところに、その求めるものを持っているけれども、芸術の目的たる「美」だけは美しい現象そのものを自立的な価値を持った存在としてその地位を認めているのだ、という主張であろう。芸術における現象の重視という点で、たしかに「具象理想美学の走り」と見ることができよう。

とはいえ、芸術において現象を重視することとハルトマン美学に依拠した具象理想美学との間には、のちに見るようにかなりの開きがあるのであって、この時点でハルトマン美学の影響を考えるには無理がある。もちろん、磯貝氏もここでハルトマン美学の影響を問題にしようとしているわけではない。鷗外がのちに具象理想美学を主張するようになった、その好尚がすでに見えているといったところであろう。


ところが、鷗外が本格的にハルトマンを自説の根拠として引いた最初の論文として知られる「外山正一氏の画論を駁す」(『しがらみ草紙』八号、明治二三年五月)になると、「具象理想」という術語は使われていないものの、ある程度、のちの具象理想美学の論を思わせるような記述が現れる。


外山氏は今の邦人の画に、形を見て思想を見ず。故に之を歎くといへり。(中略)尋常思想といへば「イデエ」の事となるべし。

引例に曰く。殿堂は殿堂に過ぎざるなり。菜圃は菜圃に過ぎざるなり。軍人は軍人に過ぎざるなり。死したる雉は死したる雉に過ぎざるなりと。所謂思想にして、果たして「イデエ」の訳語ならしめむ乎。何故に彼殿堂なるに過ぎざる殿堂に思想なきか。何故に彼軍人なるに過ぎざる軍人に思想なきか。余を以て之を見れば、彼殿堂に過ぎざる殿堂にも、殿堂といふ思想は必ず存じたり。彼軍人なるに過ぎざる軍人にも軍人といふ思想は必ず存じたり。

余は外山氏が示したる例に依りて、外山氏の意の在るべき所を推測するに、外山氏の所謂思想は則ち個想《インヂヰヅアルイデエ》のみ。個想とは類想《ガツツングスイデエ》に対していふ思想なり。

「尋常思想といへば「イデエ」のことなるべし」だとか、「外山氏の所謂思想は則ち個想《インヂヰヅアルイデエ》のみ」だとかと、人の用語を勝手にハルトマンの術語に置き換え、それによって批評を展開してゆくのだから、されるほうはたまったものではないが、外山正一の迷惑はともかくとして、「類」から「個」へとイデーが進歩してゆくという、ハルトマン美学の考え方が、ここにははっきり現れている。

外山正一が今の日本人の画に思想が現れていないと歎いているが、それは美学的に上等な想である個想が現れていないということなのであって、下等な想である類想なら現れている。だから、思想が現れていないという言い方はおかしい、鷗外のいうところはこのようなものである。

したがって、優れた画であれば、個想が現れることになる。

殿堂に過ぎざる殿堂の平々なるも、軍人に過ぎざる軍人の凡々なるも、是れ其画ける所の殿堂といへる類《ガッツング》なればなり、軍人といへる類なればなり、審美的個人主義《インヂヰヅアリスムス》を闕《ママ》ぎたればなり。軍人を画きたるとき其軍服制作の粉本とならずして美術品となる所以は這箇の軍人、一種の面目を備へて此幅の画、個想の現れたるものたるに足ればなり。

個想が現れると、絵画は平凡な類型的下絵から脱して、個性を獲得し、芸術品となるというのだ。個想重視の考え方と具象理想美学の関わりについては後述する。

さて、鷗外の評論の中で、「具象理想」にもっとも近い語が初めて現れるのが、「答忍月論幽玄書」(『しがらみ草紙』一四号、明治二三年一一月)である。この中に「仮令審美上に理想主義と実際主義の二語を襲用して、ハルトマンが抽象《アブストラクト》的理想主義と結象《コンクレエト》的理想主義とを以てこれに代へずとも」という言い回しが出てきて、それまで鷗外が従っていたゴットシャルの分類でいう「理想主義」にハルトマンの「抽象理想主義」を、「実際主義」に「結象理想主義」を当てようとする発想を持っていたことがうかがえる。「抽象理想主義」に対比されていることからも、「コンクレエト」というルビからも、「結象」と「具象」の訳語の違いこそあれ、全くの同一概念と見做して良い。ちなみに、「具象」に改められたのは、磯貝氏も指摘していることであるが、明治二十九年十二月『月草』再録の時のことである。

さらに、「矢野文雄氏と九鬼隆一氏との美術論」（『しがらみ草紙』一六号、明治二四年一月）になると、「美の結象階級」を七段に分けていて、「一、無意識形美　即ち官能的に快きもの／二、第一級形美　即ち数学的に心に適ふもの／(中略)／六、第五級形美　即ち類想的なるもの／七、結象美　即ち小天地的にして且つ個想的なるもの」といった一覧表が出されるに至っている。

二　没理想論争における鷗外の具象理想美学

類想・個想、抽象理想・結象理想という対比、美の具象的階級といった具象理想美学の特徴的な考え方は、これまで見てきたように、断片的にではあるが没理想論争以前の鷗外の初期評論にすでに現れていた。こうした考え方が集約的に記述されているのが、没理想論争における鷗外の第一声ともいうべき「逍遥子の新作十二番中既発四番合評、梅花詞集及梓神子（読売新聞）」（『しがらみ草紙』二四号、明治二四年九月）である。

この中で鷗外は、よく引かれる一文であるが、「われ新声社剏立の事にあづかりし頃、ゴットシヤルが詩学を奉じ、理想実際の二派を分ちて、時の人の批評法を論ぜしことありしが、今はひと昔になりぬ」と述べて、かつての自己の批評法を反省したのち、あらたに自分が取ることとしたハルトマン美学の立場を明らかにする。

ハルトマンが類想、個想、小天地想の三目を分ちて、美の階級とせし所以は、其審美学の根本に根ざしありてなり。彼は抽象的《アブストラクト》理想派の審美学を排して、結象的《コンクレエト》理想派の審美学を興さむとす。彼が眼にては、唯官能的に快きばかりなる無意識形美より、美術の奥義、幽玄の境界なる小天地想までは、抽象的より結象に向

> ひて進む街道にて、類想と個想（小天地想）とは、彼幽玄の都に近き一里塚の名に過ぎず。

類想は、抽象的な理想であり、個想（小天地想）は「結象的」（具象的）な理想である、美の理想は、抽象的から「結象的」に向かって進歩してゆくのであり、これがハルトマンの美学の基準である、というのだ。

では、なにゆえに類想が個想の下位におかれねばならないのか。鷗外はいう。

> ハルトマンのいはく。類想の鋳型めきて含めるところ少なく、久く趣味上の興を繋ぐに堪へざること、真の美の僅に個想の境に生ずることをば、今や趣味識の経験事実なりといひても、殆反対者に逢はざるべし。（中略）ハルトマンは類想を卑みて個想を貴みたり。

「類想」は、鋳型のようにどれも似たりよったりで、個性が現れていない、だからおもしろくないのだ、というわけである。このことからすれば、当然、「個想」が現れている場合は、描かれる対象の個性が活き活きと現れている、ということになる。

「類想」と「個想」、「抽象理想」と「結象理想」の違いは、とりあえず分かったとして、これまでの説明では、「個想」と「小天地想」の違いが不明瞭であった。これについては、次のような説明を考えると推測できるだろう。

> 個物の理想を以て彼の絶対なるもの（全想 Total idea）の分生するところのもの（分想 Partial idea）となし、個物に縁りて、彼の絶対なるものを知ることを得となすものは、ハルトマン Hartmann の所謂小天地主義 Mikrokosmosmus なり。
> （『審美綱領』明治三二年六月）
>
> 大主観の産み出したる句には十七言の短きがうちにも、天晴一幅の小天地図ありて、寥廓として際《きはみ》なき大天地の影は、此図中にほの見ゆべし。（ハルトマン審美学下の巻、七三五面以下参照、明治二十四年十月）
> （「美妙斎主人が韻文論」『しがらみ草紙』二五号、明治二四年一〇月、初出、のち『月草』）

要するに、「小天地想」というのは、「個想」の内でも上々の優れたもので、個物によって世界全体の姿をうかがわせるもの、小さな文芸作品のうちに、大きな宇宙全体の姿を映し出している「想」ということになる。鷗外の具象理想美学とは、おおよそこのようなものであったのである。芸術において現象を重視する、『文学ト自然』ヲ読ム」に見られた考え方とは、方向性を一にしているとはいえ、単純に同一視できるものではない。

三　「早稲田文学の後没理想」

没理想論争の当初、鷗外は「想」の存在を力説し、優れた文学作品には、「個想」が現れているものなのだ、と盛んに説いていた。

シェークスピアの作品が優れているのは、逍遥のいうように「没理想」だからではなく、現れている想が「類想」ではなく「個想」であるからなのだ、というわけである。

論争が進むにしたがって、鷗外の主張は一貫しているにしても、その論調は徐々に変化してゆく、それは、無理想だとばかり思って攻撃していた「没理想」が、逍遥の「我が旨は理想絶無、本来無理想といふとはおのづから別あり」（「没理想の語義を弁ず」『早稲田文学』八号、明治二五年一月）であるとか、「没理想とは有大理想の謂ひにして、そが没理想を唱ふるは、その大理想を求めかねたる絶体絶命の方便なり」（「烏有先生に謝す」『早稲田文学』七号、明治二五年一月）といった発言によって、実は有理想であることがはっきりしたからである。

論争の争点を見失った鷗外は、その後、「没理想」は理想が現れていないという意味ではなく、「没主観」「没挿評」「没類想」「没成心」の一語多義ではないかと逍遥の語義の曖昧さを詰るようになる（「早稲田文学の没理想」『しがらみ草紙』二七号、明治二四年一二月）が、最終的には、没理想論争の最後を飾った「早稲田文学の後没理想」（『しがらみ草紙』三三号、明治二五年六月）において、逍遥のいう「理想」とは「哲学上の所見」に過ぎないと決めつける。

> 蓋し逍遥子が所謂理想は個人が平生の経験学識等によりて宇宙の事を思議し、現世の縁起、人間の由来、現世と人間との何たる、此世を統ぶる力、人間未来の帰宿、生死の理、霊魂、天命、鬼神等に関して覚悟したるところなりといふ。逍遥子が所謂理想は個人が哲学上の所見なり。（「早稲田文学の後没理想」）

このように逍遥のいう「理想」は「哲学上の所見」であって、いわゆるイデーではないと断定したうえで、鷗外は次のように批判を展開する。

> わが見るところを以てすれば、個人の哲学上所見は比量智なり。詩といひ、美文といふものは現量智なり。若し直ちに比量の所見を詩に入るゝものあるときは、レッシングが嘗てポオプを論ぜしとき、ルクレッツをためしに引きて詩人の衣を藉りたる哲学者なりと笑ひしにや似るべき。いかなる楽天の詩も、いかなる厭世の詩も、一たび思議にわたりては詩天地より逐ひ出さるべきこと勿論なり。（同前）

逍遥のいう「理想」は、「哲学上の所見」であり、推理論証的な知識である。これに反して、芸術作品たる「詩」は、感性的な直観に支えられているものである。だから、逍遥のいう「理想」はもともと「詩」にはなじまない、というわけである。したがって、次のような結論になる。

> 夫れ作者の哲学上所見のあらはるべからざるは詩の本性なり。（中略）詩は初めより没却哲理なるべきものなり。（中略）逍遥子がシエ、クスピヤの戯曲を評せし言葉の天下の耳目を驚かしゝは抑何故ぞや。答へていはく。シエ《ママ》クスピヤの曲を没理想なりといひければなり　（同前）

そもそも、逍遥は、芸術作品には作者の哲学的所見が現れるべきではないという、ごくごく当たり前のことを言っていたに過ぎなかったのだ。「没理想」などという言葉を使うものだから、評判になっただけなのだ。鷗外のいうところは、このようなものであろう。

すなわち、没理想論争の最後となったこの論文で、鷗外は、感性的な直観に支えられる芸術作品と推理論証的な知識による「哲学上所見」とを、はっきりと切り離したのである。

このことは具象理想美学と一見関係ないようにも見えるが、鷗外が何といおうと、現に逍遥は「理想」という語を使っているのであり、のちのち微妙に絡んでくることになる。

四　『めさまし草』における鷗外の具象理想美学

鷗外が『しがらみ草紙』時代に使っていた「結象」という術語が『月草』（明治二九年一二月）収録にあたって、「具象」に改められたのは、前述した通りだが、「具象」という語そのものは、『月草』を待たずとも、『めさまし草』時代に入るとさっそく現われる。(4)

高瀬文淵脱却理想論（新文壇）を作る。文淵の哲学上理想《イデエ》（観念）と称するものを指して意象と云へるは上に弁ぜり。文淵は今実を脱し、兼ねて意象を没却離脱して、不朽の美を求むといふ。文淵は実なく意象なきもの能く具象《コンクレエト》すと思へるか。然らずば文淵は具象せざるもの能く美なりと思へるか。

（『めさまし草』まきの二、明治二九年二月）

高瀬文淵が「脱却理想論」（『新文壇』二号、明治二九年二月）で、小説家は、「自然を超越し理想を脱却し、現象意象の両境を絶して、宇宙本体の霊能を直観」すべきである、と主張したのに対する批判である。文中「上に弁ぜり」とあるのは、この引用の前に「蜘蛛の網を結ぶや、虫を捕ふる目的を意識せず。網といふ事物の確固不抜なる図式は先づ存じたり。高瀬文淵これに名づけて意象と云ひ、又超絶自然と云ふ。是れ「イデエ」なり。今の帝国大学諸家の観念と訳し、世上の記者の理想と訳すもの即此なり」とあるのを受ける。

鷗外はあまりにも形而上的な文淵の主張に対し、具象理想美学の立場から、手厳しく批判しているのだ。鷗外にとって、美はあくまでも具象的に現れるものでなければならず、「宇宙本体の霊能」というような形を持たないものであってはならなかったのである。

もちろん、一般的にいえば、神のような霊的存在に美を感じようとする文淵のような立場があってもかまわないとは思うが、ハルトマンに依拠した鷗外がこのように考えたのは、当然である。

鷗外の主張は、そのかぎりでは問題はないのだが、高山樗牛の鏡花評（『太陽』明治二九年三月）を受けた「具象理想と抽象理想と」（『めさまし草』まきの三、明治二九年三月）になると、話が少しおかしくなってくる。

太陽記者は鏡花の旧作を評して云く。理想化の極点に達して、血なく肉なく、唯々骨格を剰すと。われはこれによりて太陽記者が理想の抽象理想なることを知る。抽象理想の詩に於けるや、その排すべきこと、その極点に達するに至りて始めて然るにあらず。理想化の価値は具象理想化にありて、抽象理想化に在らず。詩中の人物の、血あり肉ありて能く活動するは具象したればなり。その血を失ひ肉を失ひて、唯ゞ骨格を剰すは抽象したればなり。

鏡花の極致は抽象的にして具象的ならず。

おかしいというのは、鷗外はこれにさきだって、同じく樗牛の文芸時評（『太陽』明治二九年二月）を受けた「無想小説、観念小説、没想小説」（『めさまし草』まきの二）で「所謂想、観念、主観的傾向は作者たる個人の世界観若しくは世界観の一片にして、所謂観念小説は狭き世界観若しくはある世界観の一片を写せる小説なり」「記者の所謂没想は即逍遥子の所謂没理想には非ざるか」といっているからである。

すなわち、観念小説の「観念」とは、小説家個人の「世界観」だと言っていたのである。また、逍遥のいう「理想」は「哲学上所見」に過ぎない、という前節で見たような鷗外の断案を考えると、この「世界観」は「哲学上所見」と言い換えることもできることになる。要するに、樗牛のいう「観念」「想」は、「世界観」もしくは

「哲学的所見」に過ぎない、鷗外はこういっていたのだ。

こうしたことを踏まえて、「具象理想と抽象理想と」を読み直すと、先におかしいと言った理由が分かるだろう。なお、引用文末尾の「極致」は、「理想」「想」「観念」のほかに、当時イデーに与えられたもう一つの訳語である。

今確認したように「観念小説」の「観念」は「世界観」もしくは「哲学的所見」であったはずなのが、ここでは「抽象理想」である、と言い換えられているのである。しかも、そのよろしくない「抽象理想」は鏡花の作品に現れていて、鏡花の作品の登場人物が活き活きと活動していないのは、そのせいなのだ、鷗外はそう言っているのだ。

「観念小説」の「観念」は「抽象理想」であると定義すること自体は勝手である。だが、かつての鷗外は、逍遥のいう「理想」は、「哲学上所見」に過ぎないのであって、そんなものは文芸作品にはもともと現れるものではない、とまで言い切っていたのである。これは明らかに矛盾している。

つまり、逍遥の語義の曖昧さを批判した当の鷗外の中でも、いつのまにか「世界観」「哲学上所見」は「抽象理想」であるということになってしまっているのだが、これは鷗外自身の混乱によるものであろう。(5)

五　日清戦争後の具象理想美学

以上のような鷗外の混乱はさておき、日清戦争後の文壇で鷗外の具象理想美学の果たした役割は大きかった。結論を先にいうならば、当時流行の観念小説批判の合い言葉となったのである。

観念小説の名づけ親であり、鏡花を文壇に押し出した田岡嶺雲さえ、「理想と自然」(『青年文』三巻三号、明治二九年四月)で次のように発言している。

理想とは必ずしも抽象の理屈の謂にあらず、理想とは亦理性によりて得たる断定の謂にあらず、理想とは直覚的の見地なり。之を抽象的に分解せんと試むる者は哲学者なり、之を具体的に表彰せんとするものは詩人なり。

「理想とは必ずしも抽象の理屈の謂にあらず、理想とは亦理性によりて得たる断定の謂にあらず、理想とは直覚的の見地なり」までは、鷗外が「早稲田文学の後没理想」で、哲学的所見は比量智であり、文芸作品は現量智に属すので、「哲学的所見」などは現れるはずもない、といったのとまったく同じ理屈である。

これに先の『めさまし草』の鷗外文にある、観念小説の「観念」は抽象理想なのであって、芸術作品にはふさわしくなく、具象理想こそがふさわしい、との考えを合わせると、ちょうど嶺雲の主張と同じになる。

このような前提に立って、嶺雲は文壇の風潮を次のように批判する。

今の詩人文士は則ち理を以て理想と誤る、蓋し彼等の天分大なる直覚の能力を有せざるや、直ちに自然と相抱く能はず、僅かに推理の綱縄をたどりて或見地に達し、而して之を其作に表彰せんとす。而して其自らの既に抽象的に之を会得せるや、これを表彰するに当て具体的にする能はず、推理理解の架橋以て漸く理想と自然との鴻溝を通ずるを得るのみ。(中略)今の理想派と称する文士の作の興趣を欠き津味に乏しき実に之が為めのみ。

「理想派」はいうまでもなく、主観的な作風である観念小説を指す。ここでの嶺雲の論理が、先の鷗外の鏡花批判とまったく同様のものであることは、明白であろう。(6)

さて、こうした具象理想美学は、「観念なる語は近頃抽象観念派とか言ふ名辞に用ひられたるため、頗る人の好まざる所となりたれど」(『帝国文学』明治二九年七月、雑報欄)などともあるように、かなり流行したようで、当時の文芸評論のあちこちに見ることができる。

次は、「花下眠叟」（不詳）の「さゝ舟、きくの浜松及びたけくらべを読みて」（『太陽』明治二九年六月）の一節である。

凡そ作家か《ママ》必らず一個の哲学的世界観人生観を有するを要すと否とは、今こゝに断言する能はざる処なれども、兎に角に今日の評家が望む如き抽象的なる哲理は作家必らずしも之を其の所作の内に顕はすを要せず、たゞに要せざるのみならず、かゝる哲理の明らかに顕はるゝ事あらんか、夫はむしろ劣等なる所作と云ふべし、今日の観念派とやらん言ふ一派の小説が非難を受くるも、結局は一種の哲理が余り抽象的に顕はされたればなるべし、小説はもとより哲理もなかるべからず、然れど其の哲理は必らず結象的ならざるべからず、然らずは傾向小説とか言ふものとなりて、やがて一種の哲理を説くと同じものたるに至るべし

「哲学的世界観人生観」「哲理」に対して、やや穏健な立場をとっている以外、ほとんど先の鷗外、嶺雲の主張と変わらないであろう。

さて、いうまでもないことだが、このようなハルトマン美学にのっとった具象理想美学が、鷗外の紹介によるものであることは、『月草』叙の鷗外自身の言を待つまでもなく、当時の文壇では常識であった。

『太陽』（明治二九年五月）の文芸時評欄を見ると、「現今我邦に於ける審美学に就いて」という記事があり（無署名であるが、樗牛に間違いない）、現在審美学については学術書がほとんど存在しないにも関わらず、美学的論文があちこちの文学雑誌に現れ、しかも、その中には「一二『素人学者』のハルトマンの講義に」よっているものが多い、とか、今の人は何かというとハルトマンを口にするが、哲学・美学の歴史的発展を知らない人は、「真に審美学者としてのハルトマンを知」ることはできないし、「単に最近の系統なるの故を以て、一も二も無く是を尊崇依信するが如きは、是れむしろ小児の見のみ」などと鷗外に対する当て擦りがなされている。

哲学の専門家を自負する樗牛のやっかみ半分の皮肉であろうが、これなどは逆に当時、ハルトマン美学が文壇

でもてはやされていたこと、そして、その紹介者が鷗外であるということが広く認められていた事実を示すものである。『月草』叙の鷗外の自負は、うぬぼれでも何でもないのである。

さらに、同号の文芸時評欄に「明治評論の時文欄」（これも樗牛であろう）という記事があり、その中で次のように述べられている。

　近来二三校舎にハルトマンを講し初めしものあるより、類想、個想、実感、美象等の文字の文学論中に顕はる丶を見たれども、読書社会の多数は是等の極めて普通なる術語をすら正確に理解する能はざるが如し。事体《ママ》是の如きの今日にあたりて、例へば抽象理想、具象理想等の論議を試みむとするも、其効果恐くは甚だ少からむ。

「近来二三校舎にハルトマンを講し初めしものある」は、明治二十五年から慶応義塾で鷗外が、また、東京専門学校で大塚保治が、明治二十六年から東京大学でケーベルが美学を教え始めたことを指すだろう。

この文そのものは『明治評論』の記者に対して向けられたものなので、鷗外に対するものではないのだが、「類想」「個想」「抽象理想」「具象理想」などの術語が、ハルトマンのものであると、当時、はっきり意識されていたことが分かる。

おわりに

さて、このように「理想（想）」が具象的である、という主張は、当時、ハルトマン美学によるものと明白に認識されていたわけであるが、花袋の文芸評論の中で「具象」という語が初めに現れるのが、次の「文界時評」（『中学世界』明治三二年一一月一〇日）なのだ。

　人生も《ママ》最大奥義、人間の最大責任をも、種々の煩悶の中に黙契するを得て、恰もこの大自然が有するものに庶幾き勇気と自信とを感得するに至るならん。（中略）われは思ふ、批評家の想といひ内容といふ所のものは、決して渠等の言ふ如き抽象的のものにはあらず、実に筆と思想との相触れたる一瞬時に生じ来れる神来的具象的のものならんと。

「想」が「抽象的」ではなく「神来的具象的」であるという主張は、たとえば嶺雲であれば、「直覚的」「具体的」であるといっていたのとまったく重なるだろう。

しかも、以上のような考え方は、『野の花』論争における花袋の発言にそのまま流れ込んでいるのである。

坪内博士がシエクスピーヤを説くに、純客観の批評を以てし、詩を説くに、純記実の手法を以てせる事は、由来人の熟知せるところ、理想を没し、主観を没せんとしたがる《ママ》が為めに、盛なる論争を鷗外漁史と開きしも、これ又人の知る所なり。　（一）

主観に二種あり、一を作者の主観と為し、他を大自然の主観と為す。而して坪内氏のシエクスピーヤを説くや、この大自然の主観のほの見ゆるさへ厭ふといへり。されどわれはこの大自然の主観なるものなくば遂に芸術を為さずと思へり。この大自然の主観なるものは八面玲瓏礙るものなきこと恰もかの富岳の白雪の如くなると共に又よく作者の個人性の深所に潜みて、無限の驚くべき発展を為し、作者をしてよく瞑想し、よく感動し、よく神来の境に入らしむ。作者の主観は概して抽象的なれど、大自然の主観は飽まで具象的に且冥捜的なり。作者の主観は多く類性のものを描くに止まれども、大自然の主観はさま〴〵なる傾向、主義、主張を容れて、しかもよくそれを具象的ならしむ。　（二）

（「作者の主観（野の花の批評につきて）」（『新声』明治三四年八月）

「坪内博士がシエクスピーヤを説くに、純客観の批評を以てし、詩を説くに、純記実の不法を以てせる事は、由来人の熟知せるところ、理想を没し、主観を没せんとした」とあるのは、かつての鷗外と同様、花袋が逍遥のいう没理想を純客観・無理想と誤解していたことを示す。また、「大自然の主観」という花袋独特の用語は、イデーに相当する。かつ、この術語が、高瀬文淵の「自然其物の主観」という用語に拠っていることは、前章で述べた。

さて、「大自然の主観」をイデーに置き換えてみると、「作者の主観」は観念小説の「観念」に相当することが分かる。イデーと「哲学的所見」を対立させた鷗外、「理想」と「理」を対立させた嶺雲とまったく同じ構造である。

「作者の主観は概して抽象的なれど、大自然の主観は飽まで具象的に且冥捜《めいさう》的なり。作者の主観は多く類性のものを描くに止まれども、大自然の主観はさま〴〵なる傾向、主義、主張を容れて、しかもよくそれを具象的ならしむ」といったくだりなどは、鷗外の具象理想の説のほとんど焼き直しと言ってよいであろうが、こうした論を立てた花袋の意識の中には、単純写実主義や主観的な観念小説を乗り越えた、新しい文学を求めようとする志があったはずである。

以上、「具象」という語についての検討を通じて、日清戦争後の文壇で、鷗外の紹介によるハルトマンの具象理想の説が広く流通していたこと、および、『野の花』論争において、花袋がその具象理想の説を下敷きにして立論していたことを確認した。

（1）坂井健「没理想論争と田山花袋――『野の花』論争における『審美新説』受容の評価をめぐって――」（本書第四部第三章）

（2）このうち高瀬文淵が係わる花袋のハルトマン受容については、坂井健「田山花袋と高瀬文淵――花袋のハルトマン受容をめぐって――」（本書第四部第四章）参照。

（3）磯貝秀夫「鷗外の批評運動――その二　文学・芸術論について――」（『広島大学文学部紀要』昭和三九年八月、

初出、ただし、磯貝秀夫『森鷗外――明治二十年代を中心に――』明治書院、昭和五四年、による）

（4）ここに引用した例が、鷗外の文芸評論中最初の用例である。なお、鷗外は没理想論争の頃までは「結象」という語を使っていたが、「審美論」（明治二五～六年）になると「具なる理想主義」という言い方が出てきて、「具なる」に替わっている。なお、「具象」という語は、concrete の訳語として、『英独仏和哲学字彙』（明治四五年）に「具体、具象、実形、形而下」と見えるが、『哲学字彙』（明治一四年、ただし、飛田良文編『哲学字彙訳語総索引』笠間索引叢刊、昭和五四年、によった）には「具体、実形、形而下」とのみあり、「具象」は見えない。『改訂増補哲学字彙』（明治一七年）でも同様である。「具象」は、鷗外の具象理想の論によって、明治半ば以後に流通するようになったのかもしれない。鷗外が「具体」を選ばなかったのは、「結象」からのつながりと、「抽象」の対義語として用字上ふさわしかったからではなかろうか。concrete に対する「結象」という訳語は、『哲学字彙』『英独仏和哲学字彙』ともに見えないが、本文の引用（「さゝ舟、きくの浜松及びたけくらべを読みて」）からも分かるように、鷗外以外にも用例が見える。ただし、これは没理想論争における鷗外の訳語に拠ったものとも考えられる。この語は、徐々に駆逐され、現在では死語となっている。

なお、「具体」は、嶺雲も使っているように、現在も当時も concrete の訳語として、ごく普通に使われる語である。

（5）坂井健「観念としての「理想（想）」――鷗外「審美論」における訳語の問題を中心に――」（本書第三部第一章）参照

（6）嶺雲と没理想論争の関係については、坂井健「没理想論争と田岡嶺雲――禅の流行と自然主義の成立――」（本書第四部第二章）参照。

第五部

鷗外とハルトマン

第一章　没理想論争における鷗外とE・V・ハルトマン

はじめに

没理想論争における鷗外が、ハルトマン美学によって論を展開したことは、よく知られており、また鷗外自身も論争中に述べていることである。そして、鷗外とハルトマンとの関係についても、少なからぬ論考がある。(1)しかしながら、没理想論争における鷗外の論とハルトマン美学との関係についての具体的・個別的な解明は十分になされていないように思われる。大体において、ハルトマン美学は鷗外の理想主義的・浪漫的批評の理論的基盤であったとするのが、従来の定説であろう。

もちろん、そうした側面も真実であるが、以下に見てゆくことから分かるように、鷗外がイデーの実在を力説し、理想主義的な立場から逍遥を批判したのは、逍遥の「没理想」を無理想であると考えていた時までであり、「没理想」が無理想ではなく、むしろ大理想とでもいうべきものであり、逍遥もイデーの存在を否定しているわけではないということが明らかとなってからは、論争の様子は一変したのである。この後鷗外の批判は、もっぱら逍遥の老荘的あるいは仏教的世界観とそれに由来する発想に向けられるようになる。(2)実は、この対立こそが没理想論争の実相であったわけだが、(3)本章の目的は、以上のような没理想論争における鷗外の論の基盤を具体的にハルトマン美学の中に見出し、論争における対立の様相を明確に示すことにある。

一

本論に入る前に、論争における鷗外の論を簡単に追うと、以下のごとくである。

まず、はじめに鷗外は、「逍遥子の新作十二番中既発四番合評、梅花詞集評及梓神子（読売新聞）」（『しがらみ草紙』二四号、明治二四年九月二五日）において、逍遥の「小説三派」（『読売新聞』明治二三年一二月七～一五日）に対する批判を中心に論を展開する。逍遥のいう「固有派」「折衷派」「人間派」の分類は、ハルトマンの分類でいう「類想」「個想」「小天地想」に相当する。逍遥はこれら三者には優劣がないとしているが、ハルトマンによれば、「類想」「個想」「小天地想」の順で、抽象的なものから具象的なものに向かって美の階級が進むものであるから、当然「小天地想」、すなわち「人間派」こそが最も優れたものでなければならない。そして、批評には標準（理想・審美的観念）が不可欠だと主張した。

これは抽象的美を排して、具象的な美を上位に置き（第一点）、また、イデーの実在を想定した（第二点）ハルトマン美学の反映である。

ついで、「早稲田文学の没理想」（『しがらみ草紙』二七号、明治二四年一二月二五日）では、逍遥は「シエークスピヤ脚本評註緒言」（『早稲田大学』一号、明治二四年一〇月二〇日）において、「造化」の本体はあらゆる思想を包括し、あらゆる差別を持たない「没理想」であって、シェークスピアの作品が優れているのは、「没理想」の作だからであると主張し、さらに「我にあらずして汝にあり」（『同』三号、明治二四年一一月一五日）において、「小理想」によって議論を語るのではなく、「記実」を行うべきであるとしたが、「世界はひとり実のみならず、また想のみちみちた」ものであり、シェークスピアの作品が優れているのは、その想が「没理想」だからではなく、「小天地想」であるからであり、人が美を感ずるのは耳目によって感覚するからではなく、「先天の理想」が「暗中より踊り出で、此声美なり、この色美なりと叫ぶ」からであると説き、このように美が審美的観念によってその客観性が保証される以上、そのような「理想」による議論は排せられるべきではなく、したがって、「記実」のみでは不十分だとした。これもまた、イデーの実在を前提とした論である（第二点に同じ）。

以上は、従来も指摘されてきたハルトマン美学の理想主義的側面が、鷗外の論に反映した点である。

ところが「早稲田文学の没却理想」「逍遥子と烏有先生と」（『しがらみ草紙』三〇号、明治二五年三月二五日）になると、様相が違ってくる。これは逍遥が「没理想の語義を弁ず」（『早稲田大学』八号、明治二五年一月三〇日）、「烏有先生に答ふ」其一、其二（『早稲田大学』九号、明治二五年二月一五日）「烏有先生に答ふ」其三、「其意は違へり」（『早稲田大学』一〇号、明治二五年二月二九日）において、「没理想」は無理想ではなく、あらゆる理想を覆い尽くす空であり、あらゆる矛盾律が働かない無限無底の絶対であって、このような「没理想」に達するには「一理想を固執する欲有限の我を去て《ママ》、無限の絶対に達せんとする欲無限の我を立て」なければならないと説き、「談理」を「記実」より後にすべきである、としたことに対しての鷗外の反論である。すなわち、鷗外は「衆理想皆是にして皆非」とする矛盾律の無視を攻撃し、このような矛盾律の無視が行われるのは、空間を脱し、時間を離れた「絶対の地位」で「弁証」をする場合であると看破してこれを退け、現象世界の中で帰納的方法によって理想を着々と追い求めるべきであって、釈迦のように悟りを開くことによってひと摑みにするべきものではないと主張したのである。

これは矛盾律を無視せず、弁証法を採用しなかったもので、帰納的方法を重視したものであり（第三点）、現象世界を離れた絶対の境に実在を想定するという二元論を否定し、現象への認識を深めることで実在に達し得るという一元論の立場に立ったものである（第四点）。これもハルトマン美学に拠るものである。(4)

論争はさらに続くのであるが、論争の展開を逐一記述することが本章の主旨ではないので、省略することにす

る。(5)

次の節では、ハルトマンの美学について見ながら、以上に述べた四点について確認してゆくことにする。

二

はじめにハルトマン哲学について概観する。ハルトマンの美学は彼の哲学の上に立っているのであって、概略を捉えておく方が好都合だからである。

ハルトマンの哲学は著者自身によって超絶的リアリズムと呼ばれた。なぜなら、彼は自己の哲学において、可能な限りの広範囲な経験の基盤から、帰納的手段によって、経験を超えた所に存在するなにものかについての知識に達すると主張したからである。意識のある部分、すなわち、認識の意識は、我々の同意なしに、そして、しばしば我々の欲望に反して、発し、変化し、帰結する。したがって、認識の意識は自我のみから発するものとしては十分に説明出来ない。そこで、経験を越えた実体の存在が仮定されねばならなくなる。そのうえ、この実体は意識の上に作用し、しかも、異なった様式で、異なった時間に作用するので、この実体は、自身にこうしたふるまいを可能にするような性質を持つものでなければならない。無意識者は、ハルトマンによれば二つの等しく根源的な特性を持っている。つまり、意志とイデーである。ヘーゲルもショーペンハウアーもいずれか一方が他に従属するとした点で誤っている。それどころか、どちらもそれだけでは作用しないし、どちらも一方の結果ではない。意志は非論理的であって、実在を引き起こす（世界のＤａｓ）。イデーは意識的ではないが、論理的であり、本質を決定する（Ｗａｓ）。意志の果てることのない無益な苦しみは世界を苦しみに満ちたものとすることを余儀なくし、世界はそれ以上悲惨になり得ぬほどに悲惨である。しかしながら、世界は、また、非常に素晴らしい世界としても性格付けられる。なぜなら、自然と歴史とは世界の目的に最もよく適った様式で、不断に発展して行くものだからである。そして、意識を増大させることによって、イデーは、永遠に向かう苦しみを引き伸ばすかわりに、非存在における存在の悪からの避難所を与えるのである。(6)

以上から、いくつかのことが分かるであろう。

第一に、ハルトマンは世界の実在の根源として「無意識者」というものを立てている（ヘーゲルでは「神」、ショーペンハウアーでは「盲目の生への意志」とされている）。これは現象世界を超越したところに存在する、形而上的な世界の根源の存在を認める実在論の立場である。

次に、世界観であるが、この三者は、世界はある一つの世界の実在の根源から生まれて来たのだとする一元的な立場に立っている。この考え方は、逍遥の本質的実在である没理想が現象世界と全く隔絶したところに措定されたことと鋭く対立する。

さて、これに伴って、世界の実在の根源の認識の方法について述べる。ハルトマンにおいては現象世界と本質的実在の世界は隔絶したものとして捉えられていない。それゆえ、「可能な限りの広範囲な経験の基盤から、帰納的手段によって、経験を越えた所に存在するなにものかについての知識に達する」とあるように、経験から帰納的手段によって、形而上的な世界の実在の根源に達することができるとされている。

以上は前節で述べた第三点、四点に相当するであろう。

ところで、ここでハルトマンの独自性について一言触れておくのも決して無駄ではあるまい。

もし、実在をヘーゲルのように、論理的合目的的な神のイデーと仮定するなら、この世に存在する苦しみ、不幸といったものが説明できなくなるし、逆に、ショーペンハウアーのように、実在を非論理的非合目的的な盲目の生への意志であると仮定するならば、この世に存在する我々の意志に適ったできごと、本能に適ったもの、芸術作品といった存在が説明できなくなるであろうから、世界の実在の根源たる無意識者はこれらの両方を兼備えたものでなければならない。このようにハルトマンの独自性は現実と理想とに等しく重点を置いて考えた点にある。これは一種折衷主義といわれても仕方のない側面であるが、こうした側面は先にあげた「可能な限りの広範囲な経験の基盤から、帰納的手段によって、経験を越えた所に存在するなにものかについての知識に達する」という点にも表れている。すなわち、ハルトマン哲学はドイツ観念論の末期のものであり、自然科学的な要素を巧みに観念論に取り入れたものである。自然科学が進歩し始めた当時にあって、もはや時代遅れとなっていた従来の観念論をなんとか現実に適応させようとしたものなのであって、それゆえにこそ、科学と両立し得たのであり、科学者たる鷗外が祖述したのであろう。

以上、一言でまとめるなら、ハルトマン哲学の特徴は、科学的手段、帰納的方法により、現象世界に対する認識を深めてゆくことによって、形而上学的な世界の実在を把握できると考えていたところにある、といえよう。つまりハルトマン哲学は、従来強調される理想的側面と同時に科学的な側面をも併せ持っていたのである。

三

「審美論」は『美の哲学』(*Philosophie des Schönen*) の第一巻『美の概念』(*Der Begriff des Schönen*) の四九〇頁中、冒頭の五八頁分の翻訳である。ちなみに『審美綱領』は、『美の哲学』の第一巻『美の概念』第二巻『美の所在』(*Die Factoren des Schönen*) 計八三六頁分の梗概で、分量にして十分の一程度になっている。以下、「審美論」と『審美綱領』をたすけに、『美の哲学』を追いながらハルトマン美学について見てゆく。

鷗外は「前書き」を訳してはいないが、この中でハルトマンは自己の方法について宣言する。

美と欲望、真実、倫理、宗教との比較は、多くの美学者によって、特に弁証法的あるいは演繹的方法をとる観念論者たちによって、美の領域に関しての、精神的な生命に隣接するいくつかの領域と美との境界に関しての、さしあたっての指針としてすでになされてきた。しかしながら、私には実際のところ几帳面で堅苦しい帰納的方法が適当であるように思われる。(7)

ここでは、前節と同様に弁証法的・演繹的方法が否定され、帰納的方法の妥当性が主張されている。これもまた、一節で述べた第三点に相当する。

さて、次に本文に入るが、はじめに美の生じ方について見る。

ハルトマンは客観的な事物自体に美が存在するという説、美を感じる主観の中に美が存在するという説を共に退け、美は事物が主体の感覚に働きかけることによって生ずるものであるという伴生説をとる。

客にして実なる術品を観て、健全なる覚ゆる主の産みたるおぼえの図は美しきか、美しからざるか、その美しさはいかばかりなるか、その美しさはいかなるか。そは覚ゆる主、産む主に関するにあらず、そは官の動かされたるために生ずる産といふ業のさまに関す（「審美論」）。

正常な認識主体によって、客観的実在としての芸術作品を目の前にして生み出される認識の形象が、美であるか、美でないか、どの程度美しいか、どのように美しいか、それは芸術作品によって自らすべてを生み出している主体によるものでもない。そうではなく、ただ、感覚器官への影響によって引き起こされる生成の方法と様式にのみよるものなのである。(8)

要するに、美感が生ずるかどうかは、我々がいかに物体を感じるかという方法と様式にかかっているというのである。

このように、美が主観と客観の関係において生ずるものであるとしたあと、ハルトマンは「美の所在」について次のようにいう。

美は仮象にあり。美は主象にあり。美は想なるものなり。実物には美無し。空気若しくは顥気の運動には美無し。唯其想にして客なるものを捕へおかんために、彫刻にては金石という実物を用ひ……（「審美論」）

このように美はいつも仮象の中に存在し（感覚的仮象の中にも、空想的仮象の中にも存在し得るが）つまりは、常にイデー的な意識内容であるような主観的幻影の中に存在する。そして、現実の空気やエーテルの運動にも、いかなる物自体にも存在しない（美は、このように純粋にイデーなものとして存在し、その現実性は、ただ全く知覚された意識内容のイデー的現実性に過ぎない）。しかし、もし、われわれが美を固定し、それによってイデー的な現実性の客観性に対しての保証を得ようとならば、(9)……

括弧内は鷗外訳に欠けている部分である。この後、「美を現実に固定する」つまり、形を持った物に表したり、感覚することができるようにする方法として、造形による美術と造形によらない詩、音楽があるが、どちらも等しく芸術なのである、という議論が、ハルトマンでは、ホメロスやベートーベンを引いて、鷗外では、応挙や馬琴を引いて続けられている。

それはともかく、ハルトマンによれば、美は仮象に存在し、ここでは、美は「イデー的」なものであると述べられているので、鷗外はイデーと客観的審美的観念の実在を読みとったのである。

これは、一節で述べた第二点に相当する。ただし、鷗外の理解が必ずしも適切ではないという点については、本書第三部第一章で論じた。なお、美を固定し、知覚できるようにする方法について述べられている箇所は第一点にも相当しよう。

第一点については、さらに次のように述べられている。

今の学者は、反慮と抽なる義解（概念）の写象（想像）との、美を担ふこと能はずして……（「審美論」）

結局、抽象的概念的写象と思惟的省察は美の所在たり得ないことが明白なことと見られるだろう。(10)

このように、ハルトマンは美を抽象的な省察、概念には存在し得ないものであるとしている。彼は、徹頭徹尾美は具体的なものであるとし、仮象は決して抽象的なものではないと考えていた。単に感覚的に快いだけのものでもなく、また、われわれの感覚を越えた形而上的な世界に存在するものでもないと考えていたのである。このことは鷗外の「審美論」を論ずる上できわめて重要である。なぜなら、明治二十年初頭においては二葉亭の、学問はイデーの智力による分析的究明、美術はイデーの感情による総合的感得である、との主張が広く受け入れられていたのであり、学問的真理と芸術的美とが混同され、美も抽象的なものの中に求められることが多かったのである（逍遥の「没理想」も真と美との区別をもたないものである。鷗外はこの点についても逍遥のいう「没理想」は哲学的所見に過ぎぬのではないかと攻撃している）。鷗外はとくにこの点について、批判的であった。もちろん、これはハルトマンに拠ったがゆえのことであろう。なお、ハルトマンが類想を排し、「個想」を重んじたのも美を具体的なものと考えたからである。

ところで、美が生ずる際に主観的要素が関わることを認めた場合、その客観性がいかにして保証されるかということが問題になってこよう。この疑問についてハルトマンは次のように答える。

美を受容する時に当りて、よく我を仮象中に投入する所以のものは、仮象の現ずるところの理想に依りて、能変の唯一の本源たる自性と合一するに外ならず。（『審美綱領』）

しかし、美に没入すると、主体はこの分離（筆者注―主体と絶対的精神との分離）が統合され、現象化した理念である美的仮象を通して絶対的精神との一致に回帰したと感ずる。(11)

つまり、われわれはもともと普通的な絶対的精神から生まれ出て分化した存在だから、常にその源である絶対的精神に回帰しようと希求し、絶対的精神にかなったものを求めている。そして、美的仮象というのは理念が現象化したものだから、これは絶対精神にかなったものなのである。このようにして、美の普遍性は保証される。

これは、イデーの実在を想定することによって、美の客観性の保証を得ようとするものであるから、第二点に相当し、また、我々が形而上的な存在である絶対精神から分化した存在であって、これから隔絶されたものではないと考えている点は、第四点にも相当しよう。

おわりに

以上見てきたように、ハルトマン美学は一面では理想主義的・浪漫主義的な性格を持っていたが、その反面、科学的・経験主義的な色彩の濃いものでもあった。そして、前者が鷗外をして、逍遥の無理想のように思われた「没理想論」、そして「談理」を排し、「記実」を重んじた態度を攻撃せしめたのであり、後者が鷗外をして、逍遥の現象世界の認識と学問を軽んじ、現象世界を脱却した絶対の境地にあらゆる理想を覆ってしまい、あらゆる矛盾を統合してしまうような「没理想」を悟りによって求めようとする老荘的・仏教的な二元論の発想を非難させたのであった。

このように没理想論争は東洋的な二元論と西洋的な一元論とが対立したものであったといえる。

(1)　神田孝夫「鷗外初期の文芸評論」(『比較文学研究』昭和三二年一二月)、同「鷗外と美学」(稲垣達郎編『森鷗外必携』学燈社、昭和四三年)、同「森鷗外とE・V・ハルトマン——『無意識哲学』を中心に——」(長谷川泉編著『比較文学研究　森鷗外』朝日出版社、昭和五三年)、小堀桂一郎『森鷗外—文業解題　翻訳篇』(岩波書店、昭和五七年)、磯貝英夫「鷗外の文学評論——逍鷗論争を中心に——」(稲垣達郎編『森鷗外必携』)、同「啓蒙批評時代の鷗外——その思想特性　上・中・下——」(『文学』昭和四七年二月、一二月、四八年一月)など。

(2)　坂井健「二葉亭四迷「真理」の変容——仏教への傾倒——」(本書第二部第一章)、同「二葉亭四迷と坪内逍遥」(『函館私学研究紀要——中学・高校編——』平成元年三月)、同「坪内逍遥「没理想論」と老荘思想」(本書第二部

第三章に収録）参照。

（3）坂井健「没理想論争の実相――観念論者逍遥と経験論者鷗外――」（本書第二部第二章）参照

（4）二元論・一元論の定義は、本書第二部第一・二章などで二元論的直観論・一元論的認識論といった語で述べたが、簡単にまとめると以下のごとくである。二元論においては、本質的存在たるイデーは、経験可能な現象世界を離れたところに存在するので、経験的・科学的方法によってはイデーを知ることができない。これに対して、一元論においては、イデーは現象世界に現れているのであり、この世界はイデーが発展・展開して現れたものであるから、現象世界に対しての経験的知識を無限に積み上げるならば、イデーを把握できると考えられる。換言するなら、一元論とは「実」より帰納して「想」を得られるとするものであり、二元論は「実」を脱却することで「想」に達しようとするものである。そして、一元論的発想は西洋の近代に特徴的であり、二元論的発想は仏教や老荘思想といった東洋的な発想に顕著である。

（5）論争全体の展開については、重松泰雄「没理想論争」（『国文学―解釈と鑑賞』昭和四五年六月）の概観が分かり易い。

（6）Von Hartmann's philosophy is called by its author a trascendental realism, because in it he professes to reach by means of induction from the broadest possible basis of experience a knowledge of that which lies beyond experience. A certain portion of the consciousness, namely, sense-perception, begins, changes and ends without our consent and often in direct opposition to our desires. Sense-perception, then, cannot be adequately explained from the ego alone, and the existence of things outside experience must be posited. Moreover, since they act upon consciousness and do so in different ways at different times, they must have those qualities assigned to them which would make such action possible. The unconscious, according to von Hartmann, has two equally original attributes, namely, will and idea. Hegel and Schopenhauer were both wrong in making one of these subordinate to the other ; on the contrary, neither can act alone, and neither is the result of the other. The will is illogical and causes the existence, the Das of the world; the idea, though not conscious is logical, and determines the Was. The endless and vain striving of the will necessitates the great preponderance of suffering in the universe, which could not well be more wretched than it is. Nevertheless, it must be characterized as the best possible world, for both nature and history are constantly developing in the manner best adapted to the world-end;and by means of increasing consciousness the idea, instead of prolonging suffering to eternity, provides a refuge from the evils of existence in non-existence. ("The Encylopedia Americana" 1965)

(7) Der Vergleich der Schönheit mit Bedürfniss, Wahrheit, Sittlichkeit und Religion ist von vielen Aesthetikern, namentlich den dialektisch oder deduktiv verfahrenden Idealisten als vorläufige Orientirung über das Gebiet des Schönen und dessen Abgrenzung von den Nachbargebieten des geistigen Lebens voraufgeschickt worden; mir schien es aber sachlich angemessener und formell dem induktiven Verfahren entsprechend.

(8) Ob das Wahrnehmungsbild, welches von einem normalen Wahrnehmungssubjekt in Gegenwart eines objektiv-realen Kunstwerks produziert wirt, schön ist oder nicht, und in welchem Grade und welcher Art es schön ist, das ist gar nicht von dem alles aus sich produzierenden Subject bedingt, sondern ganz allein von der Art und Weise der Produktionsthätigkeit, zu welcher es durch die Affection seiner Sinnesorgane angeregt wird.

(9) Das Schöne liegt also allemal im Schein, sei es im Sinnenschein, sei es im Phantasieschein, also immer in der subjektiven Erscheinung, wiesie idealer Bewusstseinsinhalt ist, und weder in den realen Bewegungen der Luft oder des Aethers noch in irgend welchen Dingen an sich. Das Schöne ist als solches rein ideal, und seine Realität ist nur die ideale Realität eines wirklich perzipierten Bewusstseinsinhalt; sucht man aber nach einer Fixation des Schönen, um dadurch Bürgschaften für die Objektivität dieser idealen Wirklichkeit zu gewinnen,

(10) Es darf nachgrade [sic] als unbestritten angesehen werden, dass abstrakte begriffliche Vorstellungen und gedankliche Reflexionen nicht der Sitz des Schön sein können.

(11) In der Hingabe an das Schöne aber fühlt das Subjekt diese Geschiedenheit aufgehoben und sich in die Einheit mit dem absoluten Geist durch den ästhetischen Schein der Idee phänomenaliter restituirt,

第二章　鷗外がハルトマンを選んだわけ

はじめに

近代文学史上最大の論争とされる没理想論争をはじめ、明治二十年代における鷗外は、E・V・ハルトマンの思想に拠ってその旺盛な批評・評論活動を展開した。その批評・評論活動は、絵画論、小説論、戯曲論、哲学論など、実にさまざまな方面にわたっている。いわゆる戦闘的啓蒙批評の時代である。

ではなぜ、鷗外はハルトマンの思想に拠ったのであろうか？　なぜハルトマンを選んだのだろうか？

一　鷗外の帰朝後の興味

一口にハルトマンの思想といっても、論争時に鷗外が拠ったのは、彼の代表的著作である『無意識の哲学』と彼の美学上の著作である『美の哲学』の二つである。つまり、ハルトマンと鷗外の関係を考えるとき、この二つの著作があり、それぞれが微妙に係わりあうことになる。

鷗外が美学上の問題でハルトマンに引かれた理由は、比較的明瞭である。鷗外自身が次のように述べているからだ。

われ新声社摒立の事にあづかりし頃、ゴットシャルが詩学に拠り、理想実際の二派を分ちて、時の人の批評法を論ぜしことありしが、今はひと昔になりぬ。程経て心をハルトマンが哲学に傾け、其審美学の巻に至りて、得るところあるもの丶如し。

（「逍遥子の新作十二番中既発四番合評、梅花詞集評及梓神子（読売新聞）」『しがらみ草紙』二四号、明治二四年九月二五日）

平生少しく独逸語を解するを以て、たま〳〵ハルトマンが審美学を得てこれを読み、その結象理想を立て丶世の所謂実際派をおのが系中に収め得たるを喜べるあまりに、わが草紙を機関として山房論文を作るに至りぬ。

（「逍遥子と烏有先生と」『しがらみ草紙』三〇号、明治二五年三月二五日）

新声社創立のころ（明治二十二年ごろ）は、ゴットシャルにしたがって、理想派、実際派の二派に分けることで文芸批評を行っていたが、その後、二元的分類の不毛さに気づき、ハルトマンの審美学に触れて、その二元的対立が止揚されたように感じた。結象理想（具体化した理想）という概念がそれで、これによって、実際派を理想という概念で説明できるようになった。そこでうれしさのあまり山房論文を作るようになった。

二つの鷗外の言葉をつなぎ合わせると以上のようになるだろう。要するに、理想主義と実際主義との統一にハルトマン美学の魅力を感じたということである。これはほぼ定説となっている。(1)

このことは、明治二十九年の回想であるが、よく引かれる『月草』「叙」の次の一節を見るとよりはっきりする。

ハルトマンの審美学は、特にその形而上門の偉観をなすのみでなく、その単一問題に至つても目下最も完備して居るのだ。それだから此審美学からは、第十九世紀の文学美術を見ても、自然派の中の存活の価のある側は、その頗る進歩した具象理想主義で包容して居る。進んで新理想派の製作はどうかといふに、たとひ技巧上に昔の所謂理想派に殊なるところがあつても、自然派の遺物と見られる分子が残つて居るところがあつても、固よりこれを包容して余あるのだ。

このようにハルトマンの美学は、理想・実際（自然）の二派の対立を止揚するのみならず、最も完備していて、実際の批評に応用がきき、自然派でも新理想派でもさまざまな芸術を包括して説明することができるからだ、と考えていたことが分かる。

美学についてては、今はとりあえず右の結論で満足するとして、哲学についてはどうだろうか。

最初の引用文では、理想・実際の文芸批評が「ひと昔」になってから、ハルトマンの哲学に心を傾けて、その中の美学に接するという書き方である。単に時間的前後関係を言っているのか、因果関係を含めて言っているのか微妙だが、因果関係を含めて言っているとすれば、理想・実際の二元的分類に疑問を抱いた結果、ハルトマンの哲学にその統一を期待して読んだという解釈が許されるであろう。後の引用文では、ドイツ語が分かるのでたまたまハルトマンの美学を読んだということで、哲学は出てこない。

このあたりになると先行論によって見方に微妙な違いがある。神田孝夫氏は『無意識の哲学』と『美の哲学』とは、明治二十三年春から同時に鷗外によって読み進められたとしているが（2）、小堀桂一郎氏は先に『美の哲学』を読み、その後、『無意識の哲学』に向かったとしている（3）。両氏とも、鷗外は没理想論争開始時までに『無意識の哲学』を自分のものにしており、この書物に見られるダーウィニズム批判が没理想論争での鷗外の立論の一つの重要な基礎になっているという点で共通しているが、小堀氏は、どちらかというと、完備した美学である『美の哲学』に引かれるうち『無意識の哲学』に進んでいったという考えかたのようであるが、神田氏は、逆に、『無意識の哲学』を読み進めるうち、そのダーウィニズム批判に共鳴し、極度な観念論者となって、観念論哲学に支えられた美学である『美の哲学』に心酔したのであるとはっきり説いている。さらに、鷗外自身がハルトマンを勝手に観念化することもあったと指摘している（4）。

すなわち、神田氏にしたがえば、鷗外は、『無意識の哲学』を読み進むうち、ダーウィニズム批判の書物であることを知り、それに引かれたがゆえに『美の哲学』にも引かれた、こういうことになるわけだ。ただし、鷗外が『無意識の哲学』を読んで、それがダーウィニズム批判の書物であることを知りえたのは、神田氏が説くように、明治二十三年、すなわち、鷗外が帰朝した翌年のことであったのだ。(5) これに対して、『美の哲学』は一八八七年の発行であり、物理的には、在独中に読むことも可能であったが、両氏とも二十三年以降に読んだものと推定している。論者も同意見である。

二　『西洋哲学史』の記述①

以上のように、鷗外が『美の哲学』『無意識の哲学』に引かれた理由は、どちらが先かという問題、および、それに附随して起こる鷗外のそれぞれに対する思いの違いといった問題こそあれ、ほぼ明らかであろう。『美の哲学』は観念論哲学に基づく完備した美学書、『無意識の哲学』は、『美の哲学』の著者によるダーウィニズム批判の観念論哲学の書物ということである。

だが、これはいずれも鷗外が帰朝したのち、それぞれの書物を丹念に読み込んでからのことである。鷗外はそれ以前に、ドイツでハルトマンについての何らかの知識を得ていたはずだ。そうでなければ、こうした大部の書物を購入するはずはない。

もっとも、神田氏は、鷗外はショーペンハウアーもハルトマンも、一種の哲学的教養として読もうとしていたのであって、まさに『月草』「叙」で言われる「第十九世紀は鉄道とハルトマンとを生んだ」ように、高名な哲学者であったからこそ、ハルトマンの著書を購入していたのに過ぎなかったのだとの見方を示しているが、果たしてそうだろうか。

ところで、神田氏は、鷗外の哲学の勉強に資した書物としてシュヴェーグラーの『西洋哲学史概説』（氏の論では『哲学史要』）をあげている。氏によれば、鷗外がショーペンハウアー、ハルトマンへと哲学の勉強を進めていったのは、この書物に指針を仰いでいたからであって、とくに厭世哲学に興味を抱いていたからではないとのことであるが、この書物の中ではハルトマンはどのように扱われているのだろうか。すでに知られているように、東京大学附属図書館蔵鷗外文庫の鷗外手沢本 Albert Schwegler: "Geschichte der Philosophie im Umriss", 1887 には、鷗外自身による書き入れや施された下線が多数存在しており、その一部はハルトマンにまで及んでいる。本書は、岩波文庫に翻訳（谷川徹三・松村和人訳『西洋哲学史』上・下、岩波書店、初版昭和一四年、改版昭和三三年）があるが、訳者が序文で説明しているように、シュヴェーグラー自身が筆を執ったのは、ヘーゲルまでで、それ以後は改訂者などの筆になるものなので、訳出しなかったという。したがって、鷗外手沢本でいうとショーペンハウアーとハルトマンの部分の翻訳がない。

そこで本章では、ハルトマンについての『西洋哲学史』の記述を必要に応じて抄訳しながら、鷗外が『西洋哲学史』から得ていたはずのハルトマンについての知識を復元していきたいと思う。

まず、ハルトマンの経歴をみよう。

カール・ロベルト・エヅワルト・フォン・ハルトマンは、ベルリンで一八四二年一月に生まれた。ギムナジウムでの教育を終えた後、軍人としての道を選び、一八五八年には生まれた街の砲兵隊の近衛連隊に入った。年を経ずして、彼は健康上の理由でこの職務を断念せざるを得ないと思い、そこで、大学に入ることなしに、ひたすら学問に身を捧げることにした。彼は、ベルリンの在野の学者として生きたのである。彼の最初の、すでに一八六四年に取り掛かっていた、主著である『無意識の哲学』は、一八六九年に刊行され、彼の名声の基礎を築いた。ハルトマン自身はこの著作を彼の全体の仕事の単なる概略とみなしていた。そして、彼は、その他の刊行物を自分が引き受けた責任の分割払いとみなしていたのである。われわれの哲学者（筆者注―ハルトマンのこと）の倦むことなき仕事と著作と、彼が仕事をなした驚くべき軽やかさは、いまやまったくその責任を消してしまった。十八年の短い間にハルトマンはたくさんのジャーナリズムの論説でその清算をしたのである。すなわち、二十以上の著作が公刊された。その中には百科全書的な『無意識の哲学』（第九版）のほかに、三つの大部の著作がある。すなわち、『道徳意識の現象学』（一八七九年）、『発達段階における人間の宗教的意識』（一八八一年）、そして『カント以来のドイツ美学』（一八八六年）である。これらの主要な著作の周囲に、その他のハルトマンの著作が並んでいる。そして、これらは以下のように分類される。すなわち、①方法論と認識論に属するもの（『弁証法について』一八六八年、『超越的レアリズムの批判的基盤』一八七八年）、②自然哲学に属するもの（『ダーウィニズムにおける真実と虚偽』一八七五年、『生理学と進化論の立脚点から見た無意識』一八七七年）、そして、③精神哲学に属するものである。第三の分類の中ではさらに細分する必要がある。すなわち、倫理学的なもの（『歴史と厭世主義の基盤について』一八八〇年）、宗教哲学的なもの（『キリスト教の自己崩壊』一八七四年、『現代神学におけるキリスト教の危機』一八八〇年、『精神の宗教』一八八二年、上記の偉大な宗教哲学的業績と呼ばれるものは、ひとつの総体をなしている）、そして、美学的な著作である。第四の分類を形成しているのが批判的で論争的なものである（『新カント主義、ショーペンハウアー主義、そしてヘーゲル主義』一八七七年、『教会人の認識論的リアリズム』一八七五年）。そのほかに異なった内容の論文をもった三つの作品集と呼ばれているものがある。すなわち、『研究および論文集』（一八七六年）、『現在の哲学的な疑問』、そして『現代の問題』（一八八六年）である。

Karl Robert Eduard von Hartmann ist geboren zu Berlin im J.1842. Nach absolviertem Gymnasialstudium wählte er die militaerische Laufbahn und trat in das Garderegiment der Artillerie seiner Vaterstadt. Aus Gesundheitsrücksichten sah er sich schon nach wenigen Jahren genötigt, den Dienst aufzugeben, und widmete sich, ohne eine Universität zu beziehen, ganz der Wissenschaft. Er lebt als Privatgelehrter in Berlin.—Sein erstes, schon 1864 begonnenes Hauptwerk, die “Philosophie des Unwewussten”, erschien im J.1869 und begründete seinen Ruhm. Hartmann selbst betrachtet dieses Werk als ein blosses Programm seiner gesamten Thätigkeit, und seine übringen Veröffentlichungen als die Abschlagszahlung auf die übernommene Verantowortlichkeit. Bei der rastlosen Thätigkeit und Produktivität unseres Philosophen, und der erstaunlichen Leichtigkeit, mit der er arbeitet, ist seine Schuld nun bald getilgt. In der kurzen Zeit von achtzehen Jahren hat Hartmann,— zahlreiche Journalistikel abgerechnet,— über zwanzig Schriften veröffentlicht, darunter, ausser der encyklopädischen “Philos. d. Unb.” (9 Aufl. 1882), drei umfangreiche Werke: “Phänomenologie des sittlichen Bewusstseins” (1879), “das religiöse Bewusstsein der Menschheit im Stufengang seiner Entwicklung” (1881) und “die deutsche Ästhetik seit Kant” (1886). Um diese Hauptwerke gruppieren sich die übringen Schriften H. s, und lassen sich einteilen in solche, die: 1) zur Methodologie und Erkenntnistheorie (“Über die dialektische Methode”, 1868; “Kritische Grundlegung des transscendentalen Realismus”, 1878), 2) zur Naturphilosophie (“Wahrheit und Irrtum im Darwinismus”, 1875; “Das Unbewusste vom Standpunkt der Physiologie und Desscendanztheorie”, 1877) und 3) zur Geistesphilosophie gehören. In der dritten Gruppe muss man wieder unerscheiden: die ethischen (“Zur Geschichite und Begründung des Pessimismus”, 1880), die religionsphilosophischen (“Die Selbstzersetzung des Christentums", 1874; "Die Krisis des Christentumus in der modernen Theologie", 1880; "Die Religion des Geistes",1882; die mit dem oben genannten grossen religionsphilosophischen Werk ein Ganzes bildet) und die ästhetischen Schriften. Eine vierte Gruppe bilden die kritischen und polemischen ("Neukantianismus, Schopenhauerianismus und Hegelianismus", 1877; "Kirchmanns erkenntnistheoretischer Realisms", 1875). Ausserdem sind zu nennen drei Sammlungen von Aussätze"(1876), "Philosophische Fragen der Gegenwart" (1885) und "Moderne Probleme" (1886).（引用にあたりßはssと改めた）

この後、ハルトマン研究のための参考書があげられているが、略す。

略歴を見ただけでも、当初、軍人の道を歩んだこと、大学に拠らず在野の学者としての人生を選んだこと、旺盛な批評活動を行ったことなど、後の鷗外との類似を見ることができようが、『無意識の哲学』を筆頭にハルトマンの著作は膨大な量であり、さまざまな領域にわたっていたことが分かる。

ここではシュヴェーグラーはそれらを四分している。第一は、方法論と認識論に関するもの、第二は、自然科学に関するもの、第三は、精神哲学に属するもの、第四は、批判的で論争的なものである。このうち第一の超越的レアリズムは、ハルトマンの認識論の骨子で、われわれは経験的知識を積み重ねてゆくことで、超越的な存在の認識に達することができるというものだ。科学者としての鷗外にとっては、納得のゆくものだっただろう。(6)

第二に属する『生理学と進化論の理論の立脚点から見た無意識』は、神田氏も指摘するように問題の著作で、ハルトマンが匿名でダーウィニズムの立場に立って、自分の『無意識の哲学』を批判し、その批判が世に受け入れられたところで、『無意識の哲学』の第二版を出し、その中で匿名を明かした上で、『生理学と進化論の立脚点から見た無意識』を批判して、結果的に自分の『無意識の哲学』の論拠を強めようという、手の込んだやり口をもった著作である。鷗外が手にしていた『無意識の哲学』は、最初の版ではなく、当初の『無意識の哲学』に、この反論と反論に対する反論とが併せ収められたものであった。だが、鷗外がこれを読むのは、神田氏の言うように帰朝後のことだ。

第三については、二つの点に注目したい。一つは、キリスト教批判の著作が目立つことである。キリスト教教会の権威に反抗したハルトマンの姿勢の現れといえる。(7) もう一つは、美学的著作の扱いである。シュヴェーグラーはほとんど重視していない。おそらくは鷗外もこの書物を見た時点（明治二十年秋）では、ほとんどハルトマンの美学に着目することはなかっただろう。

第四については、鷗外のその後の評論活動を考える上で興味深い。鷗外が実際に手にしたかどうかは不明だが、紹介されている『現代の問題』を見ると、「われわれは何を食べるべきか」では、草食と肉食の問題（ベジタリアンの問題）を論じているし、「大学の講義の改革のために」などというのもあり、実に多岐にわたっている。こうした論争好きの態度は後の鷗外に通じるものがあろう。

要するに、ここまでの記述で鷗外が注目したであろうことは、ハルトマンの経歴、今評判の無意識哲学を唱えている人であり、反キリスト教会な立場をとり、ジャーナリストとしてさまざまに論争を展開している人らしい、ということだろう。

三　『西洋哲学史』の記述②

それではその「無意識」とはどのようなものとして説明されているのだろうか。

世界の実在は、盲目で非理性的な意志であるということは、ハルトマンにとって確実である。その限りでは、彼はまたショーペンハウアー主義者である。しかしながら、世界は、単に現実的であるばかりではなく、またイデアに満ち、合目的なものである。そして、合目的性の原理は、これについては、新しい哲学においては、誰もヘーゲルのように勝利を持って擁護したものはいないのだが、理性なのである。このことはハルトマンにとって少なからず確実なものと考えられている。そして、その限りにおいて彼はヘーゲリアンなのである。

Das das Reale der Welt der blinde unvernünftige Wille ist, steht für Hartmann fest; insofern ist er also Schopenhauerianer. Aber die Welt ist nicht bloss real, sondern auch ideerfüllt, zweckmässig, und das Prinzip der Zweckmässigkeit, das in der neueren Philsophie keiner so siegreich verfochten wie Hegel, ist die Vernunft. Diese steht für Hartmann nicht minder fest, und insofern ist er Hegelianer.

世界の実在「無意識」とは、ショーペンハウアーの生への盲目の意志であるが、一方では、ヘーゲルのイデーのように論理を持ったものだというのである。(8)

ただし、話はそんなに簡単ではなく、シェリングとのかかわりについても言及している。

　このような絶対者の解釈においてハルトマンは、無意識の精神を積極哲学の出発点としたシェリングを継承している。そこでハルトマンは、彼自らもまた名づけたようにショーペンハウアー主義者であり、ヘーゲル主義者であり、シェリング主義者であるが、七十年代のそれなのである。この補足、すなわち「七十年代」は、一つの大きな意味を持っている。この補足とは次のような意味なのだ。われわれの時代のショーペンハウアー主義者はまたヘーゲル主義者であることが必要でなければならず、引き返して、同時にシェリング主義者でもあるならば、どちらの立場のものも同じ前提の下にありうるのだ。

シェリングは彼の無意識の精神の原則を方法論的に基礎づけなかった。だから、それを実行することが価値のあることなのであって、そこにハルトマンは自らの課題を見出したのである。

In dieser Auffassung des Absoluten folgt Hartmann Schelling, der den unbewussten Geist zum Ausgangpunkt seiner positiven Philosophie gemacht hat. So ist Hartmann, wie er auch selbst sich nennt, Schopenhauerianer, Hegelianer und Schellingianer, aber der 70er Jahre. Dieser Zusatz:” der 70er Jahre “hat eine grosse Bedeutung: er besagt, dass ein Schopenhauerianer unserer Zeit notwendig auch ein Hegelianer sein muss, und umgekehrt, und dass man beides nur unter der Bedingung sein kann, wenn man zugleich auch Schellingianer ist.

Schelling hat sein Prinzip des unbewussten Geistes nicht methodisch begründet. Jetzt gilt es, dies zu erfüllenn, und darin erkennt Hartmann seine Aufgabe,

ここでは「七十年代」のシェリングの「積極哲学」という概念が鍵になっている。これは『西洋哲学史』のシェリングの項目で説明されていることであるが、シェリング晩年の哲学で、一口でいうと、それまでの哲学は神を求めて思索したのであり、いわば神なしに思索したのに対し（消極哲学）、消極哲学の最後に見出された神を原理として、神からすべてが導き出される場合、すべてがどのような形をとるかを示す（積極哲学）ものだというのである（同書同項目参照）。

いま、「神」という言葉を使ったが、引用文の説明と照らし合わせると、「神」というより絶対者といった方が適当かもしれない。

それまでのシェリングの考え方では、本質の世界と現象の世界は二つに切り離されていて、絶対者は本質の世界の中に静的に存在しているだけであったから、現象の世界には現れていなかった。そして、絶対者がいかにして現象世界に現れるかを説明できなかった。つまり、二元論に陥っていたわけである。シェリング晩年の積極哲学では、この二元論を克服している。というのは絶対者は現象の世界に現れているとの前提に立っているからだ。

『西洋哲学史』は、この積極哲学をヘーゲル哲学に非常に近いものであるとしている。

さて、シュヴェーグラーは、この絶対者にハルトマンがどのような説明を与えている、といっているだろうか。絶対者としての無意識が唯一の真に存在するものであるならば、それは以下のようなことになる。第一に、世界は、単にその現れであり、明瞭になったものであり、現象したものに過ぎず、カント主義者の意味ではなく、ヘーゲル主義・ショーペンハウアー主義者の意味、すなわち、絶対者の客観性である。したがって、第二に世界の目的は絶対者自身以外のそれ以外の何ものでもない。言葉を変えていうならば、世界は単なる手段なのであって、それを通して、世界に内在的絶対者（それを我々は神と呼ぶこともできる）がその目的を達成しようとしているものなのである。

Wenn das Unbewusste als das Absolute das allein wahrhaft Seiende ist, so ist, erstens, die Welt nur seine Erscheinung, Offenbarung, ein Phänomenon, nicht im Kantischen, sondern Hegel=Schopenhauerschen Sinne, d.h. Objektivation des Absoluten; so ist, zweitens, der Zweck der Welt kein anderer als Absolute selbst. Mit anderen Worten: die Welt ist nur das Mittel, durch welches das der Welt immanente Absolute (das wir ebensogut Gott nennen können) seine Zweck erreicht.

「神」と呼ぶかどうかはともかくとして、絶対者は現象世界に現れている、あるいは、現象として現れている、この一元論的発想がハルトマンの基本的発想であり、先の、「七十年代のシェリング哲学」というのは、これを指しているわけだ。つまり、先の引用の「われわれの時代のショーペンハウアー主義者は、ヘーゲル主義者でなければならず、引き返して、シェリング主義者でなければならない」という言は、一元論でなければならないし、絶対が現象に姿を現しているという前提でものを考えなければならないが、その絶対の性質については、ヘーゲルのように論理的なイデーに違いないとか、ショーペンハウアーのように盲目の意志であるとか、一義的に決めないほうが良いということであろう。

ハルトマンの哲学はよく厭世哲学といわれるが、このような世界観は、別の言い方をすれば、認識論といってもいいかもしれないが、非常に楽観的、あるいは、常識的・科学的だといってよいだろう。現実の世界の中に、絶対者が現れているというのであるから。そして、現実の認識はそのような絶対者の認識につながるはずだということになるのだから。

すなわち、鷗外がハルトマンに引かれた最大の原因はここにあったと考えられる。『西洋哲学史』三六〇頁下段には次のような書き入れがある。

Wille-Schopenhauer-Reales
Hartmanische=Geist
Vernunft-Hegel-Ideales

ハルトマンの「精神」は、二つの性質を持っている。一つは、ショーペンハウアー的なイデーとしての実在的な側面であり、もう一つは、ヘーゲル的なイデーとしての理性的な側面である、といった意味であろう。ドイツ観念論の思想家であるショーペンハウアーの思想に Reales（実在的・現実的）という説明が加えられるのは一見奇異に思えるかもしれないが、『西洋哲学史』では、二元論に陥っていたころのシェリングにも、同じ説明が与えられている。要するに、現象世界に理性的なものが現れていない、という考え方を指すようだ。

このように見てゆくと、鷗外がハルトマンに引かれていった理由が分かる気がする。神田氏の言うように反ダーウィニズムであった、というのはもちろんだが、それは帰朝後のことで、まず、鷗外は、現象に本質的世界が現れているという考え方に引かれたのである。

かつて、磯貝英夫氏は、戦闘的啓蒙批評時代の鷗外について「学問信仰」という語で評したが、(9) その源はこのあたりに求められるかもしれない。

なお、論じ残したことは多いが、稿を改めて取り上げたい。

(1) たとえば、小堀桂一郎『森鷗外——文業解題　翻訳篇』(岩波書店、昭和五七年) 参照。

(2) 神田孝夫「森鷗外とE・V・ハルトマン——『無意識哲学』を中心に——」(長谷川泉編集『比較文学研究　森鷗外』朝日出版社、昭和五三年)

(3) 小堀桂一郎「森鷗外とハルトマン」(吉田精一編『日本近代文学の比較文学的研究』清水弘文堂書房、昭和四六年)

(4) 坂井健「観念としての「理想(想)」——鷗外「審美論」における訳語の問題を中心に——」(本書第三部第一章)は、この観念化が、ハルトマンの原文では美は心の中にイメージとしてのみ存在する心理的・観念的 (イデアル) と書かれている部分を鷗外が「理念的 (イデアル)」と解釈したことに由来すると説いた。

(5) 神田氏は、『妄想』の一節を引きながらも、東京大学附属図書館所蔵の鷗外文庫本の発行年が一八九〇年 (明治二三) であることを指摘し、『妄想』の中でベルリンで初めて哲学の書物を紐解いた時のことを回想した次の一節が、鷗外のフィクションであると説いている。

或るかういう夜の事であつた。哲学の本を読んで見ようと思ひ立つて、夜の明けるのを待ち兼ねて、Hartmann の無意識哲学を買ひに行った。

(6) 坂井健「没理想論争における鷗外とE・V・ハルトマン」(本書第五部第一章)

(7) この点については別稿を予定している。

(8) この部分と没理想論争における鷗外の発言「烏有先生はまた逍遥子の没理想の論を駁していはく。世界はひとり実なるのみならず、また想のみち〳〵たるあり。逍遥子は没理性界 (意志界) を見て理性界を見ず」(「早稲田文学の没理想」『しがらみ草紙』二七号、明治二四年一二月二五日) との類似を見ることができるかもしれない。

(9) 磯貝英夫「啓蒙批評時代の鷗外——その思考特性　上——」(『文学』昭和四七年一一月)

第三章　森鷗外「審美論」と本保義太郎筆録「美学」ノート

はじめに

森鷗外は、明治二十九年から三十二年まで嘱託として東京美術学校で「美学及び美術史」を講じたが、これらの筆録ノートが残っていて、その概要については、既に二十年近く前に紹介されている。[1]それは当時東京美術学校に在籍していた本保義太郎（明治三十四年彫刻科卒）の筆録ノートで、「森鷗外氏講義、美学、巻之一～五」「西洋美術史、上古巻、中古巻、近世巻一、二」（富山県立近代美術館所蔵）であり、明治三十年から三十一年までの講義を筆録したものと考えられている。これらのうち「西洋美術史」講義ノートについては、吉田千鶴子氏による翻刻がすでになされているが、[2]「「美学」については『審美綱領』（森鷗外・大村西崖同《ママ》編、前出）が刊行されているので、講義内容はより正確に把握できる」と吉田氏が述べるように、美学については、比較的軽視されているためか、いまだに翻刻がなされていない。そのため資料の紹介後も、このノートに触れた論はほとんど出されておらず、管見に入った限りでは、目野由希氏の論を見るばかりである。[3]その目野氏の論も、鷗外の史伝という観点から論じられているので、五巻あるノートのうち、氏の論点に関わる第四巻に言及が集中している。かつまた、目野氏の論及する第四巻部分までは、鷗外による「審美論」（明治二五～六年）の翻訳が進んでいないためだろうが、比較の対象となっていないため、『審美綱領』（大村西崖との共編、明治三二年）と同一の内容とする資料紹介者の見解が踏襲されており、「審美論」とノートとの関わりについては論じられていない。

このほど富山県立近代美術館のご協力により、貴重な資料を拝見する機会を得た。本章では、「審美論」冒頭の「美の所在」を中心に、ノートと『審美綱領』および「審美論」との関わりについて見てゆく。[4]

一　本保義太郎ノート

いうまでもなく「審美論」はハルトマンの『美の哲学』(Eduard von Hartmann *Philosophie des Schönen* 1887) を鷗外が『めさまし草』誌上で明治二十五年から六年にかけて訳出し、第一巻四九〇頁のうち、冒頭五八頁を訳出して中絶したものである。これに対して『審美綱領』は大村西崖との共編で、明治三十二年春陽堂から発行された単行本であり、「綱領」という名が示すとおり、膨大な『美の哲学』二巻全体の梗概、要点をまとめたものである。したがって、「審美論」は、当然、『審美綱領』の冒頭の内容と対応することになるが、『審美綱領』では、ごく簡略な記述にとどまっている。

さて、本保義太郎のノートをこの両者の中に置いてみるとき、どのような性格を示すだろうか。「審美論」冒頭の「美の所在」の内容にほぼ該当するノートの記述は、ノート巻之一冒頭近くの次の部分である。なお、ノートには現在の字体でいうと旧字体と新字体とにあたるものが混在しているが、すべて新字体で表記する。また、「ヿ」は「コト」とし、判読不能の文字は□で表記した。

主観「サブジェクチィブ」Subjective
客観「ヲブジェクチィブ」Objective

主観ト称スルハ我ニ関係スル方ヨリ見ル者ニシテ客観トハ我ニ対スル方即チ彼レニ於ケルカ如シ恰モ自―他
此―彼トノ如シ故ニ或ハ此レヲ此観ト彼観トモ称セリ而シテ此ノ我ト彼トノ間ヲ区画スル者ハ即其五官ニヨ

リテ此間ヲ取次キテ吾人ニ知ラシムルナリ此二者ハ直ク美ト云フ者ノ解釈上大ニ進行セシム是ニ美ナル者ノ主観ニアルカ客観ニアルカヲ問ハン然ラハ先ツ美ハ人間ノ五官ナクシテ其自然ヲ見コトヲ能ハサル可シ左スレハ義ハ無論主観ニシテ猶光線ノ物体ニ来リテ（Ether イテール灝気）相映ユルモ視感ナクンハ其美ノ何タルカヲ知ラサルカ如シ又実質ハ机ノ如キ数多分子ヨリ成立セル極微エトム Atom 様々ナル原子ノ種々ニ密合シ或ハ配列ノ具合ニヨリテ我レハ之レヲ種々ニ区分シ又音楽ノ空気振動等ニ於ケル視感或ハ聴感等ノ官能ニヨリテ美トスルナリ若シ官能ヲ具備セサル我ナクンハ焉ニソ其美タルコトヲ知ラン故ニ美ハ主観ニ存スルト思顧スルナラン乎併シ此ノ如キ判断ハ決シテ其正鵠ヲ得シモノニ非サルナリ若シ主観カ美ヲ作リ我レヲシテ成立セシムコトヲ占有スルナラハ我々ハ或物ヲ見ル度其刻々美ヲ造ランカ主観ハ美ヲ作レリトスレハ我ヨリ他ナキトセン然ルニ爰ニ一ノ絵画ヲ以テ例セン先ツ絵画ハ作者モ其美ヲハ感シ又他ノ衆人モ共ニ其美ヲ感セシム而シテ作者ニテハ時日ト非常ノ脳力ヲ以テ製作セシモ画ヲ見ルコトハ他ノ傍観者ト仝シク其美ヲ覚エシムルナリ若シ美ヲ感シテ其都度ニ作ルナラハ此如キコトナキナリ一体絵画ハ其実質上ヲ見ルニ種々絵ノ具粉末ヲ附着セシナリ而シテ是レニ対スルト美ヲ感セシムル様ニ成レリ所カ一人ノ作者造リ他ノ人ハ亦脳力ト時日ヲハ用エ《ママ》スシテ其美ヲ感セシムナリ故ニ美ハ主観ノミニ非スシテ客観ニ主観ヲシテ其美ヲ感セシムル要約（約束コンデチオン condition）ヲ具セン者ナリ

即チ美ハ主観ヲ用ヰテ客観ヲシテ其美ヲ感得セシムル所ノ要約ヲ具セシムナリ猶砂糖屋ニ行キテ砂糖ヲ買求スルハ其砂糖ノ甘クシテ砂糖ノ水ニ溶解シテ我レニ甘味ヲ感セシムル所ノ要約ヲ買求スル者ニシテ啻ゝ其白色ノ粉末ヲハ買フニ非ラサルナリ故ニ美モ亦然リ絵画ノ美又名作ハ紙及材料等ヲ論スルニ非ラス主観ヲ以テ□□□美ヲ覚エシムルコトヲ需ムルナリ故ニ絵画ハ我々ニ美ヲ感セシムル手形ト謂フヘシ

なお、上段の欄外に本文の内容に対応するように「美ハ主観ニアルカ客観ニアルカ」「客観存スルノ一」「美ハ客観ニ存ス」との書き込みがある。

この部分は、ノート冒頭の序論、それに次ぐ「官能」に続く部分である。序論では、美の解釈は多様であるから、まず、美学で使う用語について説明する旨の断りがあり、次いで「官能」という用語についての説明がなされている。引用箇所は、「主観、客観」という用語を解説するための部分であるが、内容的には、「美ハ主観ニアルカ客観ニアルカ」という上覧書き込みが端的に示すように、「審美論」では「美の所在」、『審美綱領』では「美の能変、所変」と概ね対応している。ただし、「主観、客観」の解説になっている関係で、それぞれの次の項目に該当する「審美論」の「美を担ひたる主象」、『審美綱領』の「美の現象」の内容も含んでいる。

若干内容が取り難い部分もあるが、述べられている内容をまとめてみよう。
①主観と客観とは、自と他、あるいは、此と彼の関係に当たる。②両者の間には五官があって、五官が客観を我々に伝達する。③主観と客観という考え方は美についての考えを進歩させた。④美がどこに存在するかというと、五官がなければ外界を見ることはできないから、主観にあると考えられる。⑤光線が「灝気」（エーテル）（著者注―当時、空間に存在して光線を伝えると考えられていた媒介。現在のエーテルとは別）を介してやって来ても、視覚がなければ美を知ることはできない。⑥外界は分子や原子からなる。⑦視覚によって美を感じる場合と聴覚によって美を感じる場合とに分けられる。(5) ⑧感覚を備えた我が無ければ美を感じることはできないから、美は主観に存在するように思えるが、これは正しい考え方ではない。⑨主観だけが美を造り、我に美を成立させる働きを占有しているとするならば、我々は物を見る時々刻々に美を造ることになるのだろうか。主観こそが美を造るとするなら自分以外に美を造り出す存在はないということになる。(6) ⑩絵画では作者も鑑賞者も同様の美を感じるはずだが、作者は時間と労力をかけているのに、鑑賞者にはそれがない。主観が時々刻々美を造るとすれば、このようなことは起こらない（したがって、主観だけが美を造るということはありえない）。⑪絵画とは絵

の具の粉末をつけて見る人が美を感じるように造ったものだ。だから、作者が時間をかけて造った美を鑑賞者が感じることができるのだ。⑫だから、美は主観にあるだけではなく、主観に美を感じさせる条件を客観物に備えたものだ。⑬すなわち、美は主観を使って美を感じさせる条件を客観に備えさせたものである。(7) ⑭砂糖を買うのは、甘みを感じさせる条件を備えたものを買うのであって、白い粉末を買うのではない。⑮絵画を論ずるのも材料を論ずるのではなく、主観に美を感じさせることを求めるのだ。⑯だから、絵画は美を感じさせるための手形ということができる。

二　『審美綱領』との比較

この部分に該当する『審美綱領』は以下の如くである。

A美の能変、所変

美の詮義（概念）Conceptius は、能変（主観）Subject と所変（客観）Object とを待ちて、初めて成立するものなり。

尋常の言説に、某の物は美なりといふ。こゝに某の物と称せらるゝは即ち所変なり。されば所変即美なりといふ義に当れども、よく所変の性質を研究するに、或は幾個の極微より成り、或は甚麽の運動を為すのみ。その極微と運動とは美なるにあらず。

故に、某の物美なりといふは、某の物、或性を具してその性、能変をして美を感ぜしむるを指すなり。即ちその物は、能変をして美を感ぜしむる約束を具するのみ。

若し能変のみにて美を生じ得るものとせば、外境に某の物を待つことなかるべき理なり。芸術家が美を成すに、或物を仮りてこれに作品を固定すべき必要なく、また他人が既成の作品に対して、その作者と同様の美を生ずるには、作者と同一の労を取らざるべからず。作者労して観者逸する理なかるべし。
この故に、美の直接なる源は能変に在れども、間接には所変に原づくと云はざるべからず。
B美の現象
能変の所変に触るゝや、官（根）Sense の能力に依る。視、聴、香、味、触の如きものこれなり。所変のよく官能に上るを現象（相分）Phenomenon といふ。
眼の現象は、光線と称する灝気 Ether の運動なり。この運動は、物の浅処に在りて、初めてよく視官を動かす。（中略）
耳の現象は音響と称する空気の波動なり。

一見して、ノートのほうがより具体的で詳しく、かつまた主張が明確であり、『審美綱領』の方が淡々とした記述になっていることが分かる。

煩わしいが、念のため内容の対応を確認すると、「美の詮義（概念）Conceptius は、能変（主観）Subject と所変 Object とを待ちて、初めて成立するものなり。尋常の言説に、某の物は美なりといふ。こゝに某の物と称せらるゝは即ち所変なり」および「能変の所変に触るゝや、官（根）Sense の能力に依る。視、聴、香、味、触の如きものこれなり」が①②③に、「よく所変の性質を研究するに、或は幾個の極微より成り、或は甚麽の運動を為すのみ。その極微と運動とは美なるにあらず」および「眼の現象は、光線と称する灝気 Ether の運動なり」「耳の現象は音響と称する空気の波動なり」が⑤⑥に、同じく「眼の現象は光線と称する灝気 Ether の運動なり」「耳の現象は音響と称する空気の波動なり」が⑦に、「若し能変のみにて美を生じ得るものとせば、外境に某の物を待つことなかるべき理なり」が⑨に、「他人が既成の作品に対して、その作者と同様の美を生ずるには、作者と観者と同一の労を取らざるべからず。作者労して観者逸する理なかるべし」（筆者注—「逸する」は楽しむ）が⑩に、「某の物美なりといふは、某の物、或性を具して、その性、能変をして美を感ぜしむるを指すなり。即ちその物は、能変をして美を感ぜしむる約束を具するのみ」が⑫⑬に、それぞれ該当することが分かる。

以上の作業から、『審美綱領』に見えないにも関わらず、ノートに記されている内容は、④⑧⑪⑭⑮⑯であることが分かる。

このうち④⑧は美の所在が主観にあるかどうか、というポイントになる部分である。少し考えると主観にあるように思えるが、それはまちがいなのだ、と強調している箇所である。これは当該箇所が主観と客観についての講義であることとの係わりから説明することもできるかもしれない。

しかし、残りの⑪⑭⑮⑯を『審美綱領』から導き出すのは困難である。また、⑨⑩にしても、ノートは『審美綱領』に比べて非常に具体的だ。これらは鷗外自身の発想なのであろうか。

三　「審美論」との比較

「審美論」は、いわば『審美綱領』の記述を詳しくしたようなものなので、ノートと類似しているのは当然であるが、『審美綱領』で説明できないような対応箇所は存在するだろうか。

まず、⑩についてである。

「審美論」の「美の所在」には次のような記述がある。

一術者の作りし術品を諸人の見ておなじやうに美とするを、其術品の然るにあらずして、諸人のたま〳〵おなじ美を産む故とせむは、いよ〳〵可笑しからむ。奈何といふに、術者は数月にして一術品を作りしに、これを見に来る衆人は其品に対する瞬間に、かの数月を費やして産み出すに及びたる美におなじき美を産み出すことを得とせむは、殆真面目にては言ひがたき程の事なればなり。

一見して、『審美綱領』の記述よりノートに近いことが分かるだろう。とくに『審美綱領』では単に「労」とのみ表現されていた作者の苦労が「数月を費やして」などと具体化されている点などは端的である。なお、当該部分が美が主観にのみ存在するとした場合の不都合の例として引かれている箇所であることを考えると、⑨との関わりも想定できよう。

次に⑫⑬である。今の引用の少し後に次のような記述がある。

術品を産むものは唯術者あるのみ。観者はこれを産むことなし。実にして客なる術品は観者の官能を動かして、観者に覚の図を受けしむ。この図に美しさは附きたるなり。術者が空想の図を客にしたる実術品は美ならず。されどこれを観るときに、術者若くは観者の意識中に起こしたる主象は美なり。(中略)されば人の美を受くるときは、おぼえの図の美しさの因は美ならざる実物にあり。されば術者は自らは美ならずして、健人のこれに対して美なるおぼえの図をなす因となるべき実物を作るものなり。

芸術品を作るのは芸術家だけであって、鑑賞者ではない。実在的で客観的な芸術品は、鑑賞者の感覚を動かして、鑑賞者にイメージを受けさせる。このイメージに美が備わっているのだ。芸術家が空想のイメージを客観物にした芸術品の実物には、美は存在しない。けれどこれを観るときに、芸術家または鑑賞者の意識の中に起こる主観的な現象である。(中略)だから、人が美を感じるとき、その美しいイメージの原因は、美ではない実物に存在する。だから、芸術家は、それ自体は美ではなくて、健常な人に対して美しいイメージを産み出す原因になる実物を作るものである。

現代語に訳すと以上のようになるだろうが、内容は⑫⑬にほぼ対応している。前からのつながりを考えるなら、⑪との対応を想定することもできるかもしれない。

次に⑭について。以下は「美の所在」。

> 糖の実物は甘からず。糖の実物には味官をして甘しといふ感を生みて応ぜしむる性あり。されど人の糖を買ふや、たとひ其実物の甘からざるを知ると雖も、実に糖の実物を得むと願へり。糖の実物に似たる粉にして、上にいへる性を備ふること糖の実物の如く完全ならざるものを得るを嫌へり。

実際の物自体には、美は存在せず、実物が契機となって我々の主観の中に美が生まれるのだ、という文脈に続く部分である。

糖の実物自体は甘くはないが、我々に甘いという感覚を起こさせる働きを持っている。実物が甘くないことを知ってはいるが、我々は糖の実物を得ようとする。糖に似た、けれども糖その物のようにちゃんと甘さを感じさせることのない粉を得るのは嫌うものだ。

⑭の部分がこの記述に基づいていることは明かだ。

⑮と⑯について。以下は「美を担ひたる主象」の一節。

> 美は仮象にあり。美は主象にあり。美は想なるものなり。実物には美はなし。空気若くは灝気の運動には美なし。唯其想にして客なるものを捕へおかむために、彫刻にては金石を用ゐ、絵画にては絹素といふ実物を用ゐ、音楽及詩賦にては書標を実物に印す。中に就いて彫りたる金石と描がきたる絹素とは、これを視て直に視官の仮象を生ずべしと雖、楽と詩との書標に至りては、僅かに術品を得べき左券《てがた》に過ぎず。

美は仮象に存在する。主観的な現象に存在する。美は観念的なものである。実物には美はない。空気やエーテルの運動にも美はない。ただ観念的で客観的なものを捉えておくために、彫刻では金や石という実物を使い、絵画ではカンバスという実物を使い、音楽や詩では記号を実物に記す。これらの中でも彫った金や石と描いたカンバスは直接仮象を産み出すが、音楽と詩の記号に至っては、僅かに芸術作品を得るための「手形」に過ぎない。

絵画ではなく、音楽と詩についての比喩であるが、ここではノートでも使われている「手形」（原文

Anweisungen, 為替手形、小切手の意味）という語も使われている。

最後に、④と⑧についても、「審美論」の記述を踏まえている可能性を捨てきれない。次は「美の所在」のうちの「先天（官而上）実際主義」の説明。文中「最早」とあるのは、この新しい考え方を取るならば、といった文脈。

主象としての美は最早実物の偏産にもあらず、又観者の偏産にもあらず。二者の相合して産みたるものなり。主は産物の直因なり。若し主にして其官の動かされたるとき、健に応ずること能はざるときは、実物は何の働きをもなさずして止まむ。実物は介ありての産物の因なり。奈何といふに実物は直に美を産むにあらずして、唯主のこれを産む業を誘ひ起すのみなればなり。されど審美上には実物のかた重要なり。

主観的現象としての美は、もはや実物だけが産み出すものでもなく、観る人だけが産み出すものでもない。両者がお互いに産み出すものなのだ。主観は美の直接的原因である。もし、主観がその感覚を動かされたとき、健常に反応できなかったら、実物は何の働きもしないで、そのまま終わってしまう。実物は媒介があっての美の原因である。何故かというと、実物は直接に美を産み出すのではなく、ただ主観が美を産み出す作用を引き起こすだけだからだ。けれども、美学の上では、実物の方が重要である。

現代語訳すると以上のようになるだろうが、この部分も美学においては主観よりも客観が大切であるというノートとの対応を見ることができよう。

おわりに

以上から、本保義太郎筆録「美学」ノートのうち、本章で考察した部分は、ほぼ『審美綱領』に対応する内容を持つものの、『審美綱領』よりもずっと詳細であり、例証や比喩表現に至るまで相当程度「審美論」との対応を認めることができることが明らかになったであろう。同時に本ノートの信用性の高さ、資料としての重要さも立証されたと言えるだろう。「審美論」で使われている例や比喩が鷗外の口から出たことはまちがいない。すなわち、鷗外は、『審美綱領』に沿いながらも、必要に応じて原書の例などを使いながら講義を進めていったのである。

なお、「審美論」の「美の所在」、「美を担ひたる主象」そのものでは、美の所在は主観にあることが説かれている。ところが、本保のノートの書き込みでは、「美ハ客観ニ存ス」と記されている。これが本保の誤解による書き込みである可能性も完全には否定できないが、ノートの文脈はたどることができること、「審美論」自体の中で、美は主観の中に存在して客観物には存在しないが、客観物の刺激によって主観の中に生み出されるものなので、美学上は客観物が重要であると述べられていること、ノートの内容もそれに沿ったものになっていることから、これを受けた理解だと考えるのが妥当であろう。すなわち、鷗外は少なくとも「美ハ客観ニ存ス」と取れるような授業を行ったことになる。

数年前の坪内逍遥との没理想論争で、美は「想」にあって「実」にはないと連呼した鷗外とは、別人の言葉を聴いているようであるが、あるいは、美術学校で実際の製作家を目指している学生を意識したのかもしれない。なお、鷗外の教師としての側面については別稿を予定している。(8)

冒頭にも触れたように、本講義ノートは発見から二十年近くを経過しているにもかかわらず、いまだに翻刻されていない。資料的な価値からしても早期の翻刻を望む。

(1)　東京藝術大学百年史刊行委員会編『東京藝術大学百年史―東京美術学校篇』(ぎょうせい、昭和六二年)。執筆担当者に村田哲朗氏、吉田千鶴子氏の名前がある。

（2）吉田千鶴子「森鷗外の西洋美術史講義――本保義太郎筆記ノート――」（『五浦論叢』平成六年三月）

（3）目野由希『明治三十一年から始まる『鷗外史伝』』（渓水社、平成一五年）第二章「鷗外「史伝」におけるジャンルと様式――「史伝」というホロスコープ――」、第三章「夢の日本近世美術史料館」、第四章「明治三十一年の鷗外と美学」。このうち、第二章は、初出『日本文学』平成一〇年一二月。第三章は、初出『稿本近代文学』平成一〇年一二月。

（4）注1に次のようにある。「美学ノートの内容は明治三十二年春陽堂から発行された森鷗外、大村西崖共編『審美綱領』Eduard von Hartmann, Philosophie des Schönen の大綱を編述したものと全体的に符合する。順序も初めの部分を除いてはほぼ同一である」。

（5）この部分は、文脈が乱れている。「種々ニ区分」は直接的には分子・原子の配列の具合を指すが、それらの伝わり方に、空気を媒介とする音、エーテルを媒介とする光線、の二種があり、その結果、視覚によって感じる美と聴覚によって感じる美とがある、といった文脈であると考えられる。

（6）この部分も、やや解釈しづらい。ここでは「我ヲシテ」の直後に「美を」を補って解釈した。

（7）この部分も解釈しづらいが、「客観ヲシテ」を「感得セシムル」に掛けると意味不通になるので、「具セシムル」に掛けて解釈した。

（8）「鷗外のサービス精神――本保義太郎筆録「美学ノート」の独自性――」（本書第五部第四章）

〔付記〕本稿発表（『京都語文』佛教大学国語国文学会、平成一八年一一月）後、吉田直子、井上康彦氏によって、「翻刻『森鷗外氏講義　美学』――本保義太郎筆記ノート（於東京美術学校）――」が出された（『カリスタ――美学・芸術論研究』平成一九年一二月～二一年一二月）。

第四章　鷗外のサービス精神

――本保義太郎筆録「美学」ノートの独自性――

はじめに

鷗外は、明治二十九年から三十二年まで東京美術学校で嘱託として、美学と西洋美術史を講じた。これを筆録した本保義太郎ノート(1)のうち、美学に関するものの先行研究に問題があることは前章で述べた通りである。このほど富山県立近代美術館のご協力により、貴重な資料を拝見する機会を得た。資料全般を見渡した考察が急務だと考えられるが、何分にも大部なものなので、本章では、全体を総括する導入部分に当たる第一巻の冒頭部分のノートについて考察する。

一　先行研究とその問題点

本資料の存在が報告された際、次のような紹介がなされている。

> 美学ノートの内容は明治三十二年六月に春陽堂から発行された森鷗外、大村西崖同《ママ》編『審美綱領』(Eduard von Hartman《ママ》, Philosophie des Schöenen の大綱を編述したもの)と全体的に符合する。順序もはじめの部分を除いてはほぼ同一である。その内容項目を次に掲げるが、参考のため、下段に『審美綱領』の内容目次を付記する。

この後、ノートと、鷗外と西崖がハルトマンの『美の哲学』を要約した『審美綱領』の内容項目の対照がなされ、末尾に次のような解説が付されている。

本保のノートによると、鷗外はハルトマン美学の大要を講ずるにあたり、生徒にわかり易いように絵画、彫刻はもちろん、茶の湯や数奇屋好みや利休好み、団十郎や権十郎、近松文学や東海道中膝栗毛、ゾラや小杉天外、泉鏡花あるいは自分の小説等々を例にとり、時には医学（解剖学）的知見なども加えて、丁寧に説いている。また、折にふれて自らの美術、文学上の意見、あるいは時には為政者に対する批判的意見なども吐露している。『審美綱領』とは異なり、講義の方は分かり易く、しかも鷗外自身の考え方も知ることができ、生徒にも評判が良かったものと推測される。

『審美綱領』との違いが指摘される「はじめの部分」を示すために、資料紹介者によってなされた内容項目の対照のうち初めの部分を示す。

本保義太郎ノート

序論

美学の語義。日本における美学の紹介。美学沿革。

本論

美学用語の解説

官能 senses、主観 subjektive と客観 objektive、実際 reality と idea（実想・現実と理想・観念、材 material と芸術）、空想 phantasia、類 generation と個物 individual（理想 主義の弊害、自然の写生、理想と善

悪・美不美）、抽象作用 abstraction（具象 concrete と抽象 abstract、概念 conception、観相 intuitus、直覚 intuitive、抽象作用）、顕象 phenomen（顕象に於ける芸術品と自然物との差異）、仮象、抽美、理想・実想と真・善・美、自由芸術 liberality と羈絆芸術 dependence、抽象作用と迷 illusion

『審美綱領』

上、美の詮議
甲、美の現象
A、美の能変（主観）、所変（客観）
B、美の現象
　五官
C、美の脱実
　自由芸術
　羈絆芸術
D、美の現象の異称
E、美の理想
F、真善美の差別
G、脱我
H、美の現象の種別

ノートのほうは紹介者が内容をまとめているところもあり、必ずしも、ノートに記された項目と完全に一致するわけではない。また、『審美綱領』のほうも、岩波版の全集の目次と完全には一致しない。紹介者が若干の説明を加えているからである。いずれにしても内容の対照に支障があるほどではない。両者の対照からも一目瞭然に、少なくとも当該部分については、ノートが『審美綱領』に対して相当程度の独自性を持っていることが予想される。

さて、実際に資料を見てゆくと、ノートの全体の内容は『審美綱領』と概ね符合しており、以上のような紹介が間違ってはいないことが分かるのだけれども、それにしてもあまりにも簡単に過ぎて物足りない感が強まるのである。内容全体が概ね符合するにしても、違っている部分が多数存在するわけで、そこにこそ注目したいのだ。講義ノートには、テープレコーダーもない時代の筆録であるから、当然、誤記と思われる部分や、書き取りきれなかった部分、あるいは文脈をたどることの困難な部分なども相当数存在はする。かつまた、比較対照するべき別人の手になる筆録ノートも存在しないわけであるから、資料の信憑性において問題がないとはいえない。しかしながら、下書きを元に丁寧に浄書されたと考えられるこのノートは、非常に真摯な姿勢で書かれていて、鷗外の講義の口吻までも彷彿させるようである。少なくとも、他に資料がない以上、当時の鷗外の講義を知るための第一級の資料であるし、部分的に誤記や書き取りの不完全な部分があったにしても、筆録されている内容が鷗外の講義を十二分に反映していることは間違いない。

そうした資料的な価値を踏まえてみると、この資料は、よりいっそう詳細に検討されるべきであろう。『審美綱領』には見えない内容が存在し、「自らの文学上、美術上の意見」も述べられているということであるならば、なおさら見逃すことができない。また、難解とされる『審美綱領』を鷗外先生が如何に工夫して学生に教えたのかという、教師としての鷗外にも興味が持てる。

以下、冒頭近くの『審美綱領』と異なる点に焦点を当てて、わずかではあるが、紙数の許す範囲で述べていきたい。

二　序論に該当する部分について

鷗外が担当した美学及び美術史は、明治二十九年に岡倉天心の後を引き継いだもので、筆録した本保義太郎は、彫刻科の学生であり、高村光太郎もほぼ同じ時期に在籍している。この講義は、実習以外の基礎教育に属していた。(2)

鷗外を迎える学生たちは、ドイツ帰りの軍医としてだけでなく、小説家・評論家としても名高い鷗外に好奇の念を抱いていたであろうし、美学という得体の知れない学問に対して、期待とそれを学ぶことへの不安を抱いていたことだろう。あるいは、彫刻家としての道を歩むことと美学などという学問を学ぶこととの関わりについて疑問を抱いた学生もいたかもしれない。以上は、論者の推測に過ぎないが、とにかく鷗外の講義の第一声は次のようなものであった。これは前の説明にもあったように、『審美綱領』には見えないものである（なお、ノートは現在でいう旧字体と新字体が混在し、略字が用いられていることもあるが、すべて新字体に統一した。送り仮名は、現在の表記と違う部分もあるが、原文どおりとした）。

抑美学ナル学科ハ一ニ之レヲ審美学ト云フエステーチック Aesthetik ナル語ヲ訳セシ者ニシテ先ツ我日本ニテハ初メ中江篤介氏カ仏蘭西ベロン氏 Velon ノ原書ヲ訳セシ維氏美学ト西周氏ノ美妙論トノ二ナリシカ其後ニ至リ我校及ヒ帝国大学慶応大学ニ於テモ此学科ヲ設ケタリ而シテ美学ノ起原ハ彼希臘時代ヨリ有リテ「アリストテレー」Aristoteles 氏ナル人ニ至リ殊ニ以テ研究セシモ其進行緩カニシテ充分ナル結果ヲ見ル能ハスシテ第十八世紀ニ至ル迄ハ殆ント斬新ノ区域ヲ顕ハサ、サリシナリ其後ニ至リ漸々発達ノ境ニ進ミ今日ニ於ケル美学ハ哲学ノ一部ニ存在セリ而シ美ト称スル言ニ就テ解釈セントスルモ多端ニシテ斯学全体ニ及ホサ、ル可カラサル以《ママ》テ先ス其始メニ於テ種々使用スヘキ言語、原ヲ説カン

「審美学」とは、鷗外がAesthetikに与えた訳語である。『しがらみ草紙』の評論活動以来、芸術作品の価値基準は存在し、その価値を測るのが批評の役割であると考えていた鷗外は、美学という訳語が存在したにもかかわらず、現在では使われなくなった、美を審査する学、という意味のこの訳語にこだわっていた。

中江兆民の『維氏美学』、西周の『美妙学説』ともに代表的な我国の美学の嚆矢となる著作である。

「我校」すなわち東京美術学校では、明治二十二年の開設当初から美学の講座が存在し、フェノロサがその指導に当たっていた[3]。美学の講座が東京帝国大学で設けられ、ハルトマンの高弟のケーベルが美学を講じ始めたのが明治二十六年、鷗外自身が慶応義塾で講義し始めたのが明治二十五年、それ以前に東京専門学校（後の早稲田大学）で明治二十四年に美学の講座が開かれているが[4]、なぜかここにその名前は挙げられていない。かつての論争相手に対する思いがあったのか、担当者の大塚保治や大西祝に対する鷗外自身の矜持の現れか、いずれにしても余計な詮索に過ぎないだろう。

続く美学発展のあらましについては、簡略過ぎるように思えるが、最初の説明としては、妥当なものだろうし、美学というあまりなじみのない学問について、現在は哲学の一部であると断言するのも、妥当かつ初めての学生に対して分かりやすいようにとの配慮が感じられる。

しかも、美とは何かという問いかけに対する答えが錯雑としていることを認め、その解答は棚上げして混乱を避け、美学に必要な用語についての説明に入る、というのであるから、非常に行き届いていて、初学者にも無理なく取り組めたことだろう。

三　「官能」の項目

前述したように、本論に入ってからも、冒頭部分は、『審美綱領』とまったく違っている。ちなみに、『審美綱領』冒頭、「A　美の能変、所変」は次のように始まっている。

美の詮義（概念）Concept は、能変（主観）Subject と所変（客観）Object とを待ちて、初めて成立するものなり。

きわめて高飛車であり、少なくとも哲学や美学についての予備知識がない人間にとっては難解だといわざるをえない。

これに対してノートでは、前述したように使われる用語の説明から始まっている。最初は「官能」の説明である。

官能セエンス　Senses

視感聴感嗅感食感触感之レヲ五官トナス吾人ノ美ヲ感スルハ此ノ官能ノ紹介ニ依リテ是レヲ覚ユルナリ然ルニ又他ニ於テ一ツノ最重大ナル官能アリ即チ肉感トナス肉感所謂筋肉ナルハ運動ノ道具ニシテ其運動作用ニヨリテ如何ナル乎ヲ弁別スル事ヲ得例ヘハ棒ヲ把リテ筋肉ヲ打タハ其ノ強弱ヲ覚エ又彫刻ニ於テ土ヲ扱フ時ハ肉感ヲ以テ強弱緻密ノ如何ヲ知覚シ又日本画之線ニ於其細柔剛大ニヨリテ其強弱ヲ推知セシム故ニ官能ハ五官ニ止マラス必ス其肉感ノ緊要ナルコトヲ知ルヘシ

上の欄外に「肉感」との書き込みがある。本ノートでは、重要な用語、要点が欄外に書き記されている。「官能」は、原語からも分かるように現在の感覚にあたる。感覚には視覚、聴覚、嗅覚、味覚、触覚のほかに「肉感」というものがあって、これが最も大切な感覚であり、人間が筋肉を使って物を扱うとき、筋肉の感覚で扱われるものの状態を知ることができる、というわけだ。

この続きは以下のごとくである。

而シテ此等官能ニハ種々アリテ上等及下等ニ属スルアリ則チ視感聴感ハ之レヲ上等ノ官能トシ其レニ肉感モ附帯セシム其他ノ者ハ下等ニ属スル官能ナリ其所以トスル所ハ絵画ノ視感ニ於テ其美ヲ覚エ又音楽ノ聴感ニヨリテ其情調ヲ覚エルニ於ケルカ如ク又盲目ノ画工ナキモ彫刻ハ盲目之レヲ□□シテ成シ或ハ感得スルコトヲ得故ニ彫刻ナルハ視感ト肉感ニヨリテ覚エルナリ其ノ他ノ物ハ凡テ美術ニ属セス茶ノ湯ノ香ヲ嗅キ又料理ニ於テモ皆技術ニ属ス故ニ此等ノ言ハ他ノ言語ヲ使用セサル可カラス尚上等下等ヲ成立スルニ就テハ後ニ於テ詳細ニ論述スヘシ

やはり、上の欄外に「上等ノ官能」の書き込みがある。感覚に上等と下等の区別があると聞いて本保氏も驚いたのだろう。

人間の感覚の中では、視覚と聴覚とが上等であって、これに「肉感」も付け加えられる。なぜなら、絵画は視覚により、音楽は聴覚による。盲目の画家はいないが、彫刻は、盲目でも作ったり（二字はっきりとは判読できないが、「勘案」と読めるように思える。いずれにせよ、「成シ」とあるので、作ることは確かだろう）、感じたりすることができるから、彫刻は視覚と「肉感」によって感じるものである。その他はすべて芸術（当時の「美術」は、今日の芸術を意味する）には属さない。茶の湯で香の匂いを嗅ぎ分けることも料理もすべて技術に属する。だから、これ等についていうときは別の言葉を使わなければいけない。なぜ上等下等の区別があるかについては後に述べる。

上等な感覚、下等な感覚の区別が実際に存在してしかるべきかについては、ここでは問わないことにする。これが感覚で漠然と感じるだけのものは、芸術として認めないハルトマン美学に基づく考え方であることだけを言い添えておこう。

ここで注目したいのは、鷗外が「肉感」という聞きなれない感覚の重要性をしきりに強調し、上等の感覚に分類していることである。では、この「肉感」について『審美綱領』はどのような説明を与えているのだろうか。

四　『審美綱領』における「肉感」

『審美綱領』では、先の「官能」すなわち感覚については、冒頭近くの「B　美の現象」で以下のような説明がなされている。

能変の所変に触るゝや、官（根）Senses の能力に依る。視、聴、香、味、触の如きものこれなり。所変のよく官能に上るを現象（相分）Phenomenon といふ。

眼の現象は、光線と称する灝気 Ether の運動なり。この運動は、物の浅処に在りて、初めてよく視官を動かす。古来美の表面性 Superficiality といふ語あり。表面とは薄き殻層の Cortical stratum にして、光線のこれに逢ひて屈曲反射し、眼に触るゝ限りをいふなり。

耳の現象は音響と称する空気の波動なり。

灝気といひ空気といふものは、空間を塡充するものにしてこれを塡物 Medium といふ。然るに能変の美を感ずるに、塡物なきことあり。即ち空に憑りて想ひ起す。これを空想 Phantasia といふ。空想の所生は、かの官能の所生の如く、また一の現象なり。故に現象の詮義を拡めて、これを空想の現象といふことを得べし。

是に由りてこれを観れば、美の現象には、官能の現象と空想の現象とあり。而して官能は古来高卑二種に分ち、視と聴とを高感（離中知、不至境）とし、香、味、触を卑官（合中知、至境）とす。よく美なる現象は高官に限ること下に説くところの如し。

主観が客観に触れるのは、感覚の能力による。視覚、聴覚、嗅覚、味覚、触覚のようなものがこれだ。客観が感覚に現れるのを現象という。視覚的な現象は、光線というエーテルの運動である。この運動は、物質の表面にあって、初めて視覚を刺激することができる。昔から、美の表面性という言葉がある。表面というのは、薄い被膜のことで、光線がこれにぶつかって屈折したり反射したりして、視覚に触れる範囲をいうのである。聴覚的な現象は音響と称する空気の波動である。エーテルといい空気といい、空間を充塡するものであって、これを媒体という。ところが、主観が美を感ずるのに媒体を経ない場合がある。つまり、何にも触れずに思い起こすのである。これを空想という。空想が生じるのは、感覚が生じるのと同じように、また一つの現象である。だから、現象の概念を広げて、これを空想の現象ということが出来るだろう。このように見てくると、美の現象には、感覚の現象と空想の現象とがある。そして、感覚は昔から高等な感覚と低級な感覚とに分かれ、視覚と聴覚とを高等な感覚、嗅覚、味覚、触覚を低級な感覚とする。美ということの出来る現象は高等な感覚に限ることは以下に説く通りだ。

煩瑣であるが、現代語訳すると以上のようになろう。ちなみに、エーテルというのは、現在でいうエーテルではなく、当時、空間にあって、光線を伝える媒体と考えられていたものである。なお、「離中知、不至境」とは感覚から離れた対象物を知る感覚、対象物に接しなくとも感じられる感覚のことで、視覚、聴覚を指す。「合中知、至境」はその反対で、実際に接しなければならない感覚、つまり、嗅覚、味覚、触覚である。

要するに、私たちが現象を感じるのは、一般には、感覚器官が外界の刺激を受けて感ずるのであるけれど、空想の場合は、外界の刺激なしでも感じるという、ごく常識的な内容と、例の上等な感覚と下等な感覚の話である。

ここで注目すべきは、五感の説明と上等下等の感覚の話がなされている点は、ノートの内容と符合しているのだが、ノートのほうであれほど強調されていた「肉感」なる感覚が少しも出てこない点である。

この点、『美の哲学』の要点を述べたに過ぎない『審美綱領』ではなく、かなり忠実な翻訳（ただし、中絶）である「審美論」では、どうなっているだろうか。

五　「審美論」における「肉感」

『審美綱領』の「B　美の現象」に該当する「審美論」の項目は、「美を担いたる主象」である。逐一引用はしないが、美は実際のものに存在するのではなく、たとえば視覚的な美であるならば、視覚によって得られた映像から主観の中に生まれる「仮象」に存在するのであって、徹頭徹尾主観的なものであり、実物にも、媒介物にも存在しないという説明がなされる。この後、以下のような箇所がある。

> 吾徒は是の如く美を主象にありとしたり。かくするにあらでは、視聴の如く高官とせらるゝものゝみ美とせられて、嗅味の如く低官とせらるゝ者は快とはせらるれど、つひに美とせられざる所以を知るに由なからむ。視聴に於いては主象をその因たる客にして実なるものより引き離すことを得べし。これその能くその美なる所以なり。盲人の塑造するとき肉感と共に役する触官もこれに属す。嗅味は則ちこれに殊なり。その能く美とせらるゝは、空想の産物となりての上ならではかなはず。

念のためハルトマンの『美の哲学』を見ると次のようにある。

> Wir haben also festzuhalten, dass “schön” im eigentliche Sinne nur die subjective Erscheinung heissen kann, welche als rein subjektiv “ästhischer Schein” genannt wird, dass aber die naitvrealistische Übertragung des Prädikates “schön” auf die Dinge an sich, welche indirekte Ursachen dieses Scheines sind, nur unter der Bedingung als statthaft gelten kann, dass man sich der Uneigentliche-

keit und der Sinneserweiterung diser Ausdruckweise klar bewusst ist. Die Reichtigkeit dieser Ansicht erhellt am besten daraus, dass nur diejenigen unter unseren Sinnen im Stande sind, uns schöne Wahrnehmungen zu liefern, bei denen die Ablösung der subjektiven Erscheinung von der sie hervorrufenden Realität psychologisch ausführrbar ist (Gesicht, Gehör und allenfalls noch der Tastsinn in Verbindung mit dem Muskelsinn bei blinden Modelleuren), während die sogenannten niederen Sinne, deren Wahrnehmungen unabtrennbar mit der Realität verwachsen scheinen, uns nur Quelle des Angenehmen, aber nicht des Schönen werden können. Erst die Phantasiereproduktion der Geschmäke, Gerüche, und Gefhülswahrnehmungen besitzt diejenige Abtrennbarkeit von der Realität, welche sie zum Eintritt ins Gebiet des Schönen (in der Poesie) befähigt.

我々は、また、以下のことを確認しなければならない。「美しい」とは真の意味で全く主観的な現象と呼ぶことができ、その現象は、純粋に主観的な「美学的仮象」と名づけられる。かつまた、物そのものに対する素朴実在論的な「美しい」という評価の伝達は、これらの仮象の非直接的な原因であって、ただ許されたものとしての前提の下においてのみ有効であることができ、さらにまた、こうした表現方法の非本質性と意味の上での不都合性は明らかに意識されているのだ。この見解の正しさは、以下のことからもっとも明らかとなる。我々の感覚の下に存在する物自体だけが、我々に美しい知覚を供給しうるのであり、それを伴ってこそ、主観的な現象を引き起こしている現実性からの主観的な現象の分離が心理学的に実行可能なのだ（視覚、聴覚、そして、場合によっては、また、盲目の造形家における筋肉の感覚との結びつきにおける触覚を挙げてもいい）。一方で、低級と呼ばれる感覚は、その知覚が実在性と分離することができないで結びついているように見え、我々にとって単なる快適さの原因にはなるが、美の原因とはなりえない。そもそも味、臭い、触覚的知覚の空想的再生産は、それに美の領域（詩における）に入る資格を与える実在からそれ自体分離したものなのだ。

「審美論」が意味を取りながら、かなり自由に訳していることが知れるが、ハルトマンの言うところは、それほど難解ではない。

私たちが「美しい」という時、実際に存在する物そのものに美があるわけではなく、私たちの心の中に生まれる美しいイメージ（「美的仮象」）の中に美が存在するわけで、だから、美というものは全く主観的なものなのだ。かつまた、その美しいイメージが生まれている時には、私たちは実際の物を見たり、聞いたりしながらも、それを離れて美の世界に浸りきることができる。ところが、味や臭いの世界では、美味しいとかいい匂いだという快感を感じることはあっても、実際の味や臭いを離れて美の世界に浸るということはない。そもそも、味、臭い、触覚的な感触を起こす原因となる物自体、芸術的感覚を起こすものと全く別モノである。

この直後に低級の感覚、上級の感覚の話に入るわけだが、ここで注目すべきは、「審美論」でも、『美の哲学』でも、「肉感」muskelsinn（筋肉の感覚）は、大して重視されていない点である。「審美論」では、一応「高官」に分類されてはいるものの、「肉感と共に役する触感」とあるばかりだし、『美の哲学』にいたっては、もちろん、これも味覚・嗅覚と対置され、視覚・聴覚の側に入れられてはいるものの、「場合によっては」と、いかにもついでに出した例ですよという断り書きがついている。

おわりに

かくして私たちは知るのである。美学の講義の冒頭で鷗外がしきりに「肉感」を強調したのは、東京美術学校の学生向けの、恐らくは、とくに彫刻科の学生向けの、一種のサービスだったのだ。当時の彫刻科の授業は木彫実習であり、高村光太郎も「地紋」を彫るのに悪戦苦戦したという。(5) 複雑な木目のある材料を小刀で刻み、細かい文様を彫りだすには、視覚的な鋭敏さだけではなく、彫り進めていく際の手応えといった感覚的な鋭敏さが必要であるはずだ。その手応えを筋肉で感じながら、美しい彫刻の完成をイメージする。「肉感」は、美を生み出すことのできる、視覚・聴覚に匹敵する能力なのだ。日々、木彫の実習に励む彼らに鷗外は言ってやりたかったのだろう。

なお、本章で比較した箇所については、本保義太郎のノートは、『審美綱領』だけではなく、「審美論」の内容も含んでいる。(6)「審美論」と『審美綱領』の関係を考えてみれば、これは当たり前のことかもしれないが、『審美綱領』が『美の哲学』の要点だけをまとめたものであるのに対し、「審美論」では、原文をかなり踏まえていて、説明も具体的であることによるだろう。講義をしてゆく上では、具体的に例を引いて説明しなければ、学生に分かってもらえないから、当然、「審美論」の内容をふまえざるを得なかったのであろう。そういった点からしても、鷗外は、学生の側に立った親切でサービス精神旺盛な先生だったといえるのではないか。

(1) 富山県立近代美術館所蔵。全五巻。明治三十年から三十一年までの講義を筆録したもの。
(2) 東京藝術大学百年史刊行委員会編『東京藝術大学百年史―東京美術学校篇』(ぎょうせい、昭和六二年)。執筆担当者に村田哲朗氏、吉田千鶴子氏の名前がある。
(3) 注2に同じ
(4) 佐渡谷重信『鷗外と西欧芸術』(美術公論社、昭和五九年)
(5) 注2に同じ
(6) ノートと両者の関係については前章「森鷗外「審美論」と本保義太郎筆録「美学」ノート」で論じた。

資料文献一覧　（執筆者名の五十音順、発表年代順）

い

石橋思案「早稲田文学を拝読す」『読売新聞』明治二四年一一月一日
井上円了『真理金針』（初編）法藏館、明治一九年（『明治文化全集　第一二巻　宗教篇』日本評論社、平成四年）
――『真理金針』（続編／続々編）法藏館、明治二〇年
――『哲学一夕話』第三編、哲学書院、明治二〇年（『井上円了選集』東洋大学、昭和六二年）
――『仏教活論本論』第一編（破邪活論）、哲学書院、明治二〇年
――『仏教活論序論』哲学書院、明治二一年
――『仏教活論本論』第二編（顕正活論）、哲学書院、明治二三年

か行

片上天弦「人生観上の自然主義」『早稲田文学』二五号、明治四〇年一二月
倉田百三『出家とその弟子』岩波書店、大正六年
小崎弘道『六合雑誌』

さ

斎藤緑雨『国会』明治二四年一〇月二八日
――「是亦見たま、」『国会』明治二四年一一月六日
嵯峨の屋おむろ「平等論」『国民之友』明治二二年一〇月
――「宇宙主義」『国民之友』明治二三年一～三月
――「小説家の責任」『しがらみ草紙』二号、明治二二年一一月
――「方内斎主人に答ふ」『しがらみ草紙』三号、明治二二年一二月

―――「自序」『古反古』民友社、明治三〇年

た行

田岡嶺雲「禅宗の流行を論して今日の思想界の趨勢に及ふ」『日本人』六号、明治二八年九月（西田勝編『田岡嶺雲全集』、法政大学出版局、昭和四四年）

―――「俳論家としての渡辺支考」『太陽』二巻六号、明治二九年三月二〇日

―――「理想と自然」『青年文』三巻三号、明治二九年四月

―――「想化とは何ぞ」『青年文』三巻四号、明治二九年五月

―――「禅学と俳句」『青年文』三巻五号（「時文」）明治二九年六月

―――「鷗外と逍遥」『明治評論』五巻一〇号、明治二九年九月

―――『青年文』三巻一一号、明治二九年一二月

高瀬文淵「文学時論」『小桜縅』四号、明治二六年四月

―――「超絶自然論」ほか『新文壇』一号、明治二九年一月

―――「脱却理想論」『新文壇』二号、明治二九年二月

―――「めさまし草の二大評家」同右

―――「詩人の閲歴に就て」『新文壇』三号、明治二九年三月

―――「自然主義の二派」同右

―――「鷗外漁史に質す」同右

―――「断流十箇条」ほか『新文壇』四号、明治二九年四月

―――『新文壇』五号、明治二九年五月

―――「群盲掃蕩」『新文壇』六号、明治二九年六月

―――「明治二十九年の文界」『文芸倶楽部』明治三〇年一月

―――「審美世界の三要素」『国民之友』三三七・三三八・三四〇・三四五号、明治三〇年二月～四月

高山樗牛「文芸時評」『太陽』二巻五号、明治二九年二月

――――『太陽』二巻六号・七号、明治二九年三月・四月
――――「現今我邦に於ける審美学に就いて」『太陽』二巻八号、明治二九年五月
（――――）「明治評論の時文欄」同右
田山花袋「断流」『文芸倶楽部』明治二九年二月
（――――）「趣味とは何ぞや」『中学世界』（「文界時評」のうち）明治三二年一一月一〇日
――――「美術的良心の欠乏」同右
――――「文界時評」『中学世界』明治三二年一一月二五日
――――『野の花』新声社、明治三四年六月
――――「作者の主観（野の花の批評につきて）」『新声』明治三四年八月
――――「主観客観の弁」『太平洋』明治三四年九月
――――「作者と作品」『文章世界』明治四二年五月
――――「心持と書き方」『インキ壺』明治四二年五月
――――「『浦のしほ貝』に見出したる『自然』」『文章世界』明治四三年一一月
――――『東京の三十年』博文館、大正六年
――――「新小説作法」『青年文壇』大正六年一～七月
――――「小説新論」『毒と薬』大正七年
坪内逍遥『小説神髄』明治一八～一九年
――――「粋論」『読売新聞』明治一八年五月～一九年三月
――――『内地雑居未来之夢』晩青堂書店、明治一九年
――――「美とハ何ぞや」『学芸雑誌』明治一九年九月
――――「雪中梅（小説）の批評」『学芸雑誌』明治一九年一〇月
――――「美術論」講演速記『中央学術雑誌』明治二〇年一月二五日
――――「小説　外務大臣」『読売新聞』明治二一年四～六月
――――「小説三派」『読売新聞』明治二三年一二月七～一五日

――「シエークスピヤ脚本評註」『早稲田文学』一号、明治二四年一〇月(二〇日)
――「我にあらずして汝にあり」『早稲田文学』三号、明治二四年一一月(一五日)
――「烏有先生に謝す」『早稲田文学』七号、明治二五年一月(一五日)
――「没理想の語義を弁ず」『早稲田文学』八号、明治二五年一月(三〇日)
――「子羊子が白昼夢」『早稲田文学』九号、明治二五年二月
――「烏有先生に答ふ」『早稲田文学』九・一〇号、明治二五年二月(一五日、二九日)
――「其意は違へり」『早稲田文学』一〇号、明治二五年二月二九日
――「『早稲田文学』が谷『時文評論』村の縁起」『早稲田文学』一二号、明治二五年三月
――「没理想の由来」『早稲田文学』一三号、明治二五年四月
――『文学その折々』春陽堂、明治二九年
――「故緑雨君を追懐す」『新小説』明治三七年六月
坪内逍遥・内田魯庵『二葉亭四迷』易風社、明治四二年(近代文学研究資料叢書五、日本近代文学館、昭和五〇年)
常磐大定「解題」『真理金針』明治一九年(『明治文化全集　第一二巻　宗教篇』日本評論社、平成四年)
鳥尾得庵『方便解』明治一七年(『得庵全書』明治四四年)
――「老婆心説」同右

な行

中江兆民『維氏美学』文部省編輯局、明治一六〜一七年
西　周『百学連環』明治三年(大久保利謙編『西周全集』第四巻、宗高書房、昭和五六年)
――『美妙学説』明治五年?(大久保利謙編『西周全集』第一巻、宗高書房、昭和三五年)
――『奚般氏心理学』(訳)明治八年

は行

花下眠叟「さゝ舟、きくの浜松及びたけくらべを読みて」『太陽』明治二九年六月

二葉亭四迷『美術の本義』（『芸術のイデー』部分訳）明治一九年以前
――「小説総論」『中央学術雑誌』明治一九年四月
――「カートコフ氏美術俗解」『中央学術雑誌』明治一九年五月
――『浮雲』明治二〇～二二年（『新編浮雲』、金港堂、明治二四年）
――「学術と美術との差別（パアヴロフの訳）」『国民之友』明治二一年四月
――「徳富蘇峯宛書簡」明治二二年八月二三日
――「落葉のはきよせ　二籠め」明治二二年
――「落葉のはきよせ　三籠め」明治二三～二七年
――『片恋』（訳）春陽堂、明治二九年
本保義太郎筆録「森鷗外氏講義、美学、巻之一～五」富山県立近代美術館蔵
――「西洋美術史、上古巻、中古巻、近世巻一、二」富山県立近代美術館蔵

ま行

正宗白鳥「花袋作『野の花』」『読売新聞』（「月曜文学」）明治三四年七月一日
――「花袋氏に与ふ」『読売新聞』（「月曜文学」）明治三四年九月二日
森　鷗外「小説論」『読売新聞』明治二二年一月三日
――「『文学ト自然』ヲ読ム」『国民之友』五〇号、明治二二年五月
――「今の批評家の詩眼」『しがらみ草紙』四号、明治二三年一月
――「明治二十二年批評家の詩眼」同右
――「外山正一氏の画論を駁す」『しがらみ草紙』八号、明治二三年五月
――「答忍月論幽玄書」『しがらみ草紙』一四号、明治二三年一一月
――「矢野文雄氏と九鬼隆一氏との美術論」『しがらみ草紙』一六号、明治二四年一月
――「逍遥子の諸評語」『しがらみ草紙』二四号、明治二四年九月(二四日)
――「逍遥子の新作十二番中既発四番合評、梅花詞集評及梓神子（読売新聞）」同右

――「美妙斎主人が韻文論」『しがらみ草紙』二五号、明治二四年一〇月
――「シルレル伝」『早稲田文学』三～二四号のうち六回、明治二四年一一月～二五年九月
――「早稲田文学の没理想」『しがらみ草紙』二七号、明治二四年一二月（二五日）
――「早稲田文学の没却理想」『しがらみ草紙』三〇号、明治二五年三月（二五日）
――「逍遥子と烏有先生と」『しがらみ草紙』同右
――「早稲田文学の後没理想」『しがらみ草紙』三三号、明治二五年六月
――『めさまし草』まきの一、明治二九年一月
――『めさまし草』まきの二、明治二九年二月
――「無想小説、観念小説、没想小説」同右
――「詩人の閲歴に就きて」同右
――「具象理想と抽象理想と」『めさまし草』まきの三、明治二九年三月
――「新文壇の文界観察」ほか『めさまし草』まきの四、明治二九年四月
――『西洋哲学史』書き入れ」東京大学附属図書館蔵
――『月草』明治二九年一二月
――「逍遥子の諸評語」『月草』「柵草紙の山房論文」、明治二九年一二月
――「美妙斎主人が韻文論」同右
――「早稲田文学の没理想」同右
――「早稲田文学の没却理想」同右
――「逍遥子と烏有先生と」同右
――「早稲田文学の後没理想」同右
――「エミル、ゾラが没理想」同右
――「審美論」（ハルトマン「美の哲学」訳）明治二五～二六年
――『審美新説』（フォルケルト著）『めさまし草』明治三一年二月～三二年九月（春陽堂、明治三三年）
――「なかじきり」『斯論』大正六年九月

森鷗外・大村西崖「印度審美説」『めさまし草』まきの四、明治二九年四月
森鷗外・大村西崖編『審美綱領』春陽堂、明治三二年六月

中国思想

荘子「逍遥遊」「斉物論」『荘子』阿部吉雄・山本敏夫・市川安司・遠藤哲夫『新釈漢文大系　第七巻　老子・荘子　上』明治書院、昭和四一年
老子「養身第二」「無源第四」「虚用第五」「象元第二十五」『老子』同右

西洋思想

シュヴェーグラー『西洋哲学史』谷川徹三・松村一人訳、岩波書店、昭和一四年（のち岩波文庫、昭和三三年）
ハルトマン『美の哲学』*Philosophie des Schönen, Aesthetik*/ Eduard von Hartmann 2 wohlfeile Ausgabe. Leipzig: Wilhelm Friedrich, (1886-1887). 2 v.in 1 (*Eduard von Hartmann's Ausgewählte Werke*; Bd. 3. 4) (東京大学附属図書館鷗外文庫蔵)
――『無意識の哲学』*Philosophie des Unbewussten, Phänomenologie des Unbewussten*, 10.erw Aufl. Leipzig: W. Friedrich, (188?) (*Eduard von Hartmann's Ausgewählte Werke*; Bd. 7) (東京大学附属図書館鷗外文庫蔵)
フェノロサ「美術真説」『明治文学全集　第七九巻　明治芸術・文学論集』筑摩書房、昭和五〇年
ベリンスキー『芸術のイデー』（黒沢峯夫「ベリンスキー「芸術の理念」Documents」、後掲の参考文献一覧を参照）

その他

『哲学字彙』明治一四年
『日本人』明治二一年創刊
「ゆにてりあん教根本の主義」「ゆにてりあん教徒普通の説」『ゆにてりあん』一号、明治二三年四月
「「時文評論」基督教の現況」「同　仏教の現況」「同　文学と安心」『早稲田文学』二号、明治二四年一一月
『めさまし草』明治二九年一月創刊

「三人冗語」『めさまし草』まきの三、明治二九年三月
「鷗外漁史のである主義」『新文壇』四号、明治二九年四月
「雑報欄」『帝国文学』明治二九年七月

参考文献一覧 （執筆者名・書名・論文名、それぞれ五十音順）

あ行

伊狩　章「高瀬文淵の理想主義文学論」『文学』二四巻一一号、岩波書店、昭和三一年一一月
池田英俊『明治の新仏教運動』日本宗教史研究叢書、吉川弘文館、昭和五一年
――『明治の仏教――その行動と思想――』日本人の行動と思想三一、評論社、昭和五一年
石田忠彦『坪内逍遥研究』九州大学出版会、昭和六三年
磯貝英夫『森鷗外――明治二十年代を中心に――』明治書院、昭和五四年
右書所収「鷗外の批評運動――その二　文学・芸術論について――」『広島大学文学部紀要』二三巻三号、昭和三九年八月
右書所収「鷗外の文学評論――逍鷗論争を中心に――」初出、稲垣達郎編『森鷗外必携』学燈社、昭和四三年
右書所収「啓蒙批評時代の鷗外――その思想特性　上・中・下――」『文学』四〇巻一一号・一二号・四一巻一号、岩波書店、昭和四七年一一月・一二月・四八年一月
右書所収「審美批評の終点」初出、原題「『めさまし草』における鷗外」『日本近代文学』日本近代文学会、昭和三七年五月
右書所収「想実論の展開――忍月・鷗外・透谷」初出『国文学攷』広島大学国語国文学会、昭和五四年一〇月
――「没理想論争」項目解説『日本近代文学大事典　第四巻　事項』講談社、昭和五二年
猪野謙二『明治文学史　上』講談社、昭和六〇年
今中寛司「『六合雑誌』における小崎弘道」同志社大学人文科学研究所『『六合雑誌』の研究』、教文館、昭和五九年
岩崎武雄『世界の名著　ヘーゲル』解説、中央公論新社、昭和四二年
岩佐壮四郎『島村抱月の文藝批評と美学理論』早稲田大学学術叢書二七、早稲田大学出版部、平成二五年
上田閑照「夏目漱石「道草から明暗へ」と仏教――」岩波講座『日本文学と仏教』一〇巻、平成七年
臼井吉見『近代文学論争　上』筑摩書房、昭和五〇年（初出「近代文学論争　一」『文学界』八巻一号、学燈社、昭和二

九年一月
大嶋　仁「没理想論争の今日的意義」『国際日本文学研究集会会議録』第一〇回、国文学研究資料館、昭和六二年
大塚美保「芦屋処女のゆくえ——鷗外と唯識思想——」『日本近代文学』五〇号、平成六年五月
——「哲学と美学の間——没理想論争の再検討——」『森鷗外研究』七号、和泉書院、平成九年一二月
小倉　斉「鷗外・逍遥対立の淵源」『淑徳国文』二七号、愛知淑徳短期大学、昭和六一年一月

か行
勝山　功『大正・私小説研究』明治書院、昭和五五年
嘉部嘉隆「森鷗外文芸評論の研究(一)——「小説論」改稿の意図と方法——」『樟蔭国文学』一四号、昭和五一年九月
カルリーナ、エル（古林尚訳）「二葉亭四迷論——ベリンスキーと日本文学——」『文学』二一巻一〇号、岩波書店、昭和二八年一〇月
神田孝夫「鷗外初期の文芸評論」『比較文学研究』四巻一・二号、昭和三二年一二月
——「鷗外と美学」稲垣達郎編『森鷗外必携』学燈社、昭和四三年
——「森鷗外とE・V・ハルトマン」島田謹二教授還暦記念会編『比較文学比較文化——島田謹二教授還暦記念論文集』弘文堂、昭和三六年
——「森鷗外とE・V・ハルトマン——『無意識哲学』を中心に——」長谷川泉編集『比較文学研究　森鷗外』朝日出版社、昭和五三年
北岡誠司「「小説総論」材源考——二葉亭とベリンスキー——」『国語と国文学』四二巻九号、昭和四〇年九月（のちに『日本文学研究資料叢書　坪内逍遥・二葉亭四迷』有精堂出版、昭和五四年、所収）
久保田芳太郎「没理想論争をめぐって——モールトンとハルトマン——」『比較文学年誌』八号、早稲田大学比較文学研究室、昭和四七年三月
黒沢峯夫「ベリンスキー「芸術の理念」Documents」『比較文学年誌』六号、早稲田大学比較文学研究室、昭和四五年三月
見理文周『近代文学と仏教の周辺』般若窟、昭和六一年

――「近代日本の文学と仏教」岩波講座『日本文学と仏教』一〇巻、平成七年
小林一郎『田山花袋研究　二――博文館入社へ――』桜楓社、昭和五一年
小堀桂一郎『森鷗外―文業解題　翻訳篇』岩波書店、昭和五七年
――『若き日の森鷗外』東京大学出版会、昭和四四年
――「森鷗外とハルトマン」吉田精一編『日本近代文学の比較文学的研究』清水弘文堂書房、昭和四六年

さ行

斎藤重雄編著『井上円了と西洋思想』東洋大学井上円了研究会第三部会、昭和六三年
坂井　健「高瀬文淵と二葉亭四迷――明治期に於ける「美術の本義」の一紹介――」『新潟大学国文学会誌』二九号、昭和六一年三月
――「鷗外筆『心理学図表』試解――手沢本『西洋哲学史』添付の図表について――」『京都語文』八号、佛教大学国語国文学会、平成一三年一〇月
――「二葉亭四迷と坪内逍遥」『函館私学研究紀要――中学・高校編――』函館私学振興協議会、平成元年三月
――「没理想論争注釈稿（二）」『文芸言語研究　文芸篇』二二号、筑波大学文芸言語学系、平成四年九月
――「没理想論争注釈稿（十三）」『文学部論集』八七号、佛教大学、平成一五年三月
――「明治文学の理念と文学理論の展開」『函館私学研究紀要――中学・高校編――』函館私学振興協議会、昭和六三年一月
笹淵友一『浪漫主義文学の誕生――文学界を焦点とする浪漫主義文学の研究――』明治書院、昭和三三年
佐渡谷重信『鷗外と西欧芸術』美術公論社、昭和五九年
――『坪内逍遥――伝統主義者の構図――』国文学研究叢書、明治書院、昭和五八年
重松泰雄「没理想論争」『国文学―解釈と鑑賞』近代日本文学論争の系譜(特集)、三五巻七号、昭和四五年六月
清水　茂「『小説総論』」清水茂編『近代文学鑑賞講座　二葉亭四迷』角川書店、昭和四二年
杉崎俊夫『嵯峨の屋おむろ研究』双文社出版、昭和六〇年
須田喜代次「鷗外と花袋――『審美新説』を軸として――」平川祐弘・平岡敏夫・竹盛天雄編『鷗外の人と周辺』講座森

鷗外第一巻、新曜社、平成九年
関　良一「近代の文学理念――古典との比較において――」『国文学―解釈と教材の研究』一一巻七号、学燈社、昭和四一年七月
相馬庸郎「鷗外と自然主義――花袋との関係をめぐって――」『国文学―解釈と教材の研究』一八巻一〇号、学燈社、昭和四八年八月
十川信介「「実相」と「虚相」」『二葉亭四迷論』増補、筑摩書房、昭和五九年（初出『文学』三五巻二号、岩波書店、昭和四二年二月）
――「二葉亭の沈黙」『文学』三六巻六号、岩波書店、昭和四三年六月

た行

高橋　正「田岡嶺雲の初期文芸評論――批判的リアリズムを提唱――」『日本文学研究』三〇号、高知日本文学研究会、平成五年三月
武　邦保「ユニテリアン雑誌としての側面から」同志社大学人文科学研究所『『六合雑誌』の研究』、教文館、昭和五九年
竹盛天雄「没理想論争とその余燼」『講座日本文学の争点　五　近代編』明治書院、昭和四四年
谷沢栄一「鷗外の追撃を断ち切った逍遥」（近代文学論争譜　四）『新潮』七八巻一〇号、新潮社、昭和五六年一〇月
――「論理に勝って気合い負け逍遥」（近代文学論争譜　三）『新潮』七八巻八号、新潮社、昭和五六年八月
鄭　炳浩「〈虚〉の文学から〈実〉の文学への凝視――二葉亭四迷の文学論における「真理論」の成立の背景――」『日本語と日本文学』二九号、筑波大学国語国文学会、平成一一年八月
辻橋三郎『近代文学者とキリスト教思想』桜楓社、昭和四四年
寺横武夫「二葉亭四迷における「冷雲社」の発想――魏叔子摂取の一側面――」『日本近代文学』二五号、昭和五三年一〇月

な行

西田　勝編『田岡嶺雲全集』法政大学出版局、昭和六二年

――――「解説」『嶺雲揺曳』近代文芸評論叢書三〇、日本図書センター、平成四年

は行

畑　有三「二葉亭四迷――「真理」探究から「人生」探究へ――」『共立女子大学短期大学部紀要』一〇号、昭和四一年一二月

――――「二葉亭四迷――「真理」探究から「人生」探究へ（再論）――」同一一号、昭和四三年二月

福田清人編『山田美妙・石橋忍月・高瀬文淵集』明治文学全集「解題、年譜」筑摩書房、昭和四六年

フュルンケース、ヨーゼフ他「シュヴェーグラー『西洋哲学史』への森鷗外自筆書き込み――翻刻および翻訳――」『藝文研究』八六号、慶應義塾大学藝文学会、平成一六年六月

ま行

松木　博「「烏有先生」の意味――鷗外を軸とする論争の再検討(一)」『異徒』六号、昭和五九年一二月

――――「ハルトマン援用の意味――鷗外を軸とする論争の再検討(二)――」『異徒』七号、昭和六一年八月

松村友視「嵯峨の屋御室における浪漫主義の生成」『文学』五三巻一一号、岩波書店、昭和六〇年一一月

松本伸子「没理想とエドワード・ダウデン」『坪内逍遥研究資料』第九集、新樹社、昭和五五年三月

目野由希『明治三十一年から始まる『鷗外史伝』』渓水社、平成一五年

右書のうち、「鷗外「史伝」におけるジャンルと様式――「史伝」というホロスコープ――」初出『日本文学』四七巻一二号、平成一〇年一二月

右書のうち、「夢の日本近世美術史料館」初出「明治三十一年から始まる鷗外史伝　二――夢の日本近世美術史料館――」『稿本近代文学』二三号、平成一〇年一二月

森　章司『井上円了選集』第四巻「解説」、東洋大学、平成二年

や行

柳田　泉「明治初期の文学思想とヘーゲル美学」『明治文学研究』明治文学談話会、昭和一二年一二月

柳父　章『翻訳語の論理――言語にみる日本文化の構造――』法政大学出版局、昭和四七年
山内祥史「逍遥の没理想論の形成」久松潜一・大場俊助・実方清編著『日本文芸の世界――実方博士還暦記念』桜楓社、昭和四三年
山崎一穎『二生を行く人　森鷗外』新典社、平成三年
吉田精一『近代文芸評論史　明治篇』至文堂、昭和五六年
――――『自然主義の研究』上巻、東京堂、昭和三三年
――――「評論の系譜二四、二五　高瀬文淵（一）、（二）」至文堂編『国文学―解釈と鑑賞』、ぎょうせい、昭和四〇年八月、一〇月
吉田千鶴子「森鷗外の西洋美術史講義――本保義太郎筆記ノート――」『五浦論叢』二号、茨城大学五浦美術文化研究所、平成六年三月
吉田直子、井上康彦「『森鷗外氏講義　美学』――本保義太郎筆記ノート（於東京美術学校）――」『カリスタ　美学・芸術論研究』一四～一六号、平成一九年一二～二一年一二月

その他

東京藝術大学百年史刊行委員会編『東京藝術大学百年史―東京美術学校篇』ぎょうせい、昭和六二年
『哲学字彙』明治一四年（飛田良文編『哲学字彙訳語総索引』笠間索引叢刊、昭和五四年）
『改訂増補哲学字彙』明治一七年
『哲学事典』平凡社

初出一覧

序　章　書き下ろし

第一部　没理想論とその時代

第一章　没理想論成立の背景――宗教の混乱とユニテリアン――
『京都語文』第　六号　佛教大学国語国文学会　平成一二年一〇月

第二章　「真理」の時代――二葉亭・逍遥・嵯峨の屋など――
『京都語文』第一〇号　佛教大学国語国文学会　平成一五年一一月

第二部　世界観と認識論の対立

第一章　二葉亭四迷「真理」の変容――仏教への傾倒――
『国語国文学会誌』第三二号　新潟大学人文学部国語国文学会　平成　元年　三月

第二章　没理想論争の実相――観念論者逍遥と経験論者鷗外――
『稿本　近代文学』第一三集　筑波大学日本文学会近代部会　平成　元年一一月

第三章　坪内逍遥「没理想論」と老荘思想
『稿本　近代文学』第一三集　筑波大学日本文学会近代部会　平成　元年一一月

第四章　没理想論争と仏教
『解釈』（特集近代）四四巻六号　解釈学会　平成一〇年　六月

第五章　シュヴェーグラー『西洋哲学史』と没理想論争
『京都語文』第一二号　佛教大学国語国文学会　平成一七年一一月

第三部　揺れていた「想」

第一章　観念としての「理想（想）」――鷗外「審美論」における訳語の問題を中心に――
『日本語と日本文学』第一六号　筑波大学国語国文学会　平成　四年　二月

第二章　『月草』における改稿の意図――「逍遥子の諸評語」における異同をめぐって――
『京都語文』第五号　佛教大学国語国文学会　平成一二年　三月

第三章　没理想論争の発端――斎藤緑雨と石橋思案の応酬をめぐって――
『解釈』（特集近代）四一巻四号　解釈学会　平成　七年　四月

第四章　没理想論争の背景――想実論の中で――
『稿本　近代文学』第二一集　筑波大学日本文学会近代部会　平成　八年一一月

第四部　没理想論争の影響

第一章　高瀬文淵と森鷗外――「超絶自然論」と「脱却理想論」を中心に――
『国語国文学会誌』第三三号　新潟大学人文学部国語国文学会　平成　二年　三月

第二章　没理想論争と田岡嶺雲――禅の流行と自然主義の成立――
『京都語文』第二号　佛教大学国語国文学会　平成　九年一〇月

第三章　没理想論争と田山花袋――『野の花』論争における『審美新説』受容の評価をめぐって――
『稿本　近代文学』第二三集　筑波大学日本文学会近代部会　平成一〇年一二月

第四章　田山花袋と高瀬文淵――花袋のハルトマン受容をめぐって――
『京都語文』第三号　佛教大学国語国文学会　平成一〇年一〇月

第五章　鷗外の具象理想美学とその影響――日清戦争後の文壇と花袋と――
『京都語文』第四号　佛教大学国語国文学会　平成一一年一〇月

第五部　鷗外とハルトマン

第一章　没理想論争における鷗外とE・V・ハルトマン
『日本語と日本文学』第一一号　筑波大学国語国文学会　平成　二年　二月

第二章　鷗外がハルトマンを選んだわけ
『文学部論集』第九〇号　佛教大学文学部　平成一八年　三月

第三章　森鷗外「審美論」と本保義太郎筆録「美学」ノート
『京都語文』第一三号　佛教大学国語国文学会　平成一八年一一月

第四章　鷗外のサービス精神――本保義太郎筆録「美学」ノートの独自性――
『文学部論集』第九一号　佛教大学文学部　平成一九年　三月

あとがき

ボツリソーロンソーとかいうものがあって、なんだかジューヨーらしいのだけれど、さっぱりわけが分からないと思ったのが、大学二年のことだったから、もう、三十年以上も前のことだ。

新潟大学時代の恩師、伊狩章先生のゼミの時間で担当したのがきっかけだった。わけが分からないままに調べ、わけが分からないままに発表したから、聞いている人も全然わけが分からなかったにちがいない。先生は、叱ったりはなさらなかったが、われながらあまりにも情けない発表内容に、悔しい思いをしたのを覚えている。

何とかわけが分かるようになって、聞いている人にも分かるように説明できるようになりたい。そういう思いで三十年以上、調べたり、考えたりしてきた。よくまあ、飽きなかったものだと自分でも呆れる思いである。だが、牛の歩みの結果は、いたずらに馬齢を重ねたばかりであった。

国文学の研究状況は、著者が研究の緒についたころとは、まったく変わっている。国文学どころではない、大学をとりまく環境や、社会そのものもすっかり変わっている。昔は、真実を探ろうとすること自体が価値であった。ところが、現在は何かを探ろうとしても、それが何の価値を生み出すのかが問題とされる。そのような中で、本書のような書物を編むことは、羊のような紙の無駄食いかもしれぬ。

しかし、文献を調べ、じっくり読み解くことにより、何かを証明しようとする。それによって、先人の歩みをたどろうとする文献学的な方法は、いつの時代にも有効なものだと信ずる。とくに、国文学のように、答えがどうでようが、実質的に損をする人も得をする人もいないような学問は、役に立つ学問とはちがって、この作業を厳密、公正に行うことができる。実学の場合、こうあってほしいという答えが先にあるので、証明もどうしてもそれに引きずられがちであろう。

先人のものの考え方は、過去から現在の私たちの世界に光を当ててくれる。そうして現在の私たちの考え方が、ずいぶん偏ったものであることを教えてくれる。そういう意味では、直接役に立たないだけに、かえって役に立つのかもしれぬ。

筆者を国文学の世界に導いてくださった伊狩先生も、今年の春、九十五歳の長寿を全うして旅立たれた。謹んで本書を先生にささげたい。

本書は、平成二十七年度佛教大学研究叢書出版助成を受けたものである。さまざまなお手数をおかけした学術支援課の方々に御礼を申し上げたい。また、本書の編集、校正、出版全般にわたってお世話になった思文閣出版の秦三千代氏に感謝申し上げる。不慣れな筆者が何とか出版までこぎつけられたのも、氏の適切なご助言とご教示の賜である。

平成二十七年(乙未)十二月二十一日

坂井　健

索　　引

【人　名】

あ行

か行

さ行

た行

【事　項】

【書　名】

書名および雑誌名に『　』を付しています

あ行

『維氏美学』／中江兆民　331
今の批評家の詩眼／森鷗外／『しがらみ草紙』４号　135
印度審美説／森鷗外・大村西崖／『めさまし草』まきの４　104,107
『浮雲』／二葉亭四迷　37,38,59,60
宇宙主義／嵯峨の屋おむろ／『国民之友』　29,30,32
烏有先生に答ふ／坪内逍遥／『早稲田文学』９・10号　70,174,184,185,289
烏有先生に謝す／坪内逍遥／『早稲田文学』７号　16,91,101,109,169,210,274
『浦のしほ貝』に見出したる『自然』／田山花袋／『文章世界』　232
エミル、ゾラが没理想／森鷗外／『月草』「柵草紙の山房論文」　150
鷗外漁史に質す／高瀬文淵／『新文壇』３号　193,254,256
鷗外漁史のである主義／『新文壇』４号　185
鷗外と逍遥／田岡嶺雲／『明治評論』５巻10号　105,208
落葉のはきよせ／二葉亭四迷　32,45,58～63,66,68,69,78,79,217

か行

カートコフ氏美術俗解／二葉亭四迷／『中央学術雑誌』　77
学術と美術との差別／パアヴロフの訳／二葉亭四迷／『国民之友』　59,60,176
花袋作『野の花』／正宗白鳥／『読売新聞』「月曜文学」　227
花袋氏に与ふ／正宗白鳥／『読売新聞』「月曜文学」　227
『片恋』／二葉亭四迷　218
「虚用第五」／『老子』　93
基督教の現況／『早稲田文学』２号「時文評論」　20,31
具象理想と抽象理想と／森鷗外／『めさまし草』まきの３　277,278
群盲掃蕩／高瀬文淵／『新文壇』６号　216
『芸術のイデー』／ベリンスキー　4,36,253
現今我邦に於ける審美学に就いて／(高山樗牛)／『太陽』２巻８号　280
顕正活論／井上円了／『仏教活論本論』第二編　22
心持と書き方／田山花袋／『インキ壺』　234
『国会』／斎藤緑雨の文章　165～167
『古反古』自序／嵯峨の屋おむろ　27
是亦見たま、／斎藤緑雨／『国会』　168

さ

作者と作品／田山花袋／『文章世界』　234
作者の主観(野の花の批評につきて)／田山花袋／『新声』　227～231,250,263,282,283
さ、舟、きくの浜松及びたけくらべを読みて／花下眠叟／『太陽』　280

雑報欄／『帝国文学』 279
三人冗語／『めさまし草』まきの3 252

し

シエークスピヤ脚本評註緒言／坪内逍遥／『早稲田文学』1号
18,91,93,100,164,170,174,179,180,288
『詩学』／ゴットシャル 176
『しがらみ草紙』 149,150,165,330
柵草紙の山房論文／『月草』 150
詩人の閲歴に就て／高瀬文淵／『新文壇』3号 203
詩人の閲歴に就きて／森鷗外／『めさまし草』まきの2 203
自然主義の二派／高瀬文淵／『新文壇』3号 203,253
主観客観の弁／田山花袋／『太平洋』 226,227,230,232,233,236,242,249,259～261,263
『出家とその弟子』／倉田百三 219
『種の起源』／ダーウィン 67
趣味とは何ぞや／田山花袋／『中学世界』「文界時評」 241,242,281
「象元第二十五」／『老子』 94
小説　外務大臣／坪内逍遥／『読売新聞』 31
小説家の責任／嵯峨の屋おむろ／『しがらみ草紙』2号 42,182
小説三派／坪内逍遥／『読売新聞』 288
『小説神髄』／坪内逍遥 4
小説新論／田山花袋／『毒と薬』 237,238,244`260
小説総論／二葉亭四迷／『中央学術雑誌』 4,8,36,41,43,68,77,180,182,183,253
小説論／森鷗外 175
正太夫の批評／斎藤緑雨 168
逍遥子と烏有先生と／森鷗外／『しがらみ草紙』30号，『月草』「柵草紙の山房論文」
81,82,88,97,136,137,139,150,181,182,185,289,300
逍遥子の新作十二番中既発四番合評、梅花詞集評及梓神子(読売新聞)／森鷗外／『しがらみ草紙』24号 107,150,153,183,229,272,288,300
逍遥子の諸評語／森鷗外／『しがらみ草紙』24号，『月草』「柵草紙の山房論文」
149～160,229
「逍遥遊」／『荘子』 95
シルレル伝／森鷗外／『早稲田文学』3～24号のうち6回 171
新小説作法／田山花袋／『青年文壇』 237
人生観上の自然主義／片上天弦／『早稲田文学』25号 223,236
『審美綱領』／森鷗外・大村西崖
241～243,248,273,292,295,313,314,316～320,322,323,325～338
『審美新説』(フォルケルト著)／森鷗外／『めさまし草』 225～246,247,264,268
審美世界の三要素／高瀬文淵／『国民之友』337,338,340,345号 256～259,261,262
審美論／森鷗外／ハルトマン「美の哲学」訳 131～147,186,292～295,313～323
『新文壇』 84,104,133,191,192,202,252
新文壇の文界観察／森鷗外／『めさまし草』まきの4 203
『真理金針』(初編)／井上円了 21,23,49,50

『真理金針』解題／常磐大定 21,22
『真理金針』(続編)／井上円了 21
『真理金針』(続々編)／井上円了 21～23,50

す・せ・そ

粋論／坪内逍遥／『読売新聞』 31
『青年文』3巻11号／田岡嶺雲の文章 218
「斉物論」／『荘子』 95
『西洋哲学史』／シュヴェーグラー 7,109～127,302～312
『西洋哲学史』書き入れ／森鷗外 109～127
『西洋哲学史概説』／シュヴェーグラー 303
西洋美術史、上古巻、中古巻、近世巻一、二／本保義太郎／富山県立近代美術館蔵 313
『生理学と進化論の理論の立脚点から見た無意識』／ハルトマン 306
雪中梅(小説)の批評／坪内逍遥／『学芸雑誌』 41,42
禅学と俳句／田岡嶺雲／『青年文』3巻5号「時文」 217
禅宗の流行を論して今日の思想界の趨勢に及ふ／田岡嶺雲／『日本人』6号 220～222
想化とは何ぞ／田岡嶺雲／『青年文』3巻4号 105,216,217
『荘子』 94～97
其意は違へり／坪内逍遥／『早稲田文学』10号 289

た行

『太陽』 133,134,277,280
脱却理想論／高瀬文淵／『新文壇』2号
104,192,199,200,201,207,208,211,213,216,252,253,257,276
断流／田山花袋／『文芸倶楽部』 252
断流十箇条／高瀬文淵／『新文壇』4号 252
『中学世界』の「文界時評」／田山花袋 240,241,242,259,261,281
超絶自然論／高瀬文淵／『新文壇』1号 192,194,200,201,252,256,257
『月草』／森鷗外
149～160,178,185,186,244、257,259,262,264,268,272,276,280,281,300,302
『帝国文学』の「雑報欄」 279
『哲学一夕話』第三編／井上円了 48
『哲学字彙』 40
『東京の三十年』／田山花袋 67,218,251
徳富蘇峯宛書簡／二葉亭四迷 44
外山正一氏の画論を駁す／森鷗外／『しがらみ草紙』8号 270

な行

『内地雑居未来之夢』／坪内逍遥 5
なかじきり／森鷗外／『斯論』 146
『日本人』 24
答忍月論幽玄書／森鷗外／『しがらみ草紙』14号 271
『野の花』／田山花袋 227,250,251,264,268

は・ひ

俳論家としての渡辺支考／田岡嶺雲／『太陽』２巻６号　212
破邪活論／井上円了／『仏教活論本論』第一編　22,31
美術真説／フェノロサ　42
美術的良心の欠乏／田山花袋／『中学世界』「文界時評」　241,281
『美術の本義』／二葉亭四迷(『芸術のイデー』部分訳)　4,36,41,253
美術論(講演速記)／坪内逍遥／『中央学術雑誌』　77
美とハ何ぞや／坪内逍遥／『学芸雑誌』　5,41
『美の哲学』／ハルトマン(*Philosophie des Schönen*)
131,139,146,182,186,292,299,301,302,314,326,335,337,338
美妙斎主人が韻文論／森鷗外／『しがらみ草紙』25号，『月草』「柵草紙の山房論文」
244,261,273
『美妙学説』／西周　330
『百学連環』／西周　39
平等論／嵯峨の屋おむろ／『国民之友』　28,30,32

ふ・へ

『仏教活論序論』／井上円了　21,22,24,26,49
『仏教活論本論』／井上円了　22,31
仏教の現況／『早稲田文学』２号「時文評論」　19,31
文学時論／高瀬文淵／『小桜緘』４号　213
『文学その折々』／坪内逍遥　134
文学と安心／『早稲田文学』２号「時文評論」　31
『文学ト自然』ヲ読ム／森鷗外／『国民之友』50号　176,177,269,274
文芸時評／高山樗牛／『太陽』２巻５号　277
文界時評／田山花袋／『中学世界』　240,241,242,259,261,281
「奚般氏心理学」／西周訳　83

ほ

方内斎主人に答ふ／嵯峨の屋おむろ／『しがらみ草紙』３号　44,66
方便解／鳥尾得庵／「老婆心説」　48
没理想の語義を弁ず／坪内逍遥／『早稲田文学』８号
16,19,66,79,88,91〜94,100,105,109,185,210,218,236,274,289
没理想の由来／坪内逍遥／『早稲田文学』13号　132
本保義太郎筆録「美学」ノート／森鷗外の講義内容　11,314〜324,326〜339

ま行

『無意識の哲学』／ハルトマン　299,301,302,306,307
無想小説、観念小説、没想小説／森鷗外／『めさまし草』まきの２　277
明治二十九年の文界／高瀬文淵／『文芸倶楽部』　262
明治二十二年批評家の詩眼／森鷗外／『しがらみ草紙』４号　177,178,182
明治評論の時文欄／(高山樗牛)／『太陽』２巻８号　281

『めさまし草』 133,149,150,185,192,193,202,203,254,276～278,314
めさまし草の二大評家／高瀬文淵／『新文壇』２号 202,205
森鷗外氏講義、美学、巻之一～五／本保義太郎／富山県立近代美術館蔵 11,313～323, 325～338

や行

矢野文雄氏と九鬼隆一氏との美術論／森鷗外／『しがらみ草紙』16号 272
ゆにてりあん教根本の主義／『ゆにてりあん』１号 17
ゆにてりあん教徒普通の説／『ゆにてりあん』１号 17,25
『読売新聞』／正宗白鳥 227,250

ら行

理想と自然／田岡嶺雲／『青年文』３巻３号 211～213,215,278
『老子』 89,91～94

わ

『早稲田文学』 165
『早稲田文学』が谷『時文評論』村の縁起／坪内逍遥／『早稲田文学』12号 102
『早稲田文学』発行の主意／『早稲田文学』 166
早稲田文学の後没理想／森鷗外／『しがらみ草紙』33号，『月草』「柵草紙の山房論文」 82,97,102,103,126,132,150,171,274,275,279
早稲田文学の没却理想／森鷗外／『しがらみ草紙』30号，『月草』「柵草紙の山房論文」 81,88,97～99,113,116～119,150,223,289
早稲田文学の没理想／森鷗外／『しがらみ草紙』27号，『月草』「柵草紙の山房論文」 16,100,102,107,134,138,150,163,164,169,170,174,180,181,229,255,274,288
早稲田文学を拝読す／石橋思案／『読売新聞』 165～167
我にあらずして汝にあり／坪内逍遥／『早稲田文学』３号 11,96,101,162～166,169～171,174,288

◎著者略歴◎

坂井　健（さかい・たけし）

1962年新潟県生まれ.
新潟大学人文学部卒．同大学大学院修士課程修了.
筑波大学大学院文芸・言語研究科単位取得中退.
函館ラサール高校教諭，筑波大学文芸・言語学系助手を経て佛教大学文学部教授.

[主要論文]
「鷗外・逍遥から見た正岡子規」(『国文学 解釈と鑑賞』75巻11号，2010年11月)「小僧はどんな鮨を喰ったか―『小僧の神様』をめぐって―」(『京都語文』17号，2010年11月) など.

佛教大学研究叢書27

没理想論争《ぼつりそうろんそう》とその影響《えいきょう》

2016(平成28)年2月24日発行

定価：本体8,900円(税別)

著　者　坂井　健
発行者　佛教大学長　田中典彦
発行所　佛教大学
〒603-8301 京都市北区紫野北花ノ坊町96
電話 075-491-2141(代表)
制　作
発　売　株式会社　思文閣出版
〒605-0089 京都市東山区元町355
電話 075-751-1781(代表)

印　刷
製　本　株式会社 図書印刷 同朋舎

 ISBN978-4-7842-1834-9 C3095

『佛教大学研究叢書』の刊行にあたって

二十一世紀をむかえ、高等教育をめぐる課題は様々な様相を呈してきています。科学技術の急速な発展は、社会のグローバル化、情報化を著しく促進し、日本全体が知的基盤の確立に大きく動き出しています。そのような中、高等教育機関である大学に対し、「大学の使命」を明確に社会に発信していくことが求められています。

本学では、こうした状況や課題に対処すべく、本学の建学の理念を高揚し、学術研究の振興に資するため、顕著な業績をあげた本学有縁の研究者に対する助成事業として、平成十五年四月に「佛教大学学術振興資金」の制度を設けました。本『佛教大学研究叢書』の刊行は、「学術賞の贈呈」と並び、学術振興資金制度による事業の大きな柱となっています。

多年にわたる研究の成果は、研究者個人の功績であることは勿論ですが、同時に本学の貴重な知的財産としてこれを蓄積し活用していく必要があります。また、叢書として刊行することにより、研究成果を社会に発信し、二十一世紀の知的基盤社会を豊かに発展させることに貢献するとともに、大学の知を創出していく取り組みとなるよう、今後も継続してまいります。

佛教大学